10
18

12, AVENUE D'ITALIE. PARIS XIIIe

Sur l'auteur

Fabienne Ferrère est professeur de philosophie à Toulouse. Après *Un chien du diable,* elle signe la seconde enquête de Gilles Bayonne, *Car voici que le jour vient.*

FABIENNE FERRÈRE

CAR VOICI QUE LE JOUR VIENT

Une enquête de Gilles Bayonne

10/18

« Grands Détectives »

créé par Jean-Claude Zylberstein

DENOËL

Du même auteur
aux Éditions 10/18

UN CHIEN DU DIABLE, n° 4131

ISBN 978-2-264-05332-9

À l'oiseau Martin et dame Cocotine,
Marcel et Colette Besomi

« Le poids d'un petit oiseau qui s'y pose
suffit à déplacer la terre. »

Léonard de Vinci

PROLOGUE

La goutte hésita un instant à la pointe du nez, puis poursuivit sa course. D'un geste nerveux, le père Vuillard se passa la langue sur les lèvres. La peur avait un goût de sel.

Ici, pourtant, il ne risquait rien. Le prêtre balaya une nouvelle fois des yeux l'intérieur du presbytère. La lueur de la chandelle et les flammèches du feu allumé dans la cheminée dansaient sur les murs, de solides murs en pierre de taille que le diable en personne n'aurait pu franchir. Clouées à même les volets, des planches condamnaient la croisée. L'huis en chêne massif était fermé à double tour et, dehors, Toussaint Gerbault montait la garde. Il dressa l'oreille. Nul bruit en provenance de la cave, hormis les sifflements des rats. Tout était calme et immobile, pas un hululement ne déchirait la touffeur de la nuit. Les rapaces avaient dû sentir l'orage approcher. Les bêtes devinent toujours le danger avant qu'il ne fonde sur elles, comme si elles flairaient son odeur. Le père Vuillard leva les yeux. Là-haut, dans la cage suspendue au plafond, son serin dormait, la tête enfouie sous l'aile. Tout était calme, oui. Alors, pourquoi se sentait-il si oppressé ?

Un rai de lumière vacilla sous la porte, encore un éclair. Le grondement du tonnerre le suivit de près, semblable à une voix venue d'un autre âge. Bientôt, la colère du ciel éclaterait. Peut-être apporterait-elle un peu de fraîcheur. Voilà des jours que pas une goutte n'était tombée, des jours entiers à attendre sous la fournaise du soleil, les nerfs à vif, que la foudre s'abatte sur lui. D'où surgirait-elle ? Quel serait son visage ? Il l'ignorait. Mais les ténèbres gagnaient, elles réclamaient leur proie. Tapi dans l'ombre, l'ange de la Mort se tenait à l'affût. Le Seigneur n'oubliait rien, l'heure du châtiment avait sonné, il ne se déroberait pas. Sans crier gare, le chancre qui depuis des mois lui rongeait l'estomac se réveilla soudain. Le prêtre appuya une main sur son ventre et attendit. Il commençait à bien la connaître cette bête furieuse, il savait comment l'amadouer : la chaleur d'une paume et la douleur s'en irait. Seigneur Dieu ! Si les tourments de l'esprit pouvaient lâcher prise de semblable façon ! Un coup contre une pierre suffisait à décrotter ses sandales, mais comment laver son âme de la fange qui l'embourbait ? Un nouveau spasme le plia. Il accentua la pression de sa main, attentif aux bruits alentour : le crépitement de la flambée, un roulement de tonnerre, les cris aigus des rats. Au fond, il aurait dû remercier le Ciel. Sa mort lui permettrait peut-être d'expier sa faute. Comment ne pas trembler, cependant ?

Il y eut un grattement contre l'huis, léger, presque furtif. Le père Vuillard grimaça un sourire. Après sa journée de labeur, la chienne de Le Gail se dégourdissait les pattes. Lors de son inspection nocturne, elle poussait toujours jusqu'au presbytère où l'attendaient quignon de pain et caresse. La porte close depuis un mois ne la décourageait pas. Soir après soir, elle venait rappeler au prêtre les règles de l'hospitalité. La présence de Mouche le rassura. N'aurait-elle pas aboyé en cas de menace ? Le tonnerre gronda. Avant de partir, la chienne lança un jappement bref, un adieu sous forme de reproche. Demain, elle reviendrait. Les chiens sont têtus. Le prêtre se leva pour rajouter quelques bûches dans l'âtre. Peu importe s'il étouffait, personne ne se risquerait à descendre par le conduit et il irait se coucher plus tranquille. Grappillerait-il cette nuit quelques heures de sommeil ? Il essuya la sueur sur son front. Depuis quand n'avait-il pas dormi ? Le moindre bruit le réveillait, quand ce n'était pas un cauchemar qui le tirait tout tremblant de sa paillasse. Certes, il n'avait pas fui. Il était resté là où le Très-Haut l'avait placé, allant et venant comme à son habitude de la rue de la Vallée de Misère en laquelle se trouvait son logis à la petite église Saint-Josse rencognée, la pauvrette, dans l'angle des rues Aubry-le-Boucher et Quincampoix. Mais la peur ne le lâchait plus. Ses paroissiens s'étaient mis à le regarder d'un drôle d'air et il avait surpris Pasquin le boucher tourner son index contre sa tempe. On le croyait fou, les enfants riaient dans son dos. S'ils savaient…

Aujourd'hui encore, lorsque le colporteur avait fait mine d'ouvrir sa besace, il s'était figé, pareil à un lapin qui sent planer sur lui l'ombre du faucon. Sans se rendre compte de son trouble, l'homme avait poursuivi son boniment, exhibant d'un geste théâtral un éclat de bois, un authentique morceau de la vraie Croix selon ses dires. Qu'avait-il éprouvé alors ? Du soulagement. Et, aussi étrange que cela parût, du dépit. Une fausse alerte, une de plus, et recommençaient l'attente, la crainte, les tremblements. Le père Vuillard s'agenouilla.

« Seigneur, accorde au pécheur que je suis la grâce de mourir sous la lumière du jour ! »

Sa peur grandissait avec la nuit. Dès que les ombres s'allongeaient, il se mettait à redouter l'instant où il lui faudrait rentrer au presbytère, seul, privé de la chaude présence de ses ouailles. Le fracas du ciel retentit si fort ce coup-ci que ses oreilles se mirent à bourdonner, un souvenir de la claque assenée par son père qui l'avait envoyé, enfant, tête première contre un mur. Il se signa. Le Seigneur avait-Il entendu son appel ? Il se sentait moins nerveux. Allons ! Il retrouverait bien assez tôt ses fidèles et leurs criailleries. L'heure était au repos s'il voulait dire la messe demain sans bafouiller et, le jour suivant, il lui faudrait ses meilleures forces pour affronter le conseil paroissial. Au moindre relâchement de sa part, maître Pasquin et Dieudonné Foy l'oiseleur se mangeraient le bec.

Il se mit à ranger la pièce selon le rituel d'après souper qu'il concluait toujours par le même geste : ramasser les miettes en tas sur un coin de la table, l'offrande future aux oiseaux. Il prit la cloche à fromage et ouvrit la porte qui donnait sur la cave. En bas, les rats continuaient à mener un tapage de tous les diables. Seigneur ! Combien il détestait ces bestioles ! *Ce sont des créatures de Dieu, mon père, tout comme ma chienne*, s'était un jour moqué Le Gail, *eux aussi ont droit à votre amour.* Le prêtre alluma une bougie, s'arma de son bâton de marche et descendit l'escalier. Créature de Dieu ou pas, il n'hésiterait pas à frapper si l'un de ces maudits passait à sa portée.

Le tonnerre gronda, un éclair illumina le soupirail et le monde vola brusquement en éclats. Le père Vuillard ne se vit pas tomber. À moitié assommé, il perçut contre sa joue la fraîcheur du sol. Quand il reprit connaissance, une odeur familière lui chatouilla les narines. Il entrouvrit un instant les yeux et les couinements des rats s'enfoncèrent en ses tempes avec des brûlures d'échardes. Il était dans le tonneau à pommes, ligoté et bâillonné. Il allait mourir, pensa-t-il avant de s'évanouir à nouveau, mais il n'éprouvait rien, ni peur ni paix, juste ce curieux détachement.

Une éponge de vinaigre le tira de son inconscience. Il battit des paupières et vit à trois empans de sa face, emprisonné dans un gant en cuir, son serin. Il leva le visage. L'homme lui sourit d'un sourire chaud et ouvert, son sourire de toujours. Lui ? Le prêtre baissa le regard. L'œil rond, le serin poussait des petits cris. L'homme se mit à lui ébouriffer le crâne du pouce et le père Vuillard sentit sa bouche se sécher. D'un geste doux, le pouce descendit sur le cou de l'oiseau et se déplia soudain en avant. On entendit un craquement minuscule. La tête du serin s'affaissa, une goutte de sang au coin du bec. L'homme jeta la dépouille. Il n'avait pas cessé de sourire.

« Ça fait mal, mon père, n'est-ce pas ? »

Il s'approcha si près du tonneau que le prêtre sentit son souffle sur sa joue.

« Tu as le cœur sec, curé, pas une larme, à croire qu'une bourse de fiel bat contre ta poitrine. Pour sûr, tu ne peux te présenter ainsi devant ton Créateur. Il faut d'abord t'adoucir un peu. Ne t'inquiète pas, j'ai tout prévu. »

Le père Vuillard frémit. À peine chuchotés, les mots parurent se dissoudre dans l'air. Seul vibra à ses oreilles leur sillage, une rage à glacer les veines. Il tomba à genoux, mais une main d'acier le saisit par la nuque et le força à se relever.

« Laisse-toi donc faire. Je prépare ton âme pour l'Éternel. »

Quand le couteau déchira sa chemise, il se mit à hurler et les crins du bâillon lui cisaillèrent les lèvres. Ce gémissement de bête sortait-il de sa gorge ? Il sentit un liquide tiède poisser sur sa peau. Ce n'était pas du sang. Incrédule, il regarda le miel couler lentement sur sa poitrine et la peur lui tordit les entrailles.

« Vous me croyez fêlé du cruchon, hein ? Pourtant, je ne fais que respecter vos sermons, mon père : *Chassez le fiel du péché et le Seigneur vous accueillera en Son Royaume.* »

Un grondement de tonnerre roula. L'homme et le ciel semblèrent parler d'une seule voix, une voix de ténèbres, lourde de menace et de colère.

« Dieu a le nez fin, vous nous l'avez assez rabâché. Le miel masquera peut-être votre amertume. Et puis, cela leur ouvrira l'appétit. »

Le père Vuillard se figea. Avait-il bien entendu ? *Leur ouvrira l'appétit ?* La phrase cognait en lui tel un oiseau fou. Le sourire aux lèvres, son tourmenteur l'observait d'un œil pensif, comme triste.

« Mais le miel ne suffit pas, reprit ce dernier, car tu as le cœur dur, curé, un vrai silex. Que faut-il pour le toucher, l'émouvoir, l'attendrir un peu ? »

Leur ouvrira l'appétit ? Dieu de Miséricorde ! Sans s'en apercevoir, le prêtre s'enfonça les ongles dans les paumes jusqu'au sang.

« Oui, poursuivit la voix d'ombre, qui pourrait caresser ce cœur sans s'y briser ? Longtemps, j'ai tourné cette question dans ma tête, et j'ai fini par trouver. »

L'homme tapota le tonneau d'un air rêveur et disparut ensuite dans la pénombre, à l'endroit où la cave faisait un coude. Il y eut un cliquetis suivi d'un murmure indistinct – juste Ciel, à qui parlait-il ? – puis, de nouveau, le bruit des pas sur le sol. Le père

Vuillard ferma les yeux et se prépara à souffrir. Dieu venait le chercher et Il ne l'épargnerait point. Les paroles du *Dies Irae* montèrent en lui, mais elles n'avaient rien d'une prière. Les mots sacrés martelaient son âme telle une incantation pour repousser cela qui s'approchait. Cette horreur, lui souffla la panique. *Jour de colère que ce jour-là... Combien grande sera la terreur... La créature se lèvera pour répondre à son Juge...*

« Mon père, vous devriez jeter un œil. »

Quelque chose de froid lui frôla la joue. *Leur ouvrira l'appétit...* Toute sa chair hurla l'ultime supplique du *Dies Irae. Je Vous en conjure, prosterné, prenez soin de moi à ma dernière heure...* La violence de la gifle coupa net son cri muet et il ouvrit les yeux. Rencogné au fond d'une cage, un rat le fixait.

« Ces petites bêtes ont les dents aussi affûtées que le rasoir d'un barbier. Parole, ça vous entamerait la pierre la plus dure. Regardez, celui-là s'est même attaqué aux barreaux de son cachot. »

Le père Vuillard haletait sous son bâillon, incapable de faire un geste, mais quand l'homme lui colla la cage contre le visage, il se rejeta d'un bond en arrière. Les doigts écrasèrent sa gorge, il sentit la brûlure glacée des barreaux sur sa joue et l'odeur de l'animal l'envahit jusqu'à la nausée. Si proche, le rat paraissait énorme, une masse noire d'où saillaient deux incisives trop blanches. *Pitié ! Cassez-moi la nuque, égorgez-moi, faites-moi subir tous les tourments, mais, je vous en supplie, pas ça !*

« Faut dire qu'il a faim, le bougre. Lui et ses frères font ceinture depuis une huitaine. Un peu d'eau fraîche, c'est tout ce qu'ils ont dans le ventre. J'ai même dû les séparer, sinon ils se seraient entre-dévorés. »

L'homme posa la cage sur le sol et repartit. Un instant, le prêtre resta figé de stupeur, puis le fracas du tonnerre roula dans ses veines avec un crissement de verre pilé. *Ils vont t'étriper comme une charogne !* Il s'arc-bouta contre le tonneau, et le tonneau refusa de verser. Il essaya de remonter ses pieds sur le bois, et ses sandales glissèrent. Son tourmenteur apparut. Cinq cages pendaient au bâton qu'il portait. L'homme s'approcha de lui, une moue de reproche sur le visage.

« Allons, mon père, ne faites pas l'enfant. C'est juste un mauvais moment à passer. La pierre qui vous tient lieu de cœur, il faut bien l'émousser un peu, sinon le bon Dieu va se casser les dents dessus. »

Il ouvrit chacune des cages, saisit les rats par la peau du cou et les jeta dans le tonneau. *Pitié !* Le prêtre voulut prendre appui contre le cercle en bois. Impitoyables, les mains gantées de cuir s'écrasèrent sur ses épaules.

« À genoux devant le Juge Éternel ! »

Le père Vuillard retomba lourdement. Les rats sifflèrent. Ils étaient partout, dans son dos, sur ses cuisses, contre sa hanche. Le couvercle du tonneau se rabattit au-dessus de sa tête et ce fut l'obscurité. Il entendit avec une horreur grandissante chaque coup de marteau enfoncer les clous dans le bois.

« Quand les rats t'auront récuré jusqu'à l'os, *pater*, dit ensuite une voix assourdie, peut-être seras-tu assez propre pour affronter le Tout-Puissant ! »

Yeux dilatés dans le noir, le prêtre gémit. Il avait envie de hurler, de vomir, de ruer. Les rats étaient immobiles. Il sentait sur sa peau la chaleur de leurs corps, le frisson de leurs moustaches. Les flancs de l'un d'eux battaient contre sa cheville. Lorsque le premier rat s'aventura sur sa jambe, il se mit à respirer par à-coups. Le rat s'enhardit, planta ses griffes dans sa chair, remonta le long de sa cuisse et s'arrêta, le museau à un doigt de son ventre. Le père Vuillard retint un cri d'épouvante. Il ne devait pas les exciter. Il les devinait dans le noir, attentifs et tendus. *Ils guettent le signal de la curée !* Il eut un spasme de terreur. Le rat attaqua aussitôt. Il mordit et mordit encore jusqu'à arracher un bout de chair. Le prêtre hurla, un grognement animal recouvert par le fracas de l'orage. Dans la nuit cisaillée d'éclairs, la colère du ciel couvait toujours.

I

« Jésus Marie ! Mirez-moi un peu ce moustique ! lança Joséphine. Ça n'a pas encore de poil au menton et ça veut déjà jouer aux hommes ! Pique-Lune, sans doute crois-tu pouvoir aller et venir à ta guise comme si tu étais ton propre maître ? Où cours-tu ainsi sans ma permission ? »

La main sur le pourpoint qu'il s'apprêtait à enfiler, Gilles Bayonne se retourna. Clotilde lui adressa un sourire complice. Le frère et la sœur se comprenaient sans mot dire. Les séances d'oreilles tirées dans leur enfance – peu cuisantes, il est vrai – leur avaient appris la tactique idoine : lorsque Joséphine se mettait à invoquer la Vierge et l'Enfant, mieux valait filer doux et battre sa coulpe. Faute avouée est à moitié pardonnée. Depuis sept mois qu'il partageait leur logis, Pique-Lune n'avait toujours pas assimilé la leçon. Pris en flagrant délit d'échappée douce, le garçon n'en arborait pas moins une mine innocente. Avec une lenteur détachée, Gilles entreprit de boutonner son habit, observant du coin de l'œil son jeune aide de camp. Qui ne connaissait pas l'animal lui aurait donné le bon Dieu sans confession. Plus vive qu'une guêpe dès qu'il s'agissait d'éventer une entourloupette, Joséphine attendait, poings sur les hanches. Par quelle nouvelle astuce le farfadet allait-il s'en sortir ? Si la crinière rousse et la démarche virevoltante de Pique-Lune n'avaient su tromper la vigilance de Joséphine ni son air ingénu la piper, sa verve échevelée réussirait peut-être à la fléchir. Occupée à trier des simples sur la table de la cuisine, Clotilde non plus ne perdait pas une miette du spectacle. Comme toujours lorsqu'il se retrouvait en mauvaise posture, le garçon se mit à triturer le bout de son nez en trompette.

« Moi, user de mon libre arbitre et abuser votre confiance ? dit-il, la main sur le cœur. Que nenni, ma bonne maîtresse ! Je sortais, je le reconnais sans peine, cependant point n'avais l'intention de vous fausser compagnie. Par son excursion impromptue, votre serviteur s'appliquait au contraire à honorer la sienne tâche. »

Même Joséphine, l'inflexible nourrice incapable de manifester son affection autrement qu'à coups de remontrances ou de taloches sur la nuque, esquissa un sourire.

« Parce que prendre la poudre d'escampette, c'est accomplir son devoir maintenant ? se gaussa-t-elle. Taratata ! Les corvées dont je viens de te charger ne te donneraient-elles pas plutôt des ailes aux talons ?

— Me sauver de la cuisine comme un paresseux ? Déserter le pont au moment où vous sonnez le branle-bas de combat ? Sauf votre respect, vous me prêtez trop noirs desseins. Seul le souci de bien faire guidait mes pas. Dieu m'a attaché au service de ce gentilhomme, fit le garçon en désignant Gilles, et, quoi qu'il m'en coûte, là où il va, je dois aller. Ce serait péché que de contrecarrer la volonté du Seigneur.

— Et ce serait folie, garnement, de t'opposer plus longtemps à la mienne. Assez jacassé et au travail !

— Mais…

— Pique-Lune, pas un mot de plus ! Dès que tu ouvres la bouche, des boniments, il en sort treize à la douzaine. Le jour où tu montreras autant de faconde en action qu'en parlote, nous aurons tout loisir de discutailler sans fin. En attendant, tu vas me faire le plaisir de te mettre à l'ouvrage.

— Gente dame… »

Le visage caché dans les simples, Clotilde pouffa tandis que Gilles évitait de loucher en direction de sa sœur. On imaginait plus volontiers Joséphine le sabre au clair qu'une quenouille à la main, langoureuse dame du temps jadis. La servante les foudroya du regard avant de reporter son attention sur Pique-Lune.

« … et il n'y a pas non plus de *gente dame* qui tienne, monsieur le beau parleur, conclut-elle d'un ton sans appel. Va donc plutôt conter fleurette aux raves qui se languissent de toi et, quand tu en auras fini avec elles, tu iras faire les yeux doux aux marmites que je t'ai déjà demandé cent fois d'astiquer. »

Le garçon exécuta une révérence, puis leva sa frimousse parsemée de taches de rousseur vers son maître. Un éclair de malice pétilla dans ses yeux verts, mais la joie y brillait aussi. Il nous a déridés et il le sait, songea Bayonne. Décidément, ce petit bout d'homme ne cessait de le surprendre. Du haut de ses douze ans, le garçon, avec sa gouaille pleine de panache, tenait tête à lui seul au deuil qui s'était abattu sur la maisonnée depuis la mort de Renaud, l'aîné des enfants Bayonne, sept mois plus tôt. Certes, il ne partageait point leur peine, Pique-Lune ne l'ayant guère connu. Quelle importance ? À son arrivée parmi eux, le garçon, une fois passées la désolation et les larmes, s'était ingénié à les distraire de leur malheur et, lorsqu'il parvenait à leur arracher un sourire, il rayonnait.

Assis aux côtés de Clotilde, le voilà qui grattait les raves, fier de sa victoire. Oui, ce diable de gamin et son pied de nez à la mort forçaient l'admiration. Chapeau bas ! salua le soldat *in petto*.

Portées par la transparence de l'air, les cloches de la chapelle Mignon se mirent à sonner complies. Il était temps d'y aller. De la rue de l'Éperon où il habitait à la rue des Bernardins où se mussait sa mie, il y avait une trotte. Que Dieu bénisse les époux volages ! Là-bas, dans sa grande demeure vide, la belle Pauline devait guetter sa venue. Le chevau-léger chaussa ses bottes montantes en cuir de Cordoue et coiffa sa toque de feutre bleu nuit, couleur de ses yeux, ornée de ses trois plumes de geai. Penchée sur l'éternel ragoût qui mijotait sur le feu – on ne savait jamais, avec son médicastre de maître toujours par monts et par vaux, à quelle heure il allait se remplir le ventre – Joséphine lui tournait le dos. La voie était libre, il pouvait filer. Il avait beau, lui, avoir du poil au menton, son collier de barbe et ses vingt-trois ans n'empêcheraient guère la servante de rouscailler si d'aventure elle le voyait partir. L'index posé sur les lèvres, Gilles agita les doigts en guise d'au revoir, puis se dirigea à pas de loup vers la porte. Un grognement s'éleva derrière lui.

« Et vous, monsieur le joli cœur, où vous sauvez-vous à la nuit tombée ? Est-ce des manières de chrétien d'attendre que le lièvre sorte du gîte pour aller courir sa hase ? »

Bayonne pirouetta sur lui-même. Mais comment diantre s'y prenait-elle pour toujours tout savoir ? Pauline, pourtant, ne quittait jamais son cher quartier Sainte-Geneviève situé à l'est de la rive gauche, ni Joséphine leur paroisse Saint-Séverin à l'exact opposé, plein ouest. Et lui qui pensait sa romance à l'abri des regards !

« Qui va à la chasse perd sa place ! dit-il d'un ton canaille.

— Et qui perd sa place, colère amasse ! Méditez cela, espèce de mécréant, si vous ne voulez pas finir encorné par un mari trop chatouilleux sur le point de l'honneur.

— Joséphine ! Oublierais-tu que tu parles devant de chastes oreilles ? »

D'un seul mouvement, Clotilde et Pique-Lune plongèrent du nez vers la table. On ne les surprendrait pas à écouter la grand-messe interdite aux profanes. Après une œillade jetée à son petit monde, la servante alla se planter, bras croisés, devant le soldat.

« Disparaissez de ma vue avant que je n'allonge les vôtres ! »

Un sourire aux lèvres, Gilles Bayonne s'inclina et sortit. Joséphine venait de lui donner sa bénédiction. Il s'arrêta un instant sur le seuil, le nez dans les étoiles. Une brise chaude lui caressa la joue, un peu d'air enfin. Les journées se faisaient étouffantes. L'été avait mis le couvert bien avant l'heure et le soleil mangeait déjà le cuir d'un appétit féroce. Ce mois de mai 1595 resterait gravé dans les mémoires des Parisiens en lettres de feu. Il ne vit pas, alors qu'il refermait la porte derrière lui, les quatre ombres se fondre dans l'obscurité de la rue.

Au même moment, dans le quartier des Saints-Innocents, deux malandrins à l'affût secouaient la tête de concert : point ne valait la peine de jaillir hors de leur cache, coutelas brandi. Le pèlerin qui s'aventurait dans les venelles à cette heure tardive paraissait encore plus mal loti qu'eux-mêmes. Le premier grimaça de dépit. Non, pas une plume à arracher sur cet oiseau-là. Tout juste s'il ne fallait pas en sus faire l'aumône au traîne-misère qui s'avançait vers eux tant celui-ci respirait la gueusaille. Patience, la nuit débutait à peine. Tout venait à point à qui savait attendre.

Sans se douter de la présence des deux larrons, Hugues Rivière poursuivit sa route. On n'y voyait guère à plus de trois pas mais ses pieds retrouvaient leur chemin tout seuls, comme s'ils gardaient souvenance des lieux où ils avaient rôdé jadis. Sans hésiter ni même trébucher, ils le conduisaient là où il avait perdu son âme. Il plissa les narines. Les charniers qui bordaient le cimetière exhalaient une pestilence à retourner l'estomac. Un souffle léger s'était levé, trop faible pour dissiper les miasmes putrides. *La marmite des morts mitonne encore à gros bouillons !* plaisantait-il autrefois, du temps de sa jeunesse. Mais qui était-il, aujourd'hui, pour se boucher les narines ? Il ne valait même pas la puanteur qu'il aspirait. L'hôpital Sainte-Catherine, l'asile où les paysannes venues s'employer à Paris trouvaient refuge, apparut sur sa gauche. En longeant la façade austère, il éprouva un pincement au cœur, la morsure de l'envie. On dormait en ces murs du sommeil du juste. Sa main se referma sur la clé attachée à son cou. *À chacun sa clé, compagnons ! C'est gage de mutuelle confiance*, leur avait dit le Goupil. La sienne, depuis, pendait à sa poitrine comme le poids du péché. Il allongea le pas. Les autres devaient l'attendre.

Pourquoi répondre à leur appel ? Il l'ignorait. Le message lui était parvenu à la mi-journée, un mot bref : un lieu, une heure, suivis par la signature du Goupil. Il avait regardé le morceau de papier se consumer entre ses doigts et s'était décidé. Un effluve douceâtre monta jusqu'à lui. Il l'aurait reconnu entre mille, l'odeur du sang caillé. Quinze ans après, il foulait à nouveau le sol de la Grande-Boucherie. Dominant les toits plongés dans l'obscurité, la tour Saint-

Jacques se dressait dans la nuit, colossal index de pierre pointé vers le ciel. *Là est le Seigneur*, semblait proclamer à son sommet la statue de l'apôtre. *C'est plutôt en enfer que je me rends.* Rivière s'engouffra dans le lacis des ruelles situées en contre-haut de la Vallée de Misère, puis obliqua à dextre avant de ralentir le pas. Il remonta l'étroite venelle et finit par déboucher sur un terrain en friche au bout duquel se profilait la masse sombre d'une habitation.

La sente autrefois bordée de fleurs disparaissait sous les herbes folles. Dans le plus grand silence, il avança au milieu des orties. Était-il le premier arrivé ? Il fit jouer la clé dans la serrure, pénétra à l'intérieur de la maison, referma la porte. La demeure plongée dans le noir sentait le renfermé. Il commença à se diriger à tâtons quand un coup violent le fit tomber. Il n'eut pas le temps de se défendre qu'un genou lui écrasait la poitrine. La lame froide d'un couteau se posa sur son cou. Il entendit un frottement contre le mur et une odeur de soufre se répandit dans l'air. On approcha la chandelle si près de son visage que des gouttes de cire lui brûlèrent la joue. Une voix s'éleva alors qui le fit sursauter. Comment avait-il pu oublier le murmure glacé du Goupil, le meneur de leur ancienne bande ?

« Ne vous offensez pas de notre accueil, compère. Nous craignions qu'un mauvais plaisant ne cherche à se glisser parmi nous. Nous voici au complet, ou presque. Joignez-vous à notre compagnie. »

Le couteau s'éloigna de sa gorge. Hugues Rivière se redressa et s'assit à la table où les autres avaient déjà pris place. Si l'on exceptait la crapule qui s'était volatilisée au lendemain de cette nuit d'épouvante, ils étaient tous là. Tous, sauf le joyeux drôle d'antan devenu prêtre, Guillaume Vuillard. Dans le silence qui suivit, il observa chacun de ses compagnons de naguère. On l'étudiait, aussi. Avec son vieil habit de drap grossier, il faisait figure d'épouvantail parmi ces hommes de frais vêtus. Il surprit dans les yeux du Goupil une pointe de mépris. À la place du brillant jouvenceau qu'il était autrefois, il offrait à présent le spectacle d'un homme éteint avant l'âge. Et lui, que voyait-il ? Des visages où ne se reflétait nulle ombre de remords. Sous les traits ouvertement tendus ou les mines faussement sereines de qui donnait le change, se devinait seulement la peur qui empoignait chacun. Qu'avait-il espéré en venant jusqu'ici ? Se sentir moins seul auprès de ses frères en damnation ? Communier avec eux dans l'horreur du péché ? Quel naïf !

Il faillit se lever, tirer sa révérence. Mais il resta et osa enfin regarder alentour. La pièce n'avait pas changé. Les mêmes jambons pendaient aux mêmes crochets et, sous ses pieds, crissait la même jonchée vieille de quinze ans. Le peigne d'écaille oublié sur le buffet, la cruche d'où dépassaient les tiges sèches d'un bouquet champêtre, le châle jeté sur l'unique chaise, le jouet d'enfant – une carriole miniature – abandonné dans un coin, les bûches en tas près de la cheminée, le chaudron suspendu au-dessus de l'âtre, les pots d'épices, les louches accrochées au mur, chaque chose était à sa place. Et, sur la table où ils se tenaient, les assiettes en bois attendaient toujours un souper qui ne serait jamais servi. Malgré la poussière et les toiles d'araignée, rien n'avait changé. C'était bien la même pièce, celle qui, nuit après nuit, venait hanter ses songes. Il se réveillait toujours au même moment : la main sur le lourd anneau de fer, il s'apprêtait à soulever la trappe. Jamais il n'était allé plus loin. Non, jamais il n'avait redescendu les marches qui plongeaient droit en enfer. Il risqua un coup d'œil sur sa gauche. Émergeant de la jonchée, l'anneau rouillé se dressait, pointé vers lui, comme une invitation à poursuivre son cauchemar. Un frisson le secoua et il comprit dans un éclair la raison de sa présence céans. Pourquoi était-il accouru sinon pour sentir enfin la terreur battre dans ses veines ? Lui, l'homme mort, fantôme parmi les vivants depuis tant d'années, revenait soudain à la vie et il tremblait pour son âme. *Mon Dieu, qu'avons-nous fait !*

Pourquoi se hâter ? se demanda Gilles Bayonne qui, selon son habitude de soldat, marchait à grandes enjambées. L'oiselle n'allait pas s'envoler du nid. Il quitta la rue de l'Éperon pour prendre à main droite la rue Serpente et ralentit l'allure. Un galant homme ne devait-il point laisser à sa douce le temps de se lisser les plumes ? La belle Pauline lui pardonnerait plus volontiers un judicieux retard qu'une arrivée prématurée. Arranger une coiffure, rectifier le pli d'une mante, agrafer un affiquet étaient là secrets de femme qu'un homme sachant vivre se gardait de surprendre. Le chevau-léger offrit son visage à la brise. Il faisait bon cheminer dans la capitale quasi déserte. À cette heure-ci, la marée humaine qui, le jour durant, vous brinquebalait sans pitié en tous sens, avait reflué à l'intérieur des maisons. Le ressac ne manquerait pas de se produire aux premières lueurs de l'aube lorsque marchands, portefaix, maquignons et bétail se déverseraient pêle-mêle dans les rues afin de satisfaire l'appétit insatiable des Parisiens. En attendant, à lui de savourer ce plaisir rare, une promenade en solitaire sans nul besoin de jouer des coudes. Certes, il devait faire montre de prudence. Dès le déclin du jour, les ruffians de tous poils sortaient tendre leurs filets. Plus d'un bourgeois qui se risquait au-dehors, alourdi de boisson et de pierreries, se ramasserait au petit matin dans la rigole, allégé pour l'éternité des soucis de l'existence. On ne l'avait jamais inquiété, cependant. La cicatrice qui zébrait sa joue droite, son arme et sa démarche de soldat tenaient à distance les maraudeurs. Qui viendrait chercher noise à un homme prompt à tirer l'épée quand tant de proies sans défense s'offraient en pâture ?

Bayonne remonta à pas lents la rue de la Harpe, puis bifurqua en direction de l'église paroissiale Saint-Séverin. Il se mit à observer d'un air méfiant les devantures des boutiques. Dans ce quartier, royaume des parcheminiers, les lourdes enseignes en métal destinées à attirer le chaland assommaient comme un rien le passant distrait. Par la mort-Dieu, combien il détestait la ville ainsi que ses chausse-trapes ! Il était impossible d'y vagabonder à l'aise. Quand la foule ne vous écrasait pas les pieds, il fallait tout de même prendre garde à sa tête. Un bon cheval sous les cuisses, des collines à perte de vue, le vent qui gifle le visage, voilà de quoi fouetter le sang. Hélas, Panache, son genet d'Espagne, ne quitterait pas de sitôt l'écurie. Le chevau-léger serra les poings. Que faisait-il ici alors qu'on se battait enfin contre le vieux lion, l'ennemi juré d'Henri IV, Philippe II d'Espagne ? Dès la déclaration de guerre, ses frères d'armes s'étaient empressés de rejoindre les troupes royales, qui en Artois, qui en Bourgogne, qui en Franche-Comté. Le chevau-léger mettait la dernière main à son équipement lorsque Auffray, l'un de ses plus fidèles compagnons, s'était présenté, la mine basse. Pauvre diable ! Il avait fallu que cette mission empoisonnée lui échût. Vaille que vaille, Auffray s'était acquitté de sa tâche. Après l'affaire de Rouen et ses funestes conséquences, avait-il bredouillé, mieux valait pour Gilles qu'il se fît un peu oublier. Dans l'immédiat, ses camarades ne l'accueilleraient sans doute pas à bras ouverts. Au regard lancé par Bayonne, Auffray était sorti de son rôle de commande : « Que la peste m'emporte à la fin ! Pourquoi faudrait-il mentir à un ami ? Ce n'est pas tant que l'on ne vous désire plus là-bas que l'on vous veut ici, vous saisissez ? »

Oui, il avait compris, nul besoin d'en rajouter. Le soldat du roi frappa l'air de sa botte. Le tout-puissant Philippe Hurault, comte de Cheverny, chancelier de son état, tenait à le garder sous la main. Que le Cornu l'embroche et le fasse rôtir dans les flammes de l'Enfer ! Cela ne lui avait donc pas suffi de l'envoyer à Rouen débusquer son propre frère ? La mort de Renaud, le chancelier s'en moquait comme d'une guigne. Son affliction et sa douleur ? Simples broutilles balayées d'une chiquenaude ! Cheverny n'était toujours pas satisfait. Le Grand Maître des corbeaux – maudit soit-il ! – voulait à présent le retenir à Paris comme il enfermait ses chiens au chenil en vue de la prochaine chasse. On ne se sépare pas d'une bête qui a fait la preuve de son flair. Gilles était resté. Que pouvait-il contre un grand de ce monde ? Pourtant, ce matin, au jeu de paume, à la lecture du billet signé par le chancelier, son sang n'avait fait qu'un tour. En termes ampoulés, Cheverny le conviait à se présenter devant lui. *Que s'imagine-t-il donc ? Il a traité mon aîné de félon, menacé les miens des pires représailles, lâché un tueur à mes trousses, et il s'attend peut-être que je vienne lui manger dans la main ? Qu'il aille au diable !* Bayonne avait été le premier surpris par sa réaction. Sous les yeux médusés du messager, il avait jeté le parchemin froissé en boule. Nul doute, ce geste d'humeur ne lui serait point pardonné. Qui sait ? Avec un peu de chance, Cheverny y verrait la marque d'un tempérament trop indocile pour se montrer efficace. Que vaut le chien qui ne répond pas au rappel de son maître ? Le soldat haussa les épaules. De toute façon, le mal était fait. Advienne que pourra !

Un bon moment plus tard, il déboucha sur la place Mauberg. Les Parisiens ne s'étaient pas trompés en rebaptisant l'endroit. Le Cloaque empestait à plein nez. Le malheureux qui pendouillait au gibet paraissait trop frais pour infecter l'air à lui seul. L'égout devait encore faire des siennes. On avait beau le curer, le fossé censé acheminer les eaux sales vers la Seine semblait prendre un malin plaisir à s'engorger jusqu'à la gueule. À longueur d'année y stagnait une fange verdâtre à laquelle se mêlait de surcroît le flot de la Bièvre souillé par les teintureries. Et cet intestin géant où mijotaient en permanence les miasmes les plus immondes serpentait à ciel ouvert dans les rues de la capitale. Fallait-il être criminel pour concevoir pareille insanité !

« J'ignore tes torts, l'ami, dit Bayonne à l'adresse du pendu, mais j'en connais un qui mériterait de te tenir compagnie. Puisse… »

Il s'arrêta net. Deux hommes marchaient vers lui. Les dagues qu'ils faisaient jouer entre leurs doigts indiquaient on ne peut plus clairement leurs intentions. Joséphine aurait-elle vu juste ? L'époux de la belle Pauline avait-il fini par lui dépêcher ces coupe-jarrets ? Le soldat brandit son épée.

« Arrière, mes mignons ! Vos lames sont plus courtes que la mienne. À moi l'avantage. »

Il se retourna à demi. Deux autres gaillards s'avançaient dans son dos. Aussitôt, le plus proche fit tournoyer une hampe au-dessus de sa tête. Gilles bondit sur le côté. Le coup l'atteignit en plein visage. Quand il reprit ses esprits, il sentit sur ses lèvres le goût du sang et le sol sous son front. Il se retourna : il était à terre, entouré par quatre paires de bottes.

« Tu t'es trompé, soldat, dit le lancier en agitant dans l'air l'épée de Bayonne. Ton cure-dents ne fait pas le poids contre ma gaule. »

D'un bond, Gilles fut sur pieds. Il écrasa son poing dans une mâchoire, aplatit du genou un bas-ventre. Les quatre hommes se jetèrent sur lui. Il se retrouva au sol, les bras tordus dans le dos. On l'agrippa par les cheveux et lui tira la tête en arrière.

« Visez-moi ça ! fit l'un des assaillants. Ça rue, ça se cabre, ça regimbe… Le chancelier ne nous a pas raconté de calembredaines. Pour sûr, ce chevau-léger a grand besoin qu'on lui apprenne les règles de la civilité. » L'homme lui souffla au visage une haleine d'ail et de mauvais vin. « Alors, comme ça, on a manqué de correction à Cheverny ? » Bayonne donna un puissant coup de reins. L'effort lui arracha seulement une grimace. Ces chiens lui avaient cassé le nez. « Une vraie tête de mule, hein ? reprit la voix de rogomme. Va falloir te passer la bride. Nous autres, contrairement à toi, on s'y connaît en matière de *correction*. »

Le sicaire empoigna Gilles.

« Reverdy, occupe-toi de l'autre bras. Brémont, Lacroix, tenez-lui les jambes.

— Où l'amène-t-on, Hénin ?

— Aux tripes du diable ! Quand on se montre oublieux des bonnes manières, il n'y a pas mieux pour se rafraîchir la mémoire. »

Le chevau-léger eut beau se débattre, les quatre hommes le traînèrent jusqu'au rebord de l'égout. Par sept fois, une main saisit ses cheveux et lui plongea la tête sous l'eau croupie. Par sept fois, les poumons brûlés, les tempes sifflantes, il aspira par la bouche d'épaisses lampées de vase. On l'abandonna. À moitié suffoqué, il eut juste la force de se tourner sur le côté pour vomir. Aveuglé de sang et de fange, il entendit tout près de son oreille chacun des spadassins susurrer un couplet d'adieu.

« Tu es attendu demain à la Chancellerie, fit le premier, à sixte très précise. Ce coup-ci, tâche de t'en souvenir.

— Et songe à faire un brin de toilette auparavant, se moqua le deuxième. Tu empestes la punaise.

— Je te dis ça en ami, rajouta le troisième, un oubli serait malavisé de ta part, quoiqu'il nous mettrait en joie. Nous rendrions alors une visite de courtoisie à ta charmante sœur. »

Un coup de bottes au creux de l'estomac le plia en deux. Il sentit une haleine mêlée d'ail et de vinasse, Hénin.

« Rappelle-toi, soldat, on ne dit pas *non* à Cheverny. »

Il s'évanouit.

« C'est déraison de nous réunir ici ! »

Le voisin d'Hugues Rivière accompagna son cri d'un coup sur la table, un geste de bravache qui cachait mal sa peur.

« Craignez-vous donc les souris qui trottinent sur le sol ? se moqua le Goupil. Qui songerait à troubler nos retrouvailles ?

— Lui ! répondit un autre membre de la tablée. Il va tous nous massacrer, les uns après les autres, et nous, que faisons-nous ? Comme de sots moutons, nous venons nous serrer dans la tanière du loup.

— Mais c'est nous les loups… », dit Rivière.

Sa remarque tomba dans le vide. Celui qui avait été leur chef leva la main. On s'agita sur les bancs, on grommela, puis on se tut.

« Et comment pourrait-il se douter que nous nous retrouverions précisément ici ? Et à cette heure ? fit le Goupil. Croyez-moi, j'ai choisi l'endroit le plus sûr. Maintenant, si le cœur vous en dit, la porte est ouverte. Qu'attendez-vous ? Allez-y, prenez donc vos jambes à votre cou ! Nul ne vous retient. »

Personne ne bougea. Avec flegme, le Goupil se mit à dévisager chacun des présents. Les voilà qui mijotaient dans l'angoisse. Tous le regardaient comme si, de lui, viendrait le salut. Qu'il rugisse, et le plus couard des couards se rangerait sous sa bannière. Il était si facile de manœuvrer les hommes, ces girouettes toujours prêtes à se tourner dans le sens du vent le plus fort. Ils voulaient être rassurés ? Qu'à cela ne tienne ! *Donnons-leur ce qu'ils désirent et ces benêts me suivront les yeux fermés !*

« Vous sauver ? Ne comprenez-vous pas que c'est cela justement qu'il escompte ? Dispersons-nous tels des lièvres pris de panique et nous rentrons dans son jeu.

— Que devons-nous faire ? » demanda une voix.

Impassible, le Goupil prit son temps. Il ne s'agissait point de commettre un faux pas au moment où la partie était presque gagnée. Seul Rivière se tenait sur la réserve.

« Il nous faut raison garder et ne point frémir. Pourquoi changer nos habitudes ? Nous attirerions l'attention. À quoi nous mènerait la sottise d'abandonner nos richesses pour nous enfouir au fond d'un trou ? Allons ! Comptez-vous vraiment vous terrer jusqu'à votre dernier soupir ? » Son sang-froid impressionnait, nota le Goupil. Pourquoi aurait-il tremblé ? Il ne risquait rien. Si ses acolytes, jadis, s'étaient avancés à découvert, il avait toujours pris soin de se musser. Jamais on ne remonterait jusqu'à lui. Et, grâce à ses ruses de renard, il finirait bien par démasquer maître Ysengrin, le loup assoiffé de vengeance. Mais nul besoin de se hâter. Il n'était pas temps encore de se passer de ses services. « Vuillard – que

Dieu ait son âme – était un pleutre. La peur lui brouillait la vue et cela l'a perdu. À se méfier de tout, on perd sa clairvoyance. Ne tombons pas dans la même erreur. Sans doute ignorons-nous à quoi ressemble notre adversaire, mais nous connaissons au moins son âge et la marque qu'il porte au bras. À nous d'ouvrir l'œil, compagnons, et le bon !

— Le Goupil parle d'or. Ce loup solitaire n'a aucune chance contre nous. Offrons-lui l'accueil qu'il mérite. Il nous veut gibier ? Devenons chasseurs ! »

La cruche d'eau-de-vie qui parut sur la table vainquit les dernières résistances. On échangea quelques propos encore, histoire de se donner du cœur, et tous repartirent. Hugues Rivière laissa la bande prendre les devants, puis sortit à son tour.

« Et vous, qu'en dites-vous ? lui demanda le Goupil en le retenant par la manche. On ne vous a pas beaucoup entendu.

— Je ne me sauverai point si telle est votre crainte. » Rivière se dégagea d'un geste brusque. « Que la Colère de Dieu nous réduise tous en cendres ! » Il cracha par terre et disparut dans la nuit.

Demeuré seul, le Goupil se permit enfin un sourire. Une affaire rondement menée. Il n'avait plus guère qu'à attendre. Les chèvres resteraient sagement attachées au piquet, et le loup viendrait les y croquer tout cru.

II

Dans un sursaut, Bayonne tenta de se dégager. En vain, il ne pouvait rien contre eux. Le premier lui bridait les jambes ; le deuxième écrasait ses poings sur son nez ; le troisième le clouait au sol. S'il bougeait, les coudes du sicaire s'enfonçaient en son ventre comme des lames. Sur sa droite, les volutes crachées par un mauvais feu s'élevaient toujours plus haut dans le ciel jusqu'à draper les étoiles d'un linceul de fumée qui peu à peu se mit à recouvrir la nuit. Sa gorge le piquait, il larmoyait. Hénin se pencha en avant. Quand il se redressa, il brandissait à la main un fer chauffé au rouge.

« On va te marquer comme un canasson, ordre de Cheverny. Plus question pour toi de t'enfuir de l'écurie. »

Gilles ferma les yeux. Un rougeoiement força ses paupières, le fer grésilla au contact de sa peau, l'air se mit à empester la chair brûlée, et le cauchemar cessa net.

Bayonne se réveilla trempé de sueur, le nez et l'estomac douloureux. Par la fenêtre ouverte, entrait un soleil dur, une dague de feu pointée sur sa joue. Le chevau-léger se redressa à demi. Ses habits étaient posés sur le coffre en cèdre, son baudrier et sa ceinture suspendus au crochet de cuivre. Brillant comme deux sous neufs, ses bottes montaient la garde au bas de son lit. Une odeur âcre flottait dans l'air qu'il identifia sans peine : Joséphine devait passer quelque volaille au-dessus des flammes. Nul bruit dans la maison. Au lieu et place du ramage qui l'animait d'ordinaire, régnait un silence de cathédrale. Gilles repoussa sa couverture. La frimousse de Pique-Lune s'encadra par la porte entrebâillée.

« Bonjour, mon maître, et adieu ma tranquillité ! Maintenant que vous voilà éveillé, Joséphine peut de nouveau me houspiller sans crainte. »

Le soldat se pencha sur la cuvette d'eau fraîche tendue par le garçon.

« En ce cas, voici un message à son intention qui devrait t'assurer la paix. Dis-lui qu'avant de te nourrir d'imprécations, elle veille d'abord à me remplir le ventre. Je meurs de faim ! »

Pique-Lune courut porter la bonne nouvelle pendant que Gilles priait le Seigneur de lui pardonner cette menterie. Son ventre se révulsait à l'idée d'avaler quoi que ce fût. Rien ne tranquilliserait davantage les siens, cependant, que de le voir attablé devant un plat goûteux. Après la frayeur qu'il leur avait causée, il leur devait bien ça. Fichu caractère que le sien ! Si on le caressait dans le sens du poil, il se mettait à piaffer, et si l'on s'aventurait comme Cheverny à le prendre à rebrousse-poil, il ruait des quatre fers. Et où donc son humeur ombrageuse le menait-elle ? À rencontrer, non pas la belle Pauline, mais les hommes du chancelier. Jolie nuit d'amour, en vérité ! Il acheva ses ablutions, se vêtit et descendit à la cuisine.

Bartholomé Bayonne refit son pansement au nez ; Joséphine, en bonne nourrice, lui versa une louche de ragoût. Tant bien que mal, le chevau-léger vint à bout de son écuelle, puis il alluma son brûle-gueule. Le moment des explications était venu. Son père, Clotilde, Pique-Lune, Joséphine, tous tournaient vers lui un visage interrogateur. Il ne leur cela rien, ni sa saute d'humeur à la lecture du pli marqué au sceau de Cheverny, ni l'humiliante correction infligée par les quatre sicaires. À mesure qu'il parlait, le regard de son père s'assombrit. Avec raison, pensa Gilles. Il ne ressortait pas grandi de cette affaire. Dieu sait quel sort lui aurait valu sa crânerie si le chancelier ne s'était pas entêté à lui brider le cou. Oui, son père pouvait à juste titre blâmer sa conduite. N'était-il pas son dernier fils survivant ? S'il avait depuis longtemps passé l'âge de recevoir le fouet, il n'était pas à l'abri d'une réflexion plus cinglante encore qu'un coup de cravache. Il se tut.

« A-t-on idée d'aller irriter le frelon… » dit son père, une note de fierté dans la voix.

Ce fut son unique commentaire. Le chevau-léger se redressa, gorge nouée. Quelle heureuse fortune d'être le fils de cet homme ! Jamais de reproche ni de procès. Quoi qu'il fît, son père était toujours là en soutien.

« On ne m'y reprendra plus, père, je vous le promets. »

Bartholomé Bayonne afficha une moue goguenarde.

« Mettons que je n'ai rien entendu, fils. Te connaissant, je crains fort que ton naturel ne te rende parjure… »

Il y eut un flottement, et les deux hommes s'esclaffèrent. Clotilde se joignit à leurs rires, Joséphine remercia le bon Dieu ; Pique-Lune, lui, avait disparu.

Quelques instants plus tard, Gilles quittait la demeure familiale. Il sortit sous un soleil de plomb. Son nez et son estomac lui cuisaient, il se sentait tout étourdi. Il jeta un regard à la ronde – toujours point de Pique-Lune en vue – et se mit en route. À l'heure de partir pour la Chancellerie, il préférait ne pas voir le feu follet traîner dans ses pattes. L'éclat qu'il avait surpris dans les yeux de Pique-Lune au moment où il donnait le nom de ses agresseurs ne promettait rien de bon. Il pressa l'allure. Cheverny ne le prendrait pas en faute une deuxième fois.

L'église de Notre-Dame sonnait les douze coups de sixte quand, jouant des coudes et des épaules, il s'ouvrit un passage dans la foule des solliciteurs agglutinés au pied de la Chancellerie. En haut des marches, la mine narquoise, Hénin et sa clique l'attendaient. Chacun y alla de son compliment.

« Hé, soldat ! Qu'est-il arrivé à ton reniflant ?

— Tu es tombé de cheval ou quoi ?

— Faut pas s'étonner ! Quand on marche plein de morgue, le menton au vent, on finit toujours par se casser le nez.

— C'est un mal pour un bien, remarque. Ça t'apprendra peut-être à abandonner tes grands airs. »

Bayonne posa la main sur le pommeau de son épée.

« Très bien, vidons séance tenante notre différend. Qui, parmi vous, trouvera le courage de prévenir le chancelier des causes de mon retard ? »

Hénin leva le bras. Ses hommes s'écartèrent.

« Tout beau, tout beau ! Point de sotte querelle entre nous. Passez, mon prince. »

Gilles leur tourna le dos. Ces rustres sauraient-ils lire en ce geste la marque de son mépris ? Il n'y eut pas de réponse à sa question. Un huissier se présenta et le pria de le suivre.

Sitôt Bayonne disparu dans les entrailles de la Chancellerie, les quatre hommes de main redescendirent l'escalier, une joie féroce sur le visage. Par le diable ! Aucun de leurs anciens emplois n'égalait leur ministère auprès de Cheverny. Non seulement le comte s'y connaissait pour les occuper de plaisante façon, mais encore il savait, en matière de récompense, se montrer grand seigneur. Arrivé au dernier degré, le sicaire en tête écarta d'un coup de botte le vieillard accroupi sur la marche. L'homme glapit.

« Va donc te plaindre au chancelier, vieux débris ! » lança Hénin par-dessus son épaule.

Avec force bourrades, les quatre comparses fendirent la vague des quémandeurs qui à toute heure du jour venait battre contre la Chancellerie. Pas un ne remarqua, dissimulé par la foule, le jeune rouquin adossé au mur.

Pique-Lune les laissa prendre de l'avance, puis sauta sur ses pieds. Masqué par l'épaule d'un notaire, il n'avait rien perdu de l'algarade entre le chevau-léger et les spadassins. Les voilà donc, les marauds qui s'étaient permis d'asticoter son maître. Il repéra Hénin en un clin d'œil. L'homme ouvrait la marche en chef, sans consulter ses compagnons. Le garçon enregistra avec soin l'allure du personnage, sa dégaine, ses cheveux attachés en queue-de-rat. Il commencerait par lui. Privée de sa tête, une meute recouvre plus lentement ses esprits. Il lui faudrait aussi agir à la nuit. Pique-Lune se mordit les lèvres. Non, cela ne suffisait pas. Si l'une de ces crapules l'apercevait à la faveur de la lune, ils auraient tôt fait de remonter jusqu'à Bayonne. Il devait trouver autre chose. Le garçon poursuivit sa filature sans même y penser. Il se mouvait au sein de la marée humaine tel un poisson dans l'eau. À Rouen, n'avait-il pas bénéficié des leçons de l'Anguille, son ancien mentor ? Aux côtés du vieux chevalier tire-laine, il avait appris entre autres tours l'art subtil de se fondre dans la foule. Son gibier, d'ailleurs, faisait tout pour lui faciliter la tâche. Un panier renversé, le cri d'un passant bousculé, une invective haute en couleur, un jeu d'enfant que de suivre la piste !

Pique-Lune ralentit soudain l'allure. Le quatuor venait de s'engouffrer dans une taverne. Sans se presser, le garçon dépassa la porte d'où s'échappait un fumet alléchant et se posta à cinq pas, caché derrière un haquet chargé de tonneaux. Il n'eut pas long à attendre. Visage contracté par l'effort, une petite servante sortit sur le seuil. La pauvrette ployait sous le poids d'une jale plus lourde qu'elle. En deux bonds, Pique-Lune la rejoignit et la débarrassa de son fardeau, un baquet rempli jusqu'à la gorge d'épluchures.

« Où dois-je le porter ? Ordonne ! J'obéis ! »

La fillette se frictionna les bras.

« Dis-moi d'abord, beau chevalier servant, combien me coûtera ta prévenance. »

Inutile de tourner autour du pot avec cette fine mouche, se dit le garçon.

« Si tu laissais traîner tes oreilles auprès des quatre hommes qui viennent d'entrer, tu me rendrais une fière chandelle.

— Ces messieurs sont-ils de tes amis ? »

Au ton employé par la servante, Pique-Lune sut qu'il avait frappé à la bonne porte.

« Fricoter avec ces maroufles ? Plutôt serrer la main au diable !

— Affaire conclue. Vide mes saletés dans la rigole et je m'en vais m'occuper des tiennes. »

Aussitôt dit, aussitôt fait. L'instant d'après, la servante, la jale calée contre la hanche, pénétrait dans l'auberge pendant que le garçon regagnait sa cachette. Celle-ci recelait un trésor. Il y dénicha, coincées entre deux tonneaux, une outre ainsi qu'une miche enveloppée d'un torchon. S'il renonça à satisfaire son estomac – on ne vole pas le pain d'un laborieux – il s'empara du torchon, le noua aux quatre coins, puis, après l'avoir mouillé d'un peu d'eau, le posa sur sa tête. Là-haut, le soleil continuait à déverser de pleins seaux d'huile bouillante et sa surveillance risquait de se prolonger. De fait, son couvre-chef de fortune était sec depuis longtemps lorsque la fillette réapparut. À sa démarche, il devina qu'elle ne revenait pas les mains vides. Il l'écouta, admiratif, un brin étonné aussi. Qu'une fille pût se montrer à ce point finaude était une découverte. Les informations glanées par la jouvencelle lui permettraient de se mettre en chasse dès la nuit prochaine. Son rapport terminé, la demoiselle rassembla ses jupons et regagna l'auberge, butant presque contre les sicaires qui en sortirent au même moment.

Abrité derrière son haquet, Pique-Lune regarda s'éloigner les gredins. Un éclair fit briller ses prunelles d'un éclat de feu. À la solde du chancelier, ces canailles se croyaient au-dessus des lois. Qui aurait été assez téméraire pour les inquiéter ? Nul châtiment ne les attendait ici-bas. Ils échapperaient toujours à la justice des hommes. Quant à la justice divine, elle viendrait un peu tard au goût du garçon. Quand on avait vu ses parents pendouillés par un seigneur inique, on ne pouvait guère se montrer patient. Restait une troisième voie, celle des obscurs, la justice des manants. Œil pour œil, dent pour dent !

D'un geste las, Bayonne s'épongea. Il ruisselait, la tête lui tournait. Voilà donc la leçon imaginée par le chancelier afin de lui faire payer son affront, l'obliger à attendre son bon vouloir sous un soleil de feu. Gilles étouffa un soupir en contemplant le jardinet

– si tant est que l'on pût nommer ainsi ce méchant carré recouvert d'épineux – où on le tenait enfermé depuis près d'une heure. Aucun arbre où se mettre à l'ombre ni d'endroit où s'asseoir ; pas une goutte dans la vasque censée recueillir l'eau de pluie ; quant à s'adosser un instant contre le mur, il ne fallait point y songer. Les pierres brûlantes avaient tôt fait de vous rappeler à l'ordre. Ici, nul repos n'était permis. Et, pour couronner le tout, aucun espoir d'échapper à sa prison. L'huissier qui l'avait conduit céans avait pris soin de refermer la porte à clé. Qui aurait pu soupçonner l'existence d'une telle geôle au cœur même de la Chancellerie ? La cellule à ciel ouvert remplissait sa fonction à merveille, rôtir la peau en été, l'hiver, geler les os. Il n'était sans doute ni le premier ni le dernier à essuyer de la sorte le courroux de Cheverny. Le chevau-léger glissa sous sa langue une pastille de sel. Dieu merci, à défaut d'eau, restait la salive ! Il tenait la recette d'un ami marchand d'étoffes qui commerçait avec la Sublime Porte. *Quand on traverse le désert et que son outre a la mauvaise idée de rendre l'âme*, lui avait un jour confié ce dernier, *il n'y a pas meilleur allié qu'un peu de sel pour vous aider à combattre soif et fatigue*. Le remède, en tout cas, faisait miracle. Affaibli comme il l'était, voilà longtemps qu'il aurait dû tourner de l'œil sous ce soleil. Certes, il battait de l'aile, mais il tenait debout. Il mettait un point d'honneur à ne pas défaillir. Jamais, au grand jamais, il n'offrirait cette satisfaction au Grand Maître des corbeaux.

Son nez se remit à saigner au moment où, après un déclic, la porte s'ouvrit, livrant passage à une vieille connaissance, Hubert Maraval, premier secrétaire auprès du chancelier, un personnage aussi long et sec qu'un pendu d'été. Les deux hommes échangèrent un regard peu amène. Ils ne s'appréciaient guère. Tout enflé de vanité, Maraval n'avait pas oublié avec quelle insolence le soldat l'avait traité, sans considération aucune pour son rang. Quant à Bayonne, il s'était promis, dès que l'occasion se présenterait, de faire ravaler au secrétaire ses propos fielleux envers son aîné. Le clerc, qui dépassait Gilles d'une bonne tête, toisa celui-ci avec la mine de qui se pencherait sur un morceau de viande faisandée. On n'irritait peut-être pas le frelon, se dit le chevau-léger en se rappelant sa promesse, mais pourquoi se priver du plaisir d'agacer ce faux-bourdon ?

« Maraval ! Quel mauvais vent vous amène donc ici ? L'atmosphère qu'exhale votre petite âme est-elle à ce point confinée pour vous obliger à venir respirer au grand air ?

— Et vous, d'où sortez-vous pour caqueter avec autant d'arrogance ? Votre nez est-il par trop bouché qu'il ne peut fleurer ce doux parfum d'égout ? Rabattez un peu votre superbe, Bayonne, et suivez-moi. Le chancelier veut vous voir sur-le-champ.

— À la bonne heure ! Que votre grandeur daigne néanmoins m'accorder quelques instants. Comme vous pouvez le voir, fit le soldat en désignant son nez en sang, il me faut au préalable soigner ma mise.

— Sur-le-champ, j'ai dit !

— Et je dis, moi, que je ne puis me présenter ainsi devant votre maître. Alors, de deux choses l'une : soit vous courez l'avertir en laquais, soit vous patientez en chrétien. »

Le secrétaire vira au cramoisi mais ne pipa mot. Cet insolent venait de le piéger sans nulle issue possible. S'il partait, il perdait la face ; s'il restait, il perdait la partie. La vanité l'emporta, il choisit d'attendre. Sans prêter la moindre attention au clerc, Bayonne tira de son escarcelle une fine bande de tissu, puis la fourra tout entière dans sa narine droite.

Le tanin extrait de la galle du chêne dont elle était imprégnée arrêterait le saignement en un clin d'œil, l'avait assuré son père. Il s'essuya ensuite les mains sur la manche de sa chemise et hocha la tête. Il ne pouvait guère mieux faire. Si son pourpoint taché de sang offusquait la vue du chancelier, ce dernier n'aurait qu'à s'en prendre à lui-même. Sa toilette finie, Gilles leva les yeux vers Maraval.

« Serviteur, monsieur », fit-il d'un ton qui démentait ses propos.

Pour toute réponse, le secrétaire lui tourna le dos et s'engouffra d'un pas leste à l'intérieur de la Chancellerie. Le chevau-léger peina à le suivre. Après la lumière éblouissante du jour, l'obscurité des couloirs, si elle lui apporta la fraîcheur, lui ôta aussi la vision. Se fiant à son ouïe, il ne lâcha pas d'une semelle le clerc qui le conduisit à toute allure jusqu'à la porte de Cheverny. Deux coups frappés à l'huis, et Maraval le poussait dans l'antre du Grand Maître des corbeaux.

L'homme entama la descente de la rue Pierre-à-Poisson avec allant. Pour une fois qu'on pouvait y marcher à l'aise, sans glisser à chaque pas sur les entrailles des poissons vidées à même le sol, il fallait en profiter. Encore deux jours de répit avant que les étaliers ne reprennent possession du lieu et ne déversent sur les dalles le fruit de leur pêche dans les eaux de la Seine. Pour le moment, force leur était de respecter la trêve jusqu'au bout. De la mi-avril à la mi-mai, pendant la période de frai, ils devaient plier boutique. La rage au cœur, ils s'occupaient alors de ravauder leurs filets, non sans pester contre l'ordonnance royale qui les privait, un bon mois durant, de leur gagne-pain. Peu se risquaient à frauder. L'amende était trop épicée et le profit bien trop maigre pour que le jeu en vaille la chandelle. Quand on ne possédait pas, au fond de sa bourse, les arguments nécessaires afin d'acheter la complaisance du prévôt des marchands, on s'abstenait de plaisanter avec les règlements de Sa Majesté. D'aucuns l'avaient appris à leurs dépens, attachés une journée entière au pilori, un collier de poissons autour du cou.

L'homme cracha avec mépris. Pourquoi songer à ces gueux ? Ils ne lui étaient rien. Certes, après cette injustice sans nom, il avait quelque temps partagé leur sort. Mais ce que le Seigneur prenait d'une main, Il le redonnait de l'autre. Le notaire ne venait-il pas de lui confirmer la plaisante nouvelle ? Bientôt, il rentrerait dans ses biens. Au diable la misère et les miséreux ! L'heure était aux réjouissances.

Des cris, des injures, des boniments hurlés à tue-tête, la rumeur enflait à mesure qu'il s'approchait de la place. Il laissa dans son dos la rue Pierre-à-Poisson. Comme à l'accoutumée, la Vallée de Misère grouillait de monde. Sixte avait sonné depuis longtemps mais nombreux encore étaient les chalands qui se disputaient autour des étals où pendouillaient, à en croire les marchands, les plus beaux pigeons de tout Paris. En tout cas, c'est à coup sûr ici que l'on y dégraissait les plus dodus, se dit l'homme en avisant un notable qui fendait la foule sans prendre garde à son escarcelle. Il allait lui emboîter le pas quand un petit mendiant le tira par la manche. Une gifle éloigna l'audacieux. Il se méfiait comme de la peste de cette engeance. Ça vous demandait la charité par-devant et ça vous volait sans vergogne par-derrière. Le gamin se frotta la joue, s'avança de nouveau et s'arrêta cette fois-ci à une distance prudente. À la surprise de l'homme, il lui tendit une bourse avant de s'éclipser au milieu de la presse.

D'un air perplexe, l'homme agita son présent. Il ne pesait pas bien lourd, mais seules espèces sonnantes et trébuchantes pouvaient rendre musique si agréable à l'oreille. Si les vide-goussets se mettaient à remplir l'aumônière de leurs proies, où courrait le monde ? Il dénoua les lacets. À la vue du contenu de la bourse, il pâlit brusquement.

Perdu dans la foule, l'assassin observa un instant son émoi, puis repartit, impassible. La sentence était connue. À lui, maintenant, de l'exécuter.

III

Encore ébloui de soleil, le chevau-léger cligna des yeux. La tanière de Cheverny baignait dans la pénombre. Çà et là, enchevêtrées les unes aux autres, émergeaient des formes indistinctes dont il n'aurait su dire si elles appartenaient à quelque meuble ou à un être humain. Le diable seul savait où se cachait le comte. Son chapeau à la main, le soldat s'avança en aveugle quand, tout miel, une voix s'éleva du fond de la pièce. Avec son obligeance coutumière, le chancelier lui souhaitait la bienvenue.

« J'ai failli attendre, sieur Bayonne. La patience n'entre point au nombre des vertus qu'il a plu au Seigneur de m'accorder. Veuillez en prendre bonne note à l'avenir. »

Que répondre à une telle ouverture ? se demanda Gilles. Qu'il se méfiait davantage des vertus du royal conseiller que de ses vices ? Bien que la repartie lui brûlât les lèvres, il s'inclina sans mot dire. Tapi derrière sa table, la mine gourmande, Cheverny pouvait bien se délecter au spectacle de son apparente soumission, il n'en avait cure. L'honneur était sauf. Fléchir le corps, quelle importance si l'âme ne pliait pas ?

« Vous n'êtes pas trop disert, aujourd'hui, reprit le chancelier. Qu'est devenue votre jactance ? Vous m'avez habitué à plus de faconde.

— Mon silence vous désobligerait-il, Messire ? Il sied mieux, pourtant, à notre rencontre que vaines palabres de ma part. Vous m'avez fait mander et je suis ici pour vous ouïr, non pour parler. »

La réponse avait fusé. Un peu trop vite, manifestement, au goût de Cheverny. Ce dernier parut la décortiquer, à la recherche d'une quelconque effronterie, avec le même soin méticuleux qu'il mit à éplucher l'orange saisie sur une assiette d'argent. Une fragrance acidulée envahit la pièce. Avec d'éloquents bruits de succion, le conseiller du roi entreprit d'engloutir les quartiers gorgés de suc et des gouttes lui dégoulinèrent dans la barbe. Bayonne détourna les yeux. Ses regards se portèrent involontairement sur l'aiguière posée sur la table. Il essaya de ne pas penser au liquide – eau ou vin – qui sommeillait entre ses parois guillochées de fil d'or. Les babines du chancelier s'étirèrent en un sourire.

« Cette aiguière vous mettrait-elle l'eau à la bouche par hasard ? »

Le coup de griffe, aussi leste qu'acéré, jurait avec l'indolence affichée par Cheverny. L'habit ne fait pas le moine, songea le soldat. Appuyé contre le dossier de sa cathèdre, le garde des sceaux, sous ses paupières mi-closes, l'observait d'un air affable. Cette bonhomie de façade cachait, Gilles en avait fait l'expérience, un homme madré et redoutable. Si le visage du chancelier amolli par les plis de graisse ressemblait à une poire surie, ses yeux, eux, vous perçaient jusqu'à l'âme. Le chevau-léger prit le temps de choisir ses mots.

« L'unique soif qui m'anime est celle de servir mon roi et, en ce souhait, le hasard n'a point place.

— Vous m'en direz tant ! Il a fallu, toutefois, que la nécessité vous aiguillonne de son dard pour vous amener à retrouver le chemin de mon cabinet.

— Si c'est aussi celui qui mène à Sa Majesté, je m'incline avec gratitude.

— En doutez-vous ? »

La voix du comte s'était muée en un ronronnement doucereux. Les pupilles étrécies à l'extrême, Cheverny considérait Bayonne tout en lissant sa moustache entre ses doigts boudinés. Maître Mistigri s'apprête à croquer le mulot, se dit Gilles, les sens en alerte. Par quel trou de souris allait-il s'échapper ? Exprimer plus avant sa défiance vis-à-vis du chancelier lui vaudrait assurément un coup de dents. Proclamer une fidélité sans partage au roi lui coûterait un nouveau coup de griffe. Autant choisir entre la peste et le choléra.

« Que non pas, Messire ! Souffrez, cependant, que je vous confesse mon désarroi. Je suis ici à me morfondre pendant que d'autres se battent en l'honneur de notre souverain. Quel horizon peut bien s'ouvrir au chevau-léger qu'on enferme à l'écurie ?

— Il n'est si bon cheval qui ne devienne rosse. Prenez-y garde, monsieur le soldat, ou vous finirez chez l'équarrisseur. À la longue, votre bel enthousiasme pour le roi risque de fleurer l'irrévérence au nez de son chancelier. » Bayonne se tint coi. Si la remontrance s'arrêtait là, il pourrait s'estimer heureux. Sous ses airs de chattemite, le Grand Maître des corbeaux était homme à vous arracher les yeux pour un mot déplacé. « Non », à l'évidence, lui écorchait les oreilles. Pourquoi continuer à regimber ? Cheverny, de toute façon, emporterait la bataille. « Vous mériteriez que je vous envoie faire un petit tour aux galères afin d'y méditer ce conseil, reprit ce dernier. Toutefois, en mémoire de feu votre frère, je veux bien fermer les yeux sur votre incartade. Vous êtes mon débiteur, sieur Bayonne. »

Son débiteur ? s'insurgea Gilles *in petto*. Qui s'était échiné à débrouiller l'affaire de Rouen ? Qui avait conjuré le danger de disgrâce planant au-dessus du comte ? Qui avait risqué sa vie et perdu son frère ? Qui, depuis lors, avait aussi perdu foi dans le genre humain et voyait en tout homme, quoi qu'il fasse ou dise, un possible traître ? Lequel des deux, enfin, s'était empressé d'oublier sa dette mais n'en était pas moins redevable à l'autre ? Ces vérités malsonnantes, le chevau-léger brûlait de les crier à la face du chancelier. Pas un muscle de son visage ne frémit. Il regarda droit devant lui sans ciller. On n'égratignait pas sans péril l'amour-propre d'un grand, et Philippe Hurault de Cheverny était un homme puissant. Lors de la remise des sceaux, ne s'était-il pas présenté devant Henri IV accompagné par plus de quatre cents gentilshommes de sa suite ? Il faisait et défaisait des carrières d'un claquement de doigts. Il récompensait, il châtiait. Tous lui devaient obédience mais lui-même, excepté du roi, n'était l'obligé de personne. La mort dans l'âme, le soldat déposa les armes.

« Votre avertissement, Messire, ne tombera pas dans l'oreille d'un sourd ni votre mansuétude dans le cœur d'un ingrat.

— En selle, donc ! La gratitude se mesure aux actes, non aux paroles. Vous œuvrerez ici même, à Paris, paroisse de la Grande-Boucherie. Si je vous ai fait quérir, hier, pour vous confier une affaire de vols, je vous appelle aujourd'hui afin que vous élucidiez un crime. Débusquer de front un détrousseur et un assassin, voilà qui devrait étancher votre soif d'action.

— Me permettrez-vous une remarque ? » Le chancelier acquiesça d'un battement de paupières. « À courir deux lièvres à la fois, l'on risque de rentrer bredouille. Si les commissaires du Châtelet se chargeaient de votre voleur, je n'en suivrais que mieux la piste de votre assassin.

— Qui peut le plus peut le moins, trancha Cheverny d'un ton qui n'admettait pas la réplique. Ces messieurs du Châtelet sont trop occupés à chasser les honneurs pour remplir ni l'une ni l'autre tâche. Ne comptez pas non plus sur leur appui. Qui empiète sur leur territoire doit s'attendre à essuyer leur mauvaise humeur. Vous agirez seul. »

Bayonne rumina la nouvelle en silence. L'idée de devoir ferrailler avec des arrogants sourcilleux n'avait rien pour le séduire. Les commissaires de la sinistre forteresse se montraient en effet plus jaloux de leurs prérogatives qu'un chien n'est attaché à son os. Il ne croyait cependant pas un traître mot de l'explication avancée par le comte. Les hommes du Châtelet se pavanaient peut-être tels des paons, ils n'en jouissaient pas moins d'une solide réputation de prédateurs. S'ils se lançaient dans quelque battue, ils ramenaient à coup sûr gras gibier de potence. Pourquoi donc Cheverny faisait-il la fine bouche ?

« Que les commissaires ne soient pas en odeur de sainteté, cela – si je puis m'exprimer ainsi – se hume à plein nez, dit-il. Mais votre réserve à leur égard ne va pas sans me surprendre. Sans doute mon odorat manque-t-il de subtilité pour en renifler la vraie raison. »

La saillie eut l'heur de plaire au chancelier. Celui-ci la gratifia d'un gloussement avant de daigner répondre.

« Nombre de ces *gentilshommes* sentent encore leur fumier. Comprenez-vous ou votre flair est-il par trop gâté ? »

Des propos d'une clarté sibylline… Si le chevau-léger saisit tout de suite l'allusion, il se demanda où diable elle pouvait le mener. Reproche était fait aux hommes du Châtelet ou à leurs aïeux d'avoir acheté leur titre et leur charge. Les gentilshommes bien nés avaient beau s'indigner avec morgue, les rangs de la noblesse de robe ne cessaient de grossir. Le Trésor royal ne renoncerait pas de sitôt à une telle aubaine. Contre plusieurs centaines de milliers de livres, la savonnette à vilains vous décrassait, vous et vos descendants, de toute roture. Quel lien cela présentait-il, toutefois, avec le désir affiché par Cheverny d'écarter les commissaires de l'enquête ? Gilles se concentra jusqu'à trouver la solution. Il n'était pas question de donner sa langue au chat.

« Certains lieutenants ou commissaires du Châtelet, tel le sieur Ladehors bien connu des brigands, proviennent en droite ligne d'une famille de maîtres bouchers, dit-il enfin. Comme tels, ils possèdent encore les étals de leurs ancêtres qu'ils cèdent à quelque locataire ou valet, ils habitent toujours les hôtels édifiés par leurs pères. Bref, la Grande-Boucherie est leur chasse gardée. Or, c'est dans cette même paroisse qu'ont eu lieu votre assassinat et vos vols. Donc, on ne peut les charger de l'enquête. Qui sait leur réaction s'ils découvraient dans les auteurs des crimes un voisin, un ami, un frère ? On ne peut être juge et partie à la fois. »

Rien ne trahit la satisfaction du chancelier. Celui-ci, pourtant, à écouter Bayonne, buvait du petit-lait. Le Créateur n'avait décidément pas fait les choses à moitié le jour où il s'était penché sur l'esprit du soldat. En un tournemain, ce dernier était capable de reconstituer la montagne à partir d'un éclat de pierre. Si l'aîné s'était montré brillant, le cadet, lui, se révélait éblouissant. En troquant un frère contre l'autre, il n'avait rien perdu au change.

« Vous devenez lassant, sieur Bayonne, à toujours parler hors de propos, lâcha-t-il avec ennui. Pourquoi me poser une question dont vous possédez la réponse ? Il vous faudrait apprendre à tenir votre langue. »

Gilles sentit son poil se hérisser. Il mourait de soif et de fatigue, son nez lui cuisait, et il ne savait toujours rien ni sur les vols ni sur le meurtre. Combien de temps le chancelier s'amuserait-il à jouer au chat et à la souris ?

« Quand vous me ferez l'obligeance de délier davantage la vôtre, je me soumettrai volontiers à ce désir. D'ici là, faute d'éclaircissements de votre part, vous me voyez contraint, si je dois chasser pour votre compte, de tâter le terrain par mes propres moyens.

— Vous seriez malavisé en ma présence de trop ouvrir la bouche, tenez-vous le pour dit !

— Messire, on ne peut attendre du chien qu'on muselle qu'il rapporte gibier en sa gueule.

— Prétendez-vous, contre le conseiller du roi, avoir le dernier mot ? »

Le ton s'était fait sirupeux jusqu'à l'écœurement mais le chevau-léger ne s'y laissa pas prendre. Pattepelu sortait les griffes. Gilles se jeta à l'eau. Perdu pour perdu, autant s'offrir une ultime bordée et, le cas échéant, couler de belle manière.

« Non pas le dernier, monsieur le comte, mais le premier en ces affaires sur lesquelles j'ignore tout encore. Je ne revendique que cela, sinon je ne puis rien entreprendre. Honorez-moi de vos paroles et, avec l'aide de Dieu, je vous remettrai les coupables entre les mains. Il vous reviendra alors de trancher. À moi de battre les buissons, à vous de fustiger les criminels. Le dernier mot, Messire, vous appartient de droit. »

Un silence se fit, puis, sans crier gare, le chancelier partit de ce rire qui tenait tout à la fois du gloussement et du croassement.

« Fort bien, j'accède à votre requête. Je m'en vais vous conter toute l'histoire. L'échec n'est pas de mise, sachez-le. S'il vous arrivait de me décevoir, je me verrais contraint, quant à moi, de vous clouer le bec. Définitivement, s'entend. »

Gilles écouta le garde des sceaux sans plus broncher. Perdre une bataille contre un grand de ce monde vous mettait en péril, mais rien n'était plus dangereux que d'emporter sur lui la victoire. Tôt ou tard, le chancelier lui rendrait la monnaie de sa pièce. Gagner un sursis en menant à bien cette nouvelle enquête était le mieux qu'il pût espérer. Comment y parvenir toutefois si Cheverny n'abattait point ses cartes ? L'exposé du comte éclairait peut-être les probables retombées du meurtre commis en la Grande-Boucherie, il passait sous silence celles attachées à la série de vols. Quelques mois plus tôt, le jeune Châtel, élève des pères jésuites, avait eu la malencontreuse idée d'attenter à la vie du roi et le Parlement, au grand dam d'Henri IV qui attendait l'absolution papale, s'était empressé de bannir la Société de Jésus du royaume. Après le renvoi des jésuites, l'assassinat d'un prêtre, s'il demeurait impuni, vaudrait rupture avec le Vatican. Henri IV pouvait toujours faire les yeux doux au pape, Clément VIII l'enverrait déguerpir en droite heure. Soit. Mais pour quelle raison, Ventredieu, d'obscurs notables détroussés de quelques écus intéressaient-ils le chancelier de France ? Si encore on s'en était pris au château d'un prince du sang ou à l'Arsenal de Paris ! Il se demandait comment tourner la question lorsque Cheverny lui fournit la réponse :

« Quant à ces actes de rapine, sachez pour finir que le sieur Dupray, tatillon magistrat avec qui une mienne connaissance est en affaires, a vu tout son or s'envoler, chez lui et en pleine nuit. Cela ne peut se tolérer. »

Et si le chancelier tenait tant à remettre la main sur les biens du magistrat, sans doute se trouvait-il lui-même engagé en quelque vilaine affaire avec la sienne connaissance. « Je veux bien raisonner le tatillon Dupray si, à ton tour, tu te montres raisonnable envers moi », vieille rengaine. Bayonne sourit en son for intérieur. Peste, le Grand Maître des corbeaux enquiquiné par un fâcheux ! Si cela fleurait le roussi sous l'honorable croupion, qu'on n'attende pas de lui d'empressement à l'heure d'éteindre le feu. Au grand galop sur le meurtre, à petits pas sur les vols, décida-t-il à l'instant. Il glissa dans la manche de son pourpoint le mandat tendu par le comte, puis s'inclina en silence.

Cheverny observa le chevau-léger s'éloigner. Un nez brisé, une heure à cuire sous le soleil et les menaces proférées n'avaient pas réussi à entamer son mordant. Certes, le soldat respectait l'étiquette. Son chapeau à la main, il marcha jusqu'à la porte à reculons de façon à ne pas lui présenter le dos. Cependant, s'il tenait son regard baissé, il n'avait pas non plus les yeux rivés au sol. Le détail n'échappa guère au vieil intrigant. Une âme altière, un tempérament de feu et un esprit plus affûté qu'une lame d'Albacete. Sous le clinquant de leurs vêtures et paroles dorées, les hommes se révélaient souvent de bien piètres pantins. Trop malléables, ils n'étaient bons à rien ; trop rigides, ils cassaient sous les doigts. Le chevau-léger, vertu rare, alliait la souplesse du jonc à la fermeté du chêne. Il acceptait de faire le dos rond, mais il savait aussi se redresser de toute sa hauteur si l'on se risquait à lui chanter une gamme un brin trop aigrelette. Jamais il ne se laissait ni séduire ni intimider. Malheur à qui voudrait lui flatter ou lui briser l'échine ! Sans conteste, Bayonne était un homme précieux. Et, pour les mêmes raisons, un homme dangereux. Il ne manquerait pas de garder un œil sur lui.

« Cette robe à guimpe ornée de dentelle dont vous m'avez parlé tantôt, pourquoi ne pas vous l'offrir, ma mie ? »

Dame Bertille n'en crut pas ses oreilles. D'étonnement, elle lâcha son aiguille et le drap râpé jusqu'à la trame dont elle s'échinait, une fois de plus, à prolonger l'existence. Si toute vertu avait son saint, tout vice possédait aussi son champion. Pour son malheur, dans le domaine de l'avarice, nul n'égalait la perfection atteinte par son époux, le sieur Grégoire Layraud, maître orfèvre de son état. De grippe-sou pareil, on n'en voyait pas deux dans tout Paris. Il lésinait sur chaque denier, chicanait à propos de la moindre dépense, ergotait à perdre haleine dès qu'il s'agissait d'entrebâiller son coffre. En un mot, il aurait écorché un pou pour en avoir la peau, et mille pour s'en faire un manteau. À quoi lui servait sa qualité de bourgeoise ? La femme d'un charron était logée à meilleure enseigne qu'elle. Où donc s'étaient envolées ses blanches mains de jeune fille, ses graciles colombes qui autrefois l'emplissaient d'orgueil ? À force de frotter, laver, astiquer, elles s'étaient peu à peu couvertes de crevasses et de rides. Dame Bertille ne sortait plus sans les cacher et, dehors, la honte lui montait au visage. Sur ses poignets fins, à la place des revers en dentelle dont elle rêvait, battaient toujours, usées, informes, les manchettes godronnères à la mode jadis. Elle soupira. Oh ! elle aurait pu tomber sur plus mauvais cheval. Sa voisine unie à un maître joaillier paradait sans doute dans les plus beaux atours, cela n'allait point sans quelque méchante coquetterie, œil enflé ou joue virant aux couleurs de l'arc-en-ciel. Béni soit-il pour cette seule raison, son époux se montrait aussi avare de sa force que de son argent. S'il grondait à l'occasion, il n'avait jamais levé la main sur elle.

Mais jamais, non plus, il ne s'était laissé si vite convaincre. Elle qui, d'ordinaire, gagnait de haute lutte le droit d'acheter le nécessaire, n'en revenait pas de se voir accorder si facilement le superflu. Une robe à guimpe ornée de dentelle quand il fallait se battre pour chaque bouchée de pain, imaginez un peu ! D'où lui venait cette soudaine prodigalité ? Les vols, bien sûr, se dit-elle au souvenir de la remarque lancée par son mari, la veille au soir. *Ma mie, ce malandrin est une bénédiction du Ciel*, lui avait-il confié d'un ton joyeux. *Plus mes confrères s'appauvrissent, plus je m'enrichis.* La voilà, la raison de cette folle dépense, un accès de vanité. Son époux voulait l'exhiber dans une robe coûteuse afin de rappeler aux malheureux dépouillés de leurs biens à quel point son coffre, lui, était pansu. Ma foi, s'il tenait à s'offrir une petite bouffée d'orgueil, elle n'irait pas s'en plaindre.

Dame Bertille osa à peine respirer lorsque maître Layraud tira de sa cache son coffret chéri, une pleine cassette de pièces d'or.

À son froncement de sourcils, elle joignit les mains, une prière muette aux lèvres.

À sa mine hagarde, elle comprit que la robe s'éloignait à tire-d'aile.

Au cri qu'il poussa, elle reprit son ravaudage.

Pourquoi, lorsque le Seigneur vous envoyait enfin un miracle, le diable pointait-il toujours le bout de sa queue ?

Bayonne tenait ses rênes d'une main ferme et souple, sans tension ni raideur, une main moelleuse à la bouche de Panache qui y répondait avec franc vouloir, obéissant aux plus infimes sollicitations transmises par le mors. Derrière le genet à l'allure souveraine, Garlane suivait, docile, un brin rêveuse. Elle était de bonne composition, pensait-elle. Ce freluquet juché là-haut, elle pouvait à tout moment le vider d'un coup de cul. La première fois où Pique-Lune s'était hissé sur son dos, la jument isabelle, habituée aux aides discrètes de Renaud Bayonne, avait tout de suite compris à qui elle avait affaire. Le garçon n'entendait rien à la monte, ne possédait aucune assiette et ignorait tout de ce dialogue subtil qui s'établit entre un cavalier et sa monture. Nul signal à espérer de sa part : ses jambes battaient, inutiles, contre ses flancs ; ses mains, sur les rênes, prenaient juste garde à ne point lui arracher la bouche, une attention, d'ailleurs, à porter à son crédit si l'on jugeait en toute équité.

Oui, songea-t-elle en avisant un tas de purin, il lui serait aisé de mettre bas ce naïf et s'amuser à ses dépens. Panache ne s'en privait pas. Une fesse pincée par-ci, une bourrade de la tête par-là, le genet du chevau-léger poursuivait sans faiblir son dessein, inculquer le respect de la gent équine à Pique-Lune, lui qui, pourtant, ne la respectait que trop déjà. Malgré la tentation – quel cheval n'a pas rêvé de flanquer son cavalier à terre ? – Garlane ne se résolvait pas à suivre son exemple.

Au nombre des raisons qui la retenaient, venait au premier chef la légèreté du garçon, un flocon de neige sur son dos. Il y avait ensuite son odeur si particulière, ce mélange de feuilles froissées et de pain brûlé au creux du cou. Son talent pour la grattouiller entre les deux oreilles pesait d'un bon poids, lui aussi, dans sa décision de se montrer placide. Mais la raison ultime, celle que la jument aurait dotée d'un « R » majuscule si l'écriture n'avait pas été dévolue aux seuls hommes, portait l'humble nom de pommes, ce mets divin prodigué sans compter par Pique-Lune, cette ambroisie qui, lorsqu'elle craquait et fondait tout à la fois dans la bouche, entrouvrait, un bref instant, les portes du Paradis des chevaux. Tout bien considéré, elle ne froisserait pour rien au monde cet aimable jouvenceau. S'il lui plaisait de se croire fin cavalier, pourquoi le détromper ?

Fier comme Artaban, Pique-Lune se redressa sur sa selle. Le roi n'était pas son cousin quand il montait à cheval. Il paradait, conscient des regards envieux ou des œillades admiratives adressés, pensait-il, à sa maîtrise. Son action, en vérité, se révélait des plus ténues. Garlane devançait toujours ses ordres et il n'avait qu'à se laisser mener, grisé par le sentiment de ne faire qu'un avec sa monture. Mais n'était-ce pas cela, le grand art ? L'oubli de soi, l'effacement de la technique sous les traits du naturel, la communion de l'homme et de l'animal ? Tout à ses chimères, le garçon rayonnait d'une joie presque mystique. Que sa jument se contentât de suivre Panache, guidée, à défaut de directives, par un bon sens très terre à terre, ne lui traversait jamais l'esprit.

À l'entrée de l'étroite venelle malicieusement surnommée Sors-si-tu-peux, Bayonne marqua une pause. Il hésitait. Les façades des maisons étaient si rapprochées entre elles qu'une fois un cheval engagé dans la rue, il ne restait, à dextre ou senestre, nul interstice où espérer chuter. Certes… Mais le plus calamiteux entre tous les cavaliers que cette terre ait jamais porté ne s'ingénierait-il pas à s'écorcher coudes et genoux sur les murs en arêtes ? Bah, au diable les *si* ! Garlane connaissait son métier et Pique-Lune penserait à se cramponner. Au moins le garçon en oublierait-il un instant de jacasser à tout-va. Il donna des mollets. Sans se laisser impressionner le moins du monde par la ruelle plus exiguë que chas d'aiguille, Panache lança sa fine jambe en avant. Si son maître lui ordonnait de passer, il passerait, foi de genet !

Gilles lâcha la bride à son cheval, content de s'en remettre au fidèle Panache. Il était harassé. *La rôtissoire* – cet asile où, par faveur insigne de Cheverny, l'on venait méditer sur l'infortune humaine – avait eu raison de ses forces. À peine rentré de la Chancellerie, il s'était évanoui entre les bras de Joséphine, foudroyé par un coup de chaleur. Le répulsif avec lequel son père lui avait frotté tempes et narines, une préparation redoutable à base de férule fétide, aurait réveillé un mort. Il était resté alité tout le jour, des compresses de vinaigre sur le front. Mystère des élixirs paternels, dans la soirée la fièvre était tombée. Cela lui valait de chevaucher présentement, à moitié assoupi sur sa selle, le nez en miettes et la cervelle bouillie. Fier limier que l'envoyé de Cheverny ! Au moins son départ apaiserait-il l'inquiétude des siens dont Bartholomé Bayonne s'était fait l'écho. *Hier, un coup sur le nez, aujourd'hui, cet autre sur la tête ; le prochain, demain, sera pour le cœur. Fils, rends-toi aux désirs du chancelier et joue ta partie comme il le demande. Cet homme ne plaisante pas.* Son père était loin du compte. Que l'on prît Cheverny au sérieux ou pas n'y changeait rien. Les cartes n'étaient pas retournées que leur résultat était connu. On perdait toujours des plumes au service du chancelier et, toujours, le Grand Maître des corbeaux emportait la mise. Sinon, pourquoi lui, soldat du roi, se trouvait-il ici à faire le rabatteur ?

Les deux cavaliers sortirent de la ruelle, grâce à Dieu sans encombre, comme le constata Bayonne après un coup d'œil par-dessus son épaule. Il mit pied à terre, imité par Pique-Lune. Pour atteindre le territoire de la Grande-Boucherie, il leur restait à traverser le pont aux Meuniers, bordé, de part et d'autre de la voie, par une double haie de maisons et boutiques. La chaussée était étroite, la manœuvre périlleuse, et les badauds se pressaient encore nombreux à cette heure vespérale. Mieux valait tenir son cheval par la bride. Il repartit. Pique-Lune s'apprêtait à le suivre quand le manège d'une bande d'enfants l'arrêta. Profitant des dernières lueurs du couchant, fillettes et garçonnets s'amusaient au bonnet. Main dans la main, ils tournoyaient ensemble jusqu'au moment où le meneur jetait au centre du cercle une coiffe rouge. La ronde s'immobilisait, le temps pour un enfant de ramasser la coiffe qu'il posait sur sa tête, puis repartait de plus belle, au rythme d'une folle comptine reprise en chœur :

Quand la vieille est en colère,
Elle jette son bonnet par terre !
Quand la colère est passée,
Elle court vite le ramasser !

L'air songeur, Pique-Lune contemplait la scène lorsque son regard s'éclaira. Il tenait son idée. Hénin et ses acolytes se casseraient la tête à percer la surprise qu'il leur réservait sous peu. Jamais la racaille du chancelier ne soupçonnerait à qui elle avait affaire. C'était décidé, il œuvrerait une de ces nuits prochaines et bien malin qui pourrait le reconnaître. La voix du chevau-léger l'arracha à ses pensées.

« Le moment est mal choisi pour bayer aux corneilles. Nous avons de la besogne, un voleur et un assassin, rien de moins. Reste à savoir par où commencer. »

Le garçon décela un soupçon d'impatience chez son maître. Le soldat avait dû rebrousser chemin pour venir le chercher. Il l'avait agacé ? À lui de l'ébaudir !

« Et si, en tout premier lieu, vous pointiez votre museau au Châtelet ? La forteresse et ses seigneurs espèrent votre visite, il serait discourtois de les faire languir. Pourquoi ne pas les saluer dès votre arrivée ? La politesse l'exige ! »

Pique-Lune souriait jusqu'aux oreilles, une lueur canaille dans les yeux. Le luron préparait quelque malice. Bayonne se prêta au jeu.

« Mâtin ! Tu te montres encore plus à cheval sur l'étiquette que le Grand Chambellan en personne. Et quelle gracieuseté, selon toi, convaincrait ces gentilshommes de mon obligeance à leur égard ?

— En matière de civilité, Dame Nature est sage conseillère et nous montre l'exemple : le chien n'honore-t-il pas son territoire en levant la patte contre le mur ? Les commissaires vous attendent, et de pied ferme à vous en croire. Allez donc, sans plus tarder, compisser leurs bottes. En hommes rompus aux usages du monde, ils sauront apprécier ce gage d'estime à sa juste valeur. »

Gilles s'esclaffa de bon cœur. Assurément, Pique-Lune n'avait pas l'esprit aux talons. Dans l'art de la guerre, par contre, il lui restait fort à apprendre. Le chevau-léger se mit à siffloter entre ses dents. Accourir au-devant des commissaires tel un lévrier quêtant auprès de son maître une caresse d'encouragement avant la chasse ? Il s'en garderait bien. Au reste, il était trop tard pour entreprendre quoi que ce fût aujourd'hui. Complies ne tarderaient pas à retentir, et, dans l'immédiat, mieux valait rechercher gîte et couvert car, n'en déplaise aux seigneurs du Châtelet, jusqu'à la fin de l'enquête, il comptait s'installer sur leurs terres. L'avantage était double : demeurer sur place afin de humer une piste encore chaude et montrer aux commissaires qu'il ne les craignait point.

« L'idée est bonne, mais la stratégie mauvaise. Ces messieurs du Châtelet verraient là signe d'allégeance. Trop de hâte nous desservirait, nous allons au contraire traîner le pas.

— Lambinons, Messire ! Lambinons ! »

Au dernier coup sonnant complies, le Goupil pénétra dans son cabinet. Par habitude plus que par prudence, il fit jouer la clé dans la serrure, puis se mit à arpenter la pièce, mains croisées derrière le dos. Une fine veine bleue palpitait contre sa tempe. Il avait chaud et il était contrarié.

La conversation qu'il venait de surprendre à La Fortune du pot durant son souper ne lui disait rien qui vaille. Il n'avait pas eu besoin d'aiguiser son ouïe. Installés à la table voisine quasiment au coude à coude avec lui, Capelle, Malmaison et Huillet avaient donné de la voix, sans faire mystère de leur courroux envers cette vieille carne de chancelier. Le vin aidant, les trois commissaires s'étaient monté la tête jusqu'à clamer haut et fort leur intention d'accueillir comme il se doit le roquet qui chasserait sous peu à leur place. Si les hommes du Châtelet criaillaient telle une bande de freux à qui l'on vole son pendu, leur indignation avait sonné faux aux oreilles du Goupil, car elle n'allait pas sans crainte. Capelle, Malmaison et Huillet avaient flairé en l'émissaire royal un gaillard susceptible de les éclipser. Leurs railleries parlaient d'elles-mêmes : le chevau-léger mandaté par le comte de Cheverny, un dénommé Bayonne, ne courait jamais sus au gibier comme ils se vantaient de le faire, mais prenait le temps de la traque. Si elle se confirmait, cette nouvelle impliquait une conclusion pour le moins déplaisante. Là où les commissaires s'arrêtaient au crime, l'envoyé royal regardait, lui, au criminel. Ce Bayonne pourrait fort bien s'interroger sur les circonstances qui avaient amené le paisible maître Ysengrin à se transformer en loup enragé. *Qu'il se pose donc la question ! Je lui prépare réponse à ma façon.*

Le Goupil actionna un mécanisme dissimulé dans l'une des parois, fit glisser le panneau lambrissé et saisit un ouvrage rangé au plus profond de la cache mise au jour. Il caressa la tranche du livre, l'inestimable *Magiae naturalis* rédigé par Gian Batista Della Porta. Sans doute n'aurait-il pas à en faire usage mais, dans le cas inverse, il se tiendrait prêt. Bon renard n'a-t-il point toujours plusieurs tours dans son sac ? Celui qui a tout prévu n'est jamais pris au dépourvu. Le Goupil posa le livre sur un double lutrin. Il connaissait l'ouvrage par cœur. Le Napolitain y passait en revue tous les poisons de la Création, sans oublier de décrire leurs effets échelonnés en trois phases, stupéfaction, démence passagère et mort. Inquisition oblige, le savant se montrait évasif dès qu'il touchait à l'emploi concret des substances. Toutefois, pour qui savait lire entre les lignes, il fournissait moult indications précieuses. Lui-même n'avait-il pas vendu à prix d'or la recette de l'appât qui changeait les loups en agneaux ou celle du mélange qui frappait les oiseaux de stupeur et permettait leur capture ? Mais jamais il n'avait eu la sottise d'utiliser ou de révéler les préparations les plus dangereuses, celles qui l'intéressaient aujourd'hui.

Le Goupil mouilla son index, tourna les pages une à une, puis se mit à relire le chapitre consacré aux poisons végétaux. Morelle furieuse, gants-de-Notre-Dame, colchique d'automne, ciguë tachée, casque-de-Jupiter, jusquiame noire, navet-du-diable, hellébore blanc, pomme épineuse, sceau-de-Salomon… Le Goupil sourit. Si d'aventure l'émissaire royal s'embarrassait de questions, il trouverait bien en cette liste de quoi satisfaire sa curiosité.

Comme à son habitude, Pique-Lune faisait honneur au souper, une assiettée de cailles rissolées au verjus. Où diantre cache-t-il toute cette mangeaille ? s'étonna une fois de plus Bayonne en repoussant son propre plat, un brouet d'œufs vite avalé. Même si, ces derniers mois, ses joues s'étaient un peu remplies, le drôle semblait toujours aussi épais qu'une page de missel. On ne pouvait guère l'accuser de chipoter. Pique-Lune s'attaquait à sa troisième caille et, à en juger par son mordant, il ne comptait pas plus lui faire quartier qu'à feu ses sœurs. Le chevau-léger choisit d'attendre la fin du repas pour mettre le garçon au courant. S'il l'entreprenait maintenant sur le père Vuillard, le récit à venir risquait fort de lui couper l'appétit.

Gilles ouvrit sa sacoche, attrapa pipe et tabac, et se mit à bourrer son brûle-gueule. Aux francs compères, la taverne dénichée par Pique-Lune, portait bien son nom. Cris, rires, vivats, un joyeux brouhaha animait le lieu sur lequel se détachaient, arrachées aux fifre et tambourin, les notes d'une gigue d'enfer. Tapant du pied ou frappant leurs cuisses, une bande de jeunes gaillards accompagnaient les musiciens, la face empourprée par la chaleur et l'hydromel. Aux sonnailles jetées pêle-mêle sur leur table – cloches, grelots, clarines, couvercles de marmites – se devinait sans peine leur dessein. Jeunesse s'apprêtait à faire payer à Vieillesse son injure. Cette nuit, quelque barbe blanche aurait bien du mal, bercée par le charivari, à honorer sa trop fraîche épouse. Puisse la noce se dérouler ailleurs que sous les fenêtres du Coq hardi ! pria Bayonne avec une pensée pour la paisible auberge où il avait retenu logis avant de partir à la recherche du couvert. Après les dernières attentions de Cheverny à son égard, il aspirait à bonne couche et bon repos. Complies étaient tout juste passées et il n'en pouvait déjà plus. Il alluma un bâtonnet soufré contre le mur, l'approcha du brûle-gueule. La bouffée de pétun lui brûla les narines. Maudits soient ces bâtards qui lui avaient brisé le nez ! Dès qu'il en aurait fini avec la Grande-Boucherie, il leur rendrait la politesse, intérêt et capital.

Sur un claquement de langue, Pique-Lune abandonna son assiette et le chevau-léger se mit à lui narrer le supplice infligé au père Vuillard.

« Doux Jésus ! s'exclama Pique-Lune quand il eut achevé. Qui a pu commettre pareille atrocité ?

— À poser ainsi la question, tu ne trouveras point de réponse. Pourquoi une telle abomination, voilà ce dont il faut nous mettre en quête. »

Le garçon rosit de fierté. *Nous* avait dit Bayonne comme une évidence. S'y habituerait-il un jour, cependant ? Nul, avant le soldat, ne s'était jamais soucié de lui, sinon pour le railler ou lui roussir les côtes. Aussi loin qu'il s'en souvînt, même les mieux disposés à son endroit le regardaient sans le voir. Aux yeux du curé qui l'avait recueilli lorsqu'à cinq ans il était devenu orphelin, il incarnait la brebis à secourir. Si l'amour du prochain rassasiait l'âme, il affamait aussi le cœur. Quant à l'Anguille, son ancien maître de flibuste, son attention s'adressait plus à ses dons d'apprenti tire-laine qu'à sa personne. Sans doute tenait-il du vieux voleur son surnom, mais il n'était devenu véritablement Pique-Lune que le jour où Bayonne s'était planté face à lui, puis, comme s'il s'était agi de la chose la plus naturelle du monde, s'était mis à lui parler et à l'écouter vraiment. Aussi, quand un tel homme vous honorait d'un *nous*, on se devait d'être à la hauteur, quitte à le contrer au besoin. Répondre oui et amen à tout ce que disait le chevau-léger attirait à coup sûr son mépris. S'y opposer, toutefois, était plus effrayant encore. Pique-Lune rassembla son courage.

« Mais c'est l'œuvre d'un dément ! protesta-t-il. Comment folie s'expliquerait-elle en raison ? »

Bayonne sourit. Le loupiot commençait à s'enhardir.

« Ce que nous appelons raison est souvent folie qui s'ignore. La raison ! Une belle fabulatrice qui se plaît à vêtir d'or nos péchés les plus noirs. Si ton âme tricote une maille à l'envers, ta raison la retricote aussitôt à l'endroit. On peut lui bailler confiance, nos vilenies sont bien gardées. Le diable lui-même serait surpris de ce que dissimule le cœur de l'homme.

— Vous prêchez mieux que docteur en Sorbonne, Messire, un clerc en perdrait pourtant son latin. La folie serait donc raison ? »

Le sourire de Gilles s'accentua. Assurément, il y avait plus d'esprit dans le petit doigt de Pique-Lune que sous le crâne de maints savants. Mais comment le garçon entendrait-il ce qui passait l'imagination ? Qui pouvait comprendre le mal ?

Nulle réponse à cette question, juste un silence glacé tel l'effroi qui l'avait saisi en pénétrant dans Frémont, le village où sa troupe s'était arrêtée un matin de décembre, quatre hivers auparavant. Dieu sait s'il en avait vu des horreurs, mais rien n'égalait le carnage découvert en ce jour maudit. Les démons qui avaient attaqué le hameau ne s'étaient pas contentés de piller et de tuer. Avec art et patience, ils avaient torturé leurs victimes jusqu'à leur dernier souffle, s'enivrant de leurs cris et de leur épouvante. Oublierait-il jamais ces hommes émasculés, ces femmes aux seins tranchés, ces vieillards à qui l'on avait crevé les yeux ? Seigneur ! Oublierait-il jamais ces têtes d'enfants fichées sur les pieux d'une barrière ? Seuls une paysanne et ses deux enfançons avaient réchappé du massacre. Bayonne revoyait la jeune femme, muette et diligente, une marmite de soupe à la main, une écuelle dans l'autre, s'affairer autour des soldats qui piochaient le sol gelé afin d'offrir aux malheureux une sépulture. *Pourquoi ne l'as-tu pas retenue ?* Mais qui aurait pu deviner ? Le soir venu, ils avaient retrouvé la jeune mère dans une grange. Un doux sourire aux lèvres, elle berçait contre sa poitrine rougie de sang ses deux petits, à trois pas du couteau qui les avait égorgés. *Ils sont avec les anges, maintenant*, avait-elle chuchoté comme par crainte d'éveiller les enfants. *Pauvre folle !* s'était exclamé l'un des compagnons de Gilles.

Aujourd'hui encore, comment ne pas entendre cette âme perdue ? La bête la plus féroce semblait un agneau au regard de l'être humain, et il valait cent fois mieux, en effet, se trouver parmi les anges qu'en compagnie des hommes. Le chevau-léger croisa le regard de Pique-Lune. Sérieux comme un pape, le garçon attendait sa réponse. La folie serait-elle raison ? Satanée question, tiens ! Bayonne choisit à dessein la tournure la plus énigmatique. Le gaminet découvrirait bien assez tôt quelle laideur se drapait sous les belles formules.

« Qui ouvre les yeux sur la mauvaiseté humaine peut s'y brûler à jamais la vue. Nous voyons ce massacre – un prêtre sans doute dévoré vif par des rats – et nous crions à l'insensé. Quel homme sain d'esprit ourdirait semblable crime ? Prenons garde, néanmoins : et s'il s'agissait tout simplement d'un pauvre diable à ce point désespéré qu'il en a oublié jusqu'au nom de Dieu ? Resterait à comprendre pourquoi…

— Le cœur de l'homme, disiez-vous.

— Le cœur de l'homme, hélas, où se cache, je le crains, la clé de toute cette horreur. Fasse le Ciel que je me trompe, c'est dans cette fosse à purin que nous devrons fouiller. »

Pique-Lune fronça les sourcils. S'il n'était pas sûr de tout saisir, il devinait obscurément, sous les paroles du chevau-léger, une mise en garde. Mais contre quoi se prémunir ? Sans savoir d'où lui venait cette certitude, il pressentait un péril qu'il lui faudrait affronter seul et en lequel il jouerait son âme. D'un revers du poignet, le garçon essuya son front constellé de sueur. Il n'aimait pas ça. Non, il n'aimait pas ça du tout…

IV

L'impétueux gallinacé qui donnait son nom au Coq hardi avait beau s'égosiller vaillamment depuis l'aube, Bayonne n'ouvrit les yeux qu'un bon moment après tierce, surpris de s'éveiller en ce lieu inconnu. Tout endormi, il se frotta le visage et recouvra à l'instant ses esprits. La douleur se rappela aussitôt à son souvenir et, avec elle, la suite des événements qui l'avait conduit jusqu'ici. Le chevau-léger sauta de sa couche, enfila à la va-vite ses hauts-de-chausse et se pencha par la croisée donnant sur la cour intérieure de l'auberge. Comme il le craignait, le soleil était déjà bien avancé dans sa course. Pour qui espérait se mettre en chasse dès potron-jacquet… Le sommeil, en tout cas, avait rempli son office. Oubliés, dolence, coup de chaleur et cervelle en chiffonnade ! Même si son nez lui cuisait toujours, il se sentait d'attaque, prêt à courir le gibier.

Sa toaille, sa sacoche et ses bottes à la main, Gilles quitta la chambre vêtu de ses seuls hauts-de-chausse et descendit l'escalier qui menait à la cour de l'auberge où, commodité rare, se trouvait un puits. Il posa ses affaires sur la margelle et se mit à tirer un seau d'eau. La corde s'enroula sans une plainte autour de la poulie fraîchement graissée. Aux détails se juge le travail, répétait souvent son grand-père. Maître Champvert était peut-être homme fantasque, il savait tenir son auberge, comme en témoignait cette cour proprette. Le sol avait été récemment balayé. Hormis un chaudron renversé contre le mur, aucun objet n'y traînait. Sur sa droite, juste avant le passage menant aux écuries, se découpaient trois portes à doubles vantaux dont le bois respirait la cire. Poussière d'or dans la lumière, des abeilles zinzillaient autour d'une treille où s'enroulait, soigneusement taillée, une vigne en fleur. À l'ombre de cette tonnelle, un banc et six jarres bien assises sur leurs cales. Enfin, au-dessous d'un immense châtaignier dont plusieurs branches frôlaient la fenêtre de sa chambre, un petit poulailler circonscrit par une clôture en jonc tressé occupait l'arrière de la cour. Avec des gloussements interrogateurs, quelques poules grattaient la terre, indifférentes à sa présence, pendant que le coq, crête en bataille, le fixait.

« Paix, l'ami ! Je ne chasse pas sur tes terres ! » lui lança Bayonne avant de se mordre la joue. Pauline ! Depuis leur rendez-vous manqué, il l'avait laissée sans nouvelles. La belle fulminait à coup sûr, mais elle s'échaufferait doublement si elle apprenait de quelle galante façon ses pensées s'étaient tournées vers elle. Plus tôt il ferait pénitence, plus tôt elle accorderait son pardon. Le premier vas-y-dire rencontré lui porterait un message de sa part, et Gilles se fendrait d'une pièce en bon argent pour qu'il fît diligence.

Le seau tiré, le chevau-léger se lava torse, bras et pieds à grande eau, une habitude qui suscitait toujours la moquerie chez ses compagnons d'armes. Sans crasse amie, maladie s'enhardit, le mettaient en garde les inquiets. Malgré quolibets et conseils,

Bayonne persistait en son extravagance. En fils respectueux, il s'entêtait à suivre les préceptes de son père dont l'engouement pour la médecine arabe se payait auprès des autres mires par force mépris. Du coin de la toaille il se nettoya le visage, puis acheva sa toilette en se frottant les dents avec un morceau d'écorce de saule. Tandis que le soleil le séchait, il récita sa prière matinale, paupières closes, sans rien voir des deux luronnes qui à l'abri d'une lucarne le regardaient d'un œil gourmand. Gilles se signa, enfila ses bottes et se dirigea vers les écuries où Pique-Lune avait élu domicile, dans une chambrette guère plus large qu'une stalle de cheval. Le réduit était vide, ce qui n'étonna pas le soldat outre mesure. Pourquoi le garçon l'attendrait-il sagement ici quand il ne tenait pas en place ? Et pourquoi s'obstiner à penser qu'il pouvait dénicher l'animal quand bon lui semblait ? On ne trouvait pas Pique-Lune ; Pique-Lune vous trouvait.

Un hennissement s'éleva avec un accent impérieux. Déçu, la veille, par une sortie que même un âne aurait dédaignée, Panache réclamait la course dont il se sentait floué. Une maigrichonne balade au cœur de Paris pouvait-elle rassasier sa faim d'espace ? Le genet ainsi que Garlane sa voisine avaient passé tous deux la tête par-dessus leurs cloisons et dardaient sur Bayonne un regard plein d'espoir. Tout en les flattant de la voix, Gilles caressa la jument et le cheval avant d'offrir à chacun, en guise d'adieu, une pomme pêchée dans un tonneau. Si Garlane accepta l'offrande de bon cœur, Panache ne s'en laissa pas conter. Il croqua le fruit avec humeur, puis, alors que son maître s'éloignait, manifesta, à grands coups de sabot dans la cloison, tout le bien qu'il pensait de l'humaine perfidie. Bayonne quitta les lieux l'oreille basse. Le genet avait raison. Barboter dans les eaux boueuses de la capitale n'était digne ni d'un cheval ni d'un chevau-léger.

« Avant l'heure, c'est point l'heure. Vous paierez quand il faudra payer », décréta Simon Champvert d'un ton rogue.

Sur cette fin de non-recevoir, l'aubergiste présenta le dos à Bayonne et retourna à sa tâche. Gilles rempocha son écot, plus amusé qu'autre chose. Le Saint-Père lui aurait toqué sur l'épaule que son hôte n'aurait pas davantage sourcillé. Avec maître Champvert, gueux et gentilshommes recevaient même accueil. Lorsque le père Simon récurait son chaudron, mieux valait croiser au large, et bien le bonjour ! Bayonne lui aurait volontiers claqué la porte au nez pour aller voir ailleurs, seulement son auberge présentait deux atouts. Elle était peu ou prou à mi-chemin entre l'église Saint-Josse et le presbytère du père Vuillard, et se trouvait rue des Lombards où, loin des tonitruants bouchers, officiait tout un peuple de paisibles tailleurs, pourpointiers, drapiers, chaussettiers et passementiers. À choisir, le bruit d'une aiguille enfoncée dans un morceau de tissu semblait préférable à celui du merlin s'abattant sur le crâne d'un bœuf. Le soldat coiffa sa toque et sortit.

La journée s'annonçait chaude. Où qu'il regardât, le ciel étirait son éclatante toile bleue qu'aucun pli ni nuage n'entachait. Aujourd'hui encore, il ferait un soleil à fendre la tête. Le chevau-léger prit la direction du presbytère qu'un livreur lui indiqua. S'il voulait lever le gibier, il lui fallait d'abord observer le terrain. Avec un peu de chance, son voleur et son assassin avaient laissé des traces derrière eux. Ou ses voleurs et ses assassins, corrigea-t-il aussitôt. Comment verrait-il quoi que ce fût s'il se mettait à préjuger ? C'est l'esprit vide que l'on portait un regard neuf, et de ce coup d'œil initial dépendait toute compréhension future. Les premières impressions, avait-il maintes fois remarqué, se révélaient souvent déterminantes, comme si elles recelaient, tissée à fleur de sens, la vérité d'un moment, une vérité faite de sons, d'odeurs et d'images. Mais on ne la déchiffrait qu'à condition de se déserter soi-même. Bayonne s'assombrit soudain. À Rouen, hélas, il était resté aveugle. S'il ne s'était pas laissé brouiller la vue, son frère vivrait encore. Mais il avait saisi trop tard ce que, depuis le commencement, ses sens lui soufflaient. Comment pourrait-il jamais se pardonner cette erreur ?

Parvenu à mi-hauteur de la rue de la Tannerie, Gilles se cogna à un troupeau de vaches plantées au beau milieu du passage. Les ruminants refusaient d'avancer malgré les coups de fourche qui leur aiguillonnaient les flancs. Coincé entre deux formidables postérieurs, un malheureux faisait concurrence à leurs beuglements, mais ses appels ne recevaient que maigre secours. Les rares privilégiés qui avaient trouvé refuge sur le haut du pavé se bornaient à l'encourager de leurs rires. Une génisse retenue à grand-peine par trois aides maquignons se retourna tout d'un coup, cornes pointées vers Bayonne. Il était temps de battre en retraite. Le chevau-léger rebroussa chemin et s'engouffra dans la venelle de l'Écorcherie où il se mit à patauger dans un ruisseau de sang. Les échaudoirs sis au rez-de-chaussée des boutiques alimentaient tout le long du jour la repoussante saignée. Un effluve suffocant le saisit. Gilles bloqua sa respiration, sans quoi l'omelette avalée peu avant menaçait de passer par-dessus bord. Il quitta la ruelle, bottes souillées jusqu'à la cheville, plus serein néanmoins. Quand l'âme se recroqueville en fond de cale, rien de tel qu'une bonne secousse pour la faire remonter prestement sur le pont. Il frappa ses bottes contre un décrottoir et la bouse s'en détacha par paquets, dégouttante de sang. Bienvenue au royaume de la Grande-Boucherie !

Quelques pas plus loin, le soldat tomba nez à nez sur Pique-Lune, rencontre, soupçonna-t-il, qui ne devait rien au hasard. Le garçon s'était sûrement arrangé pour se trouver sur sa route. La veille, ne lui avait-il pas confié son intention de se rendre au presbytère ? Pour l'heure, Pique-Lune semblait occupé à conclure quelque affaire difficile. Moulinets de bras à l'appui, le luron bataillait ferme avec une petite servante qui faisait non de la tête. La donzelle s'obstina dans son refus jusqu'à ce qu'un peigne en os finît par la convaincre. À ce qu'en put deviner Bayonne, la transaction portait sur un chiffon rouge que le garçon enfouit en sa besace avant de se tourner vers son maître. La servante, elle, s'éclipsa sans tarder. À quel usage Pique-Lune destinait-il ce bout de tissu ? Gilles prit le parti de n'en rien demander. Quand il le voulait, l'impénitent bavard savait se rendre aussi muet qu'une tombe.

« Or ça, monsieur mon page, ça gigote, ça papote, ça tournicote… Ou je me trompe fort, ou je te surprends une fois encore à brasser de l'air.

— C'est qu'à interroger la brise, mon bon maître, on devine la couleur du temps. Et si je m'en rapporte à ce que murmurent les vents coulis, je ne me fierais pas à votre place au franc soleil suspendu au-dessus de nos têtes. L'orage gronde, Messire, et, quoique bleu à première vue, le ciel est noir. »

À l'évidence, Pique-Lune n'avait pas perdu son temps. Sans doute ramenait-il en sa musette quelque anecdote instructive. Bayonne se croisa les bras, dubitatif.

« Tu m'étonnes ! Je jurerais pour ma part qu'il est bleu. Qu'y a-t-il donc pour l'assombrir de la sorte ?

— Trois lourds nuages chargés d'ire et de fiel : Capelle, Malmaison et Huillet. Les commissaires se sont répandus hier au soir en actions de grâces sur votre personne. Apparaissez, et ils entonnent le *Gloria* ! Les seigneurs du Châtelet piaffent tout bonnement d'impatience à l'idée de vous chanter la messe.

— Eh bien, s'ils se montrent si ombrageux, ils attendront encore un peu, ces fervents chrétiens. Ne dit-on pas que patience allège les cœurs et éclaire les pensées ? Rassérène-toi, Pique-Lune, le ciel est on ne peut plus bleu.

— Qui oserait en douter ? Ce que mon maître veut, Dieu le veut ! »

Le garçon esquissa une révérence, puis se mit à sautiller sur place. Comme de bien entendu, il avait gardé le meilleur pour la bonne bouche.

« Est-ce là tout ce que raconte le vent ? demanda Gilles. Point d'autre écho susurré par la brise ? »

Pique-Lune ouvrit des yeux de hibou. Nom d'un saint ! Comment son maître faisait-il pour le percer à jour ?

« J'y viens, Messire, j'y viens ! gazouilla-t-il. Maître zéphyr souffle aussi à notre oreille singulière nouvelle. Autant les commissaires brûlent de dévotion à votre endroit, autant un autre paroissien se signale, lui, par sa tiédeur : Ronan Mesnil, bedeau auprès du père Vuillard. Il n'est pas pressé de vous voir, c'est le moins qu'on puisse dire.

— Quelque péché lui pèsera sur la conscience, sans doute.

— Vous êtes loin du compte ! La liste en est si longue que le bon Dieu a dû rajouter une page exprès à son registre pour les pouvoir noter. De simples peccadilles, au demeurant.

— Des peccadilles ?

— Gare ! Gare ! » cria une voix au-dessus de leurs têtes.

Pique-Lune et Bayonne se jetèrent d'un même mouvement sur le côté, évitant de justesse le contenu d'un vase de nuit déversé par une croisée. Quelques gouttes de pisse seulement giclèrent sur leurs bottes. Un moindre mal. L'infortunée lingère qui passait malencontreusement par là en était quitte, elle, pour relaver tout son panier. Gilles entraîna le garçon au bout de la rue, à quelques pas d'un carrefour. Ici, au moins, ils ne risquaient pas de recevoir malodorant baptême.

« Le sieur Mesnil, figurez-vous, a la curieuse manie de faire son marché la nuit, reprit Pique-Lune. Il prélève ici une poule, là un chou, mais jamais on ne l'a vu déranger les braves gens dans leur sommeil au prétexte futile de les dédommager. L'homme ne se distingue pas uniquement par sa délicatesse, il sait aussi se montrer serviable. Les débardeurs qui nuitamment débarquent du vin le trouvent en particulier toujours prêt à les aider.

— Ne s'agirait-il pas de ces honnêtes journaliers qui, par *délicatesse*, préfèrent ne point réveiller les contrôleurs plutôt que les tirer désobligeamment du lit afin de leur verser les taxes dont ils sont redevables auprès de la Hanse des Marchands de l'Eau ?

— Cela même ! Un homme de bien ne saurait fréquenter que d'autres hommes de bien. Évidemment, pareille droiture suscite des jaloux. Certains esprits chagrins vont jusqu'à traiter Mesnil de menteur et de tricheur. Pure malveillance ! La vérité, c'est qu'ils n'entendent guère la plaisanterie et ne savent pas davantage jouer aux dés. Ne leur en déplaise, notre bedeau est franc comme l'or.

— Et ce saint homme freinerait des quatre fers à la pensée de me voir ?

— La vertu est farouche, mon maître. Cela explique pourquoi Ronan Mesnil se montre si discret.

— Tu es tombé sur un oiseau rare. Pour un qui tait ses mérites, combien vantent leurs vices ? Décidément, ce paroissien d'exception gagne à être connu, sa modestie dût-elle en souffrir. Allons le visiter ! »

Pique-Lune fit trois bonds d'écureuil en avant, s'arrêta en plein carrefour, puis, à l'ébahissement du chevau-léger, se mit à clamer, mains en cornet autour de la bouche :

« Place à l'émissaire royal ! Place à… »

Bayonne sauta sur le loustic et le secoua vertement par les oreilles. Quelques badauds s'étaient retournés qui observaient, hilares, la scène. Quelle mouche avait piqué le garçon ? Un rien alarmerait le bedeau, alors une arrivée en fanfare…

« Sur la pointe des pieds, Pique-Lune ! Il me chagrinerait de trouver le nid vide. »

Le garnement rentra la tête dans les épaules, tout quinaud. Devant son air contrit, Gilles libéra le coupable et, d'un geste sec du menton, ordonna le départ. Il ouvrit la route, se jurant à l'avenir de ne plus lâcher le trublion d'un sourcil. Peine perdue ! Lorsqu'il se retourna pour enjoindre à Pique-Lune de le suivre, celui-ci s'était volatilisé.

Ou Mesnil avait eu vent de sa venue, ou le sort favorisait la canaille. En tout cas, l'homme était introuvable. Dommage. Le chevau-léger aurait volontiers confessé ce bedeau qui, le jour, offrait son âme à Dieu et, la nuit, la vendait au diable. Le bougre renfermait probablement quelques secrets. Qui sait ? Le garçon qu'il avait chargé de lui rapporter les clés du presbytère ramènerait peut-être récents échos de l'insaisissable Mesnil. Le conseil paroissial se réunirait ce tantôt en l'église Saint-Josse, comme le lui avait appris maître Champvert entre deux grognements, et le bedeau ne pourrait de toute façon l'esquiver plus longtemps. Sinon, Gilles enfumerait la bête jusqu'à ce qu'elle sorte de son trou. Il cala un roc contre le mur d'enceinte qui enclosait le jardin du presbytère, grimpa dessus, puis se hissa sur le muret en réprimant une grimace. Hénin ne l'avait pas manqué avec son coup de bottes. La pierre était tiède sous sa main, presque chaude. Sixte sonnerait dans deux heures seulement et le soleil avait déjà bu toute rosée. Bayonne enjamba le mur avant de se laisser choir de l'autre côté.

Le carré d'herbes aromatiques en lequel il avait sauté embaumait l'air de senteurs sauvages, cerfeuil, estragon, ciboule, fenouil. Le chevau-léger froissa une feuille de menthe entre ses doigts et se mit à arpenter le jardin. Situé à l'arrière du presbytère, celui-ci s'étirait sur un quart d'arpent environ, une surface tout entière dédiée aux pommiers, exception faite d'un potager cultivé le long du mur d'enceinte. La terre était trop sèche pour avoir gardé la moindre trace. Bayonne n'en ratissa pas moins le sol du regard, pas après pas. Il ne découvrit rien, hormis une serfouette oubliée au pied d'un arbre. Au fond du jardin, derrière un abri en bois, une brèche d'assez belle dimension éventrait le muret. On pénétrait en ce lieu plus facilement qu'il ne s'y était pris. Gilles s'agenouilla. Si l'assassin et ses éventuels complices étaient passés ici, ils avaient veillé à ne pas écraser la mousse qui recouvrait les pierres éboulées. Or ils étaient forcément passés par là. Quel autre chemin emprunter pour s'approcher en douce, sans risque de croiser un importun ? Certainement pas la rue de la Vallée de Misère toujours pleine à craquer sur laquelle donnait la façade du presbytère : un voisin ou un passant aurait pu les voir. Mais comment s'étaient-ils faufilés chez le curé ? Le père Vuillard attendait-il ses visiteurs ? Aux dires du palefrenier interrogé la veille, l'ecclésiastique vivait tel un reclus et ne recevait jamais personne. Et quand bien même il aurait introduit son ou ses assassins dans le presbytère, comment ces derniers s'étaient-ils débrouillés pour en sortir ? Grimaud, le palefrenier du Coq hardi, s'était signé à cet endroit de sa narration. *La porte était fermée d'l'intérieur, comme j'vous dis, et les croisées condamnées, mais d'dans, y avait pas un chat. Ça pue la diablerie, cette histoire-là.*

« Voici les clés, m'sieur, mais point d'bedeau suspendu au trousseau ! Par contre, en son clapier, y avait une ribambelle d'marmots ainsi qu'deux femmes, les sœurettes du Ronan. Elles m'ont remis ça pour vous. »

Bayonne se redressa. Joues en feu, le garçon envoyé chez Mesnil s'encadra dans la brèche du muret et lui tendit un jeu de clés retenues à un anneau de laiton. Le petit n'avait pas traîné en chemin.

« Bigre ! Quelle célérité ! Tu gagnerais un lévrier à la course !

— Vot'belle pièce m'a donné des ailes, pardi ! *Vous s'rez payés selon vos bienfaits*, qu'nous répétait sans cesse l'père Vuillard. Par ma hâte, j'rends hommage à vot'bonté et aux leçons d'not'pauv'curé. »

Priez, et vous serez exaucés. Le Ciel lui envoyait, en ce gamin aussi prompt à tourner un compliment qu'à mouliner des jambes, le messager qu'un peu plus tôt il appelait de ses vœux. Gilles ouvrit son escarcelle et en tira un écu. L'enfant eut un sourire presque douloureux lorsqu'il lui glissa la pièce dans la main. Le garçonnet, bien sûr, connaissait le seul billon, cette menue monnaie de cuivre contre laquelle on obtenait tout juste de quoi ne pas mourir de faim.

« Transmettrais-tu, loin des oreilles indiscrètes, mes salutations à une mienne amie ? demanda Bayonne.

— Dame ! À c'prix-là, j'irais même chanter la sérénade à toutes les belles d'France et d'Navarre !

— Une seule suffira. Écoute bien : elle se nomme Pauline… »

Le garçon pencha la tête, attentif. Quand le chevau-léger eut fini, il récita mot pour mot ses paroles avant de déguerpir à toute vitesse, son petit poing crispé sur l'écu. Surpris, un merle s'envola, lançant haut et fort un vibrant anathème. Lorsque Bayonne franchit la brèche, l'enfant avait déjà disparu. Gilles revit son sourire, si proche de la souffrance, et s'aperçut qu'il ne lui avait même pas demandé son nom. Le soldat haussa les épaules puis, longeant le muret, regagna la porte du presbytère, muni des clés cette fois-ci. Elles étaient au nombre de six, dont deux grosses. Sans hésiter, il écarta la plus imposante d'entre elles, une lourde clé à double panneton destinée sans doute à l'église, et choisit la deuxième, la seule au jugé capable d'épouser la serrure. À l'ouvrage !

Bayonne entra et referma l'huis bien qu'à l'intérieur, une fois la porte close, il fît aussi noir que dans un four. Il se tint aux aguets, immobile. Plus tard, penché sur le cadavre du prêtre, il mettrait un mot sur ce qui lui sauta alors au visage et s'avançait derrière cette obscurité compacte, poisseuse, qu'aucun rai de lumière n'éclairait : l'épouvante. Complètement aveuglé, il laissa venir à lui les bouffées d'ombre jusqu'à tenir avec certitude sa première impression. Gilles rouvrit la porte en grand. L'obscurité recula mais ne céda point. Elle parut se ramasser sur elle-même, prête à reprendre possession des lieux. Que craint un homme pour s'enfouir en semblable tombe ?

La peur était partout. Le regard du chevau-léger s'abaissa sur le fil tendu devant ses bottes, juste à hauteur de cheville, au bout duquel pendait une clochette. *Encore un pas, je faisais sonner le carillon.* Il enjamba le dispositif et se dirigea vers l'une des croisées, au plus sombre de la pièce, un endroit où flottait une odeur de bois fraîchement raboté. Les planches clouées contre les volets étaient rêches sous la paume, hérissées d'échardes qui lui écorchèrent les doigts. Du pouce, il caressa la tête des pointes enfoncées dans le chêne. Le métal, froid et lisse comme il s'y attendait et non piqueté de rouille, confirma ce qu'il savait déjà : cette croisée était condamnée depuis peu. Une mouche bourdonna à son oreille. Bayonne la chassa d'un geste et s'essuya la tempe. Seigneur Dieu, quelle fournaise ! La réserve de bois accotée à la cheminée, d'épaisses bûches taillées pour la froidure, le surprit. En cette saison, on leur préférait d'ordinaire ramilles et branchettes. Gilles déplaça le pare-feu et s'accroupit devant l'âtre. Soit le père Vuillard était un sans-soin et ne vidait jamais les cendres, soit il s'agissait d'un fol qui avait allumé, deux soirs plus tôt, une flambée d'enfer. Or, tout, en ce lieu, indiquait un homme attaché à l'ordre. Le moindre objet se tenait à sa place, un rien guindé, et chacun était disposé vis-à-vis des autres selon une harmonie sans faille, toute en lignes pures, comme tracées au cordeau. Rien ne débordait, pas même le tas de miettes ramassées en triangle sur un coin de la table. Un fol, donc ! conclut le chevau-léger au souvenir de la nuit du meurtre. Longtemps, ce soir-là, l'orage avait feulé au-dessus de la ville, l'étouffant de son haleine de braise, avant de se retirer soudain, sans décocher un coup de griffe. Et, par une nuit pareille, le prêtre aurait entretenu un feu de tous les diables ? Bayonne se mit à siffloter entre ses dents.

Un carillon de malvenue, des croisées condamnées, un brasier à crier grâce… Si le père Vuillard n'était plus, la peur, la grand-peur, elle, rôdait toujours.

Un rire clair fusa dehors, suivi d'un roucoulis de jouvencelles. Les jeunes filles marchaient d'un pas si léger que Gilles dut aiguiser son ouïe afin d'entendre le murmure de leurs sandales sur le chemin. *Dieu accorde avec raison la grâce aux femmes. Nous autres, hommes, écrasons tout de nos bottes.* Il reprit son examen, convaincu qu'il ne trouverait rien en cette pièce. L'ascèse qui régnait ici témoignait du mépris du prêtre envers les biens terrestres. Que lui apprendraient un couteau, une écuelle ou une cuillère en bois ? Peu d'objets, et tous dévolus au nécessaire. Par acquit de conscience, il fouilla le coffre à habits et retourna la couche dont il sonda la paille. En vain. *Laisse-t-on si peu de traces ?* À l'instant où il formulait cette question, le chevau-léger sentit combien elle sonnait faux, comme si le presbytère, tout à coup, lui tenait tête. À quoi bon quêter traces matérielles ? L'esprit aussi imprime le monde de son sceau. Bras croisés, Bayonne contempla la pièce. Par son ordre et son dépouillement, ce lieu incarnait l'âme du père Vuillard, un homme minutieux et austère qui se défiait de la matière, un homme voué à la vie de l'esprit. Gilles comprit où il lui fallait chercher.

La Bible se trouvait dans une niche du mur, à gauche de la croisée, près d'un crochet auquel était suspendu le trousseau du prêtre. Il faisait trop sombre pour bien voir. Le chevau-léger prit le Livre et sortit, ébloui un moment par la lumière acide. Il jeta un œil vers le ciel. Aucune traînée soufrée à l'horizon, mais l'orage se tenait en tapinois. Juste en face du presbytère, un tilleul majestueux prodiguait son ombre. Bayonne ne se fit pas prier et alla s'adosser contre l'arbre. La Bible s'ouvrit toute seule entre ses mains.

Un passage moult fois compulsé à en croire la trace de doigts ombrissant les marges. Trois lignes retinrent son attention, trois lignes sur lesquelles l'index du prêtre avait dû bien souvent glisser pour laisser ainsi, en creux de page, son sillon :

Car voici que le Jour vient, brûlant comme un four,
Et tous ceux qui font le mal seront de la paille,
Et le Jour qui vient les embrasera.

Les mots s'enfoncèrent en lui, ardents et glacés. *L'ire de Dieu.* La pensée fila aussi vite qu'elle était venue. Tout près, un bouvreuil lança son appel, une longue note frémissante. Gilles se laissa aller contre le tronc et ferma les yeux. Sous ses paupières, le miroitement des ombres se mit à onduler, rouge et or, au rythme de la pulsation sourde en son nez. Cela sentait la terre qui a soif et le lourd parfum du tilleul en fleur. La lumière vira soudain. Le chevau-léger rouvrit les yeux et découvrit Pique-Lune. Pas un gravillon n'avait crissé sous le pied du lutin.

« Hâtez-vous, Messire, ou maître Lièvre disparaîtra en son terrier, pépia aussitôt le garçon. Le bedeau s'ensauve à toutes jambes !

— Où ? Vite !

— Arrière toute ! Seconde venelle à dextre, puis la première à senestre. Le plus court et le meilleur chemin : droit sur une souricière ! Mesnil ne peut vous échapper.

— Comment le reconnaître ?

— Hardes, vieux chapeau et moustaches de sanglier. »

Bayonne tendit à Pique-Lune Bible et trousseau.

« Garde le presbytère. Si quelqu'un fait mine d'entrer, pas de quartier ! »

Le garçon bomba le torse. Gilles était déjà parti au galop.

« Mesnil ! »

Le cri claqua comme un fouet. Plusieurs passants se retournèrent, mais le bedeau fit la sourde oreille et allongea le pas. Si le chevau-léger doutait encore, Mesnil venait de se trahir. Lorsqu'il avait déboulé dans la rue, un interminable boyau terminé en cul-de-sac, l'homme avait soudain rebroussé chemin. Comment m'a-t-il reconnu ? s'interrogea furtivement Bayonne. Sans doute était-il le seul paroissien en ce lieu dont Mesnil ne remettait pas le visage. En tout cas, ce chenapan de Pique-Lune avait vu juste. Le bedeau pouvait frétiller des mollets, il était pris dans la nasse. Nulle échappée possible, sauf à s'engouffrer dans une cour pour jouer les chats de gouttière. Gilles se campa au milieu de la rue et gonfla ses poumons.

« Ronan Mesnil ! Au nom du roi ! »

Devant lui, un porteur d'eau sursauta sans qu'une goutte verse. La gentaille se dispersa en un rien de temps. Lorsque tonnait la justice du roi, chacun courait chez soi. Quant à Mesnil, il fit volte-face, tout sourire, et se porta à sa rencontre avec un naturel qui constituait un tour de force. À voir le bedeau s'avancer ainsi, sans traînaillerie suspecte comme sans hâte intempestive, nul n'aurait deviné que le même homme, l'instant précédent, fuyait tel un lapin pris de frissons. Hormis les guenilles dont il était affublé, Mesnil présentait bien. Ses fières moustaches en crocs avaient dû épingler plus d'une donzelle, sa mine avenante abuser plus d'un naïf. Le lascar se tenait droit dans ses bottes malgré ses quarante ans passés depuis des lustres. Il ne serait pas facile à ébranler, songea Bayonne. Heureusement, il gardait toujours en réserve quelque conseil de son grand-père. Le chien frondeur, d'emblée rudoie-le et il se couchera à tes pieds, avait coutume de répéter celui-ci au sujet des coquins et autres fripons. Si le bedeau s'imaginait le piper avec ses airs d'archipatelin, il allait vite déchanter. Dès la première ouverture, Gilles lui servirait une rebuffade de son cru, et adieu les faux-semblants !

« Où courez-vous si vite, mon bon ? dit-il en guise de bienvenue. À vous voir galoper de la sorte, on penserait qu'un malandrin vous colle aux chausses. Remettez-vous de votre frayeur, seule la justice du roi vous talonne.

— Palsambleu ! Je m'en voudrais de lui tourner le dos ! Comme il sied à tout loyal sujet de notre souverain, j'ai plutôt pour habitude de la mirer en face et d'accueillir d'un franc regard celui qui a l'honneur de la représenter, sieur… ?

— Bayonne, Gilles Bayonne, chargé par Sa Majesté d'enquêter sur le crime commis en cette paroisse. Je reviens du presbytère. J'interroge maintenant les paroissiens.

— Ha, ça ! La chance vous sourit ! Vous êtes tombé pile sur le bon bonhomme. J'étais, il y a peu encore, au service du regretté père Vuillard où j'officiais à titre de…

— … menteur, voleur, tricheur, voire fraudeur à l'occasion, le coupa Bayonne. Ne prenez point la peine de vous présenter, sieur Mesnil. La renommée de vos qualités vous précède.

— Abondance de biens ne nuit pas. »

La repartie laissa le chevau-léger sans voix. D'ordinaire, lorsqu'il interrogeait une fripouille, un coup sur la truffe suffisait à lui faire baisser le museau. L'homme filait droit, le temps de l'entretien du moins. Celui-ci se glorifiait de ses brigandages avec un toupet qui, en vérité, forçait l'admiration. Jusqu'où irait sa crânerie ?

« D'aucuns ne partagent pas cette opinion, dont certains commissaires de ma connaissance, dit Bayonne. Lorsqu'on se montre aussi richement doté que vous l'êtes, affirment-ils, on finit toujours, un beau matin, par grossir les rangs de la chiourme. À mon avis, ils n'ont pas tort. Qu'en dites-vous ? »

Sans se départir de son sourire, Ronan Mesnil contempla en silence la tenue du soldat. Toque et ses trois plumes, col dentelé de la chemise en thieulette, pourpoint taillé dans un riche satin bleu, épais ceinturon où s'accrochait une bourse bien garnie, fourreau en chevrette recouvert d'une fine maille d'acier, hauts-de-chausses à la gigote, bottes du meilleur cuir, son regard glissa, paresseux, sur chaque détail avant de se porter sur sa propre vêture. Presque involontairement, Bayonne se prit lui aussi à observer la mise du bedeau et comprit sur-le-champ où ce dernier voulait en venir. Couvre-chef antédiluvien, chemise élimée, veste à petites basques en mauvais drap, corde nouée par le milieu en guise de ceinture, braies loqueteuses et délavées, jambières mal ajustées où pointait l'orteil droit, Ronan Mesnil transpirait la gueusaille. Au terme de son inspection, Gilles croisa le regard du bedeau. L'homme le considérait avec des yeux rieurs, un sourire bon enfant aux lèvres.

« Je dis qu'il est aisé d'aller à pied quand on tient son cheval par la bride, déclara Mesnil. Je dis que dur est le sol pour les malchanceux qui vont nu-pieds sur la pierraille. Et je dis qu'en attendant ce jour béni où *les derniers seront les premiers*, ainsi que nous le promet la Bible, il faut bien vivre, mon bon sieur. »

Du pouce, le chevau-léger se massa la tempe. Ce mécréant lui donnerait du fil à retordre. Non content de l'entortiller dans ses rets, il œuvrait avec une finasserie digne d'un jésuite. S'il resserrait trop sa prise, l'homme lui filerait entre les doigts et il n'en tirerait rien. Il était préférable de s'en faire un allié ou, mieux, un vassal. Mesnil craignait les seigneurs du Châtelet ? Voilà la carte qu'il lui fallait jouer.

« Par le nombril du pape, quelle éloquence ! Pour un peu, je me convertirais à votre religion. Je doute, néanmoins, que votre prêche emporte l'adhésion des commissaires.

— Que me chaut leur saint sacrement ? Ces chrétiens ont la vue courte, ils ne savent mesurer un homme qu'à ses actions. J'aime mieux m'en remettre au Tout-Puissant. Lui, au moins, ne juge pas à l'écorce mais au cœur et, foi de vaurien, je n'ai pas le fond mauvais.

— Dieu sait fermer les yeux là où les hommes se montrent trop regardants, n'est-ce pas ?

— Vous m'ôtez les mots de la bouche !

— De vous à moi, fit Bayonne à voix basse, vos petits arrangements avec le Seigneur sont votre affaire, et je n'ai nulle envie d'y aller voir plus près. La mienne est de débrouiller un crime et quiconque m'aidera en ce sens obtiendra le rachat pour ses péchés véniels. Me fais-je bien comprendre ?

— À merveille ! Seulement vous présentez à mes lèvres une coupe à laquelle je ne saurais boire, aussi tentante soit-elle. Que pourrais-je vous offrir en échange de la rémission que vous me proposez ? Je ne sais rien de rien. La nuit où notre pauvre curé est mort, je me trouvais port de Grève, à prêter main-forte à des compagnons. En revanche, je connais un pécheur qui s'abreuverait volontiers à votre calice. » D'un hochement de tête, Gilles encouragea le bedeau à poursuivre. « Quand je dis *pécheur*, encore faut-il le prouver. Je ne voudrais pas médire. Une chose est sûre, on n'apprécie guère le Toussaint Gerbault par ici. Que voulez-vous ? Sa caboche ne revient pas aux braves gens. En tout cas, si vous cherchez un larron à confesser, c'est votre homme. Ses nuits, il les passait dehors, arquebuse dans le dos, à surveiller les alentours du presbytère, et vous savez la meilleure ? Il avait ordre de ne pas faire feu ou alors de tirer à côté. Belle défense !

— Fichtre ! Et depuis quand s'amuse-t-on céans à garder les presbytères ?

— Depuis que le père Vuillard s'était fourré dans le crâne de transformer le sien en forteresse, il y a un mois de cela. Vous avez vu, non ? Les grelots, la clochette, les croisées condamnées et tout le tremblement ! Sans parler de sa dernière foucade, Toussaint Gerbault. On en a fait des gorges chaudes, allez ! Pourtant, il faut croire qu'il avait de bonnes raisons de s'effaroucher, le malheureux. »

Quels grelots ? Le soldat songea à la cave du presbytère qu'il n'avait pas encore inspectée.

« Auriez-vous une idée de ce qui l'effrayait à ce point ?

— Ni une once ni une oncette ! Aucune confidence de sa part, aucune bribe d'explication, aucun signe avant-coureur non plus. Du jour au lendemain, il est devenu tout chose, notre curé. Quant à savoir pourquoi, mystère ! »

Le chevau-léger nota l'information avec soin. Enfin un buisson à fouiller ! Contrairement au bedeau, quelqu'un avait peut-être remarqué un visage inconnu ou surpris une dispute à l'origine de ce bouleversement soudain.

« Cela remonte à un mois, dites-vous.

— À la Saint-Paterne très exactement, et d'un coup d'un seul : le matin, Jean-qui-rit, le soir, Jean-qui-pleure. Enfin, c'est manière de parler, car le père Vuillard – que son âme me pardonne – s'était plutôt mis à ressembler à un lièvre. Ses bizarreries datent de ce moment-là. Le soir, après la dernière messe, je devais même fouiller le presbytère avant qu'il ne s'y claquemure pour la nuit, à croire qu'il redoutait méchante visite.

— Un homme ne change pas du tout au tout sans raison.

— Pour sûr, mais si vous désirez connaître le fin mot de cette mue brutale, vous feriez mieux d'interroger le diable. Pour ma part, j'ai eu beau me creuser la cervelle, j'en reviens toujours au même point : la Saint-Paterne était un jour comme les autres.

— Le diable attendra. Pour l'heure, j'aimerais m'entretenir avec le particulier ou la particulière qui a découvert le corps. »

Ronan Mesnil se mordit la joue, l'œil goguenard.

« Abandonnez semblable idée. Vous n'arriverez pas à faire parler cette paroissienne, ou alors ce serait miracle.

— Pourquoi ? Est-elle muette ?

— Que non pas ! La belle vocalise si fort qu'elle assourdirait tout un couvent. Il n'empêche qu'elle ne vous dira rien, la Mouche : c'est une chienne. Ses hurlements ont donné l'alarme. Toussaint Gerbault l'a trouvée plantée devant le soupirail du presbytère et il est venu tout droit me chercher. Avant même d'ouvrir, on savait. Il n'y a pas comme un chien pour renifler la mort.

— Encore ce Gerbault ? Décidément, une causerie avec lui s'impose. Où niche-t-il, votre oiseau ?

— Sur l'île aux Vaches, loin du regard des hommes. Quand vous le verrez, vous comprendrez. »

Bayonne tiqua. L'île aux Vaches ? Seul un ermite ou un désespéré élirait pareil éden. Excepté les ruminants mis au pâturage sur l'île, l'endroit était entièrement inhabité. Quelle disgrâce pouvait bien amener

Gerbault à se retirer en ce désert ? À moins qu'une autre raison ne le poussât à fuir ses semblables…

« Une dernière question. Quel genre de mortel était le père Vuillard avant sa *mue* ?

— Ça n'a jamais été un joyeux drille, pour ça non, dit Mesnil en froissant son vieux chapeau. Il appartenait plutôt à l'espèce des tourmentés : un solitaire à la triste figure qui décoche un sourire une fois l'an. Mais c'était un homme généreux, et un homme bon, surtout envers les enfants. Croyez-moi, il s'est gagné sa place au Paradis.

— Merci pour votre aide. S'il vous revenait un détail, même dérisoire…

— Vous en aurez la primeur, soyez-en assuré. » Le chevau-léger prit congé et se mit en marche avant de revenir lentement sur ses pas. « Une ultime *dernière question* ? demanda Mesnil.

— Oui, juste une broutille. Pourquoi le père Vuillard a-t-il fait de vous son bedeau ? Au vu de vos mérites, ce choix me rend songeur.

— Au vu de mes mérites, je ne vaux pas même la corde qu'on me passera au cou, et le père Vuillard le savait. À ses yeux, pourtant, je pesais bien plus que le simple pendard que je suis. Laissez-moi vous expliquer. » Mesnil saisit sous sa veste une blague à pétun, aligna quelques pincées de tabac sur son index, puis, nez en l'air, huma par deux fois une prise assez puissante pour faire éternuer un bœuf. C'est à peine si ses narines frémirent. À son tour, Bayonne alluma son brûle-gueule. « Sauf à avoir le vice dans le sang, dit Mesnil, on ne naît pas canaille, on le devient. Lesté de ma seule personne, je ne serais peut-être jamais allé braconner en marge des lois. Mais voilà, j'ai deux sœurs. La première, Dieu a rappelé son époux à Lui ; la seconde, le diable le lui a pris. Comment deux femmes seules pourraient-elles s'en tirer avec six marmousets chacune à nourrir ? À ma manière, je leur donne un coup de main, et cela aussi le père Vuillard le savait. Pourquoi, d'après vous, m'a-t-il offert sa protection ? »

Encore un pauvre hère embarqué dans la Grande Galère du monde, songea le chevau-léger. *Comme nous tous…* Il souffla une bouffée de pétun. La fumée s'enroula en de fines arabesques qui tremblèrent un instant dans le ciel avant de s'effacer peu à peu. Est-ce ainsi que l'homme vit ? se demanda Gilles. Contre mort et chaos, doit-il toujours se battre afin de tracer, sur fond de néant, ces fugaces signes dont le sens lui échappe ? Oui, mille fois oui ! Ou alors, vains étaient les efforts de Ronan Mesnil qui, contre vents et marées, tenait bon la barre. Et vaine, aussi, l'existence de sa mère, de son frère, des aimés trop tôt partis. Il tira une nouvelle bouffée de sa pipe, juste pour apercevoir les fragiles volutes se dessiner dans l'air.

« Les quatorze âmes à votre charge pesaient plus lourd dans la balance du père Vuillard que les mille et un péchés à votre actif », dit-il.

Ronan Mesnil hocha la tête. Un silence se fit. D'un geste grave, le bedeau ôta son vieux chapeau et le tint serré contre son cœur.

« Voilà quel homme c'était », dit-il simplement. Il parut sur le point de rajouter quelque chose, mais il se contenta de branler à nouveau du chef. « Oui, voilà quel homme c'était », répéta-t-il dans un murmure avant de tourner les talons et de s'en aller.

Bayonne ne chercha pas à le retenir. Sa toute dernière question venait de trouver réponse. Pourquoi s'étonner du concours si obligeant d'un fripon ? Ronan Mesnil criait justice. Gilles le suivit des yeux. Sans un regard à dextre ni à senestre, le bedeau marchait droit devant, avec une sorte de raideur qui l'isolait du monde. Il n'y avait pas le moindre souffle, et pourtant Mesnil semblait avancer contre le vent, son corps un rien arqué, comme fouaillé par une bourrasque invisible. Quoi d'autre sinon le chagrin faisait ployer ainsi un homme ?

Lourds, lestés de bronze, coulant à pic telles des pierres, les douze coups de sixte s'égrenèrent un à un. Au bord de leur trouée, l'air reflua par frissons, puis s'étira sans fin en ondes toujours plus sourdes. Une chienne se traîna jusqu'à l'ombre d'une carriole et s'affaissa dans la poussière. Alors que le soleil atteignait son zénith, Bayonne reprit la route du presbytère, pensif. L'image de Mesnil ne le quittait pas. L'homme était sans conteste dévoué au père Vuillard. Pourquoi le prêtre ne s'était-il pas ouvert à lui ? Une goutte de sueur s'accrocha à ses lèvres. Et quelle chose le bedeau avait-il failli lui dire avant de se taire soudain ?

V

Quel mal y avait-il à fouiner un peu ? Après tout, son maître lui avait seulement donné l'ordre de surveiller le presbytère, non celui de n'y rien toucher. Posté en faction devant la porte, Pique-Lune ne balança pas longtemps. Le désœuvrement le gagnait et il faisait un soleil à sécher un chrétien sur pied. Il jeta un œil à droite, un œil à gauche, afin de s'assurer que Bayonne n'apparaissait toujours pas, puis d'un bond disparut dans le presbytère.

Muni d'un morceau de chandelle déniché sur une pierre en saillie, il fit par trois fois le tour de la pièce. À la première, il se contenta d'observer, notant avec soin la moindre chose ainsi que son emplacement. À la deuxième, il retourna chaque objet, explora des doigts la plus petite fente, inspecta de la main cavités et bosselures. À la troisième, il sonda à l'oreille murs et plancher d'un coup d'ongle sec. Il procédait sans hâte, tranquille comme Baptiste, confiant dans les leçons prodiguées jadis par l'Anguille. Voir d'abord, toucher ensuite, ouïr enfin, répétait le vieux voleur aux impatients. Pique-Lune ébaucha un sourire. Sous la table, une latte de plancher venait de répondre à son coup d'ongle par une note moins ronde que ses voisines. Il la frappa à nouveau. La latte chantait d'une voix mal assurée, un rien grêle, comme remplie d'air. Il la souleva avec la pointe de sa dague et découvrit au centre d'une cache une clé, une bonne vieille clé du pays à tige pleine. Les clés et les serrures, il les connaissait toutes, formation d'apprenti tire-laine oblige. S'il ignorait quelle porte ouvrait cette clé – et il s'agissait d'une entrée principale au vu de ses poids et taille –, il savait au moins celles qu'elle n'ouvrait pas. On pouvait faire une croix sur les hôtels et demeures de facture italienne. Contrairement à cette clé-ci pesant lourd dans la main, les vénitiennes un temps en faveur avaient la tige creuse, une tête folâtre en forme d'ogive, de rosace ou de trèfle, et s'encastraient dans des serrures ouvragées à l'identique. L'index de Pique-Lune glissa sur le fer patiné par les ans. Quant à découvrir la bonne porte… Une fois éliminées les habitations trop récentes ou de style italien, restait au bas mot les trois quarts des logis parisiens à visiter, si toutefois l'huis en question se trouvait bien dans la capitale. Une paille dans une botte de foin. Inutile de chercher ici en tout cas. Le trousseau de Ronan Mesnil et son frère jumeau suspendu au mur ouvraient les seules portes de l'église et du presbytère. Six clés au total, quatre moyennes – la sacristie, la remise et la cave qui devait disposer d'une sortie sur le jardin, supputa le garçon en évitant du regard l'huis qu'il n'avait osé braver –, plus deux grosses, l'une pour l'entrée de l'église, l'autre pour celle du presbytère. Or la clé cachée par le prêtre correspondait à une porte d'entrée. Il fallait donc quêter ailleurs. Pique-Lune eut une petite grimace. Sa trouvaille ne les mènerait pas bien loin. Où fureter ? Dans quelle paroisse ou dans quelle ville ? Pour sûr, le jour où ils toqueraient enfin à la *bonne porte*, il gèlerait en enfer. Mais le garçon appartenait à ces natures qu'un rien contente. Pourquoi déprécier cette clé ? Un don du Ciel était un don du Ciel, quel qu'il fût, et mieux valait rapporter à Bayonne noisette rabougrie que belle besace vide. Les yeux de Pique-Lune brillèrent. La chance aidant, la récolte pourrait être meilleure encore.

Il s'approcha de la couche du père Vuillard près de laquelle il avait remarqué, posé sur une ardoise, un coffret armé de ferrures et d'épaisses courroies en cuir. Point de clé au trousseau pour cette serrure-là. Pique-Lune commença par assouplir les articulations de sa main droite tout en jetant un regard de commisération à la petite serrure. La pauvrette n'avait aucune chance contre lui. Au moins œuvrerait-il proprement, sans lui déchirer les flancs. Il ouvrit ensuite l'étui qui ne le quittait jamais, contempla un instant sa panoplie de crochets avant de se décider pour le plus fin, à peine un hameçon. Ses doigts pincèrent la tête de métal jusqu'à lui donner la courbure voulue, puis l'amenèrent tout près de la serrure, juste en face du trou. Le garçon ferma les yeux, prêt à se guider à l'oreille.

« Le joli garde que je me suis choisi ! Je te demande de veiller sur le presbytère et je te surprends à le crocheter ! »

N'importe quel galopin, en pareilles circonstances, aurait bondi ou crié. Pique-Lune était d'une autre trempe. Un soubresaut le parcourut et il se retourna, un sourire aux lèvres et le crochet à la main. En homme de guerre, Bayonne apprécia son sang-froid mais n'en laissa rien paraître. Il attendait.

« Vous sautez trop vite à la conclusion, mon maître, et la logique n'y trouve pas son compte, entonna le loustic de sa voix chantante. Sans examiner au préalable les tenants, comment juger en bonne justice les aboutissants ? »

Une telle audace méritait le bâton. Par bonheur, Gilles avait l'ouïe fine. Ses effronteries, Pique-Lune prenait toujours soin de les enrober de miel. Qu'avait donc trouvé le polisson au point d'oublier ses *mille excuses* et *grand pardon* ?

« Fort bien, respectons la logique. À quoi ressemblent-ils, ces *tenants* ?

— Une clé sans serrure… et une serrure sans clé. »

Bayonne ne pipa mot et vint s'asseoir face au garçon. Un silence de bon augure, estima Pique-Lune qui attaqua son récit. Une fois lancé, il était capable de discourir des heures durant. Peu loquace lui même, dépourvu de toute patience à l'égard des jaseurs, le chevau-léger l'écouta sans l'interrompre. Si le babillard n'allait jamais droit au but, ses digressions dévoilaient souvent des sentes insolites, des chemins de traverse rarement empruntés, des drailles étroites qu'il valait la peine de suivre, quitte à revenir sur ses pas. Comme cette histoire de clé… Pique-Lune avait évoqué sa découverte en deux phrases seulement alors qu'il aurait pu s'en glorifier à juste titre. Ne s'était-il pas mieux débrouillé que lui ? Par contre, il était à présent intarissable sur les clés françaises et leurs cousines vénitiennes. Qualité du fer et des alliages utilisés, temps de chauffe des métaux, façons de les travailler, ateliers les plus en vue ainsi que leurs secrets de fabrication, forces et faiblesses des italiennes comparées aux françaises, son exposé en aurait remontré à un maître serrurier. « Cette clé-ci, conclut-il enfin, ne mène sans doute pas au Paradis – sinon, pourquoi la tenir cachée ? – et cette serrure-là longtemps nous résistera, sauf à la forcer.

— Qu'attends-tu ? dit Gilles en désignant le coffret. Ma permission ne t'a jamais fait défaut que je sache. »

Le garçon savait quand parler et quand agir. Il hocha la tête, fit jouer sa main droite, puis, paupières closes, écouta la serrure couiner au contact du fin crochet. La belle eut à peine le temps de gémir qu'elle s'ouvrait avec un déclic. Pique-Lune tendit le coffret à son maître.

« À chacun son métier, Messire, dit-il en réponse au regard appuyé de Bayonne.

— Et les vaches seront mal gardées si j'en crois tes prouesses. » Gilles repoussa le coffret. « À toi l'honneur. »

Les joues rosies, le garçon souleva le couvercle et sortit du petit coffre une bourse en cuir grossier dont il dénoua les lacets, de simples boyaux séchés. La bourse d'un gueux ou de qui a fait vœu de pauvreté. Quand Pique-Lune jeta un œil à l'intérieur, sa mine s'allongea.

« Pourquoi garder sous clé une escarcelle vide ?

— Peut-être l'a-t-on aidée à se vider, dit le chevau-léger en examinant la bourse à son tour. Ou peut-être pas… »

Il venait d'apercevoir sur l'envers de l'escarcelle ce qui ressemblait fort à des taches. Piètre qualité de la peau d'origine ? La maigre lumière crachotée par la chandelle ne permettait pas d'en décider. Bayonne gagna le seuil du presbytère, Pique-Lune sur les talons, et retourna la bourse comme un gant. Il s'agissait bien de taches brunâtres, rouille par endroits. Du pouce, il gratta la peau et porta son ongle à ses lèvres. Un goût âcre de cuir suivi en arrière-bouche d'une note plus fade, quasi éteinte. « Du sang. » Gilles se mit à siffloter l'air d'« Alouette, gentille alouette ». Habitué aux manières de son maître, Pique-Lune patienta en silence. Lorsque Bayonne se tenait ainsi les yeux dans le vide, le canon aurait pu gronder à son oreille qu'il n'aurait pas bronché. « Ou peut-être pas… », répéta le chevau-léger comme s'il se parlait à lui-même. Le garçon se tint coi et immobile. Dieu sait quel poisson son maître était en train de ferrer, perdu dans ses pensées. Un geste ou un mot de sa part, et adieu la prise !

Le soleil l'avait rôti à moitié quand Bayonne sortit de son mutisme. « Il s'appelait Bruyère, comme la plante, et il transpirait à ce point l'or que ses héritiers le collaient telles des mouches. Un écrin par-dessus tout excitait leur convoitise, un bel écrin serti d'émeraudes et de jades dont le contenu devait être bien précieux pour que Bruyère ne s'en sépare jamais, pas même à la chasse où il l'enfermait dans la fonte de sa selle. Lorsqu'il s'est senti partir, il a fait mander prêtre et médecin. J'étais là, aux côtés de mon père, quand les mouches ont ouvert l'écrin. » Le chevau-léger se pencha et souffla fort par le nez. Un caillot de sang tomba entre ses bottes. « Sais-tu ce qui ne le quittait jamais, ce Bruyère ? Un petit bout d'étoffe ensanglanté, le seul souvenir qui lui restait de son fils », conclut-il avant de reprendre son sifflotement.

Lorsque cette histoire lui reviendrait en mémoire, longtemps après, Pique-Lune serait frappé par la justesse dont son maître avait fait preuve en choisissant cette anecdote et pas une autre. Jamais il ne s'était approché aussi près de la vérité que ce jour-là. Bien sûr, les détails et les circonstances différeraient, mais Bayonne avait saisi alors, sans même le soupçonner, comme l'âme de cette affaire en laquelle ils s'engageaient à peine. Sur le moment, le garçon pensa juste à soutenir le regard du soldat avant de lorgner à nouveau la bourse. Par le Christ, qu'y avait-on enfermé ? Et, s'il avait bien compris ce que Bayonne avait cherché à lui dire, sur quel souvenir ces lacets s'étaient-ils noués ?

« Prom'nons-nous dans les bois pendant que le loup n'y est pas… »

Quand l'homme se mit à fredonner, Hugues Rivière faillit hurler de peur. L'air qu'il respirait lui parut sec comme l'amadou et un voile de sueur couvrit son visage. Il se pinça les lèvres. Il ne devait ni gémir ni crier alarme. Les murs du cellier étaient si épais que nul ne l'entendrait sinon celui dont les pas résonnaient sous la voûte. L'intrus savait le lieu désert pour s'y aventurer à cette heure du jour sans prendre la peine d'étouffer son approche.

« Si le loup y était, il nous mangerait… »

Il n'y avait aucun secours à espérer. Selon la coutume, au premier coup de sixte, enfants et religieuses avaient gagné le réfectoire situé dans l'autre aile du bâtiment pendant qu'il était descendu ici, seul. Il comptait les boisseaux de grains quand une voix s'était élevée : « Es-tu prêt, Rivière ? » La clé qui tourne dans la serrure, condamnant la seule issue possible, puis, dans le silence du cellier, une comptine chantonnée à mi-voix et ce bruit de pas tranquille, serein, plus effrayant que rageuses foulées.

« Mais comme il n'y est pas, il n'nous mangera pas… »

La huche à pain dans laquelle il s'était glissé sentait la farine de froment et de seigle. Hugues Rivière ferma les yeux en un geste d'enfant, comme si ne rien voir le dérobait lui-même à la vue. L'homme continua à aller et venir, s'arrêtait pour déplacer quelques sacs, repartait, soulevait un couvercle, reprenait la chasse.

« Loup, y es-tu ? M'entends-tu ? Que fais-tu ? »

Comment pouvait-il ne pas entendre les battements de son cœur ? Car c'était bien son cœur qui cognait follement contre sa poitrine, sa pisse qui lui souillait les jambes, lui enfin qui se terrait dans cette huche, même s'il avait l'impression que ce cauchemar arrivait à un autre et s'évanouirait sous peu.

« J'enfile mon surcot… »

Petit, ne suffisait-il pas de surgir de sa cache, pouce brandi, pour que le jeu cesse aussitôt ? Son ventre se tordit soudain en un gargouillis qui sembla emplir tout l'espace. Rivière s'arrêta de respirer.

« J'enfile mes braies… »

La comptine se brisa net. Les pas se rapprochèrent, puis se turent. Rivière se mordit la lèvre. À cinq pas de sa cache, Ysengrin se tenait à l'affût.

« J'enfile mes bottes… »

Le va-et-vient recommença, les pas s'éloignèrent. Rivière ne put retenir un soupir. La fine poussière de farine se souleva en nuage et le prit par surprise. Il éternua.

Avant de mourir, il croisa le regard de l'homme, un regard las et triste, avec quelque chose de doux dans les yeux, semblable au timbre de sa voix lorsqu'il prononça cette toute dernière parole :

« Mon Dieu, pourquoi les as-tu abandonnés ? »

Leurs cris, il ne les avait pas entendus mais ils résonnaient encore dans sa tête – le jour, la nuit –, et cela faisait comme un grand silence qui tenait le monde en retrait. Une fois, au plus chaud d'août, il avait appuyé son front contre une vitre frappée en plein par le soleil : elle était glacée. Je lui ressemble, pensa-t-il. Le monde le traversait et ne l'atteignait pas. Les sons, les odeurs, les lumières, les rires et les chants, toutes ces étincelles que la vie fait jaillir en frottant la vie à la vie se brisaient net devant lui, sans force soudain, mortes, désespérément mortes.

Il était seul, loin de tout et de tous, même au sein de la foule la plus noire. Comprenait-il toujours les hommes ? Il le croyait. Comment les rejoindre, cependant ? Il ne fuyait pas ses semblables, malgré sa douleur et sa colère. Il aimait les voir, les coudoyer, écouter leurs peines et leurs joies, mais le ver était dans le fruit. Pendant qu'il plaisantait ou s'attristait avec eux, partageait à leurs côtés le vin et le pain, se réchauffait à leur flamme, au fond de son cœur un noyau dur et froid le coupait des autres. Pouvait-il s'étonner, quand il parlait, que nul ne devine le silence sous ses mots ?

On l'avait chassé d'ici-bas et il avait l'impression d'errer à la lisière de la vie, sur cette frange incertaine où ombre et lumière s'abolissent. Seul. Seigneur, combien seul ! Seul depuis si longtemps, seul à n'en plus savoir, parfois, s'il existait. Le jour de la délivrance viendrait-il pour lui ? « Réponds, Seigneur ! » implora-t-il à mi-voix. Connaîtrait-il de nouveau la paix ? L'insouciance d'être un homme ? La chair et la légèreté du monde ? Leurs cris se tairaient-ils enfin à l'heure de l'ultime châtiment ?

Combien de temps allaient-ils mijoter encore sur le seuil de ce sacré presbytère ? Jusqu'au jour du Jugement dernier peut-être ? Pique-Lune fronça le nez. Pas une miette à se mettre sous la dent ni une goutte qui étancherait sa soif. Son expédition de la nuit prochaine serait un succès, mais les troupes accusaient maintenant le coup. Il s'était levé fort matin pour filer en douce, le ventre vide, et les efforts fournis depuis l'aube lui creusaient l'estomac, sans parler de son gosier en feu. Et son maître qui n'en finissait pas de siffloter, tête nue sous le soleil ! En quelle matière le bon Dieu l'avait-il façonné pour qu'il dédaigne ainsi le boire et le manger ? Cela passait l'entendement. Pique-Lune ébouriffa sa crinière et son geste parut tirer Bayonne de sa rêverie. Le garçon sauta sur ses pieds, prêt à lever le camp.

« Au tour de la cave », dit le chevau-léger.

Pique-Lune prit le ciel à témoin avec un air de martyr et se résigna à suivre son maître.

Trois marches menaient à la cave que Gilles descendit en silence, une bougie au poing et Pique-Lune dans le dos. Il avait bien senti la réticence du gamin à l'escorter jusqu'ici – impressionné sans doute par le crime perpétré en ce lieu – mais il avait passé outre. Si le loupiot voulait devenir loup, qu'il commence par s'aiguiser les crocs. Arrivé au dernier degré, le soldat fit couler quelques gouttes de cire sur une pierre et y fixa la chandelle. Malgré le soupirail, il faisait plus sombre dans cette cave que dans le cul du diable. Bayonne souleva la barre de la porte qui donnait sur le jardin, tourna la clé dans la serrure et ouvrit à pleine volée. La lumière s'engouffra à l'intérieur avec une hâte presque obscène, blanche, crue, ses mille doigts palpant et troussant la pièce jusque dans ses moindres recoins. Elle avait patienté si longtemps derrière l'huis. Les fourmis, elles, n'avaient guère attendu. Gilles contempla la colonne noire qui s'acheminait vers la dépouille d'un oiseau et se terminait en grouillement, là où les insectes entraient et sortaient par l'œil du serin. Il pensa à la cage vide suspendue en haut et ce qu'il entrevit l'inquiéta davantage que le meurtre du père Vuillard. Songeur, il fit rouler sous sa botte le pot de miel renversé près du tonneau autour duquel de grosses mouches bleues vrombissaient sans relâche. À cet endroit, la terre battue virait au sombre. Bayonne se pencha au-dessus du tonneau et un parfum de merde et de pomme lui fouetta les narines. Il y avait du sang partout, jusque sur le couvercle jeté au sol. On y apercevait des stries ensanglantées, très proches les unes des autres. Les rats avaient dévoré un homme qui vivait encore lorsque le couvercle s'était refermé sur lui. Pique-Lune se tenait au pied de l'escalier et l'observait, tout pâle.

Le garçon voyait-il lui aussi l'image du prêtre labourant le bois de ses ongles ? Il trouva ce qu'il cherchait sur le cercle du tonneau, une substance poisseuse sous les doigts. Le sang séchait, le miel non. Le malaise ressenti à la vue du serin se précisa. Pourquoi le miel ? Simplement pour appâter les rats ? Non, c'était plus terrible réponse que soufflaient à son oreille la traînée de miel et l'oiseau mort. Conduire le prêtre au désespoir, briser son âme avant de rompre son corps, voilà le but de l'office qui s'était tenu entre ces murs.

La messe avait été bien préparée. Attraper des rats et, sans doute, les affamer supposait du temps ainsi que de la patience, un dessein arrêté de longue date et exécuté avec soin. Il n'en saisissait pour le moment ni la raison ni les détails. Quel rôle avait donc joué l'éponge de vinaigre abandonnée par terre ? Au fond de la cave, derrière le coin en coude, il tomba sur le contenu primitif du tonneau, un demi-quintal de pommes éparpillées au sol. Imprimées en profondeur sur la terre battue, plusieurs marques, chacune en forme de carré. Bayonne en dénombra six. Il fronça les sourcils, puis il comprit. Une par cage. C'est ici que les rats avaient patienté et que les tueurs s'étaient tapis, même si l'on ne distinguait aucune trace de pas. Comment étaient-ils entrés, mais surtout, comment étaient-ils ressortis ? se demanda Gilles à nouveau. Il n'existait guère que deux trousseaux, tous deux en sa possession, et le presbytère était fermé à clé lorsqu'on avait découvert le crime. Le chevau-léger ramassa une pomme et croqua dedans. Il recracha le morceau avec une grimace de dégoût. Le fruit était terreux. Si Mesnil raccompagnait le curé chaque soir et inspectait les lieux avant que le père Vuillard ne se cloître à l'intérieur, alors les assassins s'étaient introduits après cette visite, pendant que le prêtre s'y trouvait. Par où étaient-ils passés ? Ni par la cheminée où le feu ronflait, ni encore moins par la porte ou les croisées. Bayonne revint sur ses pas et se dirigea vers le soupirail. À chaque barreau pendait une ficelle au bout de laquelle était noué un grelot. L'alarme imaginée par le père Vuillard lui tira un mince sourire. Elle paraissait si dérisoire, si poignante aussi, au regard du crime qu'elle n'avait su prévenir. Le dispositif, en tout cas, fonctionnait ; la pichenette du soldat déclencha une cascade de criaillements. Quiconque touchait au soupirail faisait chanter les grelots. Or ils n'avaient pas entonné de goualante le soir du meurtre, autrement le prêtre aurait appelé à l'aide. Toussaint Gerbault, son ange gardien, ne veillait-il pas, nuit après nuit, aux alentours du presbytère ? Gilles ravala un juron. Par où s'étaient-ils faufilés, ces maudits ? Il ne s'agissait point de passe-muraille, tout de même !

L'idée lui vint alors qu'il jetait un coup d'œil à Pique-Lune, toujours hésitant au bas de l'escalier : une vieille astuce utilisée par les voleurs de brebis pour emporter et la bête et la sonnaille attachée à son cou sans éveiller le pâtre. Un peu de glu bâillonnait le marteau de la clochette en la collant à la paroi, et le tour était joué. Bayonne examina les grelots un à un. On avait gratté l'intérieur avec une lame, comme en témoignaient les rayures sur le métal, sans parvenir toutefois à enlever tous les débris. D'infimes fragments y restaient accrochés. De la glu, à n'en point douter. Il s'intéressa alors aux barreaux du soupirail. À l'endroit où ils étaient scellés dans la pierre, la mousse se détachait trop facilement sous les doigts. Le mortier mis à nu était d'un gris clair, la teinte des ciments récemment posés. Avec la chaleur des derniers jours, celui-ci avait eu le temps de sécher : le soupirail tenait bon. L'assassin ou les tueurs avaient dû desceller la grille durant la journée, profitant de l'absence du prêtre, ramasser ensuite les gravats tombés au sol avant de la replacer et enduire les grelots de glu. Le piège était prêt, Ronan Mesnil pouvait faire son tour, il ne verrait rien. Gilles hocha la tête. Oui, la messe avait été bien préparée et le sermon ciselé de façon à frapper les esprits. Pourquoi les tueurs se seraient-ils donné la peine sinon d'effacer toute trace humaine, de sceller la grille après leur passage et de camoufler le mortier ? Par de telles précautions, ils laissaient derrière eux un crime sans criminel. Les ouailles effarouchées ne criaient-elles pas déjà au diable ? Bayonne se pinça le menton. La peur se trompait peut-être de camp. Cette toute-puissance qui s'abattait où bon lui semblait, malgré croisées et portes closes, semblable à l'ire de Dieu fondant sur le pécheur, ne visait-elle plutôt à susciter la crainte sacrée, celle de la créature devant son Créateur ? *Et tous ceux qui feront le mal seront de la paille, et le Jour qui viendra les embrasera.* Mais en ce cas, quels fidèles étaient appelés à trembler ?

Le chevau-léger se mit à rire. Quelles sottises lui traversaient parfois le crâne ! Et quel songe-creux il faisait lorsqu'il se piquait de réfléchir ! Ses pensées viendraient à leur heure et pas avant, selon leur habitude. S'il essayait de les brusquer, elles feraient leurs coquettes, quelques œillades aguichantes et au revoir la belle ! *La crainte sacrée*, *l'ire de Dieu*, où donc était-il allé chercher pareilles sornettes ? Bayonne observa les fourmis entrer et sortir par l'œil du serin. De toute façon, que Dieu fût mêlé ou non à cette histoire, le diable y trouverait toujours son compte.

Encouragé par le rire du soldat, Pique-Lune se résolut enfin à s'aventurer plus avant et s'arrêta à mi-chemin entre le bâton de marche et la cloche à fromage jetés au sol. Il s'était arrangé pour laisser dans son dos couvercle et tonneau.

« Pourquoi ne s'est-il pas défendu ? » demanda-t-il sur un ton incrédule.

Celui-là, si les petits cochons ne le mangeaient pas… À chaque question, Pique-Lune faisait mouche. Curieux de voir jusqu'où irait le finaud, Gilles décida de jouer les niais.

« Et ce bâton plus solide qu'un gourdin, qu'en fais-tu ?

— Il se serait aussi muni de sa cloche à fromage ? Arme redoutable, en vérité ! »

Bayonne réprima un sourire. Il venait de reconnaître dans la bouche du garçon l'une de ses expressions coutumières. Cette vivacité de vif-argent, par contre, n'appartenait qu'à lui.

« Un point pour toi, et un autre pour notre bedeau. À l'en croire, le père Vuillard aurait enrôlé fort étrange guetteur. L'homme devait juste montrer les crocs si la bête s'approchait.

— Voilà bien ce qui me chiffonne, mon maître. Je me disais…

— Tu te disais… »

Pique-Lune écarta les bras avec éloquence.

« Enfin, Messire ! Si le loup rôdait autour de mon logis, resterais-je bras croisés à attendre qu'il me croque ? »

Là se trouvait, en effet, le point à éclaircir. Pourquoi le prêtre n'avait-il pas fait provision de piques ni rameuté ses gens ?

« Ton sentiment ? »

Pique-Lune se mit à tortiller une boucle de cheveux enroulée à son doigt. Gilles se raidit. Enfant, son frère avait le même geste lorsqu'il rêvassait.

« Le père Vuillard connaissait la bête.

— Et il a préféré mourir plutôt que de la tuer ? C'est possible, oui. »

Le rouge monta aux joues du garçon. Bayonne n'en vit rien, occupé à refermer l'huis et assujettir la barre. Il gravit les marches d'un pas leste et s'arrêta en haut de l'escalier. Que diable fabriquait donc Pique-Lune ? À reculons pour descendre à la cave, à la traîne pour en sortir. Gilles poussa un soupir et alla s'asseoir sur le seuil du presbytère. Si Pique-Lune ne remontait pas d'ici trois battements de paupière, il irait le chercher par les oreilles. Bayonne cilla deux fois. À la troisième, le lutin parut, une pomme à la main.

« N'y touche pas, malheureux, l'avertit le soldat. Elle est terreuse.

— Pomme terreuse en la main vaut mieux que poire juteuse sur l'arbre, fit Pique-Lune en venant s'accroupir face à son maître.

— Tu as faim ou je me trompe ? » Pique-Lune acquiesça d'un clin d'œil. « Que ne le disais-tu, triple buse ! Tiens, attrape cette pièce et va-t'en te remplir l'estomac, près de l'île aux Vaches de préférence. Je veux tout savoir sur Toussaint Gerbault, l'ange gardien du père Vuillard. »

Gilles en profita pour rapporter au garçon son entretien avec le bedeau. Quand il lui expliqua ensuite la ruse par laquelle on s'était introduit dans le presbytère, Pique-Lune ne put retenir un cri d'admiration.

« Par la barbe de ma grand-mère, quel fameux tire-laine feriez-vous !

— Et quel piteux aide de camp ! Est-ce vraiment là tout ce que t'inspirent mes propos ? » Un silence penaud lui répondit. « Prenons-le sous un autre angle, alors, et adressons-nous au voleur. Mon père t'a confié les clés de sa maison, n'est-ce pas ? Imagine que tu veuilles en soustraire quelques babioles, que ferais-tu ?

— Messire ! »

Le loupiot s'était redressé d'un bond, plus malheureux que révolté.

« Que ferais-tu, Pique-Lune ? insista Bayonne.

— Forcer quelque porte ou croisée sans doute. Qui irait soupçonner l'oiseau de souiller son nid ?

— Maintenant, qui détient les clés du presbytère ? »

Le regard du garçon s'éclaira. Le bedeau s'était-il ingénié à brouiller les pistes de façon à tuer inaperçu ?

« Par la…

— Laisse la barbe de ta grand-mère tranquille, le coupa Bayonne. C'est celle de Mesnil qu'il nous faudra épouiller sous peu. »

Ces paroles légères, Gilles se les reprocherait par la suite, quand il ne serait plus possible de les rattraper ni d'effacer leurs séquelles, lorsqu'il serait trop tard.

Jetés pêle-mêle sur les étals ou agencés en pyramides défiant les lois de l'équilibre, fruits et légumes attendaient le chaland. Les maraîchers s'époumonaient à pleine voix tandis que leurs clients pleuraient misère. Plus effrontés que moineaux friquets, les gagne-petit se glissaient entre les braillards, l'œil sûr, le geste vif, la retraite leste : et de picorer ici un étal abandonné des yeux, et de glaner là-bas une poire tombée au sol, et de favoriser ailleurs le destin d'un coup de hanche dosé en maître. Partout, une diabolique adresse à convaincre les victuailles récalcitrantes. Une corbeille trop gorgée se refusait-elle à verser ? Une chiquenaude discrète la ramenait à la raison.

Seuls les paniers de fleurs et d'herbes potagères ou médicinales échappaient au pillage.

Pique-Lune se passa la tête sous la fontaine et regagna son poste d'observation, un orme qui offrait l'ombre de son feuillage et une vue plongeante sur le marché aux poirées. Perché en haut de l'arbre, le garçon appréciait le spectacle en connaisseur. Ses premières armes, il les avait faites sur un marché en tout point semblable à celui-ci. La scène qui s'offrait à lui paraissait tout droit surgie du passé – les mêmes astuces chez les détrousseurs, les mêmes grimaces chez les détroussés –, à croire que le Créateur, là-haut, utilisait toujours farine du même sac lorsqu'il pétrissait la pâte humaine.

Comme à Rouen jadis, observa Pique-Lune amusé par tant de constance, les marchands, face à leur infortune, se comportaient en marchands. Les plus jeunes jouaient des jambes, les plus vieux criaient au voleur, les plus sages secouaient les épaules. À quoi bon s'énerver ? Une pomme de plus ou de moins ne les rendrait pas plus riches. Rien n'y changerait de toute façon. Ils avaient beau couver du regard leurs précieuses denrées, elles finissaient toujours par s'envoler. Qu'y faire ? S'ils gardaient leur droite, ils découvraient leur gauche ; s'ils surveillaient à senestre, ils s'exposaient à dextre. On ne pouvait dire la messe et écouter confesse en même temps. L'homme ne possédait pas la vue du faucon, ainsi l'avait voulu Dieu, et, depuis que le monde était monde, les malandrins s'employaient à tirer profit de cette injustice divine. Pique-Lune sourit. En bas, ses frères en flibuste faisaient bonne pêche. La fierté brilla dans les yeux du garçon. Ses filets aussi contenaient de belles prises. Ce tantôt, Bayonne en apprendrait de jolies sur Toussaint Gerbault, la sentinelle du père Vuillard. Pique-Lune se laissa aller contre le tronc. Après cette besogne de rien de tout, cette missionnette de gaminet, il était temps de passer aux choses sérieuses, les vols de la Grande-Boucherie. En cette partie, le sieur Gilles, malgré son expérience et sa finesse, ne faisait pas le poids. Son maître n'avait sans doute jamais escamoté le moindre sou de sa vie. Quelle chance avait-il de crocher son insaisissable vide-gousset ? Cette affaire, il fallait l'examiner de l'intérieur, en homme de l'art. Qui de mieux placé qu'un tire-laine pour comprendre les astuces d'un confrère ? La série de larcins sentait son connaisseur, le garçon en aurait mis sa main à couper.

Ne s'improvisait pas voleur qui voulait. À peine âgé de douze ans, Pique-Lune en savait long sur le chapitre. Leçon après leçon, l'Anguille, son ancien mentor, lui avait transmis le respect du métier bien fait. Il avait l'œil sûr, l'Anguille, le regard affûté par une longue pratique. En maître confirmé, il vous jaugeait un drôle en moins d'un battement de cils. L'art ô combien subtil de la flibuste sollicitait tout à la fois l'âme et le corps. Il fallait de l'audace ainsi que du doigté. Les malhabiles, les poltrons et autres déshérités de Mère Nature se voyaient écartés sans merci. Quant aux alevins choisis par le vieux ronchon, les attendait un chemin de croix au terme duquel beaucoup ne parvenaient pas. Et lorsque l'on sortait vainqueur des épreuves, des fatigues et des veilles, lorsque arrivait le moment de voler de ses ailes, le jour où enfin le maître vous reconnaissait comme un pair, il vous gratifiait, à titre d'adoubement, d'une ultime et rugueuse leçon : « N'attends jamais après la bonne fortune, l'apprenti, jamais, tu entends ? Le larron fait l'occasion, voilà le secret. Accuser un sort contraire ou une aubaine récalcitrante, c'est péché de paresse. En ce bas monde, on trouve sur sa route les chances pour lesquelles on a travaillé et rien d'autre. »

Oui, il avait été à rude école, la meilleure qui soit pour dépister ce tire-laine qui effarouchait les bourgeois de la Grande-Boucherie. Grâce à son expérience, Bayonne emporterait la partie à la face des seigneurs du Châtelet. Il réussirait, foi de Pique-Lune !

Et qu'adviendra-t-il si jamais tu l'attrapes, nigaud ? souffla en lui une voix sévère. Le garçon se mordit la lèvre. La réponse, il ne la connaissait que trop. Souventes fois par le passé, il avait dû la fuir, la meute des sergents et autres gens d'armes à ses trousses. Son voleur n'aurait pas le temps de dire amen qu'on le mettrait en cage, au mieux à la tour Saint-Bernard, au pire derrière les portes du Châtelet, les galères ou la corde. C'était une chose de faire la nique aux commissaires, c'en était une autre de perdre un homme. Pique-Lune ébouriffa d'un geste impatient sa tignasse étoilée de gouttes d'eau. Billevesées ! Pourquoi s'inquiéter ? Le rôtisseur décidait-il de la cuisson avant de tâter la bête ? Il attendrait de voir à quoi ressemblait son client. S'il se révélait méchant corbeau tout encroûté de mauvaiseté, alors à Dieu de trancher. Par contre, si l'oiseau songeait juste à picorer deux ou trois grains histoire de se remplir le jabot, il trouverait toujours un moyen d'ouvrir sa volière. Au larron de créer l'occasion. Pique-Lune sourit, le cœur léger. Il servirait Bayonne, soit, mais sans que l'Anguille eût à rougir de lui.

« Allez, Panache, jette ton feu ! »

Le cheval ne se fit pas prier. À peine Bayonne l'eut-il effleuré qu'il allongea la jambe et s'élança. Le genet était de vieille race et avait le sang jeune. Il ne connaissait ni doute ni fatigue. Sans diminuer le train, il dévala la pente en bordure des sous-bois et gravit le raidillon. Le soleil était âpre, le sol dur sous son pied.

Lorsque la prairie s'ouvrit devant lui, verte étendue sans limites où moutonnaient au loin les mamelons des collines, il se mit à galoper par foulées amples et fluides, à pleine vitesse, sa belle tête incisant l'espace comme la proue d'un navire. Bayonne prit appui sur les étriers, le corps légèrement penché en avant. Le monde devint à ses oreilles une rumeur indistincte où seuls se détachaient le martèlement des sabots et le souffle de Panache. Le regard fixé sur l'horizon, Gilles chevauchait droit vers ce point en suspens, mouvant et immobile, vers cette ligne toujours reculée où la terre s'étire sans fin à la rencontre du ciel. Il ne distinguait plus ni arbre, ni fourré, ni herbage. Du coin de l'œil, il voyait juste la prairie ondoyer et frémir, se soulever à son passage et se briser en gerbes toutes frissonnantes d'ocres, de bruns et de verts qui l'éclaboussaient d'une écume au goût d'herbe froissée. Les veines saillaient au cou de Panache, sa robe luisait de sueur. La vie qui bruissait en chacun de ses muscles poussait le cheval toujours plus avant, et le genet poursuivit sa course comme s'il ne devait jamais s'arrêter. Bayonne sentit sourdre dans son corps cette puissance animale, à la fois neuve et éternelle. Il encouragea Panache d'un claquement de langue. Lancé au grand galop sur son genet, à mi-chemin entre ciel et terre, il touchait à l'infini.

Il fallut pourtant tourner bride. La journée avançait et Gilles tenait à rejoindre Paris avant vêpres, heure à laquelle le bedeau ouvrait l'église Saint-Josse. S'il arrivait trop tard, il ne pourrait mettre en œuvre la ruse qu'il avait imaginée au moment où il rendait à Mesnil le trousseau confié par ses sœurs. Il pressa l'allure. Le conseil paroissial ne commencerait pas sans lui, mais se passerait toutefois de sa présence. Le renard absent, les poules caquettent davantage à leur aise. Panache allait au trot, la tête droite, la croupe altière. Une crécelle cliqueta dans son dos – quelque facétieux sans doute – sans lui tirer un tressaillement. Hautain, il poursuivit sa route d'un pas de seigneur. Que pesait ce craquètement de cigale au regard des mousquetades et autres tirs de canon ? Le chevau-léger flatta l'encolure du genet. Même en vivant cent ans, il ne rencontrerait point meilleur cheval.

À mesure qu'il s'approchait de Paris, la nature le cédait à l'homme, les senteurs sauvages aux remugles de la capitale dont la pestilence chatouillait, disait-on, jusqu'aux narines de Philippe II d'Espagne. Bientôt, ce fut la Villette Saint-Ladre, puis, au nord des marais, le village Saint-Laurent et son odeur fade d'eaux stagnantes, enfin, bordée de maisons récemment construites, la chaussée Saint-Laurent. Alors qu'il franchissait la porte Saint-Martin, Gilles revit soudain le geste de Pique-Lune, si proche de celui de son frère, et le grouillement de fourmis autour de l'oiseau mort. Il se revit seller Panache et piquer des deux comme un enragé, filant droit devant sans aucun but. Il serra son poing contre sa bouche. Combien de temps encore fuirait-il l'image de Renaud pourrissant dans sa tombe ? Combien de lieues à galoper avant de semer sa peine ? Il eut un sourire triste. Toucher à l'infini ? Foutaises ! Nul ne saute hors de son ombre.

VI

« Fermer l'église à double tour, en voilà une idée ! Et si nous voulons brûler un cierge pour le salut du père Vuillard ? Sitôt votre maître disparu, vous le prenez à votre aise, hein ? Chassez le naturel… »

Ronan Mesnil respira à fond et s'effaça devant dame Thévenon. Belle entrée en matière par la merci-Dieu ! Nom d'un nom, le conseil paroissial promettait ! Les portes de l'église à peine ouvertes, cette vieille bique commençait déjà à lui écorner les oreilles. Qu'avait-il fait au Seigneur pour attirer pareille mégère ? Le bedeau retint un juron. Il ne s'agissait pas en sus d'indisposer les fidèles patientant près des fonts baptismaux. L'un après l'autre, les paroissiens se signaient, pliaient le genou et trouvaient place sur les bancs. Mesnil parcourut l'assemblée du regard. Excepté ce grigou de Layraud et sa mie, l'infortunée dame Bertille, tous les membres du conseil étaient là : Juliane Hainault, la tenancière des bains dont la beauté – hélas pour lui, pauvre pécheur – n'avait d'égale que la vertu ; Blaise Pasquin, le boucher courtaud sur pattes, flanqué de sa grande perche d'apprenti, Loys Brusnel, ratatiné près de son maître, épaules basses, afin de s'excuser d'être si grand ; Dieudonné Foy l'oiseleur, un malheureux à l'élocution trébuchante mais sans rival lorsqu'il se mettait, variant trilles et serinades, à parler la langue des oiseaux ; le taciturne Simon Champvert, l'aubergiste du Coq hardi, qu'aucun mortel ne pouvait se vanter d'avoir vu sourire ; Macé Forestier le mégissier, avec son air placide de vieux chien, une bonne pâte toujours prête à donner le coup de main et jamais prise à dire un mot désobligeant ; Joseph Quévillan, le chasseur de rats aussi poilu qu'un caillou, la pomme d'Adam saillant dans son cou de héron, installé auprès du sien compère René Le Gail, ramasseur de crottes par nécessité, gai luron par nature ; maître Eychenne, son bonnet carré de chirurgien-barbier enfoncé sur le crâne et la bouche pincée en cul de poule comme s'il s'apprêtait à causer latin ; Sylvère Thévenon, un sans-entrailles accouru au dernier souffle de son père pour disputer à sa marâtre, la veuve Thévenon, l'héritage et le commerce de ganterie ; la vieille bique, pour finir, une belle brune gironde à souhait dont la proche trentaine – Dieu, que la chair est faible ! – n'entamait ni les rondeurs ni les appas. Avec un soupir de pénitent, le bedeau ferma les portes et s'assit loin de la tentatrice.

Las ! Inès Thévenon continuait à le fixer d'un regard noir de louve. Yeux de braise, cœur de punaise, pensa Mesnil. Les sentiments de la veuve à son endroit, il les connaissait, merci de lui ! Qu'il ne fût qu'un crève-misère, cela pouvait se pardonner. Qu'il traficote ci et là, passe encore. Mais qu'un gueux doublé d'un coquin soit bedeau, voilà un crime dont l'affront éclaboussait la paroisse tout entière. Si elle faisait patte de velours devant le père Vuillard, dame harpie sortait maintenant les griffes. Venir l'enquiquiner pour une sotte histoire de porte ! Vieille bique fielleuse ! Il fallait bien lui répondre pourtant. Mesnil prit son air le plus humble :

« Notre nouveau curé tardant à venir, j'ai pensé…

— Vous demande-t-on de penser ? le coupa Inès Thévenon. Contentez-vous de remplir votre office et priez le Seigneur : le remplaçant du père Vuillard ira se chercher un autre bedeau, il ne faut point se leurrer.

— Mais je ne m'illusionne aucunement. Certaines âmes charitables s'empresseront de lui chanter mes louanges, je m'y suis préparé.

— Nul ne songerait à médire si vous vous comportiez en honnête façon. Alors, ne venez pas me jeter la pierre. Qui se couche avec les chiens doit s'attendre à se lever avec les puces.

— Allons, allons, intervint Macé Forestier, pourquoi vous emporter ainsi ? Notre bedeau a cru bien faire.

— Et ce n'est pas un méchant homme, convenez-en, renchérit Gaspard Eychenne. N'oublions point le passé : n'a-t-il pas rendu de signalés services à la paroisse ? »

Mesnil se tritura l'oreille avec gêne. Autant l'appui de ce père tranquille de Forestier ne l'étonnait guère, autant celui du chirurgien-barbier le laissait tout à la fois surpris et hésitant. En voilà un dont on ne savait jamais ce qu'il avait dans la tête. Le bedeau n'était pas sûr d'apprécier ce secours.

« Maître Eychenne, vous devriez lever davantage le nez de vos livres, dit Inès Thévenon. Si la nature n'a plus de secret pour vous, face à l'humaine compagnie, vous vous montrez aussi savant qu'un poupon de trois ans. Notre bedeau ne m'abuse pas, moi, je connais le monde.

— Oh, fit Mesnil, vous en connaissez sans doute assez pour animer toutes les veillées du long hiver, je parie.

— Faribole !

— Vraiment ? Et si vous nous racontiez la fable du mari trop confiant ?

— Il suffit ! les coupa Eychenne. Se chamailler céans comme chien et chat, en l'église où le père Vuillard nous a si souvent invités à la concorde, quel manque de piété ! Ne possédez-vous donc aucun empire sur vous-mêmes ?

— Pour… pour sûr, si notre pauvre… pauvre curé vous entendait, ça lui por… porterait deuil. »

Dieudonné Foy se tut, cramoisi. Pourquoi les mots se cabraient-ils toujours au sortir de sa bouche ? Mais personne ne songea à se moquer et Pasquin le boucher oublia même son habituelle raillerie. Tous regardaient la cathèdre vide où jamais plus le père Vuillard ne prendrait place.

« Si nous abordions la question du jubé ? proposa Sylvère Thévenon. La fresque dessinée dessus – le Christ libérant les âmes des Limbes – est à ce point effacée que le père Vuillard parlait de la remplacer par…

— De quoi je me mêle, monsieur sorti d'on ne sait où ? siffla Inès Thévenon. Pensez-vous sérieusement avoir voix au chapitre ?

— Tout autant que vous, ma très aimante belle-mère, si ce n'est plus : je suis le fils de Thévenon, vous n'êtes que sa veuve, et de seconde main de surcroît.

— Vil insolent ! Votre père aurait dû suivre son instinct et vous noyer à la naissance.

— Mais je vis, ne vous en déplaise, et, croyez-moi, je saurai faire valoir les droits attachés au nom que je porte.

— Avec votre permission, glissa Ronan Mesnil, et sans vouloir vous désobliger en aucune sorte, vos gages d'affection mutuelle n'intéressent en rien le conseil paroissial.

— Voilà qui est parler, approuva Champvert l'aubergiste.

— On ne pouvait mieux dire, fit maître Eychenne en écho. À l'essentiel et qu'on en finisse avec les pinailleries !

— Le jubé, donc ? risqua timidement Loys Brusnel en se tassant un peu plus sur le banc.

— Qui t'a autorisé à ouvrir le bec, espèce de sans-gêne ? l'apostropha Pasquin d'un ton dur. En ma présence, on se tait et on se fait petit.

— Sieur Pasquin, fit Juliane Hainault avec calme, que vous régniez en seigneur dans votre boucherie, nul ne vous le contestera. Mais ici, placés sous le regard de Dieu notre maître, nous sommes tous frères parce que tous pécheurs. Si ce garçon désire parler, écoutons-le. »

Le garçon – un beau gaillard d'une vingtaine d'années – plongea en avant ses deux toises de hauteur et ne touchait plus au banc que du bout des fesses. Même ainsi, il dépassait son maître.

« Ce qu'il ne faut pas entendre ! s'exclama Inès Thévenon. Ça se pose en mère la morale soi-disant au nom de Dieu et ça vient jouer les Jézabel dans une église !

— Dame Thévenon ! implora Forestier.

— Maîtresse Hainault, poursuivit, impitoyable, Inès Thévenon, si ce béjaune bourgeonnant excite tant votre pitié – et pas une femme, je l'assure, ne vous condamnerait pour cet élan –, laissez donc parler votre cœur mais, de grâce, en un autre lieu. Vos bains turpides, par exemple, me paraissent endroit plus pertinent.

— Honte sur vous ! » cria Loys Brusnel en se levant d'un bond.

D'une poigne sans merci, Pasquin lui écrasa le bras.

« À ta place, Brusnel ! gronda le boucher, ou je t'assomme d'un coup de merlin. »

Dans un silence pesant, le jeune homme se rassit, aussi blanc que linge. Juliane Hainault n'avait pas bougé. Tout juste si sa poitrine se soulevait un peu plus vite, nota Mesnil en pestant contre sa balourdise. Quel geste esquisser sans effaroucher davantage cette biche ? Il envia le naturel avec lequel Forestier effleura de sa grosse patte la main de Juliane Hainault et le bedeau piqua du nez, comme les autres. Foy se mangeottait la joue, Pasquin surveillait son apprenti, Le Gail contemplait le bout de ses bottes, Quévillan se grattouillait la pomme d'Adam, maître Eychenne tambourinait des doigts, le fils Thévenon admirait son pourpoint, Champvert l'aubergiste grimaçait et la veuve Thévenon se faisait discrète. Un ange passa. Dieudonné Foy prit son courage à deux mains :

« Le… le ju… ju…

— Juste Ciel ! Le jubé, Foy ! dit Pasquin. Les mots, décidément, vous vont aussi bien qu'une robe à un âne.

— Pour l'amour de Dieu, Pasquin ! s'exclama Eychenne d'un air excédé. Ou nous y mettons chacun du nôtre, ou nous plions boutique sur-le-champ. »

Blaise Pasquin allait répliquer quand la voix nasillarde de Quévillan s'éleva :

« Ben, moi j'dis qu'ce s'rait beau dommage d'prendre maint'nant nos cliques et nos claques alors qu'not'oiseleur nous a pour ainsi dire ram'nés à l'essentiel, l'jubé.

— Le compère a raison », dit Le Gail.

Le collecteur d'étrons, un homme râblé dont le visage accusait plus de quarante ans de labeur et d'intempéries, adressa une œillade au jeune Québvillan. Soudés comme les deux doigts d'une main, compère ! disaient ses yeux rieurs.

« Oui, fit Sylvère Thévenon, il faudrait peut-être enfin se décider pour ou contre cette nouvelle fresque dont notre pauvre curé voulait confier l'exécution à cet imagier d'Italie.

— Le jubé, l'essentiel ? s'écria Champvert. Mais vous marchez tous sur la tête, ma parole ! Pendant qu'on y est, pourquoi ne pas dégoiser sur la meilleure façon de tondre les poux, hein ? » L'aubergiste se mordit les lèvres. « La mort du père Vuillard, voilà le point du jour, reprit-il. Hors ça, tout n'est que jacasseries de femmes à la rivière.

— Et qu'y pouvons-nous faire, l'ami ? demanda maître Eychenne. Occire Toussaint Gerbault incapable de protéger le père Vuillard ? Pendre haut et court ce colporteur normand venu traîner dans notre paroisse ? Tirer au petit bonheur la chance sur tout pèlerin inconnu ? Que gagnerons-nous à ce jeu-là ? Les vivats des commissaires sans doute ?

— Il dit vrai, approuva Forestier. Nous représentons le conseil paroissial et rien d'autre. C'est au roi de lâcher ses limiers.

— Comme si le roi venait jamais chasser sur nos terres ! dit Champvert. C'est Vallée de Misère, ici, je vous rappelle. Aux yeux d'Henri IV, nous ne valons pas même une pisse de chien.

— Vous déparlez, sieur Champvert, dit Bayonne en sortant du confessionnal où il se tenait caché. Une seule pisse de chien est capable de souiller le royaume jusqu'au cœur, et notre roi le sait bien qui m'envoie nettoyer votre niche. »

À l'apparition du chevau-léger, tous se levèrent. Gilles dévisagea en silence les douze hommes et femmes blottis côte à côte, les mêmes qui l'instant d'avant s'entre-déchiraient à belles dents. Arracher le *Pater* à un Maure lui serait plus facile que tirer un mot de cette assemblée. Il commencerait par marquer les limites, sans quoi certains pouvaient se risquer à lui marcher sur les bottes.

« Rasseyez-vous, je vous prie. Si le roi a ce genre d'obligeance, son émissaire le peut aussi. »

Chacun reprit sa place, hormis une brune impérieuse qui le défiait du regard. Inès Thévenon, paria-t-il en son for intérieur. Soit il mettait sans tarder cette pouliche au pas, soit celle-ci lui décocherait un vicieux coup de sabot.

« Veuillez vous rasseoir, dame Thévenon. Aussi vrai que je m'appelle Gilles Bayonne, je ne le répéterai pas deux fois. »

Et que faire si elle rechigne ? se dit-il. Lui donner la fessée ? Heureusement, Inès Thévenon ne songea pas à résister. Dans un froufrou de taffetas, la belle se posa sur le banc, sa robe ouverte en corolle où palpitaient, dans l'échancrure du corsage, deux doux pétales de chair. Gilles s'inclina devant elle, puis devant Juliane Hainault.

« L'homme commande au corps, la femme gouverne le cœur. Votre empire, mesdames, prévaudra toujours sur le nôtre. »

La brune Inès battit des paupières, la blonde Juliane baissa les yeux. Le silence était tel qu'on entendait grésiller les cierges et les torches allumés dans la nef.

« Morguenne, messieurs ! lança Bayonne. Aucun de vous ne souhaitera donc la bienvenue à l'émissaire de notre bon roi Henri ? »

Maître Eychenne fut le premier à se ressaisir :

« Pardonnez notre accueil, sieur Bayonne, qui n'a d'excuse que notre surprise. Nous nous croyions seuls. C'est grand étonnement de vous voir surgir en plein conseil paroissial.

— Et c'est grand navrement de contempler mines si affligées. Ma présence vous dérangerait-elle, à la male heure ?

— Que nenni ! Vous êtes le bienvenu parmi nous, se récria Forestier. Permettez-moi de vous présenter mes sœurs et frères en cette paroisse, tous membres du conseil. » Avec empressement, le mégissier déclina le nom et la qualité de chacun. Un bon chien de berger désireux de se rendre utile, pensa Gilles en l'observant aller d'une ouaille à l'autre tout guilleret. Quel âge pouvait-il bien avoir ? Une cinquantaine d'années environ, peut-être plus. « Macé Forestier, conclut l'homme en portant la main à son cœur, mégissier de mon état, pour vous servir. »

Bayonne le remercia et se tourna vers maître Eychenne. Le chirurgien-barbier s'était levé, le regard lointain, et lissait d'une main distraite sa longue robe noire, l'image même du corbeau prêt à prendre son envol.

« Vous me voyez contraint de partir, dit-il en rajustant son bonnet.

— Si vous me passez cette indiscrétion, fit Gilles, pourquoi nous quitter déjà ? »

Gaspard Eychenne se pencha vers ses compagnons et, du bras, esquissa un arc de cercle.

« Afin de conjurer le sort, dit-il. Comptez ! Nous sommes douze ; vous en plus, cela fait treize, un fort mauvais chiffre pour tout chrétien qui se respecte. N'allons pas tenter le diable et permettez-moi de me retirer.

— Si quelqu'un doit se sentir en trop, lança Inès Thévenon, il ne s'agit certes point de vous, maître Eychenne. Certain importun de notre entourage serait bien inspiré d'imiter votre délicatesse.

— Songeriez-vous à votre affectionné beau-fils, madame ? demanda Sylvère Thévenon d'un air peiné. Vous m'obligez alors à jouer les fâcheux car il me faut rappeler une broutille : j'appartenais à cette paroisse bien avant que votre sourire ne l'éclaire.

— Votre père vous en a chassé à coups de pierres, vous semblez l'oublier. De nous deux, monsieur, qui donc a la mémoire courte ? »

Tous sursautèrent. Appuyé contre l'autel, Bayonne s'était mis à applaudir avec flegme, des claquements à peine audibles dont le sens ne trompa personne. La comédie avait assez duré.

« Piquante controverse, dit le chevau-léger, mais je ne suis pas ici pour arbitrer querelle de famille. Au reste, maître Eychenne attend toujours mon assentiment, que je lui donne volontiers, comme à vous tous, d'ailleurs. » L'incompréhension se peignit sur les visages. À pas lents, Gilles descendit les degrés du maître-autel et s'arrêta sur le marchepied. « Vous pouvez vous retirer, conclut-il.

— Mais ne désiriez-vous point nous entendre ? s'étonna Blaise Pasquin.

— L'ombre d'un confessionnal recèle parfois d'étranges et instructives lumières, dit Bayonne après un moment. Je n'ai pas perdu mon temps à méditer dans le noir. Pourquoi vous ferais-je perdre le vôtre avec d'ennuyeuses questions ? » Il s'inclina légèrement. « Dame Thévenon, dame Hainault, messieurs, au plaisir de vous revoir. »

Il n'y eut personne pour s'attarder. Raclement des bancs sur le sol, saluts et révérences, froissement des étoffes, bruits de pas, les membres du conseil paroissial s'éclipsèrent, un peu raides, un peu gauches, inquiets assurément. Gilles les suivit des yeux jusqu'aux portes de l'église. Pauvres diables… Il les avait méchamment secoués avec sa fable du confessionnal. Mais le moyen de faire autrement ? Récoltait-on des noix sans gauler le noyer ?

La nuit venait juste de tomber quand Bayonne quitta l'église Saint-Josse. Au loin, des éclairs de chaleur couraient sur le sol, étrangement silencieux. Il n'y avait pas un souffle. Gilles fouilla sa sacoche à la recherche d'une bande de tissu et dut se rendre à l'évidence : sa réserve était épuisée. Il haussa les épaules. Le saignement finirait bien par s'arrêter et l'auberge n'était qu'à deux pas. Il se sentait nauséeux, étourdi, aussi lourd que la terre en décembre, aussi léger qu'un ciel de juin. Le nom de Cheverny lui traversa la tête sans qu'il trouvât la force de le maudire. Pourquoi être resté si longtemps dans la sacristie ? Parce qu'à lui seul, il était plus têtu qu'un régiment de bourriques, comme le disait son frère lorsqu'il se moquait de lui. Parce qu'il ne ferait pas mentir Renaud et s'obstinerait jusqu'à gripper l'assassin du père Vuillard. Parce qu'il avait ça dans le sang. La sacristie contenait ce que doit contenir une sacristie, et rien d'autre. Registres des baptêmes, des mariages et des morts, vases sacrés, livres de messe, vêtements sacerdotaux, burettes pour l'eau et le vin, gobelets, cierges, chandelles, chandeliers, qu'espérer de toute cette clinquaille ? Pas l'ombre d'une serrure correspondant à la clé trouvée dans le presbytère et Mesnil à qui il l'avait montrée au sortir du conseil paroissial jurait ne pas la connaître. Il poussa la porte du Coq hardi. L'odeur de persillade lui souleva le cœur. La main sur la bouche, il traversa la salle commune et fila droit vers le puits, à l'air libre. Il tira sept seaux remplis d'une eau tiède qu'il vida sur le sol, et ramena enfin un seau d'eau fraîche où il plongea le visage. À l'instant, les bruits alentour perdirent leur netteté et vinrent glisser à ses oreilles avec des langueurs d'algues paresseuses. Il demeura sous l'eau le plus longtemps possible. Quand il se redressa à bout de souffle, il allait mieux.

Le dos de Champvert lui souhaita la bonne nuit et, sans rien emporter sinon un cruchon de cidre, Bayonne grimpa dans sa chambre. Il ouvrit les contrevents et s'accouda à la fenêtre, à respirer l'haleine poisseuse de la nuit. Une feuille du châtaignier lui chatouilla la joue. Par quelle magie ? s'étonna-t-il. Il n'y avait pas la moindre brise. Un bruissement dans l'arbre lui fit lever la tête. Assis à califourchon sur une branche, Pique-Lune lui adressa un petit signe joyeux et se mit à descendre de son perchoir. Gilles attendit, impassible. Il commençait à s'y faire. Le lutin apparaissait toujours où bon lui semblait – avec une prédilection pour les endroits les plus saugrenus – et s'évanouissait l'instant d'après comme par enchantement.

« Alors, l'écureuil, dit-il quand le garçon fut parvenu à sa hauteur, quelles noisettes rapportes-tu en ta besace ? »

Avant de répondre, Pique-Lune prit le temps de s'asseoir à son aise. Il posa ses fesses sur quelques pouces d'écorce rugueuse et laissa ses jambes baller dans le vide, le tout à plusieurs toises du sol.

« Deux ou trois vétilles sur le sieur Gerbault, la sentinelle du père Vuillard. On le dit laid comme le péché, si laid qu'à son approche les gens se signent et récitent leur *Pater*.

— Serait-il beau comme la tentation que cela reviendrait au même. Je cherche un criminel, Pique-Lune, pas une donzelle.

— Raison supplémentaire pour s'arrêter au physique, Messire. Corps mal bâti ne loge-t-il pas souvent âme boiteuse ? En l'occurrence, celle de Gerbault cheminerait de guingois. D'après les bonnes gens, le cul du chaudron le plus noir semble joue de pucelle comparé à elle.

— Quelles soupes y peuvent bien mijoter pour l'encrasser ainsi ?

— Leur fumet enverrait un chrétien en enfer, à ce qu'affirment les mal-disants. Comme si Toussaint Gerbault avait dans l'idée d'inviter le diable à sa table ! En vérité, sa marmite ne mitonne que du bon, du recherché, du rare : ciguë, colchique, jusquiame, et j'en passe. Un tel savoir-faire n'est plus cuisine, il devient science !

— Et le cœur empoisonné par l'envie, je suppose, les ignorants vont crachant leur venin.

— Ainsi sont les hommes, mon maître ! Des sots attachés à leur sottise comme un âne à sa queue, et vraies langues de vipère lorsqu'ils rencontrent plus malin. Que les serpents sifflent à s'essouffler ! Toussaint Gerbault ne les craint pas.

— Une autre science à son arc ?

— La plus difficile, Messire, celle des bêtes, et nombreux sont ceux qui se damneraient pour la posséder car c'est vraiment prodige de le voir charmer tout ce qui ondule, pique et tue. »

Pique-Lune conclut son rapport sur un clin d'œil et se mit à gigoter des jambes. Gilles eut un demi-sourire. L'animal se trahissait toujours.

« Point d'autre noisette en ta musette ? fit le chevau-léger avec détachement.

— Il est de la Religion », souffla Pique-Lune à voix basse.

À la surprise du garçon, Bayonne partit d'un éclat de rire. Il croisa le regard étonné de Pique-Lune. Le loupiot ne comprenait pas, bien sûr. Ne venait-il pas de Rouen, ville longtemps tenue par la Ligue ? Avec le lait de sa mère, il avait tété un autre breuvage, la haine des parpaillots. Le chevau-léger se pinça le menton. Soldat du roi, il avait commencé par se battre contre les protestants avant de se ranger à leurs côtés, quand Henri de Navarre était devenu Henri IV, souverain légitime du royaume de France. Depuis toujours, il se battait pour son roi, non pour une cause. Parpaillots enragés et papistes furieux dégageaient à son sentiment un même parfum de soufre. Enrôler le Seigneur au service des passions humaines, quelle folie et quelle arrogance ! Pendant que les deux camps s'affrontaient au nom de Dieu, le diable se frottait les mains. Au final, la mort se chargeait d'accorder tout le monde. Catholiques ou protestants, quelle différence sur le champ de bataille lorsque les troupes se retirent et laissent derrière elles les gisants, les cris et les larmes ? Quelle différence pour l'homme qui titube d'un pas incrédule, les mains sur le ventre, cherchant à retenir ses entrailles qui s'échappent en même temps que sa vie ?

« Approche, je m'en vais te confier un secret », dit-il. Pique-Lune se pencha un peu plus sur sa branche. « Les as-tu bien regardés, ceux de la Religion ? Non ? La prochaine fois, n'oublie pas d'ouvrir grands les yeux : ils ont deux bras, comme nous, au bout desquels se trouvent deux mains dotées chacune de cinq doigts, pas un de plus, pas un de moins. » Pique-Lune cligna des yeux, puis se mit à bâiller. Le message ne pouvait être plus clair. « Assez de théologie pour ce soir, dit Bayonne. Demain, nous irons écouter les commissaires me chanter le *Gloria*. Je te veux sur le pied de guerre dès potron-minet.

— Vous n'aurez qu'à tinter : vous me trouverez fin prêt. Point de dérobade à l'heure du combat ! Je serai le premier à monter au créneau.

— Eh bien, tu vas descendre jusqu'à ta couche pour commencer. Sans le repos du corps, une âme guerrière ne vaut pas un fifrelin. Exécution, monsieur mon aide de camp ! »

Pique-Lune se laissa glisser de branche en branche, le châtaignier murmura du bout des feuilles, et le lutin s'évanouit.

Le tonnerre se remit à gronder, tout proche maintenant, et un nouvel éclair taillada la nuit. L'obscurité se fendit dans un bruit d'étoffe déchirée, puis retomba d'un coup. Après cette lumière aussi éblouissante que neige au soleil, elle semblait comme plus dense, plus épaisse. D'une netteté quasi irréelle, l'image du marché aux poirées trembla un instant sur sa rétine et Pique-Lune put à nouveau distinguer les ombres de la place. Le garçon se mordit le pouce. Il avait compté sans l'orage. Or rien ne l'effrayait davantage que la colère du ciel sauf, peut-être, car il ne savait pas nager, la traîtresse des eaux. Perché sur la plus haute branche de l'orme que le vent secouait à présent par rafales, il se sentait petit et misérable. Que ne donnerait-il pas pour retrouver sa niche ! Même un coin de paille entre les sabots du chatouilleux Panache lui semblait abri désirable en comparaison de ce mât de vigie exposé à la foudre. Une bourrasque plus violente fouetta l'orme et le garçon se pencha sur sa branche. Dans l'immédiat, il ne courait aucun péril. Si le tonnerre grognait fort, il retenait sa voix. Seulement combien de temps avant qu'il ne rugisse pour de bon ? *Seigneur Dieu, un peu de patience encore, ce n'est vraiment pas le moment de faire donner les grandes orgues.*

Le vent et ses caprices, il s'en accommoderait, mais la pluie, mais la grêle, mais le feu du ciel ? Si la petite servante ne s'était pas trompée, il n'aurait plus long à attendre. Matines venaient de sonner et les hommes de main de Cheverny ne tarderaient pas à arriver. Un rendez-vous galant. S'ils comptaient se bercer au son des miaulements de leurs bagasses, ils déchanteraient vite, ces butors. *Approchez, mes pigeons, je m'en vais vous en servir, moi, des roucoulades !* Pique-Lune saisit sa fronde et glissa dans la poche de cuir une pierre pêchée en sa besace. À la faveur d'un éclair, il vérifia le dispositif installé aux premières heures du jour afin d'assurer sa retraite. L'une des planches n'avait pas résisté à la tourmente, les autres tenaient bon. Calées chacune entre deux branches, elles soutenaient de gros cailloux tout en arêtes. Un coup sec sur la corde nouée à leur extrémité, et en avant la giboulée ! Vissé à son perchoir, le garçon se balançait au gré des rafales, une fois à droite, une fois à gauche, sans jamais perdre l'équilibre. Onduler sous le vent, ployer avec le feuillage avant de se courber en sens contraire lui était aussi naturel que rebondir au contact du sol. Petit, il passait des journées entières sur un chêne, sa fronde à la main, à chasser les corneilles trop friandes de semailles. Le ciel se fracassa soudain au-dessus de sa tête. Le claquement du tonnerre résonna dans tout son corps tandis qu'une plainte montait de l'orme. Pique-Lune se signa d'une main tremblante. *Mon Dieu, faites qu'ils viennent maintenant et je briquerai autant de chaudrons qu'il plaira à Joséphine.*

Le Seigneur l'entendit. Au même instant, une lueur vacilla sur le mur d'angle de la rue de la Cossonnerie et les quatre hommes apparurent, Hénin en avant-poste. Le flambeau que chacun serrait en son poing à hauteur de visage éclairait d'une lumière inespérée leurs trognes de bâtards. Le garçon n'en demandait pas tant. Il fit tournoyer sa fronde par cinq fois et la bloqua d'un geste sec du poignet. Hénin s'effondra. L'épée hors du fourreau, deux sbires se précipitèrent vers lui en jurant. Le troisième eut le malheur de lever la tête en direction des toits. Comme son chef, la pierre le frappa en plein nez. Porté par le hululement des rafales, le bruit des cartilages éclatant sous l'impact parvint jusqu'à Pique-Lune. Le garçon arma sa fronde. Déjà, Hénin se relevait. Il fallait vite agir, avant que le prochain éclair ne le trahisse, avant que ce sot à moitié retourné, le visage bien en vue, ne comprenne son erreur. Une bourrasque plia l'orme en arrière. Pique-Lune se redressa, joues battues par les feuilles, et décocha son jet. Touché ! L'homme bascula à la renverse. Hénin se mit à piétiner les torches. De sa face mangée par l'ombre et le sang, Pique-Lune ne vit que l'éclat fauve des yeux, puis l'obscurité revint. Le tonnerre rugit à pleine voix.

« Bayonne ! Montre donc ta gueule de chien ! »

Le garçon eut un coup au cœur. Pourquoi avait-il visé seulement le nez ? Un éclair zébra la nuit avec un sifflement de soufre et une lumière froide illumina la place.

« Dans l'arbre ! » cria Hénin, l'index pointé vers l'orme.

Le quatrième comparse fit volte-face. Pique-Lune ajusta son jet. À nouveau, l'obscurité les engloutit, noire, aveuglante. Le garçon entendit le son mat d'un corps qui chute ainsi que le martèlement d'une cavalcade en direction de l'orme. Il commençait juste à ramper sur sa branche quand les premières gouttes tombèrent. La respiration rauque des hommes aux prises avec l'arbre fut noyée sous le mugissement du déluge qui s'abattit du ciel. Ballotté en tous sens, Pique-Lune continua sa progression, le visage fouaillé par la pluie et le vent. Ses doigts touchèrent la corde. Les pieds solidement arrimés sous la branche, il la dénoua, la tira d'un coup brusque et repartit de l'avant. Le fracas du tonnerre l'assourdit, mais il sentit vibrer dans son ventre les pierres qui cognaient contre l'orme. Sa paume toucha l'entaille creusée le matin même, son repère pour sauter. Sans hésiter, il se laissa pendre dans le vide, agrippé par les mains, et au moment où une nouvelle rafale le rabattit sur la droite, il sauta.

Un éclair fulgura et découvrit une scène que jamais Hénin n'oublierait. Il resta longtemps sous la pluie battante, même après que la nuit fut retombée, à regarder, incrédule, l'apparition. Sur les toits, une jeunette courait, gracile et aérienne, se jouant de l'averse comme du vent, son cotillon rouge claquant sur ses jambes telle une oriflamme. Il crut voir, échappée de son blanc bonnet, l'éclat d'une boucle rousse.

La salle commune du Coq hardi était déserte lorsque Gilles y pénétra juste après l'aube, vêtu de ses plus beaux habits. Si les commissaires s'étaient juré de lui sauter à la gorge, sa parure les tiendrait peut-être en respect, sinon il userait d'une autre arme. Il s'attabla près d'une croisée ouverte et passa commande à Champvert. L'aubergiste le considéra d'un air mi-contrarié mi-furibond, puis regagna ses fourneaux. Bayonne l'entendit grommeler dans sa barbe. Que d'histoires pour une simple omelette à la ciboule ! Si encore il avait réclamé poule d'Inde qui orne la table des puissants ! Le chevau-léger prit le parti d'en rire. Sa belle humeur, il le savait, devait beaucoup à la caresse de la brise qui entrait par la fenêtre. Une journée supplémentaire de fournaise, l'incident aurait allumé la mèche. Mais la fraîcheur apportée par l'orage incitait à la clémence. *Quelle faible créature que l'homme, et quel fou celui qui se croit libre !* Il regarda le ciel. Pas un nuage. Les traînées roses céderaient la place à un bleu implacable, et le jour naissant à un nouveau brasier. Il se félicita d'avoir enfilé sous son pourpoint une chemise en soie et glissé dans sa sacoche quelques bandes de tissu. Son nez ne résisterait pas à la chaleur.

Dehors, les porteurs d'eau s'acheminaient déjà, l'échine courbée sous leur charge. Les plus vaillants rapportaient jusqu'à douze seaux remplis à même la Seine, tout près souvent du cadavre d'un rat ou des ordures jetées dans le fleuve. La soupe n'en sera pas moins bonne, se dit Gilles en humant les effluves échappés de la marmite qui mijotait sur le feu. L'omelette servie sur un chanteau de pain frotté à l'ail se révéla succulente, quoique trop persillée à son goût. Préparer nourriture agréable au palais constituait manifestement le seul effort d'urbanité de l'aubergiste envers ses pratiques. Lorsque Blaise Pasquin fit son entrée suivi d'un maquignon et de Loys Brusnel, son apprenti, Champvert se pencha sur ses fourneaux sans prêter attention aux nouveaux venus. Avant l'heure, c'est point l'heure, proclamait le dos buté de Champvert, vous mangerez quand ça me chantera. Les trois hommes semblaient au fait des règles d'hospitalité en usage dans la maison. Tout en continuant à deviser, ils firent mine d'ignorer l'aubergiste, adressèrent un signe de tête au chevau-léger, puis s'installèrent à l'écart, le boucher attablé face au maquignon, Brusnel debout derrière son maître. Ce dernier n'aurait le droit de s'asseoir et d'assouvir sa faim qu'une fois Pasquin repu. Malgré sa taille de roquet, ou plus sûrement à cause d'elle, le maître boucher se comportait en vrai mâtin. Son pauvre diable d'apprenti ne devait pas être à la fête tous les jours. Bayonne se leva, salua la compagnie et sortit. Les mœurs de l'auberge commencent par rentrer, pensa-t-il alors qu'il traversait la cour du Coq hardi. Il n'avait pas un instant songé à régler son écot.

Les écuries sentaient le cheval, la graisse et la paille fraîche. Ici, on ne lésinait pas sur les soins apportés aux bêtes et, contrairement à Champvert, Grimaud le palefrenier savait s'y prendre avec ses pensionnaires. Gilles ne fut pas surpris de le trouver si tôt occupé à bouchonner un roussin, une chansonnette aux lèvres. Son visage anguleux accusait la fatigue. Il avait dû passer sa nuit à calmer les chevaux effrayés par l'orage.

« Le p'tiot dort encore, dit Grimaud. Un moine soûl n'ronflerait pas mieux.

— Vraiment ? Attendons que je lui sonne les cloches à ce bienheureux. »

Le palefrenier eut un sourire de connivence et tordit un bouchon de paille. Bayonne souhaita le bonjour à Garlane et Panache avant de se diriger vers la chambrette où logeait Pique-Lune. L'huis s'ouvrit en grinçant. Gilles s'arrêta sur le seuil, soufflé. Pendard, double pendard ! Et d'une, cette fripouille de Pique-Lune dormait comme une bûche, et de deux, il était déguisé en drôlesse. Le chevau-léger le réveilla sans ménagement.

« Tu es déjà en grande tenue de combat à ce que je vois. Cotillon rouge et bonnet de dentelle, en voilà un fier chevalier. Mazette ! Les hommes du Châtelet n'ont qu'à bien se tenir. »

Pique-Lune se dressa en sursaut et porta la main à sa tignasse. Au contact du bonnet, il prit un air misérable.

« La jupe ne fait pas la donzelle, mon maître. Vous me surprenez étonnamment accoutré, je ne puis le nier. Néanmoins, tel le preux Bayard, je suis sans peur et sans reproche.

— Sans peur, soit, mais sans reproche, permets-moi d'en douter, damoiselle Pique-Lunette.

— Messire, je vais vous narrer toute l'histoire…

— Surtout garde-t'en, animal, ou nous y serons encore à la nuit tombée. À la place, déniche-toi donc une vêture un rien plus virile et suis-moi. » Trop heureux de s'en tirer à si bon compte, le garçon fit voler bonnet et cotillon. Il enfilait la première jambe dans son haut-de-chausses quand le chevau-léger se retourna, la mine sévère. « Un dernier mot, dit Bayonne avant de sortir. Ne te réjouis pas trop tôt : ce n'est que partie remise. Tu me dois une explication et prie ton ange gardien que je la trouve à mon goût. »

Pique-Lune suspendit son geste. Son ange gardien ? Le beau secours ! Si son diable de maître s'entêtait à lui tirer les vers du nez, tous les saints du Paradis et Dieu le Père en personne ne seraient pas de trop pour lui porter assistance.

Dès que le garçon parut sur le seuil de l'auberge, Gilles, posté plus loin, se mit en marche. Hors d'haleine, Pique-Lune le rejoignit et chemina d'un pas timide à ses côtés. La faim le tenaillait mais il jugea le moment peu propice pour en informer son maître. Comble de malchance, parvenus au Châtelet, ils se heurtèrent à porte close. Les seigneurs des lieux étaient déjà de sortie ou pas encore dans les murs, leur apprit le garde en faction. L'absence des commissaires n'améliora en rien l'humeur du soldat. Pique-Lune le vit froncer les sourcils, puis filer comme s'il avait le feu aux fesses. Le garçon grimaça avant de s'élancer à sa suite. En route pour la cavalcade !

Oisifs, laborieux, piétaille, cavaliers, laïques, religieux, gens de condition, gens de rien, les rues parisiennes dégorgeaient leurs flots toujours grossissants d'hommes et de femmes. Beaucoup, parmi ces dernières – et même certains du sexe fort – notaient du coin de l'œil le chevau-léger au regard fier qui passait sans les voir. Gilles était furieux. Lui qui comptait surprendre les commissaires au saut du lit, la paupière lourde et le cerveau en berne ! Il contourna un attelage dont les chevaux avaient brisé traits et timon. Lorsqu'il se représenterait tout à l'heure devant le Châtelet, il trouverait sûrement meute bien réveillée et fin prête au combat. Encore heureux qu'il n'ait donné ni son nom ni sa qualité au garde ! Les commissaires ne pourraient s'enorgueillir de l'avoir fait attendre. Bayonne retint sa respiration. Sur la chaussée, une tripière touillait ses abats puants dans un lourd bassin à lessive. Lorsqu'il emplit à nouveau ses poumons, une odeur de fèves chaudes lui flatta les narines. Finalement, à repousser sans le vouloir sa visite, il conservait l'avantage sur les seigneurs du Châtelet. Plus il traînerait la patte, plus il forcerait le respect des commissaires, même si leur virulence à son égard s'accroîtrait d'autant. Pourquoi s'échauffer ? Ce contretemps jouait en sa faveur. Gilles ralentit l'allure. C'eût été un crime de dépasser la demoiselle qui se hâtait devant lui, une mignonnette à la cheville fine qui laissait sur son chemin sillage enivrant. La belle le conduisit jusqu'à la rue des Nonnains-d'Hyères où, hélas, elle obliqua, et Bayonne se retrouva à piétiner derrière un vieillard empestant la sueur aigre. Soudain pressé d'atteindre le port d'attache des bateliers, il accéléra le pas, jouant des coudes afin de se faufiler à travers la foule massée à l'angle de la rue de l'Ave-Maria et du quai des Célestins.

Assis dans sa barge à fond plat, le passeur d'eau, un tout jeune homme, le regarda venir avec une moue d'ennui que Gilles déchiffra aisément. Plus grand était le dérangement, plus chère serait la traversée. Ce freluquet sans barbe ni moustache entamait juste son apprentissage de sept ans mais sa rouerie égalait déjà celle d'un vieux batelier.

« Peux-tu nous conduire à l'île aux Vaches ? demanda le soldat du roi.

— J'dis pas oui, j'dis pas non. J'dis qu'me fatiguer pour deux m'paiera point ma peine et qu'y faut voir si on s'arrange. » Bayonne connaissait les usages. À condition de payer cinq places, il partirait sans attendre. Il ouvrit sa bourse et régla son dû. Le passeur se leva de mauvaise grâce. « J'dis qu'd'ordinaire j'charge du bétail et qu'les vaches qu'j'mène à bon port s'montrent plus généreuses qu'vous… »

Il n'eut pas le loisir d'achever sa tirade. Bayonne sauta dans l'embarcation et d'un coup d'épaule envoya le récalcitrant par-dessus bord. Le jeune homme battit des bras, l'eau l'engloutit à l'instant. Sous les yeux effarés de Pique-Lune, Gilles s'en fut tranquillement s'installer sur le banc de la barge. Des crachotements et le flic flac d'un clapotage troublèrent le silence, puis une main agrippa la rambarde, suivie d'une seconde, et le passeur se hissa à bord. Sur son visage encore juvénile, une algue dessinait une ombre de moustache. Malgré son envie de sourire, Bayonne resta de marbre. À humilier, on gagnait le mépris, non le respect.

« Toutes les vaches ne sont pas bonnes à traire, dit-il simplement avant de se tourner vers Pique-Lune. Allez, moussaillon, nous larguons les amarres ! »

Lèvres pincées, Pique-Lune prit place sur le banc. Toute cette eau sous ses fesses et une mince planche en bois pour l'en séparer, Dieu le garde !

La barge glissait sans à-coups. Avec la régularité d'un balancier, le passeur enfonçait sa perche dans la Seine, accompagnait la poussée de son corps et se rejetait en arrière. Outre la ruse, le jeunot possédait aussi la main d'un vieux batelier. Gilles s'abandonna au bercement. Que lui avait appris Pique-Lune sur Toussaint Gerbault ? Au mieux, l'homme était un guérisseur doublé d'un charmeur de serpents, au pire un empoisonneur et un sorcier, à moins qu'il ne s'agît de fumées engendrées par la superstition. Gerbault était de la Religion et, à ce titre, sujet de bien des médisances. À Lyon, quelque trente ans plus tôt, n'était-on pas allé jusqu'à accuser les parpaillots d'avoir sciemment déclenché la peste grâce à des marchandises gâtées d'infection fournies par Bâle la sulfureuse ? Bayonne, qui tenait l'histoire de son père, n'en avait point oublié la morale : « on dit » est un grand menteur. Une hirondelle rasa les flots. Et les vols de la Grande-Boucherie ? se dit Gilles en la regardant filer vers le ciel. Il aviserait plus tard, quand il en aurait le temps, et tant pis si cela devait contrarier Cheverny. Le sort du royaume passait avant sa petite personne, tout chancelier qu'il fût, et ce qu'il avait senti dans le presbytère ne souffrait aucun retard. Encore quelques coups de perche, ils atteindraient l'île aux Vaches. En tendant l'oreille, on pouvait déjà surprendre les confidences des blanchisseuses qui étendaient leur linge sur les rives herbacées.

« Conduis-nous au plus près de la niche de Toussaint Gerbault, demanda Bayonne.

— J'dis qu'vous feriez mieux d'croiser au large.

— C'est pourtant là que nous nous rendons.

— À vos risques et périls en c'cas. Si vous voulez aller chez l'Gerbault, j'vous mène au Gerbault, mais v'nez point vous plaindre après.

— Comment le reconnaître ?

— Au frisson qui vous mordra l'échine, v'là comment vous l'trouverez. L'a une tronche qu'est pas Dieu possible, une tête à faire pleurer la marmaille et baisser les yeux des femmes en espérance d'enfant. Vrai, sa caboche, vous pourrez pas la voir sans sursauter, j'dis. *Crachat du diable* qu'on appelle votre Gerbault dans l'coin. »

Le passeur fit passer sa perche d'une main à l'autre et se signa.

« Tu en as donc peur ? dit Bayonne.

— Quel péché a-t-il commis pour qu'Dieu l'châtie ainsi ? L'patron, là-haut, fit l'apprenti batelier en désignant le ciel, Il doit bien avoir une raison, non ? »

Une dernière poussée et la barge glissa en douceur jusqu'au ponton d'accostage. Sans attendre son maître, Pique-Lune sauta à terre. Bayonne le regarda d'un air bizarre. Le garçon n'avait pas décousu les lèvres de toute la traversée. Malgré l'heure matinale, un chaud soleil brillait au-dessus de leurs têtes. Dans les pâturages, les vaches se tenaient à l'ombre des arbres. Gilles sentit son nez le picoter. Il se risqua sur le chemin broussailleux en croisant les doigts. Pourvu que les indications du passeur ne les envoient pas au diable Vauvert ! Mais le gaillard ne s'était point joué de lui. Bayonne commençait à en douter quand il tomba sur un chêne fendu par la foudre. Il quitta le chemin puis, sur la gauche de l'arbre, emprunta une sente dont il fallait connaître l'existence pour la chercher derrière un rideau d'herbes folles. *Comptez trente pas encore et vous s'rez rendu chez l'Gerbault*, avait précisé le passeur. Une trentaine de pas plus loin, en effet, Gilles aperçut une cabane, un modeste abri en bois calfeutré de bouse sèche, ainsi qu'un homme assis sous un noisetier qui leva la tête à leur approche.

Pique-Lune eut un violent sursaut et poursuivit sa marche aux côtés de son maître. Bayonne entendait la respiration saccadée du garçon. Le petit avait du cran. Combien auraient fui ou se seraient figés en découvrant ce visage ? Dieu du ciel ! Était-ce là face humaine ? Non, se dit Gilles sans arriver à détacher le regard de ce qu'il voyait : un morceau de matière furieusement tordu sur lui-même qui emportait tout sur son passage, un mélange brutal de minéral et de feu comme l'une de ces pierres recrachées par un volcan. Et dans cette chose sans forme, des yeux, des yeux d'homme.

« Toussaint Gerbault ? Gilles Bayonne, émissaire royal mandaté céans pour enquêter sur la mort du père Vuillard. » L'homme continua de l'observer en silence, assis sur son tabouret. Même un réprouvé gangrené par la lèpre détournerait le regard, songea Bayonne furtivement. Dans cette masse de chairs pétrifiées, les yeux verts pailletés d'or le fixaient, brillants, intenses. Gilles soutint le face-à-face. Gerbault cherchait-il à l'impressionner avec son masque de cauchemar ou l'examinait-il simplement d'un regard franc ? Le soldat du roi essuya son nez qui recommençait à faire des siennes. Arrière-pensée ou pas, il fallait obliger ce muet à sortir de sa réserve. Il décida d'attaquer. « Vous vous y connaissez en plantes à ce qu'on raconte. On vous dit même un peu sorcier sur les bords. Une telle rumeur pourrait vous conduire au bûcher, non ? » Gerbault se leva, puis, sans un mot, marcha d'un pas tranquille vers un arbrisseau dont il coupa une branchette avant de revenir du même pas tranquille. Bayonne ne bougea point. Debout, Toussaint Gerbault mesurait bien ses six pieds de haut et il se mouvait avec une nonchalance de grand fauve. Il disparut un instant dans la cabane. Le temps pour Gilles d'échanger un coup d'œil avec Pique-Lune, l'homme s'asseyait de nouveau face à lui, un mortier calé entre les genoux. Il dépouilla la branche de ses feuilles criblées de trous minuscules, les jeta dans le mortier, puis se mit à broyer sa cueillette avec un pilon. Même si Gerbault ne le regardait pas, le chevau-léger le sentait attentif au moindre de ses mouvements. « Êtes-vous toujours aussi loquace ? Je vous ai posé une question, ce me semble. Y répondre vous écorcherait-il la bouche ? »

Gerbault leva les yeux et Bayonne se demanda si l'homme n'était pas muet. Pouvait-il même, avec ces deux boursouflures violettes qui recouvraient ses dents, remuer les lèvres ?

« Parler, à quoi bon ? pépia Pique-Lune qui avait jailli entre Gerbault et son maître. La moitié du temps, les mots servent à mentir et l'autre moitié, à dénigrer son prochain. Il préfère se taire. »

Le loustic conclut sa tirade par une révérence moqueuse. Gilles s'était à moitié redressé, prêt à botter l'arrière-train du garnement, quand il vit filer dans les yeux de Gerbault un semblant de sourire. Il se rassit. Si Pique-Lune faisait l'âne pour avoir du son et récoltait en prime du picotin, autant se joindre à la sarabande.

« Pourquoi ne pas démentir ? dit-il.

— Cette légende est peut-être bâtie sur du vent, on n'y croit pas moins dur comme fer, fit Pique-Lune avec gouaille. Que peut-il contre elle ? S'il desserre les lèvres, un finaud ne manquera pas de relever qu'il n'est point de fumée sans feu et, s'il se tait, un autre esprit futé – souvent le même que le premier, d'ailleurs – jettera d'un air entendu : "Qui ne dit mot consent." » Le garçon ménagea une pause troublée seulement par le raclement du pilon contre les parois du mortier. Du pouce, Bayonne pressa sa narine droite. Cette fontaine à sang ne cesserait-elle donc jamais de couler ? « Qu'il parle ou qu'il se taise, reprit Pique-Lune, l'affaire est déjà tranchée. Qui empoigner par les épaules pour lui rentrer ses propos dans la gorge ? Qui regarder en face, d'homme à homme ? La médisance a mille bouches et ne présente nul visage, c'est là toute sa force.

— La force des lâches, dit Gilles.

— Sans doute, répondit le garçon après un nouveau silence, mais celle-ci vous brise plus sûrement que franc courage, et le sieur Gerbault pourrait vous en parler… »

Pique-Lune s'interrompit et se tapota les lèvres, le front plissé, comme s'il fourgonnait dans sa tête à la recherche d'un mot.

« … d'expérience », compléta Gerbault d'une voix grave. Le gamin se tourna vers lui, un clair sourire sur le visage, et Bayonne sut qu'à cet instant Pique-Lune ne jouait plus : il remerciait à sa façon tout en lumière l'homme pour son geste. Gerbault dut le sentir aussi. Il retint sa main lorsqu'il écarta Pique-Lune, pareil à un ours repoussant d'une patte molle un petit trop remuant, et tendit ensuite à Gilles le mortier où les feuilles réduites en bouillie formaient une pâte verte. « Millepertuis, dit-il de sa voix de basse. Contre les saignements. »

Le chevau-léger n'hésita pas. À la moindre réticence de sa part, l'homme se murerait. Il appliqua l'onguent sur son nez, puis souleva brièvement sa toque. Gerbault, qui ne l'avait pas lâché du regard, opina alors du menton.

« Le père Vuillard aurait loué vos services aux environs de la Saint-Paterne pour surveiller le presbytère », dit Bayonne. Toussaint Gerbault acquiesça d'un battement de paupières. « Quels étaient ses ordres ?

— Ouvrir l'œil. De complies jusqu'au matin. *Effrayez-le mais ne le tuez pas.*

— *Le ?* Êtes-vous sûr ? » Gerbault confirma en battant une nouvelle fois des paupières. « Vous a-t-il décrit celui dont il redoutait la venue ? » Toussaint Gerbault secoua la tête. L'homme, décidément, n'aimait pas les paroles inutiles. Mais ne venait-il pas de lui apprendre un point essentiel ? Un seul assassin, donc, craint et protégé par le prêtre quand bien même ce dernier, selon toute vraisemblance, ignorait son identité. Dans le cas contraire, il l'aurait dépeint à son guetteur. « Comment s'effectuaient vos rondes ?

— Tilleul face presbytère ? » Ce fut au tour du chevau-léger d'opiner en silence. « Perché là-haut, vue d'aigle.

— Et la nuit du meurtre ?

— Personne à rôder.

— Personne, vraiment ? »

Le visage appuyé contre son poing, Gerbault se concentra.

« Personne. Retour voisins, heures habituelles. Station Mouche, la chienne, devant porte presbytère.

— Il faisait nuit noire. Quelqu'un a pu tromper votre vigilance et se glisser dans le jardin. »

Gerbault écarta l'hypothèse d'un revers.

« Le temps.

— L'orage menaçait et il y avait des éclairs. Oui, s'il y avait eu quelqu'un, vous l'auriez vu. » Un silence se fit. Bayonne passa machinalement la main sur son nez. Le saignement s'était arrêté. Derrière Gerbault, Pique-Lune esquissa un signe de croix. « Sans offense de ma part, pourquoi le père Vuillard vous a-t-il engagé ? demanda le chevau-léger. Il était de confession romaine, prêtre de surcroît, et vous êtes de la Religion. »

Toussaint Gerbault haussa les épaules.

« Sais pourquoi l'aurait pas fait.

— Et la raison ?

— Inspection de mon avant-bras droit. Après cet examen, enrôlement. »

Bayonne médita un instant la réponse avant de se lever, rejoint aussitôt par Pique-Lune. « Merci pour votre concours. Cette histoire de serpents, de quoi retourne-t-il au juste ? »

Sans un mot, Gerbault alla chercher dans la cabane une écuelle de lait qu'il déposa au pied d'un tronc, puis, du talon, frappa trois coups sur le sol. Quand les couleuvres glissèrent hors des fourrés, cinq bêtes énormes à collier jaune, Gilles faillit prendre ses jambes à son cou. Depuis toujours, la gent sifflante et sinuante le révulsait. Avec un frisson de dégoût, il vit les serpents incliner leurs têtes au-dessus de l'écuelle et fouetter le lait de leurs langues fourchues. Il croisa le regard de Gerbault. Les paillettes d'or semblèrent luire d'un éclat plus intense.

« Là où les couleuvres sont, les vipères fuient », dit Gerbault.

Une phrase complète, la première. Bayonne hocha le menton et s'en fut, flanqué d'un Pique-Lune inhabituellement contraint. Lorsqu'il se retourna, l'homme n'avait pas bougé. Crachat du diable, pensa Gilles. Quelle femme caresserait pareil visage ?

« D'où sortez-vous ? »

Un rayon de soleil filtra à travers les branches du noisetier et se mit à frémir sur la joue de Gerbault, une cloque tout en crevasses et cicatrices. La voix de basse parut venir de très loin, comme si elle n'appartenait pas à ce monde :

« De l'enfer. »

VII

« De la viande, ça ! De la carne plutôt, du roc, de la pierre tout juste bonne à casser le râtelier. Et tu as le front d'en demander trois sous pièce ! Brigand !

— Pleure donc point tes liards, face de rat. Ton argent, j'en voulons pas. Gratis qu'j'm'en allons t'écosser la denture ! »

Avec des gestes brusques, le regrattier fit glisser de son épaule la lanière qui retenait le plateau de viandes cuites, posa l'étal ambulant sur un tas de fumier, mais il n'eut pas le temps de porter son attaque. Son offenseur le chargea tête baissée. D'un coup en plein ventre, il l'expédia au sol. Le dos du marchand s'écrasa contre le plateau. Les bas morceaux de porc et de bœuf roulèrent sur le fumier avant de finir leur course dans la rigole fangeuse qui s'en écoulait à petit ru. Le vainqueur se tourna vers la foule accourue aux premières injures et désigna le tas de déjections où gisaient le regrattier et sa marchandise. « Qui se ressemble, s'assemble ! » se mit-il à claironner. Sa victime bondit sur ses jambes. Le fanfaron détala, le marchand à ses trousses. Beaucoup s'élancèrent à leur suite et la rue se vida.

Aussitôt, une bande d'enfants vagabonds s'abattit sur le tas de fumier. Le plus vieux n'avait pas onze ans. Des oisillons tombés du nid, se dit Bayonne, côte saillante et regard agrandi par la faim. Pour un Pique-Lune tiré du ruisseau, combien de drôles voués à une mort certaine ? Qu'y pouvait-il ? Trop d'oiseaux en la vaste volière du monde et pas assez de grain pour chacun. Il entendit les gamins piailler dans son dos. Au moins ceux-là ne s'endormiraient-ils pas ce soir le ventre vide. Sixte sonna. La matinée s'achevait et il rentrait à peine de l'île aux Vaches. Vengeance de bonne guerre, le jeune passeur d'eau avait pris son temps pour réapparaître. Gilles avait dû l'attendre sous un soleil à fricasser la cervelle. Mais pas une plainte en provenance de Pique-Lune. Le garçon haletait à ses côtés, visage cramoisi, et jouait des jambes pour se maintenir à sa hauteur. Le loupiot s'était bien débrouillé. Sans ses cabrioles de chien fou, Toussaint Gerbault n'aurait jamais levé la herse. Bayonne ralentit l'allure.

« Beau travail », dit-il.

Pique-Lune s'arrêta en pleine rue, puis s'inclina, la main sur le cœur :

« Toute peine ne mérite-t-elle point salaire ?

— Parguienne, tu oses me réclamer des gages ? Deviendrais-tu gourmand ?

— Non pas gourmand, mon maître, juste affamé. Un bout de pain et une croûte de fromage, voilà les gages auxquels je songeais. »

Bayonne accusa le coup. Au lieu de crier haro sur la misère, il ferait mieux de balayer devant sa porte. Depuis quand faisait-il jeûner Pique-Lune ? Une journée pleine, s'avoua-t-il, peu fier. Le dernier repas du garçon remontait à la veille, midi. Il bifurqua en direction du Pied-de-bœuf, une taverne située à un jet du Châtelet. Les commissaires patienteraient bien encore un peu. L'endroit sentait la mort. Les écorcheurs venaient y boire une chopine entre deux moutons égorgés, leurs tabliers tout dégouttants de sang. Le chevau-léger commanda un cruchon tandis que Pique-Lune s'attaquait à l'oie rôtie achetée à l'étal d'un oyer. Bayonne toucha à peine à son écuelle ; il faisait trop chaud pour rien avaler. Tout en regardant manger le garçon, il pensa au sérieux avec lequel ce dernier l'avait interrogé, deux soirs auparavant. La folie serait-elle raison ? Le loupiot méritait mieux comme réponse que son envolée sur la mauvaiseté humaine, un os lancé en pâture afin de le détourner d'une charogne puante. Soudain, Gilles se décida. Il amènerait Pique-Lune avec lui à la morgue. Il n'était jamais trop tôt pour se tanner le cuir. Quel âge avait-il lorsque Renaud l'avait traîné la toute première fois au gibet de Montfaucon ? Quatre ans ? Cinq ans ? On y pendait un bandit de grand chemin : des cris, des injures, puis le silence où s'élève le bourdonnement du prêtre, et ce bruit sec des os qui se rompent. Il ne gardait aucune image de la scène. Pleuvait-il du feu comme aujourd'hui ? Le condamné pleurait-il au moment où le bourreau lui passait la corde au cou ? Il n'aurait su le dire. Mais il avait encore dans la bouche le goût amer de la bile lui brûlant la gorge quand il avait entendu les vertèbres craquer. Pique-Lune vomirait peut-être tripes et boyaux. C'était le prix à payer. Au moins apprendrait-il dans sa chair ce qu'aucun discours, jamais, ne pourra enseigner. Le garçon repoussa son écuelle et planta ses yeux dans les siens. Non, une telle confiance ne pouvait se décevoir, dût-il, pour l'honorer, soumettre Pique-Lune à rude épreuve. Bayonne jeta une pièce sur la table. Il était temps d'affronter les seigneurs du Châtelet.

Le chevau-léger se hâta de quitter la ruelle du Pied-de-bœuf. Le lieu empestait. Plusieurs tonneaux destinés aux bouilleurs encombraient le passage, tous emplis de tripes encore chaudes. Ses bottes s'enfonçaient dans une rigole de sang et les vagissements des bêtes promises au couteau auraient cassé les oreilles d'un sourd. Il descendit vers la Vallée de Misère, à l'ouest du Grand Châtelet, et s'arrêta devant un superbe bâtiment en brique et pierre coiffé en arrière-plan d'un campanile. Autant la vieille forteresse et ses murs noircis incitaient à passer vite son chemin, regard rivé au sol, autant le récent corps de logis construit à l'aplomb de la sinistre tour dominant la cour des salles judiciaires invitait à ralentir l'allure et à lever le nez au ciel. Un fort joli chenil, et du beau monde à l'intérieur. Les puissants orfèvres tenaient boutique au rez-de-chaussée, les commissaires régnaient en maîtres à l'étage.

« Vous allez les hacher menu, hein, Messire ?

— Pique-Lune, je t'avertis, pas un mot.

— Et s'il prenait l'envie à ces gentilshommes de vous donner le baiser de paix sous forme d'estocade ?

— Pas un mot, ai-je dit.

— Pas même pour entonner un vibrant alléluia ? Songez, si vos frères très chrétiens vous administraient soudain l'extrême-onction avant l'heure, j'aurais bien du mal à contenir ma joie. Un si bel acte de charité, il faudra le proclamer dare-dare à la face du monde afin que les braves gens accourent et vous entourent de leur sollicitude.

— Pas… un… mot !

— Ainsi soit-il, mon maître ! Votre serviteur se pliera à votre désir. »

Bayonne entra dans le corps de logis et se mit à gravir l'escalier. Il ne se faisait guère d'illusions. Contraindre Pique-Lune au silence ? Vain combat. Pouvait-on empêcher la rivière de couler ? Il n'était pas né, celui qui endiguerait la faconde du pipelet.

Cinq gardes veillaient sur la chambre des commissaires. La galerie sentait le soldat : cuir, graisse et sueur. À l'arrivée du duo, la partie de dés s'interrompit. Les gardes inspectèrent d'un œil rapide les nouveaux venus. Le plus âgé, un sergent, eut un sourire en coin et s'avança vers Gilles tandis que ses compagnons reprenaient leur jeu.

« Seriez pas l'émissaire royal des fois ?

— Touché ! Gilles Bayonne, envoyé par le comte de Cheverny, chancelier du roi. Quant au mandat… »

Gilles porta la main à sa sacoche.

« Pass'qu'vous croyez p'têt qu'j'sais lire ? Laissez vos écritures dans la musette, va. Lhorme nous a annoncé vot' visite. Deux jours pleins qu'on rancit à vous guetter. »

L'homme se gratta la barbe. Il s'amusait. Et il attendait quelque chose. Un allié, se dit Gilles. *Il m'invite à sonder le terrain.*

« S'agirait-il d'un reproche ?

— Pas d'ma part en tout cas, mais j'suis point commissaire, moi. Voulez qu'j'vous dise ? Z'avez une chance d'pendu d'tomber sur Lhorme. L'est en audience avec la vieille folle. J'vous parie mon ch'val qu'y verra point d'un mauvais œil vot' intrusion. » L'homme désigna Pique-Lune de la tête. « L'moucheron vous accompagne ou vous m'l'confiez qu'j'l'épluche un peu aux dés ? Six sous la mise !

— Il m'accompagne. Un conseil : ne te fie pas à sa bonne mine. Beaucoup partis le tondre sont revenus sans laine sur le dos.

— J'm'en souviendrai. Par ici, gentilshommes. »

Le sergent pivota et les conduisit à la chambre des commissaires. Pourquoi m'aide-t-il ? s'interrogea Gilles. Un ancien compère de Renaud ? Le sergent frappa du poing contre la porte et ouvrit.

Au centre d'une pièce assez vaste pour contenir tous les chevaux du roi, un homme, buste en avant, écoutait une petite vieille assise sur un tabouret. Peu de sièges, beaucoup d'armes, et toutes prêtes à servir. En ce lieu, on ne faisait que passer. Bayonne et Pique-Lune s'avancèrent. L'homme leva l'index droit à leur intention et encouragea la vieille à poursuivre. Il avait la plus belle paire d'oreilles que Gilles eût jamais vue, d'incroyables feuilles de chou qui rapetissaient sa caboche à la taille d'une noix. Et il était patient. Depuis combien de temps subissait-il les divagations de la petite vieille ? « Ils sont revenus. Oui, la maison, ils l'ont laissée un moment tranquille et ils sont revenus. J'ai bien vu les lumières au travers des volets. Où étaient-ils partis ? Mieux vaut ne pas trop questionner là-dessus, ils n'aiment pas ça. Mais ils sont revenus et cette fois-ci, il faut les entendre. Ils ont des choses à nous dire. Il faut les entendre, vous comprenez ? Sinon, ils reviendront, ils reviendront toujours, et nous ne serons jamais en paix. » Elle s'arrêta de parler et l'homme eut un geste étonnant. Il s'accroupit, enlaça la vieille femme et la tint serrée contre sa poitrine. Des mots qu'il chuchota, Gilles perçut la seule musique, le rythme lent et apaisant d'une berceuse. Puis l'homme raccompagna la petite vieille, referma la porte et vint se planter devant lui.

« Pauvre Louisette. Elle s'était calmée et voilà que ses démons la reprennent. Des fantômes par-ci, des fantômes par-là, comme si on n'avait pas déjà suffisamment à faire avec les vivants. » Il fit sauter deux boutons de son pourpoint et se massa la nuque. « Sébastien Lhorme, commissaire au Châtelet de la prévôté et vicomté de Paris.

— Gilles Bayonne, émissaire du roi. »

Lhorme considéra un moment le chevau-léger.

« Je vous attendais au chant du coq et vous arrivez à la fumée des chandelles. Éloquente diligence, ma foi. Vous allez à votre heure et non à celle du voisin. Lorsque votre horloge marque none, qu'on ne vienne pas vous sonner complies. Me trompé-je ? »

En dépit de ses grandes oreilles, Lhorme n'avait rien d'un âne, et, s'il ouvrait la bouche, ce n'était pas non plus pour braire en vain. Gilles décida de jouer franc jeu.

« Vous avez l'ouïe fine, mais il vous manque un carillon, celui de la chancellerie au son duquel je danse. Le comte de Cheverny me charge de deux affaires en votre domaine et exige que je fasse cavalier seul. À mon tour de vous poser une question : que fait le chien obligé de voler un os dans la gueule d'un compère ?

— Il grogne plus fort et emporte le morceau. Un instant, je vous prie. » Lhorme s'éclipsa dans le vestibule et en ramena deux gobelets de vin. « Inutile de nous entripailler, Bayonne. Je veux bien partager ma gamelle avec vous puisque nous chassons pour le même maître. Vidons plutôt un godet ensemble. » Le chevau-léger et le commissaire trinquèrent à la santé du roi. Gilles entendit renifler dans son dos. La paix conclue sans déclaration de guerre ni escarmouche n'était pas au goût de Pique-Lune. Lhorme lissa sa moustache blanchie par l'âge. « À parler sans fard, je vous cède volontiers ma pâtée. Ces histoires fleurent mauvais : peu de gruau à lécher dans l'écuelle et châtiment assuré pour qui rentrera bredouille.

— À moi alors d'épaissir la soupe. Le père Vuillard ?

— Aucun rogaton à vous offrir, j'en ai peur.

— Un colporteur normand a traîné dans la paroisse il y a peu. J'aimerais l'entendre.

— Je vous mets l'oiseau en cage et, faites-moi confiance, il sifflera.

— Et sur les vols ?

— Votre renard a le palais fin, il braconne toujours en forêt giboyeuse : deux bouchers, un notaire, un magistrat et, dernière proie à son tableau, un orfèvre. Il dédaigne les grosses prises au bénéfice des écus, parures et petites pièces d'argenterie. Ce goupil opère la nuit et ne laisse jamais une trace. Grippez-le, j'applaudis. »

Bayonne fit la grimace. Maigre brouet au fond de la gamelle, en effet. Mais Lhorme était dans son camp et puisque Cheverny le sommait de retrouver au plus vite les biens du sieur Dupray, le tatillon magistrat, faute d'obéir à cet ordre, il s'emploierait avec l'aide du commissaire à endormir le chancelier : une berceuse en direction dudit Dupray et le Grand Maître des corbeaux en oublierait même de soulever la paupière.

« Votre opinion sur le sieur Dupray ?

— Le magistrat ? Une bête dangereuse : canines effilées, enflure et bras long.

— Sans vouloir vous commander, il me faudrait deux gardes jour et nuit devant sa porte ainsi qu'un bon ménestrel. Que ce dernier lui gazouille mignonne chansonnette et l'entretienne chaque matin de nos efforts.

— Sans vouloir vous contredire, quel rapport lui fredonner si la partition est vide ?

— Au diable notes et couplets ! Que votre homme se contente de chanter juste et que sa musique plaise à l'oreille.

— Je vois. Le sergent Amiot sera parfait en troubadour, il n'a pas son pareil pour emmieller les mouches sous flots d'emphase et de ronflant.

— Bagou et pommade, vous avez tout compris. »

Avec un sourire, Lhorme balaya l'air de sa main.

« Je ne vous chasse pas, mais vous mets néanmoins à la porte. Quelques chiffres et vous saisirez : au Grand Châtelet, invisibles et tout-puissants, le prévôt de Paris et ses trois lieutenants. Ici, trente-deux commissaires affectés aux seize quartiers de la capitale, à raison, cela dépend, d'un à trois confrères par quartier, plus une dizaine de sergents à verge par commissaire, et je vous passe les exempts. Faites le compte.

— Belle meute, commenta Bayonne. Prête à me dévorer, j'imagine ?

— Conclusion hâtive, je n'ai pas fini. Soustraction faite des grands et des petits – prévôt, lieutenants, sergents et exempts –, il reste mes pairs, trente-deux commissaires qui m'écoutent plus ou moins – privilège de l'âge sans doute –, et sur ces trente-deux-là, seul un dixième échappe à mon contrôle, car trop enragé à votre endroit. Aussi, avec toute la politesse qui vous est due, monsieur l'émissaire royal, vous dis-je *du balai* ! La Sainte Trinité ne va pas tarder à apparaître.

— La Sainte Trinité ?

— Huillet le blond, Capelle le roux et Malmaison le brun, les trois commissaires en charge du quartier de la Grande-Boucherie, présentement boutés hors de leur territoire par votre présence. Mes jeunes confrères sont sur les dents. Hier soir, port de Grève, les contrebandiers leur ont à nouveau filé entre les doigts. À défaut de croquer du brigand…

« Entendu. Le corps du père Vuillard se trouve bien à la morgue du Grand Châtelet ?

— Misère ! s'exclama Lhorme en secouant son godet vide. Le gosier sec et plus une goutte pour l'humecter ! Garçon, va nous chercher à boire. » Gilles se retourna. Il avait presque oublié la présence de Pique-Lune. Il ne put s'empêcher de sourire quand le garçon l'interrogea des yeux. Pique-Lune ne recevait pas d'ordre du commissaire et le faisait savoir. Raide comme la justice, le loustic prit les godets et sortit. « À votre place, j'éloignerais le lardon, dit Lhorme à voix basse. Croyez-moi, ce qui vous attend à la morgue… » Il se passa la main sur le visage. « Non, ce n'est pas un spectacle pour un petiot.

— Et si je m'entête à l'amener ?

— Alors je ferai moi aussi ma vieille bourrique. »

Bayonne contempla Lhorme en silence. Le commissaire avait peu ou prou l'âge de son père et, il en aurait juré, assez de cicatrices dans le cuir pour qu'il le prît au sérieux.

« Très bien. Je vais lui trouver de l'occupation. »

On frappa à la porte, Pique-Lune entra. Lhorme lui saisit les gobelets des mains et les posa sur un banc. « Changement de cap, garçon. Ton maître s'en va.

— Une toute dernière question avant de partir, dit Gilles. Je cherche un homme présentant une marque sur l'avant-bras droit. Brûlure, cicatrice, tache de naissance, je l'ignore.

— Vous l'avez trouvé ! » Le commissaire retroussa la manche de son pourpoint jusqu'au coude. Une cicatrice griffait l'intérieur de son bras. « Une dague. Pour Brusnel, ce fut un coup de corne, pour Quévillan, une morsure, pour Foy, une marmite d'eau bouillante. Le bras droit est le plus exposé et la liste à rallonge. Une bonne dizaine de paroissiens y figurent. Je vous coucherai ça par écrit.

— Grand merci. Si vous pouviez ne pas ébruiter ce point…

— Soyez sans crainte. Je fermerai le couvercle comme disait mon père. À tantôt, Bayonne. »

Gilles salua le commissaire et sortit. La partie de dés poursuivait son cours mais l'aimable cerbère avait disparu. Bayonne le retrouva en haut de l'escalier.

« Si j'étais vous, j'moisirais un peu ici, dit ce dernier. Les commissaires sont v'nus et quand y z'ont appris vot' visite, leurs bobines étaient pas belles à voir. M'est avis qu'y vous attendent en bas.

— Pourquoi cette aide ? Connaissais-tu Renaud ?

— Jamais entendu causer. Par contre, si j'fais encore partie des effectifs, c'est grâce à vot' père : m'a guéri d'une blessure si vilaine qu'elle grouillait d'jà d'vermine. L'fils d'l'homme qui m'a tiré du trou, j'le pousserai pas dans l'trou, ou alors j'm'appelle plus Sauveur.

— Sauveur ?

— Sauveur Sauvayre, parlez d'une croix ! Bon, une partie d'dés ?

— Une autre fois. On m'attend en bas.

— Z'êtes pas du genre à lâcher dans vos braies, hein ? Si vous tombez dans l'trou, pensez à crier. »

Bayonne remercia le sergent et se mit à descendre l'escalier, suivi par Pique-Lune. Deux alliés dans la place, il n'en espérait pas tant. Des alliés ? Voire ! siffla en lui une voix qu'il rejeta avec force. Mais il l'avait entendue, cette gueuse, et soudain, il se sentit très seul.

Sauvayre avait le nez creux. À peine Gilles fit-il un pas dehors que trois hommes bloquèrent la voie. S'il avançait, il butait contre la poitrine d'un géant roux, s'il partait à droite, un blond lui barrait le passage, s'il choisissait la gauche, un brun coupait sa route. Capelle, Huillet, Malmaison, les trois mauvais génies de la Sainte Trinité. Le chevau-léger posa la main sur son épée. Il y eut un mouvement derrière lui. Pique-Lune avait dû saisir sa dague.

« Regardez qui va là, fit Malmaison. Le mignon du chancelier, notre tout nouveau corsaire venu pêcher sans vergogne dans nos eaux.

— Pourquoi se gênerait-il quand Cheverny souffle en poupe ? dit Huillet. Il sait mener sa barque, ce tendron.

— Pour choisir son équipage, en revanche, il ne pèse pas une chiure de mouche, dit Capelle à son tour. Vous les prenez à la mamelle chez les chevau-légers ? »

Pique-Lune vint se placer à la droite de son maître, toisa le géant roux et lui décocha un clin d'œil. Capelle sursauta.

« Non, juste assez vieux pour ne plus jouer à qui pisse le plus loin, dit Bayonne. Et maintenant que vous avez fini de lever la patte, messieurs, un avertissement : en ces affaires confiées par le chancelier, j'entends, après Dieu et le roi, être le seul maître à bord.

— Loin de nous l'idée de vous disputer le gouvernail ! jeta Malmaison. Bon vent, capitaine ! Quand la tourmente drossera votre barquette sur les écueils, le roi saura qui blâmer.

— Ou qui remercier, fit le chevau-léger. À s'aventurer en mer, on ramène parfois cargaison pleine.

— Un crime sans queue ni tête, des larcins à n'y rien comprendre, vous allez lourdement lesté, dit Huillet. À trop charger les cales, on risque de faire naufrage.

— Cela vaut mieux que de couler au port, lança Pique-Lune. Le port de Grève, il va sans dire. Vous venez d'y boire la tasse à ce qu'on murmure. »

Le garçon s'était avancé d'un pas et touchait presque Capelle. Mains sur les hanches, menton haut, regard droit, Pique-Lune défiait les trois hommes. Bayonne raffermit sa prise sur l'épée mais se garda de bouger. Quand les chats se disputent, la souris les distrait. Si les commissaires jouaient bien leur partie, bientôt ils pourraient rompre, honneur sauf, sans aller au duel.

« Ou je rêve ou ce brigandeau nous cherche noise, dit Huillet. Diantre, le béjaune, tu confonds grandeur et hauteur. Tu veux paraître noble mais tout ce que je vois, moi, c'est un petit coq hissé sur ses ergots, les plumes en bataille et le jabot rengorgé de suffisance.

— Un coq ? s'exclama Malmaison. C'est lui faire trop d'honneur. Dites plutôt une poule, la morve au bec et la merde au croupion.

— Vous exagérez encore, fit Capelle. À peine s'agit-il d'un poussin qui nous brise les oreilles avec ses piaillements hors de saison. Un peu de patience, trousse-pet : le temps viendra où les génitoires te pousseront entre les jambes et où tu pourras rugir en mâle.

— La valeur n'attend pas les années, vous répondrait un fat, dit Pique-Lune. Je ne suis point de ceux-là. J'apprends de mes aînés, humblement, et à vous bien regarder, sieur Capelle, la tête vissée sur le cou telle une cruche percée, une seule leçon s'impose : un petit dégourdi vaut mieux qu'un grand niais. »

Un poing du géant roux se referma sur la gorge de Pique-Lune, l'autre sur son poignet. Le garçon lâcha sa dague. Capelle le tira vers le haut et Pique-Lune se mit à crachoter. Il touchait à peine le sol.

« Poussin, je pourrais t'écraser du talon mais cela salirait mes bottes. La prochaine fois, génitoires ou pas, je broierai tes tendres os sous mon pied. » Capelle ouvrit son poing et l'essuya sur sa broigne.

« Levons les voiles, compagnons. Ici, ça renifle par trop la volaille. »

Gilles vit disparaître les trois hommes avec soulagement. Il s'en était fallu d'un cheveu. Pique-Lune avait ramassé sa dague et se massait le cou, une grimace de douleur sur sa frimousse. Bayonne l'attrapa par le lobe de l'oreille.

« Alors, chenapan, on a encore fait des siennes ? Pas un mot, t'avais-je demandé. »

Le garçon ouvrit des yeux ronds.

« Sans vouloir vous offenser, mon maître, vous me faites là mauvais procès. Je vous ai obéi en tout point. Jamais instruction donnée ne fut plus scrupuleusement suivie.

— Mais je n'en doute pas, ô loyal serviteur, pas plus que de t'avoir entendu, il y a un instant à peine, susurrer ce compliment à Capelle. Mes oreilles ont dû me jouer des tours.

— Elles ont rempli leur fonction à merveille, au contraire. Les eussiez-vous consultées, elles vous auraient appris que pas un mot n'est sorti de ma bouche. Néanmoins, vous ne m'aviez pas défendu d'en prononcer plusieurs. Que le Cornu me croque si je dis faux ! »

Le chevau-léger pressa le lobe entre ses doigts.

« Suis-je donc méfiant ! Tu t'appliques à respecter mon ordre à la lettre et j'ai l'outrecuidance de te soupçonner. En vérité, quel méchant maître je fais !

— Ne vous accablez pas, Messire. Il arrive aux meilleurs de se tromper. *Errare humanum est*… »

Bayonne pinça l'oreille encore plus fort.

« … *sed perseverare diabolicum*, mon compère le turlupin. Maître bâton doit-il te chatouiller les côtes afin que tu retiennes la leçon ?

— De grâce, mon maître ! Un gage, que je me rachète. »

Gilles lâcha Pique-Lune.

« En guise de pénitence, tu vas aller fouiner du côté des vols de la Grande-Boucherie. Prends Sauvayre avec toi. Je te veux à quatre heures de relevée devant le Châtelet.

— J'y serai, foi de Pique-Lune, et je ne vous décevrai pas. Cette affaire, me disais-je il y a peu, il faut l'examiner de l'intérieur, en homme de l'art.

— Eh bien, va et examine ! »

Pique-Lune se rua dans le corps de logis. Un instant après, Bayonne franchissait les portes du Grand Châtelet. Il se plia sans broncher aux différents contrôles. Il n'était pas pressé. Le temps que Pique-Lune rapporte dans sa gueule de chiot le bâton lancé loin devant, il avait tout loisir de s'attarder à la morgue. Un guichetier le guida au travers de sombres couloirs. Gilles suffoquait. Un air corrompu stagnait en ces lieux d'où était bannie la lumière du jour. Le premier châtiment des prisonniers, pensa le soldat du roi. Un cri de bête déchira le silence. Le guichetier se tourna vers Bayonne. « Un faux saunier soumis à la question », expliqua-t-il d'une voix à peine audible. Gilles ne répondit rien, plus impressionné par le murmure du porte-trousseau que par le cri entendu. Derrière les murs de la forteresse, on chuchotait ou l'on hurlait, mais jamais ne résonnait voix humaine. Qui pénétrait ici devenait soit moins qu'un homme soit plus qu'un homme, un animal ou un dieu, un corps souffrant sous la torture ou le médium désincarné d'une justice toute-puissante. Un deuxième cri s'éleva, plus étouffé. La plainte ressemblait à s'y méprendre à un gémissement d'amour. Derrière ces murs, oui, quand le diable riait, Dieu se bouchait les oreilles.

Le guichetier s'arrêta devant la basse geôle reconvertie en morgue et tendit à Bayonne une lanterne ainsi qu'une éponge et un seau de vinaigre.

« Le prêtre, c'est le troisième en partant de la droite, dit-il dans un murmure. Pour croiser les bras sur la poitrine, il a fallu les casser. Sinon, on n'y a pas touché. Pas de toilette, ordre de Lhorme. » Il tira sur sa moustache. « Je préférerais autant ne pas rancir dans le coin. Riez si le cœur vous en dit, les spectres qui rôdent ici sont plus mauvais que la gale. Les morts à l'intérieur ont tous une bonne raison de se venger des vivants.

— Tu peux partir. Je retrouverai bien mon chemin. »

Le guichetier cracha par-dessus son épaule et fit demi-tour. Gilles imbiba l'éponge de vinaigre, la pressa sur son nez et entra dans la basse geôle.

L'endroit sentait le fraîchin et la chair pourrie. Les cadavres repêchés dans la Seine et ceux ramassés dans la rue étaient exposés sur des planches pour la plupart recouvertes d'un drap. Un proche reconnaîtrait peut-être parmi ces corps boursouflés un fils, un époux, une sœur. Pour les autres, les sans nom, les sans feu ni lieu, les Filles hospitalières de Sainte-Catherine offriraient leurs prières et une sépulture en terre chrétienne du cimetière des Saints-Innocents. Bayonne jeta un œil à la seule lucarne grillée de la geôle. Aucun curieux ne bouchait la lumière et pourtant, on y voyait à peine. Gilles alluma les deux torches accrochées à la muraille puis, lanterne à la main, s'approcha du troisième corps sur sa droite et souleva le drap.

Il croyait avoir tout vu en matière d'horreurs. La guerre est une redoutable maîtresse qui coûte bien des nuits blanches. Combien de fois s'était-il réveillé en sursaut, l'âme pleine de visions atroces ? Chinon, le visage emporté par un tir d'arquebuse. Ysle, qui chargeait derrière lui et dont le cheval avait soudain dépassé Panache alors que sur la selle, il ne restait plus rien que le bas d'un tronc, les pieds enfoncés dans les étriers. Faye, le cou à moitié tranché d'où jaillissait un arc de sang, la tête formant un angle bizarre avec l'épaule, et qui parlait toujours, bon Dieu, qui parlait. Mais par le Christ, cette chose sur laquelle il se pencha était pire encore que le pire des souvenirs qui le pourchassaient la nuit. La masse ensanglantée gardait peut-être forme humaine, elle faisait penser au cadavre d'un chien dévoré par des charognards. Cela pourtant a été un homme, se dit Gilles en sentant ses boyaux se tordre. Les rats avaient rongé le visage jusqu'à l'os, et le père Vuillard n'avait plus d'yeux, plus de nez, plus de pommettes ni de menton. Seul le front, étrangement, était intact. Bayonne comprit à l'instant pourquoi, et un nouveau spasme le plia. À cet endroit, il n'y avait rien à manger. Qu'était un front sinon une couche de peau sur un peu d'os ? L'examen du corps confirma cette intuition. Partout, l'on distinguait des traces de morsures, mais les rats ne s'étaient attaqués qu'aux parties charnues, les fesses, l'intérieur des cuisses, le ventre jusqu'aux entrailles. La nausée le reprit et il courut vomir dans un coin de la pièce. Il songea à Pique-Lune qu'il avait failli entraîner ici et remercia Lhorme en pensée. Non, ce n'était pas un spectacle pour un petiot. Ce n'était pas même un spectacle pour un homme. Il appuya sa tête contre le mur et ferma les yeux. L'image de son frère torturé surgit de nulle part, aussi crue, aussi réelle, aussi violente que le jour où il avait découvert son corps. Cela ne dura guère, mais il dut se retenir au mur pour ne pas tomber. « Pardon, dit-il tout bas, pardon. » Quand il rouvrit les yeux, il vit sous la torche, posé sur le salpêtre, un minuscule moucheron qui se lissait les ailes. « Pourquoi as-tu le droit de vivre ? » L'écho d'un rire retentit, une bonne fable racontée par un gardien sans doute. Bayonne se rinça la bouche avec une gorgée de vinaigre. Il était temps de retourner auprès du père Vuillard. Il jeta un œil sur le mur. Le moucheron avait disparu. Il se sentit triste tout d'un coup, absurdement triste, comme si l'insecte l'avait abandonné. Il eut envie de se gifler et revint près du cadavre. Toutes les gifles du monde ne pourraient rien contre la tristesse qui l'étreignait.

Le chevau-léger se força à reprendre son examen. Quand il estima en avoir assez vu, il recouvrit le corps et s'assit sur l'unique banc de la geôle. Le silence était profond. Le gardien jovial avait dû partir et les morts ne font pas de bruit, même s'ils parlent parfois. Bayonne alluma son brûle-gueule. Que lui racontaient cette pauvre dépouille, ces ongles déchiquetés sur le couvercle du tonneau, ces poignets mordus profond par une corde maintenant invisible ? Il suivit des yeux la fumée. Ce cadavre était un cri où perçait ce qu'aucune langue humaine n'aurait pu articuler : une souffrance brute, sauvage, animale. Le père Vuillard avait souffert en bête, une bête dévorée vive par des rats. La colère, songea-t-il. Une fureur viscérale et sans nom, à l'image du châtiment infligé. La main qui portait le brûle-gueule à sa bouche s'immobilisa. Était-ce cela, l'explication ? Un châtiment ? Une vengeance ? Il tira une bouffée de pétun. La vieille Maurine n'avait jamais soufflé mot à quiconque et personne n'avait soupçonné le mal qui la rongeait. *Une femelle bien dressée*, se vantait son mari. Jusqu'au jour où elle lui trancha le poing droit d'un coup de hache. *C'est la main qui a tué mon petit*, expliqua-t-elle quand on lui passa la corde au cou. Son mari était mort de gangrène et sans la mémoire du père Théral, personne n'y aurait rien compris car l'époux payait pour une gifle vieille de cinquante ans, un soufflet violemment assené sur la tempe de leur fils.

Gilles se leva. Fureur et châtiment, pensa-t-il à nouveau. Avant de sortir, il se tourna vers la dépouille du prêtre. Qui avait-il rendu fou de rage ? Et par quel crime ? Au moment de refermer la porte, il s'arrêta, la main sur la poignée, avec le sentiment d'oublier quelque chose. Il attendit un peu mais rien ne lui vint. Il repartit en se mordant la lèvre. Il oubliait quelque chose, il en était sûr.

Dame Bertille n'en crut pas ses yeux. L'émissaire du roi, cet enfançon ? Certes, il portait beau, parlait la langue fleurie des courtisans, gazouillait des *nobles dames* à l'envi, mais il n'avait pas treize ans. Devait-elle donner du *Messire* à ce petit ? Le voussoyer ? Imiter sa révérence ? Le sergent qui accompagnait le damoiseau la tira d'embarras.

« M'mirez point comme ça. C'est l'moucheron qu'mène la danse. J'règle mon pas sur l'sien. »

Le regard de dame Bertille glissa de l'homme audit moucheron. Jamais fils de gentilhomme ne souffrirait pareille impertinence, et jamais fils de vilain ne prévaudrait sur un sergent du Grand Châtelet. Il devait s'agir du benjamin de quelque notable, une pousse assez prometteuse pour représenter la justice du roi. Si elle s'autorisait le tutoiement – son époux n'était-il point maître orfèvre ? – elle observerait aussi la plus affable courtoisie. Elle le sentait, il y avait de la graine de noble chez ce garçon.

« Puis-je, en gage de bienvenue, présenter à tes lèvres une coupe de mon meilleur vin ? »

Le tout jeune homme s'inclina.

« Accepter le boire quand il y va de votre secours ? Que nenni, madame ! À imbiber la mèche, on se brouille la cervelle et pour mieux vous servir, je me dois de refuser offre si aimable. »

Si le sergent grommela, dame Bertille soupira d'aise. Grâce à Dieu, le damoiseau connaissait les manières. Lors d'une visite impromptue, la maîtresse des lieux proposait, l'hôte poli déclinait. Elle gratifia le garçon d'un doux regard. Béni soit-il pour sa délicatesse ! Un impair de sa part et se révélait toute sa misère : nulle servante à sonner, nulle douceur sur le plateau et, en fait de *meilleur vin*, une piquette à écharder le gosier le plus rude.

« Noble dame, il me faut vous interroger », chantonna le damoiseau.

La tête ailleurs, dame Bertille acquiesça et se mit à répondre aux questions, une tâche de plus sur une liste déjà longue puisque maître Layraud réfugié en sa boutique ne s'occupait de rien, jamais. Comment avait-elle pu déchoir à ce point ? Elle était lasse, si lasse qu'elle se demandait où elle trouvait la force de se lever chaque matin. Seigneur, à quoi bon enchaîner les travaux et les jours ? Son mari ne la voyait pas, la touchait à peine, la nourrissait encore moins. Depuis le vol de son coffre, Grégoire Layraud n'avait pas lâché un seul liard. Le buffet était vide, elle avait faim. Tendre la main comme une pauvresse ? Qui ferait l'aumône à la femme d'un orfèvre ?

Elle sursauta. Non, elle n'avait pas entendu les dernières paroles du jeune homme. Lui plairait-il de répéter ? Le sergent l'observait à présent avec un air grave qui lui fit monter les larmes aux yeux.

« Dieu aidant, reprit l'enfançon, le sourire fleurira à nouveau sur vos lèvres. J'en fais ici le serment, madame. »

Était-ce le feu de sa crinière rousse ? Sa ferveur d'enfant ? Cette étincelle dans ses yeux ? Il émanait de ce petit une force solaire, un rayonnement qui touchait l'âme et la poussait à le croire en dépit de l'absurde. Comment réussirait-il quand les commissaires avaient échoué ? Dame Bertille, pourtant, se prit à espérer. Cette flamme en son cœur, beaucoup s'en moqueraient sans doute. Et après ? Que rient les tièdes et les incrédules ! Elle avait foi en ce garçon. Pourquoi, lorsqu'un ange frappait enfin à sa porte, n'ouvrirait-elle pas en grand ?

L'après-midi était tout juste entamé quand Bayonne sortit du Châtelet. La grosse voix d'une campane psalmodia les trois coups de none, aigrement contredite, l'instant d'après, par la campanette d'une collégiale voisine. La dispute ne faisait que commencer. Chaque clocher traiterait l'autre de menteur en sonnant l'heure à son tour puis, une fois la querelle vidée, les cloches se tiendraient coites jusqu'à la prochaine discorde. Le jour où toutes les églises chanteraient de concert, se promit Gilles, il brûlerait un cierge à saint François d'Assise, patron et protecteur des sourds. En attendant, il irait se mettre à l'abri du chahut. Il partit en direction de la venelle de l'Écorcherie où se trouvaient les étuves tenues par Juliane Hainault. Sa visite à la morgue lui donnait furieuse envie de se plonger le cuir dans l'eau. La peau le démangeait, l'âme lui cuisait. L'avertissement du porte-trousseau lui revint en mémoire, des spectres plus mauvais que la gale. Mais pour le moment la chance lui souriait car, arrivé aux bains, il s'aperçut que le jeudi était jour réservé aux hommes.

Le chevau-léger contempla l'établissement ouvert quelque deux cents ans plus tôt. Une façade grise, nulle riante enseigne et la volonté affichée de séparer ces dames de ces messieurs. Il était loin le temps où coquins et coquines partageaient le même baquet, la même coupe, puis souvent la même couche. Vive le bain, son vin et ses catins ! coqueriquait un vieux couplet. Où se cachaient-elles, les gaillardes étuves d'autrefois ? Disparues, balayées par le vent rêche de l'époque. Mais leur odeur de stupre agaçait encore les narines. Prédicateurs catholiques et ministres protestants se récriaient contre les survivantes, la médecine dénonçait leurs méfaits, la morale leur désordre. Maîtresse Hainault faisait bien de placarder la vertu à sa porte.

Il poussa l'huis et se retrouva nez à nez avec Loys Brusnel. Le jeune apprenti boucher lui céda le pas et sortit. Il avait rougi jusqu'au front. Bayonne s'avança dans le vestibule qu'une tenture bleue séparait de la salle des bains. Après les remugles et le tintamarre de la rue, ce lieu semblait le paradis. Un parfum de thym embaumait l'air et lorsque la botte se posait sur la jonchée, montait du sol une verte senteur de sève. Nul bruit sinon le ronflement du feu et le frisson de l'eau mise à chauffer dans les cuves. La blonde Juliane parut, aussi belle que la lumière en mai. Elle écarta la tenture et inclina la tête pour passer. De ce tout premier geste, Gilles ne retiendrait qu'un éclat, l'or vif des cheveux fulgurant sur la moire du tissu. À l'instant où il la vit, il se demanda comment il avait pu la veille, lors du conseil paroissial, l'effleurer juste du regard. Elle se montra discrète, comprit son besoin de silence. Sans l'étourdir d'un vain babil, elle présenta en quelques mots les services et leurs prix. Au bain en cuve, Bayonne préféra le bain de vapeur. Rien de tel qu'une bonne suée pour se purger l'âme et le corps. Juliane Hainault lui remit deux toailles frangées en lin blanc, l'accompagna à la salle des bains, puis se retira sur une muette révérence.

Un dallage sang-de-bœuf, des murs nus passés à la chaux, quatre cuves de bois posées sur une estrade sous laquelle rougeoyaient de lourds braseros en fer, un feu crépitant dans une cheminée assez large pour rôtir trois veaux entiers, une table simple et ses bancs, deux couches pourvues de courtepointes grenat, la pièce, par son dépouillement quasi ostentatoire, proclamait sa vocation à la vertu. Si, l'aiguillette enflammée, un chaud lascar s'égarait malgré tout céans, la vue des servantes eût suffi à calmer ses ardeurs. Mamelle flasque et poil au menton, deux solides aïeules officiaient en prêtresses lointaines, indifférentes aux tentations de la chair comme incapables de les susciter. Marmottant Dieu sait quelles prières entre leurs chicots pourris, la première veillait sur le feu et les braseros, la seconde munie de seaux à balancier alimentait les cuves en eau. Gilles se dévêtit sans vergogne devant elles, puis s'allongea sur l'une des toailles étendue à même les dalles.

Avec la chaleur de forge qui régnait, il fut bientôt en nage. Il observa un moment la course des gouttelettes sur le mur et ses yeux se fermèrent tout seuls. Son sang battait fort dans ses artères, son cœur cognait à ses oreilles. Il ruisselait et se sentait lourd comme pierre. L'image des cinq couleuvres sinuant hors des fourrés au coup de talon de Gerbault lui traversa l'esprit. Il se mit à respirer aussi lentement qu'il put. C'était là, tout près ; ça rôdait en son âme avec des frôlements de bête craintive ; ça s'avançait et reculait ; ça passait et repassait sans oser tendre la patte. Bayonne inspira à nouveau et l'idée s'approcha. *Une colère froide et patiente, capable de se tapir sous les buissons des années durant jusqu'à ce que retentisse le signal.* Il rouvrit les yeux. Pendant cinquante ans, cinquante longues années au cours desquelles la colère rampait, silencieuse, en ses veines, la vieille Maurine s'était tue, puis un jour elle avait levé sa hache. Que s'était-il passé dans sa tête ce soir-là ? Nul ne le saurait jamais. Ce chaton qui s'était aventuré en leur logis, elle ne le connaissait même pas. Mais quand son époux l'écrasa sous sa botte, elle se leva de table sans rien dire et revint avec la hache. *Et elle lui a coupé l'poing, comme ça !* racontait Jourdain qui avait partagé le souper fatal.

Bayonne se redressa et s'assit, les bras autour des genoux. Les deux prêtresses ne lui accordèrent pas un regard. Peut-être faisait-il fausse route avec cette histoire de colère. Pourtant, sauf à admettre un crime engendré par un esprit monstrueux, tout convergeait vers ce point : la terreur du prêtre, ses précautions, le désir de lui infliger la plus grande souffrance possible. Gilles ne croyait pas aux monstres. Restait la colère. En ce cas, pourquoi les serpents s'étaient-ils glissés hors du fourré ? À quel appel avait répondu l'assassin du père Vuillard ? Le chevau-léger se leva. Pour savoir s'il s'engageait ou non dans un cul-de-sac, il devait en apprendre davantage sur le prêtre. Il s'essuya et se revêtit. Son nez n'avait pas saigné, constata-t-il avec surprise. Et ce qu'il oubliait au sortir de la morgue ne lui était pas non plus revenu. Pourquoi s'en soucier ? Il laisserait flotter ses lignes. Le poisson finissait toujours par y mordre. Il chaussa ses bottes, salua les vieilles femmes et sortit.

Assise derrière son comptoir, Juliane Hainault était en train de rendre sa monnaie à Sylvère Thévenon, le beau-fils honni de la brune Inès à la langue acérée.

L'homme avait des manières de laquais. Il compta les pièces une à une, les enfourna dans son escarcelle, prit les toailles des mains de la tenancière puis, lui tournant le dos, se dirigea vers la tenture. Quand il passa devant Bayonne, le soldat tendit brusquement la jambe. Thévenon se releva aussi vite qu'il était tombé. À la vue de l'émissaire royal, il retint son poing.

« N'avez-vous pas oublié l'essentiel ? dit Gilles.

— Je ne vous avais point remis, sieur Bayonne. Faites-moi la grâce d'accepter mes excuses ainsi que mon salut.

— Je vous parle citrouille et vous me répondez radis. Prouvez-moi que la cervelle n'est pas gâtée comme le cœur. Encore un effort, galant homme ! »

Sylvère Thévenon parut comprendre. Il hocha la tête en direction de Juliane Hainault et lança du bout des lèvres un *merci*. D'un coup de bottes, le chevau-léger lui faucha les jambes.

« J'ai dû mal entendre. »

Tout en se massant les tibias, Thévenon se remit sur pieds et alla s'incliner face à la tenancière.

« Maîtresse Hainault, soyez remerciée pour votre obligeance. »

Puis, sans demander son reste, il ramassa les toailles et disparut derrière la tenture. Bayonne n'osait regarder Juliane Hainault. Il se sentait aussi stupide que le plus niais des niaiseux. Bel exemple de délicatesse ! Pour laver une petite infamie, il lâchait les grandes eaux de l'esclandre. Quand donc apprendrait-il la mesure ? Il se tourna vers la blonde Juliane et porta son chapeau à terre.

« Madame. »

On cria au-dehors, la jonchée bruissa, et il leva les yeux. Elle se tenait devant lui, souriante, avec une sorte de gravité légère qui donnait envie de poser la main sur sa joue. Gilles s'effaça, et ils marchèrent, silencieux, jusqu'à la porte. Elle n'avait rien dit non plus au conseil paroissial, songea le chevau-léger. Tous avaient parlé, sauf elle. Quelques mots afin de défendre Loys Brusnel contre maître Pasquin, et c'était tout. Pourquoi un tel désintérêt vis-à-vis du sort de la paroisse et de ce projet si cher au cœur du prêtre, la peinture du jubé ?

« Pourrais-je connaître votre sentiment sur la mort du père Vuillard ? »

Un instant elle fixa un point dans le lointain, et regarda de nouveau Bayonne. D'où revient-elle ? se demanda le soldat.

« Il y a un temps pour rire et un temps pour pleurer », dit-elle.

Une réponse sous forme d'esquive, mais un ton glacial. Gilles salua et partit. Il reviendrait. Ou il se trompait, ou Juliane Hainault était la première à faire preuve de réserve envers le prêtre.

Son maître allait l'écorcher vif, le couper en rondelles, le convertir en boulettes d'agneau ! *Je te veux à quatre heures de relevée devant le Châtelet.* « J'y serai, foi de Pique-Lune ! » avait-il promis. Et où se trouvait-il à quatre heures sonnantes ? Au pied de la forteresse ? Plût à Dieu ! Le garçon sauta par-dessus un panier d'orties. On cria dans son dos. Sans se retourner ni ralentir sa course, il leva le bras en guise d'excuse. Était-ce sa faute avec toute cette fange s'il éclaboussait les passants ? Il s'engouffra dans la ruelle du Merderet. Comment ne pas s'attarder chez dame Bertille ? Une telle détresse poignait le cœur. Son maître comprendrait, Sauvayre lui dirait tout. Il remercia en pensée le sergent qui s'était dévoué pour rester encore un peu auprès de la malheureuse et accéléra l'allure. Plus que cent pas et il serait rendu.

Pique-Lune vit la carriole au dernier moment. Il allait trop vite pour s'arrêter. Ou il heurtait l'animal attelé, ou il roulait dans la rigole. La chienne gronda : il roula dans la rigole. Avant qu'il n'ait pu se relever, la gueule de la bête était sur son visage. Le garçon ferma les yeux. Un coup de langue lui chatouilla la joue et il se risqua à regarder. Tête penchée, la chienne borgne l'observait d'un œil humide. Derrière elle, la carriole n'avait pas versé. Dieu merci ! se dit Pique-Lune en humant son contenu, un chargement d'étrons destinés aux mégisseries. Il allait se redresser quand René Le Gail lui tendit la main. Le garçon sursauta. Une poigne vigoureuse, certes, à l'image de cet homme trapu : le collecteur d'étrons rime avec taurillon, avait plaisanté son maître. Mais Bayonne ne pouvait savoir combien Le Gail ressemblait à Éloi Maréchal, son père pendu il y a si longtemps que Pique-Lune avait cru jusqu'à cet instant n'avoir gardé nul souvenir de son visage. Face à l'apparition, il en oublia de remercier l'homme pour son aide.

« Alors, fillot, lança ce dernier, on a fait connaissance avec la Mouche ? Elle t'a à la bonne, on dirait. D'ordinaire, un coup de crocs dans la fesse et son compliment est dit. »

Le jeune compère de Le Gail s'avança.

« Ben, la Mouche t'a croqué la langue ou quoi ? » dit Quévillan.

Pique-Lune entendit les mots sans les comprendre. La rumeur de la rue – les cris, les pas, les chocs – refluait loin de lui comme s'il se tenait en un centre immobile où le temps, soudain, s'était figé.

« Un problème ? »

La question avait claqué, lourde de menace. Le chevau-léger considérait les deux hommes d'un œil noir. Pourquoi Pique-Lune était-il si pâle ? Une paire d'heures plus tôt, le loupiot gambadait tel un fol et voilà qu'il le retrouvait tout frissonnant. Le garçon secoua la tête, alla s'accroupir aux côtés de Mouche et se mit à caresser le poitrail de la chienne, juste au-dessus du harnais.

« Nul problème puisque vous voici, Messire, dit Le Gail. Nous vous cherchions. »

Quévillan se tenait derrière son compère, l'air craintif. Sa pomme d'Adam ne cessait de tressaillir dans son long cou glabre et il n'osait porter les yeux sur Bayonne. Le chasseur de rats se passa la main sur la bouche. Il se rongeait les ongles jusqu'au sang. Un inquiet de nature, pensa le soldat du roi. Le Gail semblait au contraire traverser cette vallée de larmes qu'est l'existence terrestre en riant. Pendant tout l'entretien, il sourit. Gilles n'avait jamais vu personne sourire ainsi. Il ne s'agissait ni de ce bref éclat adressé à autrui, ni de cette lumière qui se tourne parfois vers l'âme. Le Gail donnait l'impression de sourire à quelqu'un dont lui seul percevait la présence.

« Ainsi vous me cherchiez. »

Il jeta un œil à Pique-Lune. Le loupiot avait retrouvé ses couleurs. Regard absent, il caressait la chienne dont la grosse tête s'était nichée dans le cou du garçon.

« En fait, seul Quévillan désire vous parler, Messire, fit Le Gail. Le compère a comme des timidités et, à sa demande, je viens jouer les renforts. Causer à l'émissaire du roi, il faut dire, ça ne lui arrive pas tous les jours.

— Alors, qu'il oublie l'émissaire royal et le messire, autrement il ferait injure au petit-fils de harenguier que je suis. À quoi bon ces manières ?

— C'est qu'd'habitude, on s'tient à not' place, nous aut', dit Quévillan. Sinon, comme la fée Triple

Rosse au conseil paroissial, on a tôt fait d'nous y r'loger.

— La fée Triple Rosse ?

— La Thévenon, expliqua Le Gail. Une belle rose, mais aussi aimable qu'un buisson d'épineux. Même ganté de fer, je n'irais pas l'effeuiller. Elle n'est pas méchante, notez bien. Quand il faut donner un sou, elle en sort deux. C'est juste cette manie qu'elle a de ranger les gens dans les casiers de sa commode. Le compère et moi, on se trouve dans le dernier tiroir du bas, le tout vilain sans étiquette. »

Bayonne sourit. Un aimable gaillard, mais aussi un malchanceux. L'homme parlait un rien au-dessus de sa condition. Quel revers l'avait-il conduit à se faire ramasseur de crottes ?

« Que vous importe ? dit-il. Dieu reconnaîtra les siens.

— Ben, l'bon Dieu s'trompe parfois dans ses comptes, jeta Quévillan. Ils sont plus d'un à mériter d'griller en enfer qui se vautrent dans leur fange, contents comme cochons. Et not' curé qu'a jamais fait d'mal à une mouche, voyez comme Il l'récompense. Y a pas d'justice.

— Il n'y a pas de justice, non, fit Le Gail en écho. Pauvre homme, finir comme ça, lui qui ne pouvait pas sentir les rats.

— Cette aversion, demanda le chevau-léger, qui en était au courant dans la paroisse ? »

Le Gail se mit à rire.

« Aversion ? dit-il. Vous en connaissez des mots savants pour un petit-fils de harenguier. La parentèle du vieux a fait son chemin, hein ? Remarquez, ça vaut mieux que de marcher à reculons. » Gilles ne releva pas. Point de persiflage dans ces propos, l'homme se gaussait de lui-même. « L'aversion, compère, expliqua Le Gail au chasseur de rats, c'est ce que tu ressens dans la tripaille quand tu vois le collecteur d'impôts.

— Ben, pas b'soin d'réfléchir cent sept ans alors, dit Quévillan. Tout l'monde savait pour l'curé. Les rats, ça l'emplissait d'dégoût jusqu'à la gorge. » Sa pomme d'Adam tressauta. « C'est d'ça qu'j'suis venu vous causer. Des rats. » Quévillan présenta ses mains à Bayonne, paumes au ciel, et les tourna à deux reprises. Elles étaient couvertes d'une vingtaine de petites cicatrices. Les extrémités, surtout, portaient la marque d'anciennes morsures. « La gent trotte-menu, j'la connais pour ainsi dire sur l'bout des doigts. Rats, souris, mulots, campagnols, musaraignes, y a pas un rongeur à qui j'ai pas frisé la moustache. Mais les bestioles qu'on a r'trouvées chez l'père Vuillard, j'en avais jamais vu d'pareilles. »

Quévillan se mordit le pouce.

« Raconte, compère, qu'on n'ait pas bougé nos fesses pour rien, dit Le Gail.

— Ils ont emporté l'corps et Mesnil a fait appel à moi, reprit Quévillan. Normal, c'est l'bedeau, j'suis l'gars qui nettoie la vermine. Quand j'm'suis penché au-d'sus du tonneau, j'ai cru qu'l'diable m'toquait sur l'épaule. J'faisais point l'fier, croyez-moi. Des bêtes énormes, chacune plus grosse que deux d'nos rats, avec d'fines oreilles velues et une queue si courte et si épaisse qu'on aurait dit l'p'tit doigt d'une sorcière. Non, j'faisais point mon fiérot face à ces moustachus-là.

— Il s'agit bien de rats pourtant ? demanda Bayonne.

— Ben, ceux-là, j'leur ai jamais été présenté en tout cas. C'est des rats et c'est pas des rats. À vous d'juger quand vous verrez la bête.

— En aurais-tu gardé un ? »

Quévillan baissa les yeux. Il a peur, se dit Gilles sans accorder plus d'importance à ce fait. Il avait vu maints gaillards se recroqueviller devant la toute-puissante justice, et Quévillan était un trembleur.

« J'devais tous les brûler, j'sais bien, mais une créature de c'genre vaut plus à elle seule que c'qui pèse au fond d'ma bourse après un an d'labeur. Certains d'la haute font collection d'bizarreries – leur cabinet d'raretés qu'ils appellent ça – et ils sont prêts à s'ruiner pour l'engraisser. Tant d'argent tombé du ciel, quel gars résisterait ? J'ai pris une d'ces bestioles et j'l'ai fait empailler. L'moustachu est chez moi.

— Eh bien, allons-y !

— Ça pourrait pas attendre un peu ? dit Quévillan d'une voix timide. C'est qu'j'ai d'la besogne en souffrance, moi. La fée Triple Rosse me mande et j'aime autant n'pas traîner la patte.

— Plus tard, entendu. Merci d'être passé.

— Honnêt'ment, sans l'compère, je s'rais pas v'nu. *La justice s'montre bonne fille si tu t'montres franc garçon*, qu'il m'a dit. J'étais point à mon aise avec cette histoire d'empaillé. Maint'nant qu'vous savez, j'ai comme qui dirait la conscience tranquille. » Le Gail poussa du coude Quévillan. « Y a bien aut' chose, fit ce dernier avec hésitation.

— Je t'écoute.

— Sur les six rats du tonneau, quatre étaient morts d'indigestion, les deux aut' mal en point. Ça m'a rapp'lé un récit du compère, trois naufragés tirés d'la mer la peau sur les os et si voraces à l'heure d'manger qu'on les y a rej'tés les pieds d'vant. Les rats, pour crever d'la sorte, m'est avis qu'ils avaient rien dans l'ventre depuis un bon bout d'temps. »

Quévillan se tut, puis il posa deux doigts sur sa tempe et partit sans plus de façon.

« Bon gars et bon crocheteur de rats, fit Le Gail au bout d'un moment. Pour gripper les souris en revanche, il n'a pas la main.

— Expliquez-lui comment s'y prendre, dit Bayonne. Vous avez bien apprivoisé une maîtresse Le Gail, non ? »

Le collecteur d'étrons s'esclaffa.

« Sentez comme j'empeste ! Les belles se sauvent à mon approche. De toute façon, il n'y a pas de place pour une femme. Mes fantômes et moi, on se tient compagnie. » Le Gail frappa sa poitrine juste à hauteur du cœur. « Pareils hôtes occasionnent du tracas, vous savez. Quand vous croyez vivre en bonne intelligence avec eux et relâchez la garde, ils se froissent. C'est exigeant, les fantômes : il faut leur faire la conversation, les écouter des heures durant, tenir leur main quand ils ont peur, les réchauffer quand ils ont froid. Mine de rien, ça vous occupe un homme. Je perds mon temps ? Je suis un fol ? Peut-être bien. Mais ceux qui courent pour fuir leur ombre sont-ils plus sages ? » Il éclata de rire. « Allez, fini de vous ennuyer ! La mégisserie de Forestier attend sa livraison. Pas de crottes, pas de cuirs ! » Le Gail reprit son poste, la main sur la ridelle de la carriole. « Fillot, tu plais à la Mouche, lança-t-il à Pique-Lune. Crois-moi, elle n'est pas de ces femelles à s'acoquiner avec le tout-venant. Le jour où tu seras en peine, pense à René Le Gail. Les compères de la Mouche sont mes compères. »

Pique-Lune jeta un long regard à Le Gail et s'écarta de la chienne, au moment où le collecteur d'étrons faisait claquer sa langue. Mouche s'ébroua et se mit à tirer sur son harnais. Drôle d'oiseau, se dit Gilles, les pieds enfoncés dans la fiente du présent, la tête aux prises avec les glaires du passé. À sa manière un peu follette, Le Gail ne manquait pas de courage.

Il en fallait pour faire face aux revenants et ne plus trembler sous leur ombre. Bayonne essuya la sueur qui mouillait son front. Pour la troisième fois aujourd'hui, il entendait parler de fantômes. Il pensa à cet étrange sourire qui l'avait intrigué chez Le Gail. Quels que fussent ses démons, l'homme avait du cran. Comment réagissait-il, lui, lorsque le spectre de Renaud venait hanter son âme ? Il courait. Il courait le plus loin possible.

VIII

Gilles s'essuyait de nouveau le front quand ses yeux tombèrent sur Pique-Lune. Avec une sorte d'intensité fiévreuse, le garçon fixait la foule, à l'endroit où l'homme et la chienne avaient disparu.

« Que s'est-il passé au juste avec Le Gail ? »

Bayonne crut un instant que Pique-Lune n'allait point lui répondre, puis le loupiot s'éclaircit la gorge :

« La rudesse en moins, le sourire en plus, Le Gail, c'est mon père tout craché. On a beau maudire le Ciel, la roue ne revient jamais en arrière, les morts avec les morts, les vivants avec les vivants. Forcément, quand elle inverse sa course, ça crée de l'émoi. » Le garçon se tut, le temps d'écarter une mèche rebelle. « Il se trompe.

— Le Gail ? »

Pique-Lune acquiesça.

« Les morts, il faut leur lâcher la main, sinon on finit par devenir poussière à son tour. » Sous la violence du coup, le chevau-léger plissa les yeux. Pique-Lune avait-il deviné son tourment pour ajuster si bien sa frappe ? « La Grande Faucheuse s'acharne à ce point, parfois, sur un même carré de chiendent, poursuivit le garçon, qu'après son passage, le brin d'herbe qui redresse la tête, tout seul soudain, se demande pourquoi elle lui a joué la mauvaise farce de l'oublier. » Il eut un sourire sans joie. « Continuer à vivre – à vivre, Messire, pas à faire semblant – est plus dur que de pourrir en compagnie des morts. »

Une sentence de vieillard dans la bouche d'un enfant. Bayonne contempla le visage de Pique-Lune, bouleversé. Il était si jeune. Cette âpre vérité, d'où la tenait-il ? De ses larmes, de sa lutte contre lui-même afin de rester debout. N'avait-il pas perdu père, mère et frères ? Mais il était trop jeune, Dieu bon, pour mots si terribles, sa toute première parole d'homme. Gilles cingla l'air de la main.

« Allons nous frotter aux vivants », dit-il. Ils marchèrent sans plus parler, Bayonne à grandes foulées, Pique-Lune à petits bonds, jusqu'à la devanture d'une boutique où pendait, à quelques pouces du crâne des passants, une énorme enseigne en forme de gant. « Quartier libre, Pique-Lune. Pendant que je converse avec la fée Triple Rosse, virevolte un peu dans les parages et tâche de te renseigner sur la fable du mari trop confiant. »

Le garçon prit un air entendu et poursuivit sa route tandis que Gilles entrait dans la boutique. Dès le seuil une bouffée de senteurs l'accueillit où il perçut les notes animales du musc, de l'ambre, de la civette, ou, plus légères, celles du romarin et de la rose, essences violentes pour les gants d'hommes, parfums de fleur pour ceux des femmes. Derrière un établi couvert d'un fatras de cuirs et de fils, un artisan cousait une manchette. Jeune, malgré quelques cheveux gris, ce n'était pas un bel homme. Avec son visage pointu, ses fines moustaches, son air chagrin et ses doux yeux en tête d'épingle, il ressemblait à une musaraigne recroquevillée dans un coin.

Un de ces furtifs, pensa Bayonne, qui ne font pas de bruit lorsqu'ils marchent, frôlent le monde du bout des doigts et passent leur temps à s'excuser. Une petite chose vouée au mépris ou à la pitié, et le genre d'homme dont les femmes s'amusent un temps, puis qu'elles recrachent sans même croquer. L'artisan était dur d'oreille ou trop concentré sur sa tâche : il n'avait pas entendu la porte s'ouvrir. Le chevau-léger se racla la gorge.

« Gaspard Crépin, premier apprenti, fit l'homme en découvrant Bayonne. Je sais, vous venez pour des gants ?

— Perdu ! Je viens pour la gantière. »

Le soldat lui aurait jeté boulette de mort-aux-rats que Crépin n'aurait pas autrement dégluti. Ses moustaches frémirent, l'aiguille s'arrêta de piquer, et il eut un regard de vaincu. Gilles comprit. L'homme voyait en lui un rival, et un rival heureux.

« Maîtresse Thévenon ne va pas tarder, dit Crépin d'une petite voix. Désirez-vous l'attendre ? »

Le jour où le bon Dieu faisait distribution de bravoure, l'artisan devait se trouver en queue de file. Il n'avait même pas le culot de mentir. Pourquoi lui fournir une raison de rester alors qu'il souhaitait son départ ? Bayonne, pourtant, n'arrivait pas à le mépriser. Qui choisit d'être ce qu'il est ? On fait avec ce que Dieu nous donne, et chacun s'arrange comme il peut.

« J'attends. Peut-être, en votre marchandise, glanerai-je quelque présent pour ma mie. »

Le mensonge paya. Crépin ouvrit la bouche et ses lèvres formèrent ce *ah* que connaissent toutes les langues et où le soulagement le dispute à la joie.

« Regardez ! Regardez tout votre content ! Si le marchand est laid, sa marchandise est belle. »

Puis il reprit son ouvrage. *Te absolvo !* se dit Gilles en se penchant vers les présentoirs. Pourquoi blesser la timide musaraigne ? Le Seigneur, espérait-il, lui pardonnerait cette piperie. Il musarda dans la boutique. Divers doigtiers dont quelques pouciers d'élégante facture, épais gantelets de cuir employés en fauconnerie, gants taillés dans le chevreau, le lièvre et le cerf pour gens de chasse, solides mitons destinés au travail de la forge, mitaines de veau fendues derrière ou de chien, gants en peau de mouton, de vair et d'agneau rehaussés de boutons d'or et, pour certains, de manchettes brodées en fil de soie… Si beauté et courage manquaient à Crépin, il avait reçu plus que sa part en talent. Sa marchandise était belle, en effet, capable de rivaliser avec les gants de Châteaudun pour lesquels princes et seigneurs déboursaient monceaux d'or. Bayonne effleurait le soyeux d'une pièce d'agneau quand la gantière entra : œil sombre, croupe frémissante et port de reine. Il suffisait de la voir pour deviner que jamais l'apprenti ne conquerrait la veuve. Inès Thévenon était une louve. Sans un regard pour l'artisan, elle s'approcha du chevau-léger et d'un battement de cils, le salua. Gilles eut pitié de Crépin.

« Travail digne d'un maître, et d'un grand, dit-il. Il faut des mains d'orfèvre pour transformer ainsi le cuir en caresse.

— Mais seule peau plus subtile qu'une caresse en saisira le velouté ou les défauts, répondit l'artisan de sa voix fluette. Loué soit le Seigneur, celle de maîtresse Thévenon est aussi fine que la mienne est rugueuse. Je façonne d'abord, dame Thévenon essaie ensuite, et sans ses conseils, je ne pourrais produire ouvrage si parfait. »

Moins de fadaises et plus de poigne, pensa Gilles dans le silence qui suivit. Certaines femmes se gagnent de haute lutte, la cravache à la main. Sur le visage d'Inès – un visage fier jusqu'à la morgue – se lisait le mépris.

« Comme toujours, le sieur Crépin me place aux premières loges, et, comme toujours, il s'efface du devant de la scène, fit-elle avec mordant. Cet homme est trop modeste pour reconnaître qu'il doit son talent à son seul travail, et trop flatteur pour avouer que je tiens le mien d'un hasard de naissance. Quel mérite à avoir les mains fines ? Je viens de bonne famille. »

L'artisan se tassa sur lui-même, tout gris. Bayonne ne dit rien. La Triple Rosse le prenait pour un niais. De bonne famille ? *Oui-da ! Et moi, je suis le cousin du roi.* Le visage peut piper, les mains ne mentent jamais, et celles de dame Thévenon, toutes pommadées qu'elles fussent, avaient connu bien autre douceur que le satiné du cuir sur la peau. Le crin rêche des brosses peut-être, ou encore l'eau froide des baquets, s'il se fiait aux rides qui les fripaient avant l'heure ; une ancienne servante ou lingère, mais non quelque paysanne poussée vers le haut par une fortune souriante. Le travail de la terre creuse sillons plus profonds et déforme les doigts jusqu'à les tordre en ceps durs et noueux. Ceux d'Inès étaient courts, droits, aussi chargés de bagues que la patte d'un évêque. Des pierreries coûteuses qui toutefois n'empêchaient guère la dame de sortir, quoiqu'elle en eût, du dernier tiroir du bas, le tout vilain sans étiquette, celui où elle rangeait les Mesnil, Quévillan et Le Gail. Elle le prenait pour un sot ? Il allait au plus vite la détromper. Son regard s'attarda sur les mains d'Inès, puis avec une moue moqueuse, il leva les yeux vers elle. Maîtresse Thévenon rosit, et Bayonne lui décocha son plus beau sourire. La belle était prévenue.

« Que me vaut le plaisir de votre visite ? dit-elle.

— Le souhait d'en apprendre davantage sur le père Vuillard. Votre prêtre était un homme secret. Même son bedeau ignore tout de lui.

— Ce gueux de Mesnil ! Pourquoi notre curé a-t-il choisi ce moins-que-rien, je me le demande encore.

— Par charité chrétienne, peut-être. Tout le monde n'a pas la chance de sortir de *bonne famille.* » Les lèvres de la gantière s'entrouvrirent. Au prochain coup, elle mordrait. Ne jamais acculer la bête, se dit Gilles. Lui faire sentir qui est le maître, puis reculer d'un pas. « Justement, votre place éminente en la paroisse me conduit à vous. À qui un prêtre s'adresse-t-il quand le clocher menace ruine ? Et, parfois, à qui se livre-t-il au détour d'une phrase ? Aux fidèles de haut rang, ceux sur lesquels il s'appuie, à votre image, madame.

— Il est venu plus d'une fois solliciter mon aide, en effet. Maintenant, si vous pensez qu'il s'est ouvert à moi, je crains de vous décevoir. S'il me confessait, il se montrait quant à lui aussi bavard qu'une recluse.

— À ce qu'on rapporte, le père Vuillard aurait brusquement changé vers la Saint-Paterne.

— Changé ? Le mot est faible. Tourneboulé au point de perdre tout sens commun, dites plutôt. Lui d'ordinaire si doux en chaire s'est mis à éructer prêches enragés. Toujours le même refrain, noirceur du péché et colère de Dieu. »

Bayonne dressa l'oreille. Le passage sur lequel la Bible s'était ouverte au presbytère, ces quelques lignes enfiévrées de Malachie, le livre où Yahvé en courroux souffle le chaud et le froid, lui revinrent en flèche.

« *Car voici que le Jour vient, brûlant comme un four*, dit-il à voix haute, *et tous ceux qui font le mal seront de la paille, et le Jour qui vient les embrasera.* »

Dame Thévenon pressa les mains sur sa poitrine.

« Ah, Messire ! je jurerais entendre notre cher curé. Le ton n'y est pas, mais il s'agit bien des mêmes mots. »

Son émotion était sincère. Gilles détourna un instant le regard. Il pensait à Mesnil portant son vieux chapeau à son cœur, au chagrin fruste de Quévillan, au *pauvre homme* de Le Gail, à la froideur de Juliane Hainault. Qui était le père Vuillard ?

« Des proches ? Des amis ?

— Il allait plus seul que le *un*, sans parentèle ni compagnon, dit Inès. Seul de l'aube au soir, et du soir au matin.

— Depuis quand exerçait-il en la paroisse ?

— Douze ans, je crois.

— Et avant ce ministère, connaissez-vous son parcours ?

— Non, je l'ignore. » Songeuse, dame Thévenon se lissait un sourcil. « En fait, nous l'ignorons tous. » Son index s'arrêta sur sa tempe. « Quand nous l'interrogions là-dessus, il se fermait toujours. Sauf une fois. Comme une sotte, j'étais revenue à la charge : et d'où sortait-il, et que faisait-il auparavant ? ce genre d'indiscrétions. Il s'est passé la main sur le visage et m'a dit : *L'homme est mort, il ne reste que le servant de Dieu.* Après cet épisode, je ne l'ai plus jamais entrepris sur la question.

— S'il se taisait, d'autres ont pu parler.

— Ça, les histoires ne manquent pas : moins on en sait, plus on jase. Laquelle préférez-vous, celle du malheureux dont on massacre la famille et qui renonce au siècle ou celle de la bête fauve touchée un jour par la grâce de Dieu ? » Bayonne haussa les épaules sans répondre. « Avez-vous vu des portefaix plier sous la charge ? fit Inès après un silence. Voilà l'image que je garde de lui, un homme accablé par un fardeau invisible. »

Elle se tut. Gilles la regardait pensivement. Même si les ombres la noyaient encore, la silhouette du père Vuillard commençait à prendre forme. Un homme en fuite, un pénitent travaillé par le remords, enfoui douze ans en Vallée de Misère. Jusqu'au jour où le passé frappe à sa porte.

« Aux environs de la Saint-Paterne, dit-il, et pour une raison de vous inconnue… » – il interrogea la gantière des yeux, mais d'un signe Inès confirma – « … votre curé perd soudain tout sens ; il devient virulent en chaire, se terre comme une bête, convertit le presbytère en place forte et engage une sentinelle. Oublié-je quelque chose ?

— La peinture du jubé.

— Je vous écoute.

— L'idée lui trottait dans la tête depuis un moment, mais vers la mi-avril il y a un mois, juste après la Saint-Paterne, cela a tourné à la hantise. Il lui fallait sa fresque, et séance tenante. J'ai d'abord cru à un caprice : ne voulait-il pas être le premier à s'offrir le talent de Giovanni Batisti, un peintre tout juste arrivé de Florence ? Je me trompais.

— Pour quelle raison, madame ?

— Trop de hâte, trop de frénésie, trop de désespérance. Qui sinon un homme talonné par la mort se jetterait ainsi dans ce qu'il sait être sa dernière bataille ? »

Bayonne acquiesça en silence. Oui, le prêtre savait sa fin proche. Gilles l'imagina dans le presbytère, seul avec sa peur, ombre parmi les ombres. Fuit-il ? Appelle-t-il au secours ? Non. Il s'inquiète d'une peinture. Ce pour quoi un homme bande ses ultimes forces mérite qu'on s'y arrête. Quel sens le père Vuillard donnait-il à la fresque si ardemment désirée ?

Était-ce à ses yeux un testament ? L'aveu d'un péché ? Une manière de solder ses comptes avec l'Éternel ? Le chevau-léger songea au jubé où le salpêtre mangeait les figures d'une peinture fort ancienne. Quelle qu'elle fût, le prêtre avait perdu sa dernière bataille.

« Cette fresque, que devait-elle représenter ?

— Une Vierge à l'Enfant. »

Gilles leva les sourcils. Il s'attendait à sujet plus sombre, à quelque thème reflétant le tourment du prêtre et en lequel aurait résonné l'écho de ses derniers sermons. *Noirceur du péché. Colère de Dieu.*

« S'est-il expliqué sur les raisons de ce choix ?

— Pas davantage qu'il ne s'était ouvert sur son passé. »

Le soldat eut un sourire fugace. Maîtresse Thévenon avait l'esprit vif et comprenait bien des choses. Qui prétendait que les filles d'Ève étaient femelles dépourvues d'âme et de sens ? Ces doctes vaniteux, Inès les croquerait tous en une bouchée. Il s'inclina brièvement.

« Votre aide me fut si précieuse que je crains fort, au risque de vous importuner, d'y recourir derechef un de ces jours prochains.

— Sollicitez, Messire, et vous verrez. Celui qui ne demande rien n'obtient rien. »

Bayonne eut l'impression de recevoir un coup de griffe. Point de minauderie chez dame Thévenon. Elle décochait son invite et regardait droit dans les yeux.

« Madame », fit-il en s'inclinant de nouveau.

Il se dirigea vers la porte, conscient du regard d'Inès dans son dos, et s'apprêtait à l'ouvrir quand une petite voix s'éleva derrière lui.

« À vous revoir, Messire. »

Gilles se retourna. La présence de l'artisan lui était tout à fait sortie de l'esprit. Sans savoir pourquoi, la vue de Crépin le mit mal à l'aise. Ni chair ni poisson, un homme sans épaisseur qui glisse entre les doigts. Passé la porte de la boutique, il oublierait à coup sûr son visage. Le chevau-léger plaignit la gantière. Comment dame Thévenon pouvait-elle souffrir à longueur de journée cet homme effacé jusqu'à la transparence ? Bayonne salua Crépin et ouvrit la porte. À chacun ses fantômes.

Lorsque les cris retentirent, le soldat ne broncha point. Un père donnait le fouet à son fils, le fils donnait de la voix, et, à en juger par les vocalises, le père avait la main ferme ou le fils la chair tendre. Bayonne continua à remonter la rue du même pas. Cependant, à mesure qu'il s'approchait, une autre musique se fit entendre qui lui écorcha les oreilles. Seul lourd bâton frappant à pleine volée produisait son si déplaisant. À grands coups de coude, le chevau-léger se fraya un chemin à travers la foule, poussa les derniers curieux et vit le bâton se lever sur l'enfant. Il bondit et bloqua le poignet de l'homme.

« Service du roi ! »

L'homme lui jeta un regard mauvais, mais céda arme et terrain. Il abandonna le bâton et reprit sa place derrière son étal, une planche recouverte d'un drap sur lequel s'entassaient des pâtés. Il avait le cheveu gras, la face sanguine, l'œil acide, et empestait la malfaisance à cent lieues. Je ne lui confierais pas mon cheval, pensa Gilles. L'enfant restait tapi au sol, recroquevillé en boule, la tête entre les bras. Quand le chevau-léger lui tendit la main, il eut un mouvement de recul.

« Tu peux te lever », dit doucement Bayonne.

Le garçonnet sembla hésiter, puis se redressa avec des allures d'animal craintif. Il était frêle, sale, dépenaillé, et pas une larme ne souillait son visage. Un murmure parcourut la foule.

« Quel est son crime ? » demanda Gilles au marchand.

L'homme cracha sur le côté.

« D'la vermine, d'la pouillerie, d'la racaille…

— Son crime t'ai-je demandé, pas son état.

— Il reste des heures d'vant mon étal à r'nifler mes pâtés et il n'veut pas s'fendre d'un liard. Avec toutes les bonnes odeurs qu'il s'est mis dans l'ventre, il m'doit bien quelques piécettes, non ?

— C'est juste. Chacun doit honorer son dû. » Bayonne dénoua sa bourse, puis en sortit une pièce qu'il jeta sur l'étal. La pièce sonna, l'homme avança la main, et Gilles du menton dit non. Un simple hochement, mais accompagné d'un air si terrible que le marchand suspendit son geste. Bayonne fit à nouveau tinter la pièce contre l'étal avant de l'enfouir en son poing. « Il s'est nourri de fumées, paie-toi avec la musique. » Il s'avança lentement vers l'enfant et souleva sa chemise. La foule frissonna. Sur la peau diaphane sous laquelle les os pointaient, des marques écarlates s'étoilaient jusqu'au cou. Il laissa retomber la chemise avec douceur et chercha le regard de la brute. L'homme détourna les yeux. « Chacun doit honorer son dû, répéta le soldat. Tu t'es régalé sur son dos, qu'il se pourlèche à tes frais. » Gilles se mit à rassembler les pâtés sur le drap qu'il noua ensuite en ballot, puis tendit le tout à l'enfant. « Allez, file ! » Le garçonnet ne fit pas un geste. Bayonne lui fourra le ballot dans les bras et le poussa en arrière. « Zou ! Du vent ! »

Épaules creuses, l'enfant partit à petits pas. Gilles eut l'impression de voir un vieil homme marcher. Il se tourna vers l'étalier qui, prudemment, se tenait coi sans bouger même un cil :

« Je garde le bâton. Amuse-toi encore à rosser la vermine et je te brise les os. »

Il perçut derrière lui un chuchotement pareil à un frisson, puis le silence retomba, ponctué par le souffle de dizaines de poitrines, comme si, dans son dos, quelque bête énorme respirait. Il se retourna, la foule s'écarta devant lui, et il reprit sa route. Il n'alla pas bien loin. À mi-ruelle, une petite vieille le regardait venir avec une mine sans équivoque : il ne poursuivrait point son chemin s'il ne réglait d'abord le péage. Que lui voulait la mère Louisette, fichtre de fichtre ? Bayonne croisa les doigts. Il avait son content de fantômes et ne se sentait pas la patience du commissaire Lhorme. Fasse Dieu que la vieille cervelle ait retrouvé un peu d'aplomb !

« J'ai tout vu ! » lança Louisette lorsqu'il fut à sa hauteur. Le chevau-léger posa le bâton contre le mur. La causerie risquait de durer. « Le jour où vous monterez au Paradis, vous n'aurez pas besoin de toquer, continua la petite vieille. Grande ouverte qu'on vous tiendra la porte. » Qui avait dit ça déjà ? se demanda Gilles soudain en éveil. Il ne s'agissait pas exactement des mêmes mots. « Vous, vous êtes un taiseux, poursuivit Louisette en lui tapotant la poitrine de l'index. C'est pas que ça me donne de la gêne, remarquez. J'aime autant un gars qui dit rien qu'un fat qui cause creux… » Le chevau-léger sourit sans répondre. Une histoire de Paradis. Qui en avait parlé, bon sang ? Un fidèle du conseil paroissial ? « … parce qu'un gars qui dit rien, il fait pas semblant d'écouter et il est pas assez bête pour se fier à ses seules oreilles… » C'était avec Mesnil. Quand le bedeau lui parlait des quatorze âmes à sa charge. Non, avant. « … et la Louisette, justement, vous pouvez pas l'écouter car une petite voix essaie de vous dire quelque chose. Là. » La vieille femme posa son index sur le front du soldat. Bayonne leva une main et ferma les yeux. L'image de Mesnil se présenta aussitôt : le bedeau face à lui, le visage en sueur, ses doigts qui froissent son vieux chapeau. C'était ça, oui. Le moment où Mesnil décrivait le prêtre avant sa mue. *Un homme bon, surtout envers les enfants. Il s'est gagné sa place au Paradis.* Gilles rouvrit les yeux. Tête inclinée sur l'épaule, Louisette l'observait, inquiète. « Vous l'avez grippée ? fit-elle.

— Oui, grâce à vous.

— Service contre service, le taiseux. Vous avez grippé votre petite voix, alors grippez-moi à présent Lhorme qu'il écoute la mienne.

— Un message à transmettre au commissaire ? » Quelque chose de très jeune passa sur le visage de Louisette, et la petite vieille acquiesça d'un coup de menton tremblotant. Je lui souffle dessus, elle tombe, se dit Bayonne. Louisette désirait le transformer en émissaire ? Fort bien. Que lui coûtait un pieux mensonge ? « D'accord.

— *Ils sont revenus. Il faut les entendre et ils partiront*. Dites-lui ça, juste ça. Il comprendra.

— Je lui dirai. Au plaisir, mère Louisette. » Le chevau-léger fit un pas de côté, mais Louisette l'attrapa par la manche, avec, dans les yeux, un air grave d'enfant. Bayonne, surpris, contempla sa frimousse entêtée. Une frêle brindille ? À d'autres ! « Quoi ? soupira-t-il.

— Ça ne vaut pas, ça. Vos lèvres font oui quand les yeux disent non. C'est pas la bonne manière de promettre, jarnichou !

— Bien. Quelle est donc la bonne manière ?

— Jurer sur la Croix, déclara fermement Louisette. Sur la Croix, et sur votre plus grande douleur.

— Sur ma plus grande douleur ?

— Oui, pas sur ton plus grand bonheur, bécassot ! Dans quel monde vis-tu, mon fils ? On apprend ça à la mamelle. Douleur n'est point menteresse comme cette roulure de joie. Plus elle fait mal, plus juste elle parle. »

Alors que Bayonne fixait la petite vieille en silence, il sut qu'il exaucerait le vœu de Louisette, dût-il encourir les moqueries du commissaire. Que demandait-elle ? Peu de chose, une parole vraie.

« Je transmettrai votre message à Lhorme. Je le jure sur la Croix…

— Ta plus grande douleur, fils, chuchota Louisette comme pour l'encourager.

— … je le jure sur la Croix et sur la mort de mon frère.

— Tu es un bon gars, le taiseux, dit Louisette en lui tapotant la joue. Quand Lhorme se décidera enfin à bouter les esprits, qu'il pense à t'enrôler. » Elle prit le bâton posé contre le mur et une joie de petite fille brilla dans ses yeux. « Moi, il m'aidera à gambader, toi, il ne te fera point défaut. Les fantômes, c'est pas avec un bâton qu'on les chasse. »

Elle partit et Gilles, tout en la suivant du regard, se croisa les bras d'un air songeur. *Dans quel monde vis-tu, mon fils ?* L'image du garçonnet s'éloignant à menus pas se superposa à la frêle silhouette de Louisette. Bayonne tenait sa réponse et elle ne faisait point honneur aux hommes. Il vivait dans bien triste carnaval en vérité, un monde où les enfants ressemblaient aux vieillards et les vieillards aux enfants.

Le cidre avait une couleur d'ambre et le goût âpre des pommes trop sucrées. Bayonne fit tourner le godet entre ses doigts, but une rasade qui lui râpa la gorge. Mais, Dieu sait par quel mystère, le cidre était frais. Gilles vida son godet jusqu'à la dernière goutte.

Malgré les portes ouvertes, la salle commune du Coq hardi s'était au fil des heures transformée en une étuve tandis qu'au-dehors, bien que vêpres approchassent, le soleil ne le cédait pas d'un pouce. L'auberge, comme toujours, sentait la persillade à plein nez. Le chevau-léger sortit pipe et tabac, puis se mit à bourrer son brûle-gueule. Il pensait à la mère Louisette et la remercia *in petto*. Sans elle, la petite voix ne lui aurait rien dit. Sans elle non plus, peut-être n'aurait-il jamais avoué sa plus grande douleur dont il n'avait encore soufflé mot à personne. Il alluma son brûle-gueule, tira une bouffée de pétun et laissa revenir les sensations : la main de Louisette sur sa joue, son regard plein de bonté tandis qu'en lui, au travers des larmes qu'il refoulait, montait comme un sentiment de délivrance. Il regarda les volutes s'évanouir. *Suffit-il de nommer sa peine pour s'en libérer ?* La question flotta un instant, puis disparut. L'absence de Renaud lui faisait tellement mal, parfois, qu'elle lui embrasait la chair avec la fulgurance d'une brûlure. Et, toujours, il lui tournait le dos. Mais face à Louisette, il n'avait pu la rejeter. Pour la première fois depuis la mort de son frère, il lui accordait asile. Et maintenant ? demanda-t-il à mi-voix. *Vivre, vivre vraiment, et ne plus faire semblant.* Il se passa la main sur le visage, lentement, du front au menton, et garda les yeux fermés. Il allait poursuivre la chasse et il ne lâcherait pas. Il voulait comprendre. Quelle douleur conduisait-elle un homme à en tuer un autre de si effroyable façon ? Quelle colère battait donc en ses veines ? Il pensa à la dépouille du prêtre, au visage terrible rongé jusqu'à l'os. *Que t'a-t-il fait qui mérite pareil châtiment ?* Il porta le brûle-gueule à sa bouche et tira une bouffée de pétun. Même s'il ignorait toujours vers où se tourner, la petite voix, il le sentait avec force, ne s'était point jouée de lui. Elle lui donnait un premier lien : la bonté du prêtre envers les enfants et sa dernière hantise, la réalisation d'une Vierge à l'Enfant.

« L'enfance, les enfants… » dit Bayonne comme il rouvrait les yeux. « … Et l'apparition du Saint Enfant », conclut-il en découvrant Pique-Lune debout face à lui. Aussitôt, le feu follet se mit à gigoter en tous sens. « Assieds-toi, tu me donnes le tournis. » Le garçon posa le bout des fesses sur un tabouret. « Alors, ces vols de la Grande-Boucherie ?

— Sauveur Sauvayre n'a point ménagé sa peine, mon maître, ni votre serviteur : moult rues arpentâmes, nombre hôtels visitâmes, maints lieux inspectâmes…

— Au fait, par pitié ! »

Pique-Lune se tut, et hocha de la tête.

« Je rentre bredouille, Messire, voilà le fait, le triste fait. Les cinq maisons où s'est distingué votre voleur ne nous ont rien appris : portes d'entrée et de jardin intactes, caves, croisées et soupiraux, *idem*. Si tu ne peux te faire rat, fais-toi pie, me conseillait l'Anguille. Je suis donc allé jouer les volatiles sur les toits : nulle tuile manquante ni déplacée, et qui descendrait par le conduit quand il y a presque toujours une soupe à chauffer dans l'âtre ? Bref, si vous me demandez par où le renard s'est introduit, je vous répondrai ni par en haut ni par en bas, ni par-devant ni par-derrière, puis je rajouterai – et Dieu sait s'il en coûte à mon orgueil de tire-laine – que sa ruse relève de l'impossible.

— De l'inédit, plutôt. L'impossible, souvent, n'est qu'une possibilité à laquelle nous ne songeons point, aveuglés que nous sommes par nos habitudes. Faisons sauter ces œillères et nous trouverons. » Bayonne réfléchit un moment en silence. « Pourrait-on crocheter une serrure sans en forcer le mécanisme ?

— Oui, mais à deux conditions : un artisan hors pair et une bonne nuit de labeur. Le plus simple, si vous tenez à préserver le mécanisme, c'est encore d'utiliser la clé.

— Et si celle-ci se trouve à l'intérieur ?

— Avez-vous déjà senti en hiver le vent froid s'insinuer sous une porte et remarqué le nombre de portes qui ne touchent pas au sol ? Vous êtes devant l'une d'elles et vous voulez entrer. Par quel moyen, Messire ?

— J'imite le vent et sous la porte, à la verticale de la poignée, je glisse une fine natte de jonc, je fais tomber la clé en m'aidant d'une tige, puis je ramène à moi natte et clé du logis. Un demi-pouce au moins est nécessaire entre la porte et le sol, sinon la clé ne passerait pas. As-tu vérifié ? »

Le garçon eut un petit sourire.

« Vous trouverez votre demi-pouce dans chacun des hôtels visités, voilà pour la bonne nouvelle.

— Quant à la mauvaise ?

— Entrer, rien de plus facile, mais quel voleur refermerait à clé derrière lui ? La chose est possible, nonobstant : vous replacez la clé à l'intérieur, sortez de la maison, tirez la porte, puis, armé de longues pinces fines, faites tourner la clé jusqu'à ce que le pêne s'enclenche. L'ennui, c'est que cela prendrait du temps, beaucoup de temps, une lenteur frisant l'hérésie et contraire au tout premier principe de la profession : une fois la poule dans la gueule, le renard ne traînasse guère au poulailler. »

Ce fut au tour de Bayonne de sourire.

« Encore un conseil de l'Anguille ? Ton ancien maître était un sage, aucun voleur ne volerait selon mon idée. Quoi d'autre ?

— Ou notre renard connaissait bien les lieux et savait par avance quoi y dénicher et à quel endroit précis, ou il s'agit d'un incroyable père la chance que le hasard – non pas une, mais cinq fois – a conduit dans un hôtel où nul chien ne donnerait l'alarme et guidé ensuite droit au butin.

— Aucun désordre sur son passage, c'est cela ? »

Pique-Lune confirma de la tête.

« Il n'a pas eu à chercher. Il a tout de suite trouvé.

— Et sur la fable du mari trop confiant ?

— Il se maria, vécut heureux, et il lui poussa de belles cornes. »

Le chevau-léger attendit la suite, mais rien ne vint.

« Est-ce tout ? »

Pique-Lune ouvrit les bras.

« Mon maître, il faut choisir ou je ne m'y retrouverai plus. Quand je suis concis, vous me voulez disert, et quand je me montre disert, vous me voudriez concis.

— Question de mesure, la pie. Entre se taire et jacasser, il existe un juste milieu. Oublie-le pour l'heure. Du babil, monsieur le babillard !

— Soit ! Imaginez un cerf un rien ranci, pelage terne mais greniers pleins, qui croise en son hiver une jeune biche aux abois. La suite se devine : plusieurs années à vivre dans le péché, puis feu Thévenon conclut ses épousailles avec la sienne soubrette et la douce Inès s'empresse de lui planter sur le crâne la plus jolie paire d'andouillers qui soit. La friponne était discrète, le vieux mâle crédule, et tous s'accordent pour dire qu'ils vécurent contents. »

Le garçon se tut, ses yeux pétillèrent.

« Mais là ne s'arrête pas l'histoire… dit Bayonne.

— La fin, Messire, est sujette à controverse : les uns vous raconteront la légende de la veuve fidèle qui, malgré ses galipettes, pleure son tendre et cher, les autres le fabliau de l'épouse traîtresse dont le plat de champignons aurait conduit le mal aimé au trépas.

Qui dit vrai ? Je l'ignore. Un fait, pourtant, est certain : dix mois à peine séparent la noce de la tombe, dix petits mois au terme desquels l'ancienne servante, fée ou sorcière, se convertit en femme de biens. Point final de l'histoire.

— À moins que Sylvère Thévenon n'y rajoute quelques lignes. Continue à farfouiner, on ne sait jamais. Belle prose, la pie. À présent, j'aimerais entendre… »

Gilles se pencha vers le garçon.

« Oui, mon maître ?

— … le conte de damoiselle Pique-Lunette. Tu sais bien, cotillon rouge et bonnet de dentelle. »

Pique-Lune se tritura le bout du nez, prit une profonde inspiration, et le miracle eut lieu : un maigrichon de dix ans traversa la salle d'un pas vif et vint chuchoter à l'oreille de Bayonne quelque confidence où le nom seul de *Pauline* émergeait. Le chevau-léger fit oui de la tête, le messager disparut, et Pique-Lune soupira.

« En manque de verve, animal ? » dit Gilles avant de froncer soudain les sourcils, le regard pointé vers la salle commune.

Le garçon se retourna et n'en crut pas sa chance. Sauvé, deux fois sauvé ! Il se rembrunit aussitôt. La mine soucieuse de Bartholomé Bayonne n'annonçait rien de bon. Le médecin tira un tabouret à lui et s'assit pesamment.

« Père ? »

Bartholomé remplit un godet de cidre, le vida d'un trait.

« Ta sœur veut rentrer dans les ordres », dit-il avec un ton mi-résigné mi-moqueur.

Gilles eut un air incrédule.

« Comme ça ? D'un coup ?

— Comme ça, oui, d'un coup ! Tu connais Clotilde, une vraie tête de mule quand elle s'y met. Alors, je suis venu chercher plus bourrique qu'elle. S'il en est un capable de la convaincre de son erreur, il s'agit bien de toi, mon fils, le digne frère en tout point de mon entêtée de fille.

— Car elle se trompe, selon vous ?

— En mon âme, je le crois, oui.

— Et si vous venez me débusquer ici...

— Tu comprends vite, mais ta sœur va plus vite encore. Elle ne court pas, elle galope ; elle ne galope pas, elle s'emballe. Ou tu la gagnes à la raison, ou nous la perdons pour de bon. »

Le coude sur la table, Bayonne appuya la bouche contre son poing.

« Je passerai. Ce soir, après complies. »

Le visage de Bartholomé s'éclaircit.

« Ton nez ? fit-il.

— Toujours là.

— Ton enquête ?

— Toujours rien. »

Le médecin se leva, posa brièvement la main sur la nuque de Pique-Lune, et partit.

« Père, comment m'avez-vous trouvé ? demanda Gilles dans son dos.

— Tu es connu comme le loup blanc ici, émissaire royal oblige, lui lança Bartholomé par-dessus l'épaule. Tu ne peux bouger le petit doigt sans que toute la paroisse l'apprenne aussitôt. C'est ainsi ! L'homme qui a le pouvoir de faire la pluie et le beau temps est mieux scruté encore que le ciel. »

Après son départ, Bayonne demeura silencieux. Pique-Lune ne respirait ni ne pipait mot. Hélas, le chevau-léger ne l'avait point oublié.

« À nous deux, maintenant. Le conte de damoiselle Pique-Lunette, je te prie.

— Bayonne ! » cria une voix.

Pique-Lune se retourna. À l'entrée de la salle commune, le commissaire Lhorme, avec de grands gestes du chapeau, faisait signe au soldat de venir. Gilles se pencha vers Pique-Lune et le saisit par l'oreille :

« Qu'as-tu promis au diable, canaille ? »

Lhorme les attendait dehors, coiffé de son chapeau.

« Je vous emmène en visite », dit-il sans bouger d'un pouce. Bayonne le considéra d'un air perplexe. « Vous, pas lui, précisa le commissaire en se tournant vers Pique-Lune. Toi, garçon, je te charge d'une mission d'importance. Si ton maître y consent, cours rejoindre Sauvayre au Châtelet. Notre voleur recommence ses facéties. »

Pique-Lune leva la tête vers Bayonne qui opina d'un air grave, et le garçon disparut à l'instant.

« Encore un spectacle à ne pas mettre sous les yeux d'un petiot ? demanda Gilles.

— Ça soulève moins les entrailles qu'à la morgue, mais rien de très joli joli non plus. Venez, vous verrez. »

Lhorme se mit en marche, suivi du soldat.

« Où allons-nous ?

— Quartier du Temple. Il s'agit de vipères, cette fois-ci.

— Autre paroisse et autres bestioles, non ?

— Des différences de surface. Le fond est le même, me souffle la raison.

— Je suis tout ouïe. »

Le commissaire ne répondit point et pressa le pas. Devant eux, des marchands de rue s'étaient lancés dans un vibrant duel sonore. « Battez vos femmes, rossez vos maris pour un sol ! » hurlait le vendeur de joncs. « La vie ! La vie pour réjouir le cœur ! » rugissait le vendeur d'eau-de-vie. Lhorme laissa les bretteurs dans son dos et chemina un moment silencieux, le temps de distancer les criards.

« Quel est notre pain quotidien à nous autres, commissaires au Grand Châtelet ? dit-il. Des malchanceux estourbis à coups de dague, d'épée, de poignard, de merlin, d'herminette, d'arquebuse, bref, un attirail si banal qu'on en pleurerait. Quand on tue, on va au plus court et au plus simple : la première arme qui tombe sous la main et trucide mon gars !

— Le bon vieux sens pratique…

— Tout juste ! Cela n'empêche pas une certaine fantaisie, cependant : arsenic, champignons indigestes et autres audaces insolites. Du neuf ? Bernique ! On croit se distinguer et on a pourtant les deux pieds dans les mêmes gros sabots. Du commun, de l'usé, du convenu tout ça !

— Tandis qu'occire à l'aide de rats ou de vipères, voilà qui sort de l'ordinaire.

— Du jamais vu, en effet. De vrais créatifs, ces artistes. Là où les autres ronronnent et se contentent du bon vieux sens pratique comme vous dites, eux font preuve de hardiesse et marchent à l'imagination. Et où cette remarque nous mène-t-elle ?

— À ce soupçon : le même original n'aurait-il pas tramé deux crimes en apparence différents ? Si rats et vipères relèvent tous deux du jamais vu, l'inhabituel commence à prendre alors de furieuses allures d'habitude.

— Qui ne se ressemble pas s'assemble parfois. *Quod erat demonstrandum.* »

Les deux hommes se turent. Le commissaire marchait vite, en homme de terrain, coupait toujours au plus rapide, et plus d'une fois, virant brusquement, il s'engagea dans une ruelle inconnue de Bayonne. Déjà, la rue des Blancs-Manteaux se profilait devant eux.

« La victime ? demanda Gilles.

— Un certain… » Lhorme se frappa le front. « Ah, peste ! cela m'échappe. Un nom en rapport avec l'eau en tout cas, quelque chose comme Ravine ou Torrent…

— Ruisseau ?

— Rivière ! Hugues Rivière !

— Et ce Rivière ?

— Une sorte d'homme à tout faire si j'ai bien compris, mais là s'arrête ma science. Je l'ai vu, ai aperçu les six vipères, et suis venu vous chercher.

— Six ?

— Six ! comme les plumes de mon chapeau. Les noms peuvent me rentrer par une oreille et ressortir aussitôt par l'autre, les chiffres, eux, jamais. Six, j'en suis sûr. Pourquoi ?

— Les rats, dans le tonneau, ils étaient six.

— Et vous en déduisez ?

— Rien, sans doute. Il est trop tôt pour savoir. » Lhorme tourna à gauche dans la rue du Grand-Chantier, jeta un œil en direction du soleil, et se mit à forcer l'allure. « Pressons, dit-il. Nous serons plus tranquilles en arrivant en plein souper. »

Quelques instants plus tard, ils s'arrêtaient devant une large bâtisse. Lhorme ôta son chapeau et s'épongea le front. Il haletait, et ses longues oreilles d'âne avaient viré au rouge.

« Je suis censé faire cavalier seul, dit Gilles alors que le commissaire posait la main sur le heurtoir.

— La Chancellerie est loin, Bayonne. Le chancelier regarde ailleurs.

— C'est bien mal connaître l'oiseau. Cheverny voit tout et a des yeux partout. »

Lhorme haussa les épaules avec indifférence.

« Je me retire si tel est votre souhait. »

Un moment, Gilles fut tenté d'accepter et cela l'emplit de colère. Pourquoi cette défiance ? S'il perdait foi en les hommes, il se perdait.

« Que Cheverny aille au diable ! Venez ! »

Le petit visage noué de peur qui apparut par la porte entrebâillée se décrispa à la vue du commissaire. Lorsque Lhorme lui présenta le chevau-léger, puis déclina sa qualité d'envoyé royal, la jeune sœur tourière ne put retenir un soupir de soulagement. Elle fit entrer les deux hommes et referma à clé derrière eux.

« Procédez-vous toujours de la sorte ? demanda Bayonne.

— Non, c'est la maison du Seigneur, ici. D'ordinaire nous tenons la porte ouverte de jour comme de nuit, mais… »

Ses lèvres se mirent à trembloter. Elle paraissait très jeune. Le visage de Clotilde encadré d'un voile blanc traversa l'esprit du soldat.

« Je comprends, dit Gilles avec douceur. Est-ce vous qui avez trouvé le malheureux ?

— Dieu m'a épargné cette épreuve. Ce matin, sœur Marie de Saint-Nicolas s'est sentie si mal en découvrant son corps qu'il a fallu l'aliter. Je la remplace.

— Ravine vivait-il ici ? s'enquit Lhorme.

— Rivière, rectifia la religieuse d'une petite voix peinée. Oui, il occupait la cabane du jardin.

— Avez-vous prévenu ses proches ? demanda Bayonne.

— On ne lui connaît pas de famille. Il nous avait, nous. »

Un homme seul, comme le prêtre.

« Était-il parmi vous depuis longtemps ? dit le chevau-léger.

— Quinze ans, selon les anciennes. »

Gilles se mordilla la joue. Le père Vuillard n'était arrivé en Vallée de Misère que douze années plus tôt.

« Quand l'a-t-on vu pour la dernière fois ? fit Lhorme.

— Hier, aux environs de sixte, avant qu'il ne descende au cellier. À cette heure-là, nous gagnons tous le réfectoire situé à l'autre bout du bâtiment et il en profitait pour venir travailler au calme. Depuis, excepté sœur Marie de Saint-Nicolas ce matin, personne ne s'est rendu au cellier.

— Bien, dit Gilles. Allons-y. »

La jeune sœur leur remit à chacun une torche et les abandonna en haut de l'escalier. Où sommes-nous ? se demandait le soldat à mesure qu'il descendait les marches. À la lumière des torches, émergeait peu à peu une pièce immense, tout en voûtes et ogives, dont la surface s'étendait à vue d'œil sur la quasi-totalité du bâtiment. Partout, des sacs et des tonneaux, en nombre suffisant pour soutenir un siège, et, dans l'air, une puissante odeur d'ail et de saumure. Un hôpital, sans doute. Même en montrant patte blanche, jamais un couvent ne les aurait laissés entrer.

« Sur la droite, fit Lhorme, à côté du troisième pilier. »

Le commissaire se porta en avant et fixa sa torche au pilier en question.

« Jésus-Christ ! » souffla Bayonne.

L'homme reposait sur le dos. Son visage s'était à ce point enflé et déformé qu'il semblait une seule et même boursouflure d'un violet presque noir où l'on peinait à reconnaître face humaine. Le cou entier présentait un gonflement identique et Gilles se demanda comment la peau, d'une dureté et d'un lisse effrayants, pouvait ne pas éclater sous la pression des chairs.

« Rien de très joli joli, vous avais-je prévenu, dit Lhorme. Pour transformer un homme en cette chose monstrueuse, six morsures au total, trois sur le visage, trois autres dans le cou. J'ai compté.

— Et les vipères ?

— Ces maudites ont fini leur emploi en ce monde. »

Lhorme désigna une huche de l'index et le chevau-léger se pencha au-dessus avec un frisson. Même mortes, ces bestioles le révulsaient. Au fond de la huche, tête broyée, six serpents d'un noir sombre. Un instant il vit l'homme, visage et cou protégés, mains et avant-bras couverts de gants à manchettes, écraser les vipères sous sa botte. *Il vient de commettre un crime et il ne s'enfuit pas ; il prend le temps de tuer les vipères. Il ne veut pas que par sa faute meure un innocent.* Bayonne s'accroupit près du cadavre et contempla la face difforme. La conclusion s'imposa à lui. *Seul Rivière doit mourir, car seul il est coupable.* Il retroussa les manches de la chemise et remonta un peu les chausses. Autour des poignets et chevilles, on voyait des marques profondes, mais point la corde qui les avait mordus. Quel sot ! Voilà ce qu'il oubliait au sortir de la morgue !

« La corde qui ligotait le père Vuillard ?

— Les gars de la morgue ont dû l'enlever, je suppose. Avec de la chance, elle pourrit toujours dans le tombereau à ordures sous un tas d'immondices tellement ignobles qu'elles donneraient la nausée au diable.

— Faites-le fouiller, Lhorme. Il me faut cette corde. »

Le commissaire prit une mine dégoûtée.

« Je dénicherai bien un ou deux pendards à qui confier la besogne. »

Gilles allait se relever quand il remarqua sous la chemise, à hauteur de poitrine, une légère bosse. Il défit les lacets et la reconnut à l'instant. Il trancha le cordon de cuir qui retenait la clé au cou de Rivière et la tendit à Lhorme.

« À moins d'un hasard, il s'agit bien du même artiste. J'ai trouvé une clé identique chez le prêtre, cachée qui plus est. »

Lhorme considéra un moment la clé et la rendit au soldat.

« Le hasard ? Bernique ! fit-il en se tirant l'oreille comme s'il voulait l'allonger davantage. Votre opinion ?

— Ça ne sent pas bon.

— Moi, je dirais qu'un plus un font deux, et que deux font une suite.

— C'est bien ce que je disais, ça empeste. La liste, j'en ai peur, n'est point close.

— Et maintenant ? dit le commissaire après un silence.

— Visitons la cabane.

— Sans jeter un œil au cellier ?

— Peine perdue, à mon sens. Notre homme efface toute trace.

— La cabane de Rivière, soit. Je vais demander la clé à la sœur tourière.

— C'est la maison du Seigneur, ici, l'oubliez-vous ? La porte sera ouverte. »

La porte était ouverte. Lhorme coula un regard en biais vers Bayonne et entra, suivi du chevau-léger qui s'arrêta un instant sur le seuil. Ici aussi, plus encore que dans le presbytère, dominait une impression d'ascèse. Une seule pièce, et quelques objets nécessaires : une paillasse en balle d'avoine, un coffre, un tabouret et, cloué sur le mur en rondins, un crucifix. Pendant que Lhorme s'attaquait au coffre, Gilles entreprit de sonder la paillasse. Hormis une armée de punaises, rien n'en sortit. Il se mit à inspecter la jonchée recouvrant le sol de terre battue.

« Bayonne ! »

Gilles attrapa la bourse au vol. Le même cuir grossier, les mêmes lacets de boyau séché, mais, à la différence de sa jumelle trouvée chez le père Vuillard, quelque chose à l'intérieur. Des pièces, s'il se fiait à son ouïe lorsque Lhorme lui avait lancé la bourse. Sous les yeux attentifs du commissaire, il dénoua les lacets de l'aumônière et en vida le contenu dans sa main. Les deux hommes contemplèrent avec surprise les cinq pièces tachées de sang.

« C'est quoi, cette cliquetaille ? » finit par lâcher Lhorme d'un ton sceptique.

Bayonne saisit une pièce et la fit tourner lentement entre ses doigts. Il n'en avait jamais vu de semblable. Pile, un cheval au galop, face, le visage d'un roi inconnu. Des figures stylisées à l'extrême, composées de formes pures – cercle, rosace, carré, triangle, ligne droite, ligne courbe –, sans nul point commun avec les motifs ou les effigies des monnaies en cours dans le royaume. Fait plus étonnant encore, la pièce ne portait aucune inscription. Ni date, ni nom, ni devise, à la différence de toutes les monnaies existantes, y compris les fort anciennes, comme ce Mouton d'or du temps de Jean le Bon que Gilles avait un jour admiré.

« De la fausse monnaie ? » suggéra le commissaire.

Bayonne soupesa la pièce en sa main et secoua la tête.

« Belle taille, bon poids, et le meilleur aloi qui soit. Depuis quand les faux-monnayeurs s'amuseraient-ils à battre monnaie d'or pur ? »

Lhorme ne semblait pas convaincu. Il prit à son tour l'une de ces étranges pièces, la fixa d'un œil soupçonneux et sortit, suivi par le soldat. Dans le soir tombant, les derniers rayons de soleil donnaient aux ombres comme une douceur soudaine. Lhorme roula la pièce un instant dans sa bouche, puis la tendit vers la lumière. Débarrassée du sang qui la tachait, elle brilla d'un éclat vif.

« Elles viennent pourtant d'être frappées, dit-il. Regardez, la tranche est parfaite et l'on ne voit pas une éraflure. Jamais ces belles-là n'ont sonné ni trébuché de par le monde. Que je mange mon chapeau si elles ne sortent point toutes chaudes du four !

— Pas de celui de la cour des Monnaies en tout cas.

— Pas de ce four-là, non, aussi sûr qu'un plus un font deux, hélas. » Lhorme s'interrompit. « Six vipères, six rats, cinq pièces… énuméra-t-il à voix lente. Il nous en manque cinq, non ?

— Je crois savoir où elles se trouvent. » Le commissaire opina et Gilles se souvint tout à coup de sa promesse. « Louisette m'a chargé d'un message pour vous : *Ils sont revenus. Il faut les entendre et ils partiront.* Riez, je ne me froisserai pas.

— Vous marquez un point, dit Lhorme avec un sourire. Elle vous a ému, n'est-ce pas ? » Sans rien répondre, Bayonne rendit son sourire au commissaire. « Pauvre Louisette, reprit Lhorme. Il y a loin, très loin en arrière, un incendie lui a grillé marmaille et cervelle. Pffuit ! Ses cinq minots sont partis en fumée ! Depuis, comme une chatte dont on vient de noyer les petits, elle tourne, elle vire, elle s'inquiète. Ses fantômes ? Les voltes d'un chagrin dont personne ne peut avoir idée. »

Le chevau-léger leva les yeux. Là-haut, dans la lumière hésitante du soir, les martinets incisaient le ciel avec des battements d'ailes aussi impatients que leurs cris. Il baissa la tête et accrocha la bourse à sa ceinture. Il était temps d'y aller. Au même moment, en provenance de la bâtisse, s'éleva un chant cristallin. Gilles eut un coup au cœur. Des voix d'enfants.

« Où sommes-nous ?

— Aux Enfants Rouges, l'hospice des orphelins. Voilà pourquoi je tenais tant à arriver en plein souper : pendant qu'ils sont occupés à manger, ni ils ne piaillent, ni ils ne bougent. »

La petite voix ne s'était point gaussée de lui, non. Un prêtre solitaire et dévoué aux enfants dont l'ultime bataille fut une Vierge à l'Enfant, puis un homme seul consacrant son existence aux orphelins. Entre Rivière et le père Vuillard, une trame commune dont le motif disparaissait encore sous les ombres. Où le menait-elle ? Il l'ignorait.

« Une piste ? demanda Lhorme.

— Non, juste une idée. Et encore, à peine un bout d'oreille.

— Quelle est-elle si je puis ?

— Je n'en sais rien.

— Il vous vient une idée et vous n'en savez rien ? dit Lhorme avec un brin d'impatience. Vous êtes un drôle de limier, vous, le genre à prendre le vent et envoyer paître le jugement, non ? Moi, jamais je n'irais courir le lièvre sans tenir ma raison en laisse.

— Chaque chasseur a ses chiens.

— Il faut croire que les vôtres sont bons. Le chancelier, sinon, ne miserait pas sur vous. » Lhorme se croisa les bras. « Votre idée dont pointe seulement le bout d'une oreille, de quoi a-t-elle l'air ?

— Noire, sale, et puante, répondit Bayonne sans hésiter. Quand la bête montrera son museau, il nous attend vilain spectacle, pire encore que celui de la morgue.

— Et vous la voyez comment, cette bestiole ? »

Gilles ferma les yeux et laissa remonter en lui les impressions des derniers jours. Le grouillement de fourmis autour du serin. La grand-peur. Les cinq couleuvres jaillissant des fourrés. Colère et châtiment. Le cœur de l'homme, cette fosse à purin.

« Une vieille carne crevée pourrissant au fond d'un puits », dit-il en rouvrant les yeux.

Lhorme eut une grimace.

« Ça nous promet bien du plaisir, tout ça.

— Ça nous promet bien du plaisir, oui. »

IX

La nuit était presque tombée lorsque les deux hommes regagnèrent la Vallée de Misère. Pendant tout le chemin, Lhorme n'avait cessé de parler, expliquant avec minutie le prochain plan d'attaque contre les contrebandiers du port de Grève.

« Du gibier ordinaire et une chasse courue d'avance, ils viendront tout seuls s'empêtrer dans nos filets. Vrai de vrai, je préfère mes moutons à votre loup », conclut-il en touchant son chapeau.

Les six plumes d'aigrette tremblèrent et le commissaire s'en fut d'un pas vif. Trop avenant pour être honnête, se dit Bayonne qui regretta à l'instant cette pensée. Que reprochait-il au juste à Lhorme ? De retenir son nom quand le commissaire les oubliait tous ? Qu'était-il en train de devenir, bon sang ? Si on lui tendait la main droite, il soupçonnait aussitôt la gauche de félonie. Allait-il se couper des hommes, ses compagnons en ce monde, au prétexte que l'un d'eux l'avait trahi et que cette perfidie lui avait coûté son frère ? Voulait-il cela vraiment, s'isoler de tous et donner raison à la mauvaiseté humaine ? Le chevau-léger prit la direction du repaire de Mesnil. Quitte à se tromper, il accorderait sa confiance à Lhorme, une sorte de pari sur la vie, sur les hommes et, il le savait, sur lui-même.

Les indications fournies par Pique-Lune le conduisirent au travers d'un dédale de ruelles toujours plus sombres où les honnêtes gens ne devaient guère s'aventurer souvent. Il progressa la main sur la garde de son épée et faillit passer devant la porte basse sans la voir. L'œil à l'affût, il déplaça le chariot qui la masquait et l'ouvrit d'un coup d'épaule. Les trois vieillards assis contre le mur de la courette le regardèrent s'avancer dans un silence pesant. Aucun ne répondit à son salut lorsqu'il écarta les bras en signe de paix. Une torche éclairait leurs visages durs que pas un friselis ne plissa. Sans l'éclat sombre de leurs prunelles, on aurait pu les prendre pour statues de marbre. À leurs pieds, une corbeille remplie de tiges couvertes de feuilles en forme de cœur allongé et de fleurs blanches dont Gilles perçut le léger parfum. Ces trois-là se préparaient à bien cuisantes souffrances afin de gagner le lendemain, faux invalides mendiant sur le parvis des églises, de quoi remplir leur écuelle. Frottée contre la peau, l'herbe-aux-gueux provoquait d'abominables cloques et brûlures qui défiguraient un homme durant quinze bons jours. Une ruse aussi vieille que la misère dont plus personne n'était dupe, pas même les âmes charitables qui versaient malgré tout leur obole. Bayonne contourna les trois hommes, alluma à la torche une bougie tirée de sa sacoche, puis descendit l'escalier menant aux caves. Le couloir empestait le rance, la pisse, et résonnait de cris comme un jour de foire. Gilles s'arrêta devant la cinquième porte et toqua.

Quand Mesnil aperçut le chevau-léger au seuil de son logis, il porta la main à son vieux chapeau avant de se fendre d'un sourire. Bayonne admira son sang-froid. La face noircie au charbon, le bedeau s'apprêtait sans doute à partir pour l'une de ses expéditions nocturnes, vol de victuailles ou soutien aux contrebandiers du port de Grève. Gilles aperçut derrière le forban, le visage tendu, dans une pièce aussi grande qu'un clapier, une multitude d'enfants serrés contre deux femmes. Il n'eut pas besoin de compter : les quatorze âmes à la charge de Mesnil. Le bedeau s'effaça devant lui, il fit un pas à l'intérieur, et les femmes suivies de leurs petits se glissèrent hors de la pièce. Bayonne les entendit demander refuge à une voisine et il referma la porte. Une seule bougie était allumée. Tout en y joignant la sienne, il nota le soupirail, l'unique ouverture sur l'extérieur, les paillasses roulées faute de place, la maigre vaisselle, les trois tonneaux en guise de table et, plus têtue que le dénuement, la propreté. Le soldat regarda Mesnil et sut que ce dernier avait compris la raison de sa présence. Beau joueur, le bedeau lui tendit même la perche :

« Alors, Messire, avez-vous trouvé dans le presbytère chose intéressante ?

— Oui, ce qui ne s'y trouve point, cinq pièces tachées de sang. » Mesnil opina. « Il manque également la clé du petit coffre en lequel votre prêtre gardait certaine bourse à l'abri de l'humaine convoitise.

— Tachée de sang, elle aussi, tout comme ces maudites pièces. » À son tour, Bayonne acquiesça. Mesnil saisit sa blague à pétun et prisa par deux fois. La main de Gilles se referma sur son brûle-gueule mais il renonça à l'allumer. Entre les relents aigres du lait et la lourde odeur de chou bouilli, l'air était déjà suffisamment saturé. « Croyez-moi ou pas, fit Mesnil, j'ai failli tout vous dire lors de notre première rencontre. »

Bayonne revit le bedeau, son vieux chapeau contre le cœur, ouvrir la bouche et se taire soudain.

« Je vous crois.

— Vous ne me facilitez point la tâche. Parler à qui vous fait confiance est parfois plus dur que se confier à une sale rosse de soupçonneux. » Mesnil soupira. « Quoi qu'on fasse, on doit toujours régler son écot, pas vrai ?

— On n'échappe pas à ses actes, non. Un jour ou l'autre, il faut payer. »

Mesnil baissa la tête un instant, menton sur la poitrine. Gilles eut l'impression qu'il priait.

« Je ne songeais point à mal lorsque je me suis mis à espionner le père Vuillard, dit Mesnil. Il m'inquiétait, je voulais juste savoir, histoire de lui prêter la main sans qu'il s'en doute. Je l'ai surpris une nuit par la fenêtre du presbytère avant qu'il ne condamne les croisées. Et que Dieu m'écrabouille telle une punaise si je mens, entre les larmes sur son visage et les pièces en sa paume, ce soir-là, je n'ai vu que les larmes. »

Mesnil se tut et regarda le chevau-léger dans les yeux.

« Je vous crois, souffla Bayonne. Combien de fois devrais-je le répéter ? Et ne me dites pas que je vous rends la confession plus ardue encore. Cela, je le sais déjà.

— Il n'y a pas d'excuse à mon geste, fit le bedeau après un temps. Les hommes du Châtelet ont enlevé le corps et je suis revenu la nuit même. Cet argent du diable – à voir la façon dont il mettait le père Vuillard à la torture – pourquoi ne pas le convertir en monnaie du bon Dieu ? Un peu de joie, enfin, pour mes drôles et drôlesses. J'ai laissé la bourse et pris les pièces. » Il marqua une pause. « Cette jolie fable, c'est le mensonge qu'on se raconte après coup afin de se sentir moins laid, parce que la vérité me donne envie de vomir, Messire : j'ai volé un mort, un homme qui me baillait confiance et m'offrait sa protection. » Pendant un moment, le crachotement seul des bougies emplit la pièce. « Je suis prêt : quel est le prix à payer ?

— Il ne m'appartient pas d'en juger, Mesnil, ni moi ni aucun homme. Jamais je ne fourrerai mon nez dans les affaires de Dieu, et il s'agit d'un compte entre vous et le Tout-Puissant.

— Dois-je vous remercier ? Je n'en suis pas sûr. La chiourme ou la corde me semblent parfois douceurs au regard des représailles divines, celles par exemple qui fouaillent le cœur et tourmentent l'esprit. Vous ne me rendez point la tâche aisée, décidément.

— Est-ce une raison pour compliquer la mienne ? »

Mesnil se mit à rire, puis, sans transition, redevint grave. Dans ses yeux, une moquerie bon enfant et, Gilles en fut surpris, du respect.

« D'accord, je vais tout vous dire. Ce ladre, je ne lui dois rien et puisqu'il m'a brigandé, qu'il paie donc en nature. Tôt ou tard, on finit toujours par cracher son écot. » Du pouce, il se lissa la moustache. « La clé du coffre ? Au fond de la Seine. Les pièces ? Échangées contre de la picaille. Il y a un orfèvre peu regardant sur la provenance de l'or, Grégoire Layraud, membre du conseil paroissial, connu dans la famille des aigrefins sous le nom de Poing Serré. On tirerait plutôt de l'huile d'un mur qu'un sou de sa bourse. Le marché, je l'ai conclu avec lui : trois fois rien pour le Ronan, cinq pièces d'or pour le grigou. »

Bayonne délaça la bourse de Rivière suspendue à sa ceinture et en sortit une pièce.

« Comme celle-ci ?

— Vous en avez trouvé d'autres ? fit Mesnil avec une pointe d'envie. Je n'ai pas fouillé le presbytère, il faut dire. Je n'aurais pas pu.

— Ce Layraud, dit le soldat en rangeant la pièce, ne vient-il pas de se faire voler ?

— J'ai dansé le branle en apprenant la nouvelle, et plus d'un m'a emboîté le pas, mais, dans les chaumières, on plaint son épouse dame Bertille. La pauvre, elle qui mérite le Paradis et se consume déjà à petit feu va goûter avec ce vol aux flammes de l'enfer.

— Ces vols de la Grande-Boucherie justement, n'y seriez-vous point allé de votre coup de pouce ?

— Au vu de la moisson, j'aimerais bien ! » Mesnil écarta les bras. « Fouillez mes greniers, Messire ! Ils sont vides. Je grivèle quelques choux et poulets, mais guère plus : trop de risques pour moi. Qui donnera la becquée à mes drôles et drôlesses si je me fais prendre ?

— Et ces vols, j'imagine, vous n'en savez rien. Secret de famille, je suppose ?

— Un secret fichtrement bien gardé en ce cas ! Tous les cousins applaudissent aux exploits du courant d'air et, croyez-moi ou pas, aucun ne le connaît.

— Pas même vos amis du port de Grève ?

— Ce ne sont point mes amis, fit Mesnil d'un ton dur. Je leur loue mon dos et nos relations s'arrêtent là. Ces chrétiens sont des massacreurs, ils tuent comme d'autres se curent le nez. On me paierait que je ne leur serrerais point la patte. »

Tandis que Bayonne écoutait, quelque chose en lui lâcha prise. Comme la glace au dégel, pensa-t-il. Il le croyait. Il le croyait vraiment. Il eut soudain l'impression d'être de retour parmi les hommes. Il se leva, prit dans sa sacoche un morceau de bougie et l'alluma. Pourquoi se sentait-il si réticent à l'égard de

Lhorme alors qu'il croyait sans réserve cette canaille de Mesnil ? Il l'ignorait. On ne force pas la confiance. Il était sur le point de sortir quand l'attaque prochaine des commissaires contre les contrebandiers lui revint en mémoire.

« Un conseil, Mesnil, fit-il en se retournant. Dans les jours à venir, évitez le port de Grève. »

Un œuf, une dariole, une oreille de porc, un poireau, trois ou quatre feuilles d'armoise, une noisette de saindoux, devant la porte du chasseur de rats, chacun attendait son tour une offrande à la main. Bayonne remonta la file et entra sans frapper. Il ne put avancer d'un pas tant la pièce était comble.

« Le négoce marche bien, Quévillan ? » lança-t-il par-dessus un mur d'épaules.

Le crâne chauve du chasseur de rats surgit entre deux matrones. À la vue du chevau-léger, Quévillan parut avaler de travers.

« Dehors, tous ! cria-t-il. La visite est finie ! »

Il y eut quelques grognements de protestation, deux ou trois regards torves au soldat, et les lieux se vidèrent.

« V'là l'moustachu ! » fit Quévillan avec un geste. Bayonne s'approcha de l'animal empaillé trônant sur une escabelle placée au centre du logis. Seigneur tout-puissant, qu'était donc cette bestiole ? Quévillan n'avait pas exagéré en la comparant à une créature du démon. Il s'agissait d'une bête énorme, de la taille de deux rats au moins. « Ça fait froid dans l'dos, hein ? » dit Quévillan en farfouillant dans un sac. « J'vous ai mis d'côté un trotte-menu grippé c'tantôt chez la Triple Rosse, vous allez voir si j'ai la berlue ou pas. » Il tira du sac la dépouille d'un rat et la présenta à Bayonne. « Les moustachus qu'j'fréquente d'ordinaire ressemblent plutôt à c'compère-ci. D'où qu'il sort, l'aut' empaillé, j'aimerais bien l'savoir. C'est pas un rat d'chrétien, ça. » Hormis la taille, les différences étaient frappantes. Si le rat tenu par Quévillan était doté comme ceux de son espèce de grandes oreilles translucides ainsi que d'une très longue queue effilée, son étrange voisin, lui, avait de petites oreilles velues et une grosse queue ridiculement courte. Le museau, aussi, semblait plus épais. « Y a bien un air d'famille, concéda Quévillan, mais au pelage seul on d'vine qu'ils sont point frères. Touchez ! L'un est doux comme soie, l'aut' rêche comme crin. » Gilles déclina l'offre. Il croyait volontiers Quévillan sur parole. « Et encore, j'l'ai lustré, continua ce dernier. L'avait l'poil tout roide de sang.

— Ces deux-là ne sont point frères, non, et pourtant, il s'agit à coup sûr d'un rat.

— P'têt' bien qu'ils sont cousins. » Quévillan se tritura la pomme d'Adam. « P'têt' bien qu'un jour, dans sa contrée lointaine là-bas, chez l'Grand Turc ou je n'sais quel infidèle d'même tonneau, l'empaillé a eu envie d'voir du pays et d'venir à la rencontre d'la sienne parentèle. »

Bayonne y pensait depuis le début : des rats inconnus en terre chrétienne issus d'un rivage fort éloigné des berges de la capitale. Pour rallier villes, bourgades et pays, on voyage à pied, à cheval, ou on emprunte le coche d'eau, mais, lorsque les distances se font trop grandes et qu'il faut traverser les mers, on s'en remet à la grâce de Dieu et l'on s'embarque sur un deux-mâts. Les ports, se dit-il. Les bateaux en provenance des destinations lointaines – Levant, Amérique, Indes orientales, Nouvelle-France – jetaient l'ancre en Méditerranée ou, plus près de Paris, dans les ports de Bretagne, de Normandie ou d'Aunis-Saintonge. Comment ces fichus rats s'étaient-ils retrouvés à la Grande-

Boucherie ? Un marin ? Un montreur de bêtes ? Quévillan continuait à se masser le cou avec nervosité. Non content d'escamoter un rat, il était surpris par l'émissaire royal à traficoter sur la dépouille de l'animal. Gilles perçut sa gêne.

« Visite instructive. Tu peux remercier Le Gail de t'avoir botté le train.

— V'là un compère, Messire, un vrai, un qu'oublie pas d'tendre la pogne ! Pourrait s'pousser du col, pourtant. L'a pas toujours fait l'pelleteur d'chiures. » Quévillan retroussa la manche de sa chemise et entreprit de gratter les croûtes d'un eczéma. « Chienne de vie ! Qu'on soye en haut ou en bas d'l'échelle, la garce vous plante pareil ses crocs dans l'jarret. L'a eu bien du malheur, Le Gail… »

Ruine et déchéance après qu'un mauvais sort eut décimé les chevaux de l'élevage paternel, la mère de Le Gail brûlée comme sorcière, son père disparu, trois sœurs noyées sous ses yeux, la quatrième morte en couches, bronches sifflantes interdisant les rudes travaux, chaux vive reçue un jour sur l'épaule, le chasseur de rats se mit à dévider les infortunes du sien compère. Bayonne l'écoutait d'une oreille. Il venait d'apercevoir sur l'avant-bras droit de Quévillan une cicatrice effilée. Une morsure, avait affirmé Lhorme.

« Cette cicatrice sur ton bras ? demanda le chevau-léger tout à trac.

— Oh, ça ! Les risques du métier. »

Les neuf coups de complies sonnèrent à l'église voisine. Gilles fit un pas vers la porte. Sa rencontre avec Clotilde approchait et la confession de ce menteur devrait attendre un peu. Il voulait bien être pendu si les incisives d'un rat avaient laissé semblable cicatrice. Un coup de couteau, oui.

« Les risques du métier ? dit-il d'un ton goguenard avant de sortir. Et le danger encouru lorsqu'on se moque de l'émissaire royal ? Nous en reparlerons, fais-moi confiance. »

Bayonne sauta de selle puis, bride à la main, mena Panache aux écuries où Garlane mâchouillait quelques brins de foin frais. Pique-Lune, bien sûr, l'avait précédé dans la demeure familiale. En passant devant la souillarde, il découvrit le garçon en pleine besogne, le buste englouti entre les flancs d'une énorme marmite. Le lutin mettait tant de cœur à frotter que la belle dondon, d'une voix stridente, criaillait sans répit. Contre le mur, quatre seaux de sable prêts à défaire toute l'armée de chaudrons. Gilles haussa un sourcil mais ne s'arrêta point. Pour une fois que le loustic s'attelait à la tâche ! Il trouva Joséphine dans la cuisine, lèvres pincées et mine sombre. D'autorité, elle lui servit une tourte d'anguilles suivie d'une darne de thon sur un lit d'oseille puis, en trois phrases sèches, le mit au courant. Non, malgré la nuit noire, son père n'était pas rentré, et oui, cette bécassine de Clotilde se languissait bien là-haut. Où voulait-il donc qu'elle soit ? Depuis l'arrivée en leur paroisse de ce jeune prêtre, sa sœur ne quittait plus sa chambre, sinon pour se rendre à l'église.

« Le Seigneur peut dormir tranquille, ses brebis sont sous bonne garde, poursuivit-elle avec humeur. Tant que le père Lalande leur charmera les oreilles, aucun risque qu'elles s'échappent de l'enclos. »

Elle sortit un mélange d'abats d'un panier et les jeta d'un geste brusque sur la table. Sans s'émouvoir, Bayonne but un peu de clairet.

« Un prédicateur… fit-il.

— Ça, pour causer bien, il cause bien, ce jeune prêtre, répondit Joséphine en levant son hachoir. Son prédécesseur et lui, c'est le jour et la nuit. Le vieux père Tavel avec son enfer et ses piques brandis à chaque sermon vous embrochait les âmes comme un furieux. Ce curé-ci n'a que le Paradis aux lèvres. Les fleurs, les oiseaux, la douce herbe, on se croirait au Jardin des Délices tant le miel coule de sa bouche. Trois offices à ce régime et notre Clotilde se confit en dévotion.

— Un saint…

— Quelle agnelle résisterait à l'appel de Dieu lorsqu'un tel servant lui prête voix ? Il faut le voir roucouler vers le Seigneur avec ses yeux de biche et ses longs cils qui papillonnent, les bras levés au ciel, prêt à prendre son envol.

— Un ange…

— Un ange ? » Le hachoir s'abattit si fort que le godet de Gilles manqua de verser. « Un démon, ouiche, un ensorceleur ! Il se jetterait dans les flammes que ces stupides brebis le suivraient quand même, et elles sont plus d'une accrochées à sa robe. Un vrai troupeau de jouvencelles ! Le couvent où il confesse ne sait plus où donner de la tête, elles veulent toutes y entrer : la Mathilde, la Geneviève, la fille à Revenne, la cadette du père Aulme, les trois damoiselles de Virognes, et maintenant, cette follette de Clotilde ! » Elle baissa la voix. « Savez-vous qu'elle s'impose un jeûne de pénitence ? » Bayonne eut un demi-sourire. Joséphine mesurait toujours la santé de ses troupes aux quantités de mangeaille englouties. « Le père Lalande nous l'a toute retournée. Elle qu'il fallait attacher au piquet, la voilà recluse en sa chambre à seriner ses patenôtres. Mais si elle a l'air, il lui manque la chanson. Attendez un peu que la petite vérole lui grignote le visage à notre beau curé, vous verrez alors comme elle se languit du couvent. Je connais la musique, allez ! » La vieille servante posa sa main sur celle du chevau-léger. « Tu vas lui parler et, vite fait bien fait, lui remettre la raison en selle, hein, mon Gillot ? » Bayonne grimaça. Pour que Joséphine lui donne du « tu » et du « Gillot », l'affaire était grave. « Et que se passe-t-il avec Pique-Lune ? enchaîna la servante. L'Esprit Saint l'a visité, lui aussi ? Il est arrivé, a marmonné trois mots au sujet d'un orage et depuis, il brique les chaudrons à s'en arracher la peau des doigts. *J'ai une dette envers Dieu*, qu'il ânonne en martyr. » Le hachoir, ce coup-ci, se planta dans la table et Gilles dut venir au secours de Joséphine pour l'en dégager. « Ah ! Crelotte ! Entre l'une qui s'étiole au bercail et l'autre qui se met à obéir soudain, je vais devenir chèvre avec ces deux-là ! »

Bayonne tapota la main de Joséphine et se leva. Raisonner Clotilde ? Autant vouloir faire boire un âne qui n'a pas soif. Plus il s'évertuerait à la convaincre, plus elle s'opiniâtrerait. Il allait lui lâcher la bride et voir un peu. Et si elle désirait d'une foi sincère vouer sa vie au Dieu de Gloire ? De quel droit viendrait-il s'interposer entre elle et le Seigneur ? Il lui fallait du temps, juste un rien, histoire de sonder Clotilde ainsi que ce nouveau prêtre. Il monta l'escalier, toqua à la porte de sa sœur et entra. Comme elle était en prière, il s'agenouilla à ses côtés, silencieux, et attendit qu'elle se signe pour l'imiter et se relever à son tour.

« Mon frère, c'est non. »

Et qui s'y frotte s'y pique, l'avertissait avec défi l'œil noir de Clotilde.

« Non ? Quand je viens me réjouir avec toi ? Quand je plaide ta cause auprès de notre père ? Quand je dispute Joséphine pour sa face de carême ? Non, sœurette ? »

Un instant la jeune fille inclina la tête sur son épaule, puis d'un bond vint se blottir entre les bras de son frère.

« Raconte… » dit-il dans un murmure.

Et Clotilde raconta. L'évidence de son amour pour Lui, la soudaine beauté du monde comme si tout, brusquement, était plus lumineux, l'impatience de se rendre aux offices, le cœur qui s'emballe, l'extase et les frissons… Elle parla longtemps et avec flamme, sans reprendre son souffle, mais pas une fois elle ne mentionna le père Lalande. Lorsqu'elle se tut, Bayonne pressa ses mains entre les siennes.

« Jour de liesse, ma sœur, et jour de tristesse. » Il la sentit se raidir. Une simple remarque, et elle se tenait à nouveau sur la défensive. « Oui, c'est grande joie d'apprendre ton entrée prochaine au couvent, dit-il avec un sourire grave, et grand-peine aussi de ne pouvoir y assister car – la peste soit du chancelier ! – jusqu'à la fin de cette enquête, impossible d'échapper à ma tâche. Te demander de repousser le jour de Gloire ? Quel égoïste ferais-je ! Je comprends ta hâte, va. Agis selon ton cœur et sois heureuse ! »

Clotilde se raidit encore plus.

« Tous se liguent contre moi, excepté toi, mon frère, et je ne t'attendrais pas ? dit-elle d'une voix frémissante de colère. Tu me fais injure. Pars tranquille, je saurai patienter. »

Gilles ne traîna pas davantage. Avant que sa sœur n'ait pu reprendre sa parole, il l'avait remerciée et s'était empressé de franchir la porte. À son retour dans la cuisine, Joséphine se leva sans un mot.

« J'ai besoin de ton concours, lui souffla-t-il à l'oreille, seulement tu risques fort de me maudire.

— Tout ce que vous voudrez, je le promets sur la Bible.

— Nous allons soigner le mal par le mal. Clotilde se destine à la vie monacale ? Eh bien, donnons-lui sans tarder de la vie monacale. Primo, vœu de pauvreté : troque ses draps soyeux contre une toile bien rêche. Secundo, vœu de prière : réveil en pleine nuit et célébration de l'Éternel. Tertio, vœu d'abstinence : tu me la mets au pain sec et à l'eau. »

Joséphine eut un haut-le-corps.

« Ça, jamais !

— Tu as promis… »

La vieille servante lui jeta un regard assassin.

« La disette, jusqu'à quand ?

— Jusqu'à ce qu'elle perde le goût du couvent ! »

Il s'éveilla bien avant l'aube, trempé de sueur, le cœur battant à grands coups. Dans la chambre, un air lourd, comme immobile. Son rêve se dissipe lentement, de même que l'épouvante, et longtemps devant ses yeux s'efface la dernière image, la seule qui lui reste : il est à nouveau enfant et marche dans une forêt recouverte d'une neige si blanche qu'elle lui fait par moments plisser les paupières, si profonde que ses pieds s'y enfoncent sans un bruit. Le regard rivé au sol, il suit les traces – quelques gouttes de sang çà et là sur la neige –, et plus il progresse, plus la terreur l'étreint. Son frère est mort, il le sait, mais il avance quand même, ébloui, presque aveugle, incapable de détacher ses yeux du sang.

Bayonne se frotta le visage. C'était toujours à la même heure, celle d'une lumière grise qui n'appartenait ni au jour ni à la nuit, que les cauchemars le tiraient de sa couche. Il se leva et vint s'appuyer contre la fenêtre. Après la désolation ressentie l'instant d'avant, il éprouvait une étrange sérénité. Que voulait-il lui dire, ce rêve ? Qu'il regardait enfin la mort de Renaud en face ou qu'à jamais il referait le chemin menant à son cadavre ? Dehors, un oiseau lança un premier cri, une note solitaire qui, sans raison, le rendit heureux. Nous marchons dans les ténèbres, se dit-il, et au moment où nous n'y croyons plus, le jour revient. Il resta à regarder le ciel blanchir. Lorsqu'un rayon pointa à l'horizon, il sourit. Un sourire par-delà le temps, surgi du plus loin de son enfance, quand mort et douleur n'existaient pas encore. Il continua à sourire sans même s'en rendre compte. Le jour était revenu.

Avec l'aurore, la ville commença lentement à s'ébrouer. Point de cris dans les rues, mais un piétinement sourd, monotone comme pluie sur le sol, où l'on ne distinguait pas les hommes des bêtes. Gilles attrapa sa toaille et descendit se laver avant de faire un tour aux écuries. Grimaud, déjà à l'œuvre, graissait un faisceau d'étrivières. Au haussement de sourcils du soldat, le palefrenier répondit par un geste affirmatif et Bayonne, après un merci de la main, monta se vêtir. Le loupiot, donc, dormait toujours, nouvelle guère surprenante lorsqu'il songeait à leur retour, la veille, de la maison paternelle, et au silence subit de Pique-Lune dont la tête s'était mise à dodeliner au rythme lent des pas de Garlane. Que fabriquait-il de ses nuits, ce pendard ? Avachi sur sa selle, il avait ânonné son rapport d'une voix molle où perçait la déception : « En matière de vol, je ne suis point un perdreau de l'année. Les pirouettes pour soulager son prochain, je les connais toutes ou quand je les ignore, je les devine. Mais l'astuce utilisée par notre renard, l'Anguille ne la sait pas et le diable lui-même n'est pas mieux renseigné. Pourquoi diantre les notables cadenassent-ils leurs précieux poulaillers ? Serrure ou pas, le renard vient y croquer leurs biens. Sa dernière victime, un mercier dont nous sommes allés visiter l'hôtel avec le sergent Sauvayre, faisait garder sa porte durant la nuit par une armée de valets. Personne ne s'est approché. Au matin, abracadabra ! plus une pièce dans son coffre. » Le moustique avait continué dans cette veine un moment avant de s'égosiller soudain contre tous les maîtres Layraud de la terre, ces avares au cœur sec incapables de voir ni d'entendre la détresse de leurs moitiés. « Il faut y mettre bon ordre, Messire, ou dame Bertille mourra de faim et d'épuisement. » Sur cette prière, il s'était assoupi. Maître Layraud ne perdait rien pour attendre, se dit Bayonne. L'orfèvre n'avait-il pas acheté à la sauvette les cinq pièces d'or escamotées par Mesnil chez le père Vuillard ? Il lui apprendrait à vivre à ce ladre, parole d'émissaire du roi.

Gilles tâta son nez. Enflé, fort sensible au toucher, la fontaine de sang toutefois semblait tarie. S'il piétinait sur les vols de la Grande-Boucherie, il avait avancé d'un pas dans le meurtre du père Vuillard grâce aux confidences de sœur Marie, la religieuse qui avait découvert le corps de Rivière. La veille, il s'était rendu à son chevet pendant que Lhorme, s'obstinant dans son idée première, fouillait la réserve des Enfants Rouges. Qu'a-t-elle pu remarquer ? s'était-il demandé en s'asseyant auprès de la petite vieille aux yeux d'un blanc laiteux, le voile d'une cataracte. « Si j'ai la vue courte, ma mémoire est longue », avait-elle déclaré puis, avant qu'il ne revînt de sa surprise, elle s'était lancée dans le récit de cent anecdotes concernant Hugues Rivière. Le portrait qui s'en dégageait ressemblait à s'y méprendre à celui du prêtre : un homme sans passé, sans parentèle ni connaissances, arrivé un beau jour à l'hospice pour se dévouer corps et âme aux orphelins, un pauvre hère au regard triste, même lorsqu'il faisait rire les petiots. « Un homme qui a souffert », avait conclu sœur Marie. Pourquoi aurait-il détrompé la sainte âme ?

Il pensait, quant à lui, autrement. Tout comme le père Vuillard, Rivière était mort parce qu'il avait fait souffrir et leur repentance n'avait pas suffi à les absoudre aux yeux de leur probable victime de jadis. Qui était-ce ? Un marmouset maintenant adulte décidé à se venger de ses anciens tourmenteurs ? Pour le savoir, il lui fallait chercher une histoire vieille d'au moins quinze ans, l'époque de la venue de Rivière à l'hospice. Le prêtre, certes, n'avait surgi en Vallée de Misère que douze années plus tôt. Cette différence de dates entre les deux hommes ne pouvait-elle s'expliquer cependant par les trois ans de formation ecclésiastique nécessaires afin d'accéder à la prêtrise ? Bayonne se pinça le menton. Incontestablement, il était sur la bonne sente. Sans en mesurer l'importance, la religieuse lui avait appris un fait essentiel, la remise d'une bourse à Rivière deux semaines auparavant par un vas-y-dire inconnu et son sursaut lorsqu'il l'avait ouverte. Les pièces tachées de sang étaient un message de l'assassin à ses proies, l'annonce de leur mort prochaine ainsi, à n'en point douter, qu'un *souviens-toi* ! Quel épisode ces pièces ravivaient-elles ? Il n'en savait rien, mais le père Vuillard et Rivière, eux, avaient compris. Et la clé ? se demanda Gilles. L'un la tenait cachée, l'autre la portait au cou. Faisait-elle partie elle aussi de la piste sanglante s'enfonçant loin dans le passé ?

Le chevau-léger chaussa ses bottes et se rassit sur sa couche. Les serpents, lui avait aussi révélé sœur Marie, suscitaient chez Rivière une peur panique. Les rats pour le prêtre, les vipères pour le bon Samaritain des Enfants Rouges : le même désir, avant de tuer, d'inspirer la terreur. Un proche ? Non, les deux hommes allaient seuls. Quelqu'un, en tout cas, connaissant leurs répulsions et habitudes ainsi que l'agencement du presbytère et celui de l'hospice. Ni un étranger ni un nouveau venu à Paris, en conséquence. Un quidam installé en la capitale d'assez longue date pour recueillir une à une toutes les données utiles à son plan sans attirer l'attention. *Un homme patient, presque invisible, une ombre à peine distincte.* Bayonne tendit l'oreille. On montait à pas de loup l'escalier. Une marche, une autre, puis, dans le silence de l'auberge endormie, le plancher de l'étage grinça. Il y eut une pause et le bruit de pas reprit. On se dirigeait vers sa chambre. Il se leva doucement, sortit son épée du fourreau et se posta si près de la porte que le mot glissé au-dessous vint effleurer sa botte. Il ouvrit à pleine volée. L'aubergiste à moitié accroupi faillit basculer en arrière. Il se redressa en maugréant et fit mine de partir.

« Pas si vite, maître Champvert ! Et si vous m'expliquiez pourquoi tant de discrétion, si tôt matin, à jouer les messagers ?

— Pas si fort ! répondit l'aubergiste à voix basse. Au Coq hardi, point de cocorico avant le lever des troupes, telle est la consigne. On marche sur la pointe des pieds et je suis le premier à donner l'exemple. Mes pratiques paient assez cher pour qu'on les laisse ronfler en paix. Quant au pli, un petit mendiant m'a demandé hier soir à la dernière heure de vous l'apporter. Alors, je vous l'apporte. »

Qu'il se tût ou parlât, maître Champvert manifestait vraiment la même obligeance. Pourquoi le retenir ? Après tout, il remplissait seulement son office. Gilles le congédia d'un geste, puis referma la porte. L'épée regagna son fourreau et il lut le billet, un mot couché sur du papier ordinaire d'une écriture à l'évidence contrefaite :

Un homme d'environ vingt-cinq ans, une envie en forme de cerise sur l'avant-bras droit, voilà votre gibier, le vil assassin du père Vuillard et d'Hugues Rivière. Bonne chasse et Dieu vous guide ! Un fidèle sujet, ami de la sainte justice.

Bayonne plia le billet et le fourra dans sa sacoche. Il ne doutait pas de sa valeur. Avant d'enrôler Toussaint Gerbault comme sentinelle, le père Vuillard n'avait-il pas demandé à voir son bras droit ? L'auteur du mot livrait à coup sûr informations aussi fiables que précieuses : la nature de la marque recherchée – une tache de naissance – et l'âge probable de l'assassin. Mais qu'il s'agît d'un *ami de la sainte justice*, il avait bien du mal à y croire. Qui connaissait le détail de l'envie en forme de cerise ou pouvait établir un lien entre le meurtre du prêtre et celui de Rivière, sinon un homme partageant leur secret ? Un fidèle sujet se présenterait à lui sans esquive ni détour. *Le prochain sur la liste plutôt, le dernier destinataire d'une bourse contenant cinq pièces tachées de sang.* Combien étaient-ils ? Gilles coiffa sa toque. Quelqu'un frappait fort du talon contre le sol et les serpents commençaient à s'affoler.

Au moment où il franchissait le seuil de l'auberge, une dernière question lui traversa la tête. Pourquoi l'ami de la sainte justice ne s'enfuyait-il pas ? L'homme frissonnait de terreur, il quémandait son aide et malgré tout, il choisissait de ne pas bouger. Quelle raison le retenait-elle céans ? Le père Vuillard et Rivière n'avaient pas quitté la ville eux non plus. Leur décision de rester, pourtant – Bayonne en aurait fait le pari –, obéissait à d'autres motifs que ceux de l'auteur du billet anonyme si celui-ci, toutefois, était bien la prochaine victime. Le chevau-léger se tapota le menton. Trois hommes reçoivent une bourse et chacun d'entre eux sait, la peur au ventre, ce qui l'attend. Le premier ne dit rien et poursuit ses prêches à l'église. Le deuxième ne parle pas davantage et continue à porter secours aux gaminots des Enfants

Rouges. Le troisième crache tout son savoir sur l'assassin et espère sa capture, sinon son exécution. Où est l'intrus ?

Le prêtre et Rivière, se dit Gilles, même panier. Tous deux s'étaient tus et en dépit du danger, ni l'un ni l'autre n'avait abandonné son poste. Volonté de rachat, désir d'affronter leur destin ou résignation, peu importait dans le fond. Seul celui qui connaît la peur connaît aussi le courage et il en fallait une sacrée dose pour placer fidèles et orphelins plus haut que sa propre vie. Le père Vuillard et Rivière étaient morts debout, en hommes. Leur silence, du coup, recevait nouvel éclairage. Non plus le signe d'un passé trop sombre pour être confié, comme il l'avait d'abord cru, mais un mutisme délibéré, choisi en toute conscience, afin de protéger qui leur donnait la chasse. Le prêtre n'avait-il pas enrôlé un guetteur avec ordre de ne point tirer sur le gibier ? Quelques méandres qu'ait pu connaître leur existence, les deux hommes, face à la mort, avaient fait preuve de droiture. Le troisième larron, en comparaison, semblait bois tordu. Il songeait à sauver sa peau et n'accordait aucun prix à celle de son prédateur. Le billet faisait-il autre chose que de crier au loup ? Trouvez-le vite, tuez-le avant qu'il ne me tue, tel était le message à lire entre ses lignes. Cela le ramenait à la même question. Pourquoi glapir au lieu de prendre la poudre d'escampette ? Quelle raison assez puissante retenait-elle l'ami de la sainte justice à Paris ?

Il y eut un éclair roux sur sa droite et Pique-Lune fit son apparition. Le loustic tirait une figure longue comme un jour sans pain. Au salut de son maître, il répondit par un simple grognement. Le chevau-léger haussa les sourcils. C'était bien la première fois qu'il voyait le garçon d'humeur bougonne. Gilles décida de passer outre. Il ne donnait pas deux heures au diablotin pour se dérider. Par-dessus les toits, aussi loin que portait le regard, un ciel d'un bleu insolent. Cela promettait. Passé la fraîcheur du matin, cognerait un soleil sans merci qui éperonnerait jusqu'à l'insupportable l'haleine puante de la Grande-Boucherie, une pestilence à vomir où s'exhalaient merde, pisse, fiel, sang, tripaille, morceaux de gras rances, déjections d'animaux conduits rue de l'Écorcherie et odeurs infectes crachées par le soupirail de la morgue ou les foulons des tanneries voisines. Coïncidence ? Clin d'œil du diable ? Au même moment, un fumet délétère fouetta les narines de Bayonne. Le Gail, suivi de Mouche harnachée à sa carriole d'étrons, passait dans la rue.

« Déjà sur le pont, matelot ? » l'apostropha Gilles.

Le collecteur de crottes attendit que Mouche s'éloigne un peu avec sa cargaison fétide pour l'arrêter d'un claquement de langue, puis se tourna vers le soldat. Sans lui jeter un regard, Pique-Lune courut enlacer le poitrail de la chienne.

« Ohé, capitaine ! fit Le Gail. Dans ma partie, il faut savoir tôt se lever et tard rejoindre sa couche. Le secret d'une bonne récolte ? Se trouver en bas lorsqu'en haut les croisées s'ouvrent et qu'on vide en furtif les vases de nuit par la fenêtre. Dehors dès l'aube, dehors encore au crépuscule !

— L'œil du merle allié à celui du hibou…

— Hé ! point besoin de celui du faucon pour vous voir venir. À arpenter la paroisse en tous sens et à toute heure, peut-être aurais-je remarqué quelque chose, vous dites-vous.

— Non, je vous le demande.

— Je suis bien en peine pour vous répondre. J'ai vu et je n'ai pas vu, raison pour laquelle j'ai préféré me taire. Et puis, qui prendrait au sérieux le témoignage d'une cervelle embrouillée comme la mienne ? »

Le chevau-léger songea à sa première rencontre avec le ramasseur de bran et aux propos de Le Gail concernant ses fantômes : trois paroles follettes lui en avaient plus appris sur lui-même que cent droits discours. Le bonhomme méritait qu'on l'écoute.

« Quelques nœuds dans la laine ne gâchent pas la pelote. Je ne suis point sot rieur, ne vous faites point sot taiseur. »

Le Gail hocha la tête.

« Quatre jours avant le meurtre de notre pauvre curé, la Mouche tirait la carriole non loin de l'église Saint-Josse, ma dernière ronde de la journée et le dernier office pour le père Vuillard.

— Aux environs de complies, donc ?

— Tout juste après complies et la messe, les fidèles étaient partis et la nuit déjà tombée. J'ai vu alors une ombre s'approcher des portes de l'église, puis revenir brusquement sur ses pas, dévaler les marches du parvis et disparaître dans une venelle au moment précis où le père Vuillard et son bedeau sortaient du saint lieu.

— Une ombre ?

— Pour sûr cela avait forme humaine, mais d'où je me trouvais et avec la nuit noire, matou ou minette, je n'ai pu le distinguer.

— Et qu'avez-vous pensé sur le coup ?

— Que plus lourd est le péché, plus difficile sera la confession. L'âne écrasé sous la charge se hâte moins vite vers la fontaine. Quand j'ai surpris cette ombre hésitant aux portes de l'église – un pas en avant, un pas en arrière –, j'ai cru qu'il s'agissait d'un oiseau de ce genre, une âme tortillonnante à l'heure de se confesser. Maintenant, je me demande si je n'ai pas eu affaire au loup.

— Et quand bien même ! lança Bayonne avec dépit. Vous l'avez vu et vous ne l'avez pas vu.

— Moi, non, le Renifleux, oui.

— Le Renifleux ?

— Un mendiant en faction en haut du parvis, toujours mussé dans le renfoncement derrière la première colonne de gauche, ses vieux os ne supportent plus les courants d'air. Il prend son poste chaque soir pour l'office de complies et on ne l'a jamais vu sauter une messe. De sa retraite, il n'a pu manquer l'ombre.

— J'irai le questionner. Merci pour votre aide.

— Puis-je en retour solliciter la vôtre ?

— Donnant donnant, Le Gail ? » Le collecteur d'étrons se gratta la joue. « Humble requête, plutôt, dit-il avec un air ficelle. Je sais tenir ma place, selon le mot du mien compère Quévillan.

— À mon tour de vous voir venir. Quévillan vous envoie en éclaireur, n'est-ce pas ?

— Il est à point, Messire. Depuis que vous l'avez embroché hier avec cette histoire de cicatrice, il ne cesse de cuire dans son jus.

— Qu'il cuise ! La chair n'en sera que plus goûteuse et mes papilles satisfaites. »

Le Gail sourit sans rien rajouter. Les deux hommes s'étaient compris. Puisque Quévillan consentait à se mettre à table, Bayonne n'aurait pas le coup de couteau trop féroce. Un bon messager, pensa Gilles, capable d'entendre et de parler à mi-mot, et un meilleur compagnon encore se risquant à aller au feu pour le sien compère. Le ramasseur de crottes le salua de la tête et rejoignit sa carriole.

« Fillot, quand tu veux tu m'accompagnes dans la tournée, lança-t-il à l'adresse de Pique-Lune. Avec toi comme cocher, la Mouche trottinerait jusqu'au ciel. » Le garçon ne répondit rien. Il grattouilla une dernière fois le poitrail de la chienne et courut vers son maître. « Le Renifleux, capitaine ! jeta Le Gail tout en se tapotant le nez. Et rappelez-vous, même la nuit la plus noire ne va pas sans lumière ! »

Une allusion pour le moins obscure, mais Bayonne jugea préférable de ne point demander d'éclaircissement. Là-haut, dans la pelote, sans doute la laine recommençait-elle à faire des nœuds.

Pas un bond, pas un son. Pique-Lune restait planté aux côtés du soldat, le regard morne.

« Longue journée devant nous et ventre vide, dit Gilles. Allons remplir les cales. »

Si le moussaillon rechignait à prendre la mer aujourd'hui, autant jeter l'ancre d'abord en quelque taverne, histoire de laisser le temps à Pique-Lune de se ravigoter un peu. Il mit le cap sur les Trois Pinsons, une auberge voisine du Châtelet dont Lhorme, la veille, lui avait chanté vives louanges. Dans les rues, se pressait un tel mélange d'hommes, de bêtes et de choses que même une chatte n'y aurait pas retrouvé ses petits. Cela jouait du coude ou de l'essieu, se taillait un chemin à coups de bottes ou de sabots, et malheur à qui trébuchait ! De toutes parts, un fracas à casser les oreilles, des cris, des bêlements, des caquetages, des mugissements et, par-dessus la clameur de milliers de gorges et gosiers, la voix déchirante des agneaux mis à mort en Vallée de Misère. Bayonne décida de couper à travers les venelles. L'astuce lui éviterait la cohue, mais point les odeurs de bran et d'urine car l'on venait en ces lieux obscurs décharger ventre et vessie. L'ombre aperçue par Le Gail menait-elle au loup ? Probablement pas. Si minces ses chances fussent-elles, il emprunterait néanmoins cette sente. Quel autre choix lorsqu'on avançait en aveugle ? Il n'existait pas de droit chemin, juste des mauvaises directions qui, une fois écartées, indiqueraient peut-être la route à prendre.

L'auberge recommandée par le commissaire était pleine mais aux Trois Pinsons, le nom de Lhorme valait patte blanche. Comme Gilles l'apprendrait plus tard en se voyant refuser son écot, Lhorme avait autrefois sorti le couple d'aubergistes d'une méchante ornière et depuis, ses amis étaient reçus en princes. Sous les regards envieux des clients refoulés, la Nounette, mignonne tenancière au doux babil, installa exprès pour lui et Pique-Lune une petite table à tréteaux pendant que le Nounet, son époux, grand rouquin à l'œil clair, leur apportait deux écuelles débordant de carpes rissolées au beurre de Vanves ainsi qu'un pichet de cidre frais. Quant au Nouneton, leur fils, un gaminet doux et roux, il vint s'assurer que tout allait bien.

Tout allait bien, en apparence du moins. Le chevau-léger mangea avec appétit, puis se mit à bourrer son brûle-gueule tout en surveillant Pique-Lune à la dérobée. Lui qui d'ordinaire se jetait sur son plat comme la misère sur le monde mangeottait du bout des lèvres. Circonstance plus étonnante encore, il ne dégoisait mot. Parler lui était pourtant aussi nécessaire que respirer. Par la sang-dieu, que se passait-il ? On ne pouvait guère soupçonner le garçon de faire vœu d'abstinence ni, encore moins, de silence. Autant attendre d'une chèvre qu'elle pondît un œuf. Et l'explication promise par le galopin à la suite de son escapade nocturne n'entrait sans doute point dans son humeur chagrine. Le loustic possédait assez de tours en son sac pour qu'une telle perspective l'assombrît. À l'heure de se confesser, il exécuterait l'une de ces pirouettes élégantes dont il avait le secret et l'affaire serait close. Alors, quoi ? Bayonne s'apprêtait à formuler à voix haute cette question lorsque Pique-Lune leva vers lui son visage. Avec sa mine de chien battu et son regard fiévreux, le loupiot faisait peine à voir. Gilles n'eut pas le cœur de l'interroger.

« J'ai deux missions pour toi. La première, aller glaner le moindre fétu concernant ce nouveau prêtre, le père Lalande, l'ensorceleur de Clotilde. La seconde, faire moisson auprès de Quévillan, le chasseur de rats à la mystérieuse cicatrice. Il devrait parler sans problème. Les blés sont mûrs, paraît-il. L'épi ne demande qu'à tomber. » Pique-Lune repoussa son écuelle et se leva. « Profites-en pour jeter aussi un œil au rat empaillé. Si tu arrives à découvrir comment ce moustachu s'est retrouvé à Paris, loupiot, je te nomme Grand Louvetier de France. »

Un sourire las accueillit ces paroles et le garçon s'en fut, levant une main au passage de Sauvayre qui venait d'entrer et se dirigeait vers leur table. Avec un sourcil interrogateur, le sergent s'assit sur le tabouret libéré par Pique-Lune.

« Un clou chasse l'autre, commenta simplement Bayonne.

— Ben, l'premier m'semble tout rouillé c'matin. Rien à voir avec ses étincelles d'la veille.

— Quelles étincelles ? »

Sauvayre se plongea dans l'étude de son pouce droit comme si la réponse y était inscrite.

« J'aurais bien fait d'suivre vot' conseil, dit-il un brin gêné. J'ai extorqué une partie d'dés hier au moucheron et il a mieux nettoyé ma bourse qu'un chien son os. Z' aviez raison ; avec sa gueule d'angelot, il s'pose là comme coriace.

— Je t'avais prévenu. On ne se méfie jamais assez de Pique-Lune.

— Ni d'vous, j'parie.

— Que veux-tu dire ? »

Le sergent se grattouilla la tempe.

« Courser l'gibier d'potence ? Recevoir plomb et fer dans l'cuir ? Récolter les cicatrices tout comme cette mignonne sur vot' joue ? D'la besogne à la portée du premier couillonneux v'nu. Tandis qu'dompter la vieille Louisette, pardon, ça c'est d'la belle ouvrage !

— Tu étais là ?

— Assez près pour tout voir et trop loin pour entendre. J'ignore l'pourquoi et l'comment, mais la façon dont vous avez mis la Louisette dans vot' poche, y a qu'un mot : respect !

— Elle m'a plutôt mis dans la sienne, oui.

— Qu'vous dites ! L'Sauveur a l'œil pour ces choses-là. J'maintiens ma parlure : l'gars qui pactise avec la vieille folle est plus dangereux qu'celui qui guerroie contre un lion.

— En ce cas, nous sommes deux. Lhorme sait s'y prendre aussi pour amadouer la Louisette.

— Avec toute l'estime qu'j'lui porte, l'commissaire a pas grand mérite. Quand on a vécu la même géhenne qu'la pauv' diablesse, entre elle et vous il pousse comme des accointances, des manières d'antennes invisibles, et l'on s'met à d'viner c'qu'l'aut' ressent sans b'soin d'découdre les lèvres. » Gilles dut prendre un air éloquent. Sauvayre s'arrêta net, avec la grimace de celui qui en a trop dit. « Z'êtes pas au courant ? » Le soldat fit non de la tête. Sauvayre se frappa la bouche d'un geste d'impatience. « L'en cause jamais, Lhorme. D'vant lui, mieux vaut clouer son bec et j'vous ai rien dit. » Il se tut et poussa un soupir. « Vieille histoire. Lhorme grippe un gars, l'gars s'fait pendouiller, l'père du pendu vire fou, il prend sa hache et s'en va trouver Lhorme. Sauf qu'c'est pas Lhorme qu'il trouve : la femme du commissaire et ses quatre minots, couic, couic et recouic ! *Requiescant in pace*, comme le croasse la curetaille. »

Était-ce là ce qui le mettait mal à l'aise chez Lhorme ? s'interrogea Gilles. Un masque au sourire faux sur un visage de larmes ? Les paroles de Pique-Lune résonnèrent en lui. *Continuer à vivre – à vivre, Messire, pas à faire semblant – est plus dur que de pourrir en compagnie des morts.* Le commissaire faisait-il semblant ? Le chevau-léger tambourina des doigts. Comment pouvait-on vivre après une telle tragédie ? Combien de morts un homme était-il donc capable de supporter ?

« Qu'en est-il de dame Bertille ? fit-il au bout d'un moment. Son époux l'affame et la tue à la tâche, me dit Pique-Lune.

— Hélas, y a pas un pet d'enflure dans la jactance du moucheron. Avec labeur et famine pour pain quotidien, tout juste si elle vivote. » D'un geste négligent, Sauvayre montra l'écuelle de Pique-Lune. « Les carpes laissées par l'moucheron, d'ailleurs, j'les pêcherais volontiers pour ma besace.

— Parce que tu la nourris ? »

Les joues de Sauvayre prirent la couleur du coquelicot.

« Une fois l'jour, expliqua-t-il en rougissant encore plus, j'lui amène bonne becquetance, genre mangeaille qui s'arrime solidement au corps. Pour les pauvres d'la paroisse, j'lui dis. »

Il se racla la gorge et se plongea à nouveau dans la contemplation de son pouce droit. Bayonne s'abstint de tout commentaire. Le sergent semblait bien accroché.

« Continue à veiller sur la dame. Je me charge de corriger son fesse-mathieu de mari.

— Une déculottée à la mode d'chez nous ?

— Je vais lui botter l'âme si fort que, par Dieu, il en oubliera à jamais sa précieuse cassette. Me seconderais-tu pour l'occasion ?

— Et comment !

— Au prochain supplicié soumis à la question extraordinaire, préviens-moi.

— C'est comme si c'était fait. » Le sergent tapa brusquement du poing contre la table. « Sauveur Sauvayre, où qu't'as la tête, bon sang d'bois ? » La salle entière se retourna tandis que les trois pinsons – la Nounette, le Nounet et le Nouneton – s'immobilisèrent en chœur. Sauvayre leva les mains en signe d'excuse. « On cause, on cause, et j'en oublie l'essentiel, reprit-il un ton plus bas. Lhorme s'rait content, tiens, s'il apprenait qu'j'ai point transmis son message. L'colporteur qu'a un temps traînouillé dans la paroisse traînouille maint'nant au Grand Châtelet, il vous fait dire. L'commissaire m'a aussi donné ça pour vous. » De sa besace il sortit deux feuillets qu'il tendit au soldat. La liste promise par Lhorme, constata Gilles comme il jetait un œil au premier. Tous les mâles de la Grande-Boucherie affublés d'une marque sur l'avant-bras droit étaient épinglés là, avec leurs nom, âge, gîte et emploi. De son initiative, le commissaire avait également dressé l'inventaire des différents butins croqués par maître Renard, leur insaisissable voleur. Un homme minutieux, ce Lhorme, dont l'écriture sèche et nette, sans fioriture aucune, reflétait bien la pensée : précision, concision, abstraction. Bayonne glissa les feuillets dans sa sacoche. Il les étudierait plus tard. Du doigt, il montra l'écuelle de Pique-Lune.

« Bonne pêche ! fit-il en se levant. Je retourne poser mes filets.

— Attendez ! Y a encore un poisson en ma besace. »

Le sergent vida son sac sur la table. Au milieu de tout un fatras de victuailles, il prit un petit paquet enveloppé d'un torchon et le donna au chevau-léger. Une surprise du commissaire ? Bayonne dénoua le torchon et en contempla l'intérieur. À son cri, Sauvayre sursauta :

« Diablerie ! »

X

Au début, sa colère lui faisait peur. Cette voix pleine de bruit et de silence qui grondait en son sang, il la reconnut tout de suite mais, lui, il ne se reconnaissait plus : il se sentait animal. Et puis, il s'était habitué à sa présence, un peu comme une bête sauvage qu'il aurait apprivoisée. Certains jours même, il l'oubliait. Elle restait à sa place et ne demandait pas grand-chose. De loin en loin elle venait rôder dans ses rêves avec des impatiences de fauve, et il la retrouvait au matin, tranquille à nouveau, confiante. Elle attendait.

La première fois, il avait simplement regardé l'homme mourir. La colère était là, calme et féroce, et il savait qu'elle ne le quitterait plus. Jour de ténèbres vomi par les anges ! Combien d'années déjà ? Vaine question, se dit-il. Mesure-t-on ce qui n'a pas d'âge ? Ce jeudi de cauchemar, c'était hier et c'était aujourd'hui. Quelle différence quand on s'arrête de vivre ? Il y pensait souvent, et souvent il pleurait. Mon Dieu, pourquoi ne pouvait-il revenir en arrière, forçat enchaîné à son banc, et crever comme un chien sous les coups ? Seul, brisé, mais ignorant. Pourquoi s'était-il évadé de la chiourme ?

Cela avait été presque trop facile, à croire que Dieu ou le diable lui donnait la main. La galère en rade à Marseille, son compagnon de chaîne emporté par les fièvres, le lendemain cette corvée avec un nouveau crâne rasé dans l'un des faubourgs, le pertuisanier trop empli de vinasse pour ouvrir l'œil, la charrette à ordures où ils se cachent qui les amènera loin de la ville, les casaques rouges troquées contre habits séchant au soleil, l'anneau de fer dont ils se débarrassent si vite, si aisément, grâce au manque de vigilance d'un forgeron... Plus il y songeait, plus il voyait en cette somme de hasards une espèce de calcul divin, le plan d'une volonté supérieure qui avait tout prévu, jusqu'à la mauvaise chute de son compagnon de fuite. Sans elle, ce misérable n'aurait jamais parlé, et jamais non plus il n'aurait su.

Il se souvient du silence, des arbres qui se taisent, de la lumière, de l'odeur grasse de pourriture montant du sol. Boucheron gît sur le dos, incapable de bouger. Il ne sent plus son corps. Dans ses yeux, l'étonnement, puis la résignation. Il veut mourir en paix et lui demande d'accomplir son devoir. En l'absence de prêtre, tout chrétien ne doit-il pas écouter l'ultime confession d'un frère à l'agonie et le bénir ? « Tu ne peux refuser, toi, un pays, un Picard comme moi. » Il s'agenouille, le mourant se met à parler, et il connaît l'horreur. Lorsque Boucheron a fini, lui prononce juste huit mots, puis il regarde mourir l'ordure. Il a froid, il a mal, mais la colère sourit sur ses lèvres.

Diablerie de diablerie, qu'était ce casse-tête encore ? Le chevau-léger avait l'impression d'avancer à reculons. Un pas en avant, un pas en arrière, comme avait dit Le Gail à propos de sa fichue ombre. Son bel échafaudage du matin ? À terre ! Seul un homme tapi des années en la capitale pouvait s'approcher du prêtre et de Rivière sans donner l'alarme, pensait-il au lever. Deux heures après, il ne jurait plus de rien ; quelques brins de chanvre étaient venus semer le doute. *Ben, on l'a cherchée longtemps, vot' garcette !* avait lancé Sauvayre en mangeant comme à son habitude une syllabe sur deux. *Des quintaux d'dégoûtailleries à brasser, faut pas faire son mignard quand on barbote dans l'cloaque du Grand Chât'let. Les gars étaient pas loin d'tourner l'œil, pouvez m'croire ; z'avaient pas l'cœur à la farce, oh que non ! Des heures et des heures à s'colleter avec les salissures et z'ont fini par dénicher vot' ficelle.*

Bayonne retourna entre ses doigts le morceau de corde utilisé pour ligoter le père Vuillard. Un coup de dague bien net l'avait tranché afin de libérer le cadavre de ses liens mais, béni soit le Ciel, le nœud noué par l'assassin était intact, une boucle dont le lacis étrange lui avait sauté au visage alors qu'il se penchait au-dessus du torchon. Il en connaissait des manières d'entortiller les fils et de les accrocher ; un cavalier incapable de mettre son cheval à l'attache pouvait dire adieu à sa monture. Il en savait même plus long sur le sujet que nombre matelots. Arraban Otchoa, ancien gabier de la baleinière *L'Indomptable*, époux de la Toinette dont l'auberge, autrefois, avait servi de nid d'appoint aux enfançons Bayonne privés de mère, s'était chargé en ce domaine de son éducation. Outre la maîtrise du *makhila*, redoutable bâton basque valant à lui seul plein arsenal, Otchoa lui avait transmis sa science des cordages, nœuds et lacs. Nœuds de pomme de touline, de patte d'oie, de capucin, de drisse, de pendu, de gueule de raie, de griffe, de lapin, de cul de porc, d'écoute, de mule, de jambe de chien, d'évadé, de cabestan, de grappin, de tête d'alouette, autant de façons d'enrouler les tresses de chanvre qu'il possédait sur le bout des doigts. La boucle nouée par l'assassin, il ne l'avait jamais vue.

Gilles étira ses jambes devant lui. La pierre était fraîche sous sa nuque. Au-dehors, pas un cri. Aujourd'hui, au Grand Châtelet, point de séance de torture. Soupirail, tranquillité, paille propre, une retraite presque agréable, ce cachot où il s'était isolé, sauf la puanteur. Il pêcha dans sa blague à tabac l'une des épluchures de pomme avec lesquelles il parfumait son pétun et la froissa sous son nez. Le billet anonyme, un pas en avant ; le nœud, un pas en arrière. Rebrousser chemin, pourquoi pas ? Mais il voulait comprendre. Des rats qui ne sont point rats, des pièces sorties de nul royaume, et maintenant, ce nœud d'une espèce inconnue. La charade s'allongeait et elle mettait à mal son idée première, celle d'un habitué des lieux, d'une ombre à peine visible. Un étranger, soufflait-elle au contraire. Chantait-elle autre chanson, cette cordelette entre ses doigts ?

Il examina celle-ci de plus près. On avait enroulé la corde plusieurs fois autour d'elle-même, glissé ensuite vers le bas, au travers des cinq boucles formées, l'une de ses extrémités pour la repiquer dans le haut du lacis en une nouvelle boucle, puis assuré l'ensemble par un double nœud. Une attache simple, efficace, facile à reproduire. Mais l'eût-il répétée encore et encore jusqu'à la maîtriser, il ne l'utiliserait sans doute pas si, d'aventure, il devait entraver un homme. Lui viendrait sûrement à la place quelque nœud appris il y a loin en compagnie d'Arraban Otchoa. Nos façons trahissent notre passé et la terre qui est nôtre. À la pomme se reconnaît le pommier, et jamais pomme ne fleurera poire. Il suffisait d'une frontière et le naturel chez l'un se muait en artifice chez l'autre. Combien gauches et affectés ces noblaillons français qui se piquaient de manger avec la fourchette italienne ! Et quelle maladresse à table chez l'Italien privé de sa petite fourche ! La pomme restait pomme. De la chair aux pépins. Habitude ou terreau, tout homme s'imprègne de gestes dont il n'a point conscience et, pour cette seule raison, il ne peut s'en défaire ni songer même à les cacher. L'assassin avait peut-être pris soin d'effacer la moindre trace, au moment d'attacher cette corde, il avait agi mécaniquement, sans y penser, et laissé derrière lui fort joli nœud. Sur quel arbre ce dernier avait-il poussé ? Telle était la question.

Du doigt, Bayonne tamponna ses lèvres. Point de reculade, après tout ; juste un pas sur le côté grâce auquel, au contraire, l'hypothèse d'un familier des lieux apparaissait sous un angle nouveau. Avancée remarquable, par la vertuguienne ! À présent, s'ouvrait devant lui voie si large qu'il n'en voyait plus les bords. Rats étranges, pièces étranges et nœud étrange égalaient étranger, soit. Combiné à son idée première, cela donnait donc un étranger installé de longue date en la capitale. Parfait. Et maintenant, comment gripper l'oiseau ? En toquant à toutes les portes derrière lesquelles on ne parlait ni français ni langues d'oc ou d'oïl pour inspecter ménagerie et bourse des hôtes présents ou leur savoir-faire dans l'art de nouer les ficelles ? Avec la masse d'idiomes pratiqués à Paris, autant écumer la mer ! Gilles froissa un peu de paille en son poing. Impossible ou non, il devait essayer. Le découvreur de terres renonce-t-il à faire voile au prétexte que trop vastes sont les flots ?

Mais il n'y arriverait pas tout seul. Les deux, trois Polonais égarés en la capitale ne poseraient guère problème. La maigrichonne colonie portugaise ainsi que la poignée d'Espagnols, non plus. Les rares Anglais ou Écossais, pas davantage. Quand on songeait au nombre de Flamands et de Hollandais, la tâche se compliquait déjà. Avec les Teutons dont la communauté frôlait les quinze mille âmes, elle virait à la gageure. Mais si l'on considérait les Italiens à ce point honnis par le peuple qu'on disait d'eux qu'ils grouillaient dans la ville comme asticots sur charogne, elle donnait tout bonnement le vertige. Certes, il fallait en écarter le puissant groupe de Lombards depuis si longtemps établi en la cité que ses membres avaient souvent perdu nom, langue et manières d'origine. Soustraction dérisoire : les légions d'Italiens arrivés à la suite de Catherine de Médicis représentaient foultitude. Rien qu'avec eux, il en avait jusqu'à la saint-glinglin. Une entreprise de longue haleine, et la plus grande ville du royaume à fouiller, puisqu'il ne pouvait restreindre ses recherches à la Grande-Boucherie. Pourquoi l'assassin nicherait-il en cette paroisse plutôt que dans le quartier du Temple où il avait également frappé ? La tâche était immense. Même avec la meilleure volonté du monde, Pique-Lune et lui n'y suffiraient pas.

Le chevau-léger se leva et épousseta la paille accrochée à ses habits. Le moment était venu de saisir la main tendue par Lhorme et de bailler confiance au commissaire. Ce dernier possédait un esprit assez tatillon pour n'oublier aucun recoin, assez d'hommes sous ses ordres pour les inspecter tous, assez de bon sens pour tenir au large la Sainte Trinité, assez d'entregent pour éviter fâcherie avec sujets d'autres royaumes. Il irait demander son aide à Lhorme, puis se rendrait ensuite au pont au Change dont le bord jouxtant le Châtelet, entre l'église Saint-Leufroi et la grande arche, abritait boutiques en lesquelles circulaient monnaies en abondance. Là-bas, même si les étranges pièces provenaient de chez le Grand Turc comme l'avait suggéré Quévillan à propos des rats, il se trouverait bien quelque changeur pour en déterminer l'origine. Mais il passerait d'abord chez le vicaire du diocèse. Peut-être celui-ci l'éclairerait-il sur le passé du père Vuillard. Le soldat ramassa sa sacoche et sortit. Plus d'ouvrage au Châtelet, ni plus personne à voir : Sauvayre était parti livrer sa pêche, le colporteur grippé par Lhorme avait tout dit. Hormis la frayeur du prêtre à l'ouverture de sa besace, le Normand ne lui avait rien appris de neuf. Un coup d'œil à son bras droit – point d'envie en forme de cerise – et Gilles avait donné ordre de le relâcher.

Bayonne referma la porte du cachot, une ébauche de sourire aux lèvres. Un pas sur le côté, un pas en avant. Quelques brins de chanvre et les contours de l'ombre commençaient à se dessiner. Un étranger installé de longue date en la capitale, pensa-t-il de nouveau.

Il se trompait. Il se trompait lourdement.

L'occasion était trop belle. Fesses posées sur une escabelle accolée à la devanture de l'échoppe d'un barbier, yeux mi-clos, gorge offerte au rasoir, corps immobile sous les caresses de la lame, Capelle la brute semblait l'un de ces doux agneaux promis au sacrifice. À la vue du commissaire, Pique-Lune sentit son âme de diablotin se réveiller. Ses misères ? Envolées ! Soudain, une seule chose importait : sauter à la barbe du géant roux et lui arracher quelques poils en guise de victoire. Le garçon évalua le terrain. Laquais, marchands ambulants, saute-ruisseaux, crieurs, lingères, moines, porteurs de sacs ou de tonneaux, chaudronniers, apprentis, crocheteurs, mules et muletiers, la foule couvrirait sa retraite, et si Capelle le talonnait de trop près, la minuscule venelle à senestre servirait de voie de secours. Il compta jusqu'à dix. Huillet le blond et Malmaison le brun demeuraient invisibles et point de maître alentour pour lui serrer la bride. Pique-Lune ébouriffa sa crinière et s'avança d'un pas résolu.

« Et bonjour ! monsieur le grand niais. Je m'en voudrais de passer sans vous saluer, poil au nez ! »

Ni la main tenant le rasoir ni sa sœur accrochée en tenailles au menton du commissaire ne tremblèrent. Le barbier poursuivit sa besogne, impassible. Du coin de l'œil, Capelle lorgna le garçon.

« Surveille ton bec, mirliflore, ou *petit dégourdi* rimera avec charpie. Et oublie les privautés, nous n'avons pas gardé les cochons ensemble.

— Vous, gardien de porc ! Fanfaronnade ! Épais comme vous l'êtes et avec votre caboche si pleine de graisse que les pensées s'y noient, vous barbotiez plutôt dans la soue, poil au genou ! »

Capelle écarta d'un doigt le manche du rasoir, prit la toaille suspendue au cou du barbier et commença à s'essuyer le visage.

« Cours, poussin ! car si je t'attrape, je te plume !

— Galope, roussin ! car si le croupion je te montre, je te sème ! » Pique-Lune partit à toutes jambes, pila, fit volte-face : « Poil à ta tronche d'œdème ! » Il se remit à courir de plus belle.

« Un sou sur le mirliflore ! Qui tient ? » cria une voix. « Je prends ! répondit une autre. Et un sou sur le roussin, un ! » Pique-Lune n'en entendit pas davantage. Un crochet à droite, un crochet à gauche, le pas lourd de Capelle à ses trousses, un saut par-dessus une charrette, culbute dans la rigole, un bond pour se relever, nouveau départ en trombe, le juron de Capelle, les vivats des badauds, il filait sans prêter attention à rien. La foule s'ouvrait maintenant devant lui, puis d'un même mouvement se refermait sur son passage. Les invectives de Capelle redoublèrent. Le garçon tendit l'oreille. Elles semblaient venir de plus loin, assurément. Il s'accroupit. Vite, profiter de son avance ! Caché par un rideau de jambes, il gagna la venelle repérée et allait s'y glisser quand Huillet en surgit et lui barra la voie. « Piou, piou, piou, petit poulet, par ici… » dit le commissaire en s'adossant avec négligence au mur. Pique-Lune fit un écart, roula sur lui-même et repartit au galop. Il jeta un regard en arrière. Huillet ne faisait pas mine de bouger. Le garçon grimaça. Ce n'était pas les règles du jeu, ça. Le chat devait courir après la souris, et si le chat la laissait trotter… Il comprit à l'instant : au bout de la rue, droit vers sa ligne de fuite, la tignasse brune de Malmaison apparut soudain. Pique-Lune se blottit contre une porte – hélas, fermée –, à l'abri d'un renfoncement. Avec une nouvelle grimace, il contempla le mur qui lui faisait face, une paroi lisse entièrement recouverte de mousse. Inutile de tenter la grimpette, les commissaires n'auraient qu'à tendre les bras pour le cueillir. Il se mordit la lèvre. Nulle échappée possible par les airs, Huillet en embuscade devant la voie de secours, Capelle dans son dos, Malmaison au sortir de la rue, cette fois-ci, la Sainte Trinité le tenait pour de bon. La sueur lui picota le visage. « Ça sent le roussi pour toi, volaillot ! Le Grand Déplumeur arrive ! » La voix de Capelle, toute proche. Pique-Lune retint son souffle. *Dieu des voleurs et des malandrins, protège ton fils !* Il était né sous une bonne étoile. Derrière lui, un déclic. La porte s'ouvrit à moitié, une main le tira à l'intérieur, et l'huis se referma aussitôt.

Serait-il capable d'aller jusqu'au bout ? Après trois meurtres, il n'en savait toujours rien et, malgré son angoisse, cette pensée l'apaisa. Je ne suis pas une bête, se dit-il, un monstre sans conscience ni religion. Il n'aimait pas le sang, il n'aimait pas la sauvagerie, il n'aimait pas le mal. Aux galères, ce chaudron plein de violence où la force vaut respect, s'il avait rendu chaque coup, personne ne l'avait pris à attaquer le premier. Jamais il ne brutaliserait un homme pour le seul plaisir de le faire souffrir, et il ne comprenait pas ceux dont la jouissance s'excitait à mesure qu'ils frappaient. Pourtant, au moment de châtier, il n'avait pas hésité. Joue-t-on avec la colère ? Se dérobe-t-on à son devoir ? S'il voulait bien pardonner à ses offenseurs, comment pardonner pour d'autres, les si proches et les si lointains, ceux qui criaient vengeance en son sang et dont les hurlements de douleur hantaient ses jours et ses nuits ?

Pendant des années il s'était préparé, mais que cela fût aussi dur, il ne s'y attendait pas. Tuer un homme, étrangement, était chose facile. Facile et terrifiante. Il suffisait de se lancer, de faire un premier geste, et les autres suivaient. Chaque fois il avait accompli sa tâche sans reculade ni question, respectant à la lettre son plan. Et, chaque fois, de retour chez lui, il s'était mis à vomir et à cracher sa bile, saisi de frissons contre lesquels il ne pouvait rien. Des remords ? Ni l'ombre d'un. Une réaction animale, autrement dangereuse que tiraillements de conscience, car chaque meurtre le vidait un peu plus de ses forces et l'emplissait d'un dégoût dont il sentait croître avec peur la puissance. La fatigue collait à ses pas, les vertiges le cernaient. Combien de temps avant la débâcle ? Tenir, tenir encore, se dit-il, s'accrocher à la rage, se nourrir de sa haine. Tenir, car le jour était venu et il était trop tard pour faiblir. « Rappelle-toi leurs tourments ! Rappelle-toi leur calvaire ! Seigneur, donne-moi la force de poursuivre ! »

« Et comment se nomme-t-il, votre vieux gâteux ? » fit Bayonne avec un regard las à son vis-à-vis, un vieil, vieil, très vieil homme agité de soubresauts.

Quatre heures de vaines recherches auprès des changeurs du pont, des pièces d'or en pagaille et en pagaille, également, les farauds prétendant savoir et ne sachant rien, d'aimables bougres emplis de sollicitude mais dont les poches, elles, étaient vides, quelques renseignements aussi fiables que fausse monnaie, des *oui* sans fondement, des *peut-être* sans conviction, des *non* sans appel, pour finalement tomber à l'arrière d'une boutique sur ce vieux croûton tout sec, un vieillard à ce point rassis que la mort avait dû l'oublier dans son coin. Et cet improbable vestige disait connaître une source unique, la Mémoire de la Guilde, un homme capable d'éclairer à coup sûr le soldat, pauvre chose au demeurant par le grand âge grignotée. Gilles étouffa un soupir. Face à lui, l'ancêtre ne se rappelait déjà plus sa question et lui souriait, les yeux brumeux, un peu perdu, pathétique marionnette qu'un fil invisible secouait par intermittence. Misère ! Qu'en serait-il du *vieux gâteux* ? Le chevau-léger prit l'une des mains torses entre les siennes, une roide brindille qui lui glaça les doigts.

« Grand-père, votre homme, la Mémoire de la Guilde, comment se nomme-t-il ? » Au fond des pupilles troubles, un remous. « Son nom, grand-père », insista Gilles. L'eau sombre des pupilles se brouilla davantage puis, lentement, en leur centre un point se forma et le vieil homme posa sur Bayonne un drôle de regard, comme s'il semblait le reconnaître et le voir pour la première fois.

« Mon Jeannot ? fit-il d'un ton timide avec, sur les lèvres, un sourire hésitant. Ils m'ont dit que la mer t'avait pris, mais je n'y ai pas cru, fils. » Le soldat ne répondit rien. Contre ses paumes, il sentait frémir la main du vieux tel un oiseau prisonnier dont la poitrine se soulève et effleurerait la peau. Une larme se mit à rouler sur la joue fripée. Lorsqu'elle tomba, les yeux du vieil homme se voilèrent de nouveau. « Qui êtes-vous ? » demanda-t-il en fixant Bayonne d'un air où pointait la panique. Gilles lâcha sa main.

« Un ami de Jeannot. Votre fils va bien. Il voulait que j'embrasse pour lui son vieux père. » Il se leva. « Il me faut partir à présent. »

Une lumière éclaira les traits du vieil homme puis, juste avant que son regard ne sombre, un éclat fit briller ses pupilles.

« Guibert Dubosc ! Mémoire de mes fesses ! Vieux gâteux ! » lança-t-il d'une voix claire d'enfant et il se tut, absent soudain, les yeux vides, sourd au monde, poupée de bois tressautant par à-coups dont le visage dégageait une subite et brutale beauté.

« Lâche la barre, grand-père, dit Gilles dans un murmure. Ton Jeannot t'attend. »

Le vieillard demeura immobile, à regarder devant lui un point vague. Bayonne remonta la couverture sur les vieilles jambes et sortit.

Dehors, un soleil dur faisait plier les nuques. Quand il jeta un œil au ciel, le chevau-léger eut une grimace. Midi passé, une matinée perdue à hanter toutes les boutiques de tous les changeurs, et, en sa besace, toujours rien, sinon un nom échappé d'une pauvre cervelle, Guibert Dubosc. Irait ? N'irait pas ? Le bonhomme existait-il seulement ? Ne serait-il point, lui aussi, un fragment d'un passé disparu, l'un de ces noyés corps et âme engloutis dans les eaux d'une trop vieille mémoire ? Bayonne s'arrêta en pleine voie, frappé par la similitude de ces questions avec sa propre enquête. N'était-ce pas là l'objet de sa recherche, un événement ancien, la clé probable de deux meurtres atroces ? On pouvait toujours obturer de ciment la margelle d'un puits, un jour ou l'autre, l'eau stagnante se mettait à sentir. Avec l'assassinat du père Vuillard et de Rivière, elle commençait à puer jusqu'à l'insoutenable. Depuis combien de temps croupissait-elle ? Il devait absolument l'établir s'il voulait remonter ce qui l'empestait à la surface, car un homme, lui, n'avait pas oublié et continuerait à tuer. Son idée première était bonne. Il fallait se concentrer sur le passé, creuser, remuer la fange, plonger les mains dans la tourbe, ramener à l'air le cadavre dont chaque pièce d'or tachée de sang hurlait le sanglant *requiem.* Guibert Dubosc n'était peut-être qu'un fantôme, tout comme Jeannot, le fils qui ne reviendrait jamais. Mais peut-être respirait-il encore sous le soleil, ce vieux gâteux, la Mémoire de la Guilde, et si par chance il vivait, Gilles se promit de lui mettre la main dessus afin d'ouvrir, rouillée ou pas, la boîte à souvenance, car le ciment, sur le puits, tenait bon : impossible d'en soulever la margelle ne serait-ce que d'un pouce. D'où sortaient le prêtre et Rivière ? Personne n'en savait rien. Lhorme, Sauvayre, les paroissiens interrogés, les sœurs hospitalières des Enfants Rouges, le vicaire du diocèse ce matin, tous avaient secoué la tête à sa question et il butait contre le même puits bouché, un passé insaisissable au fond duquel pourrissait quelque charogne vieille de quinze ans, et davantage sans doute.

Comment tergiverser plus longtemps ? Malgré sa répugnance, il devait se résoudre à vaincre la réserve de la blonde Juliane, la seule, s'il avait bien entendu, à ne guère pleurer la mort du père Vuillard. Pourquoi maîtresse Hainault se taisait-elle ? Depuis son excursion aux bains, la veille, par trois fois il avait croisé sa route, et par trois fois, alors qu'il l'interrogeait du regard, elle avait baissé les yeux.

Une journée à espérer qu'elle s'approche, à lui donner le temps, à s'interdire tout geste pour ne pas la brusquer. Las ! S'il ne venait point la chercher, elle ne s'avancerait pas.

« Garouste ! Misère de mes os ! De grâce, seigneur, le passage ou je m'écroule ! »

Bayonne fit volte-face. Devant lui, dos courbé, le visage tordu par l'effort, un crocheteur vacillait sous un faix impressionnant de briques. Le chevau-léger s'effaça. Il était bon, parfois, d'oublier la préséance.

« Un jour supplémentaire au Paradis, murmura le crocheteur, et ma reconnaissance en prime ! »

Bayonne allait se remettre en marche quand, au milieu du pont, deux têtes au-dessus de la foule, apparut le mufle de Capelle. Vu sa mine, le commissaire ne semblait pas d'humeur à lui parler marguerites et petits oiseaux. Bras croisés, Gilles attendit la charge. Le géant roux se campa à six empans de lui, Malmaison sur sa droite, Huillet à sa gauche.

« Le poussin se cache au poulailler ? » dit Capelle.

Un ton comminatoire, plutôt un ordre qu'une question. Pique-Lune avait dû sortir encore quelque chafouinerie de son sac à malices pour irriter ainsi le commissaire. Bayonne réprima un sourire. Si le mulot continuait à agacer les chats, autant leur tirer un peu plus les moustaches. Que la Sainte Trinité galope donc après le feu follet ! Pendant ce temps, il aurait le champ libre.

« Non, répondit-il avec flegme. Il s'amuse, je crois, à courser le dindon. »

D'un même geste, Huillet et Malmaison tirèrent leurs armes. Capelle leva la main, les lames regagnèrent leurs fourreaux.

« Je l'attrape, je le plume, grogna-t-il en pointant l'index vers Bayonne.

— Plumez-le ! et que tous admirent le courage du noble Capelle, victorieux – gloire à lui ! – d'un poussin. »

Le commissaire montra le poing, Huillet sa dague, Malmaison fit gicler un crachat, puis, sur un signe de Capelle, la Sainte Trinité s'en fut. Gilles suivit les trois hommes du regard. Grondements, babines grasses d'écume, surenchère de crocs, rien de très inquiétant, la parade guerrière des mâles. Mais le géant roux avait gagné son estime. Capelle savait battre en retraite là où beaucoup se seraient obstinés. Il y avait chez lui de la vaillance ainsi que de l'orgueil, contrairement à tant d'hommes qui, sous couvert de fermeté, confondaient vanité et honneur pour s'ériger en dieux. Bayonne leva la tête. Dans le ciel, un bleu vif, aiguisé, coupant presque, une griffure sur les yeux. Le pont ne désemplissait pas. Étirées entre l'un et l'autre de ses bords, si compactes qu'elles en paraissaient immobiles, deux noires colonnes s'y croisaient, chacune poussant de l'avant, sans répit, avec l'obscur entêtement des bêtes. Comment retrouver Dubosc ? se demanda Gilles, et l'évidence s'imposa. Si on leur parlait or, les marchands répondaient or, en hommes de métier, et il les avait interrogés sur les seules pièces étranges. Maintenant, il avait un nom.

Il fit demi-tour et retourna dans l'une des premières boutiques visitées, un négoce tenu par un accort grison, Lombard d'origine. Naturel aimable et cheveux blancs, cela ferait l'affaire. À l'intérieur de l'échoppe, une odeur bizarre qu'il ne put reconnaître. Il n'attendit pas longtemps. Quelques gazouillis d'italien et le changeur raccompagnait ses pratiques, un maître imagier et son aide, à en croire les mouchetures de leurs tabliers. Sur le seuil, l'apprenti remercia, ses doigts voletèrent devant lui – deux, trois arabesques esquissées d'un geste fluide –, et les deux hommes sortirent.

Bayonne cacha un sourire. Ces Italiens, si on leur coupait les mains, on les rendrait muets.

« Une nouvelle requête me conduit à vous, maître Fiori… »

Il commit l'imprudence de marquer une pause. Le changeur, en vrai Lombard, lui souffla la parole.

« La mule ne mange qu'à ses heures, fortune ne verse l'avoine qu'à la sienne, mais qui ouvre le bec quand tombe le grain, l'estomac se remplit. J'ai votre réponse, sieur Bayonne.

— Avant même d'entendre la question ?

— N'avez-vous point ouvert le bec ce matin au sujet de ces drôles de pièces ? Voilà pour la mule, sauf votre respect. » Ses yeux pétillèrent, puis, avec la mine d'un polisson mijotant une attrape, il tira de son pourpoint une escarcelle dont il versa le contenu dans la main du soldat. « Et voilà pour le grain envoyé par Dame Fortune ! »

Bayonne sentit un frisson le parcourir. Au creux de sa paume, une pièce d'or semblable à celles qui pesaient en sa bourse, le *souviens-toi !* adressé à Rivière. Leurs cinq cousines dérobées par Mesnil chez le prêtre et vendues à Layraud, le sieur Poing Serré, avaient probablement fondu dans les creusets de l'orfèvre. Il tenait peut-être en sa main l'une des pièces envoyées au prochain sur la liste.

« Qui ? »

Le changeur ouvrit les bras.

« Son nom, je l'ignore. Il est entré peu après vous pour échanger cette pièce, et contre une coquette somme : de l'or très pur, vous ai-je dit ce tantôt. Un homme jeune, votre âge environ, ni gras ni maigre, ni grand ni petit, un brun tirant sur le blond ou un blond tirant sur le brun, et un poil au-dessus de la plèbe ou un brin au-dessous du bourgeois.

— Allons ! Aucun homme n'est le juste milieu ! Vous avez dû noter quelque excès ou défaut. Un nez trop long ? Une moustache pas assez drue ?

— Béguètement. » Maître Fiori croisa les mains sur sa bedaine : rondeur de moine, couronne de blancs cheveux et pétulance de diablotin. « Avez-vous entendu des chèvres bégueter ? C'est à vous fendre le cœur. Elles semblent vouloir dire quelque chose, les pauvrettes, mais ça ne sort pas ; elles butent toujours sur la première syllabe et vont la répétant, encore et encore, *ad nauseam.* Mon client ? Un orateur de même espèce, la rougeur en sus. Dès qu'il ouvre la bouche, il rayonne comme pivoine. »

Pourquoi ne pas avoir retenu l'homme ? Noté son nom sur un registre ? Bayonne se tut. À quoi bon ennuyer le Lombard ? Maître Fiori ne répondrait pas à ces questions. Les gardes des monnaies pouvaient les tenir à l'œil, les changeurs poursuivraient leurs cachotteries. Lorsqu'on s'étiolait sous l'ombre des banquiers italiens, un peu de réserve ne nuisait guère au négoce. Il ne jouerait pas les déplaisants, surtout envers hôte si aimable qui, en trois traits, venait d'esquisser le portrait de l'un des membres du conseil paroissial. Sans doute existait-il en la capitale d'autres bègues rougissants que Dieudonné Foy, le timide oiseleur, mais l'homme devait avoir son âge et il incarnait au physique l'entre-deux parfait. Tant de coïncidences laissaient songeur. Le soldat remercia maître Fiori et gagna la porte.

« Guibert Dubosc, demanda-t-il au moment de sortir, le nom vous sonne ? »

Le Lombard s'esclaffa.

« Poser pareille question à un changeur, c'est comme demander à catholique romain s'il connaît le pape. De nous tous, Dubosc était le meilleur, jugement souverain et mémoire hors pair.

— Mort, n'est-ce pas ?

— Non, mais cela revient au même. La foi le travaillait, le saint homme : les mains dans l'or, la tête dans les nuages, toujours à s'ébaubir avec les anges. Voici dix ans, il s'est un jour volatilisé et on ne l'a plus jamais revu. »

Bayonne toucha sa toque et partit. Belles prises, au bout du compte : un bègue à qui délier la langue, un pur esprit à gripper. De l'ouvrage sans souci. Le premier réciterait son *Pater*, sacré nom d'une chèvre ! Quant au second, même si cela prendrait du temps, il savait sur quel nuage le cueillir.

Mussé dans le feuillage d'un tilleul, loin du monde, un œil sur la Vallée de Misère tout de même, Pique-Lune réfléchissait. Les voies de la Providence s'entortillaient de bien curieuse façon. S'il ne s'était pas mis en tête de siffler bisque, bisque, rage ! à Capelle, François ne l'aurait point secouru, et si François n'avait pas eu à le soustraire aux griffes de ces mal aimables de la Sainte Trinité, jamais il n'aurait appris la prochaine expédition des contrebandiers en port de Grève. À quoi tient la fortune… Un rien de chahut, une course de cerf, l'hallali, le miracle ; une main le tire, la porte se referme, puis on le mène au travers de sombres boyaux jusqu'à une cour tranquille où, avec des manières de vieux mâle, son sauveteur – un enfançon d'à peine dix ans – se présente : François, dit la Rascasse, petit poisson mais grandes épines, neveu de Mesnil le bedeau, comme son oncle fier brigand, au gril les roussins et serviteur, compaing ! Pique-Lune s'était pincé. Son maître ne projetait-il point d'épouiller la barbe du bedeau ? Le Ciel lui envoyait François. D'un geste grave, il avait serré la main du garçon. Sur ses lèvres, un sourire, en son cœur, une prière.

Rascasse, gentille Rascasse, par avance grand pardon. Tu ronges pour moi les mailles du filet et je t'embobeline, vil ingrat, dans le mien. Mais il avait réglé sa dette, on a de l'honneur ou on n'en a pas. En guise de merci, une ruse de tire-laine enseignée au petiot, quelques questions en passant – il fallait bien faire son renard –, et ils s'étaient quittés compères.

Pique-Lune se tapota le nez. Quel sort réserver à sa trouvaille ? Il connaissait le jour, l'heure, le lieu exact de la prochaine visite des trafiquants, assez pour peigner la barbe de Mesnil, trop peu pour y trouver un pou. Que valaient pour Bayonne les exploits de ce coquin de bedeau ? Du pipi de chat. À ses yeux, un point seul importait : Mesnil se trouvait-il, oui ou non, port de Grève à débarquer marchandises indélicates la nuit où le père Vuillard était mort ? Oui, affirmait le bedeau. Pardine ! Comment savoir s'il chantait juste ? Là-dessus, pas un mot de François. Pique-Lune se mit à enrouler une boucle de cheveux quand soudain il arrêta son geste. Si le loup se tait, demande à ses frères. Qui interroger sinon les contrebandiers eux-mêmes ? Il se rendrait port de Grève, adjugé ! Que risquait-il ? N'était-il pas Pique-Lune, ancien apprenti de l'Anguille et tire-laine d'exception ? Entre gens de flibuste, on se jalouse ou l'on s'ignore, mais on ne se harponne point. Un zeste d'audace, et il saurait. Avertir Bayonne ? S'ils apercevaient la truffe d'un émissaire du roi, les loups à coup sûr hérisseraient le poil. Il irait seul, vendu ! Pique-Lune se redressa. Droit surgie de la rue Pierre-à-Poisson, aussitôt happée par le flot multicolore des couvre-chefs de toutes formes et conditions, la toque familière surmontée de ses trois plumes de geai prit la direction du tilleul. Il se laissa glisser de branche en branche et atterrit sur le sol au moment même où

Bayonne passait sous l'arbre. Gilles regarda Pique-Lune d'un œil à peine surpris. Le lutin tombait du ciel, quoi de plus normal ?

« Or çà, l'écureuil, on méditait loin de la tourbe ?

— Un peu de hauteur, le bas monde se révèle. Sans vouloir jouer les pipelets, je pourrais vous en conter de bien croquignolettes.

— Je t'écoute. »

Pouce, index, majeur, Pique-Lune se mit à égrener son rosaire sur ses doigts.

« Une prise de bec entre Pasquin le boucher et la douce biche Thévenon, une autre entre Macé Forestier le mégissier et notre souriant aubergiste, Simon Champvert, quelques mots vifs d'Eychenne, le chirurgien-barbier, à l'encontre de ce pauvre Dieudonné Foy incapable d'y répondre, menue algarade avec l'apprenti Brusnel et la blonde Juliane en bretteurs, élongation d'oreilles sur la personne de Quévillan par Mesnil le bedeau, bouderie de Gaspard Crépin, la timide musaraigne, suite à une rebuffade de la fée Triple Rosse – encore elle ! –, d'un mot, amour et paix en Vallée de Misère.

— Platitudes, racontars.

— Fidèle portrait, au contraire. Ici-bas, en ce marécage où chacun patauge comme il peut, la glaise façonne les hommes à son image : fadasses, terre à terre, sans grandeur, bref, rien à se mettre sous la dent. Pour trouver nourritures plaisantes à l'esprit, force est de s'élever un brin.

— Où l'on en vient au père Lalande, l'ensorceleur de Clotilde.

— Où l'on en vient, faites justice, à l'archange Lalande, puissant fléau de Dieu, pire que peste, choléra et fièvre tierce réunis. Certains sèment la mort, lui, la vie éternelle. Partout où il passe, c'est une épidémie de conversions. Son arme ? Sa langue ! Ses prêches attirent autant de monde qu'un bon supplice à Montfaucon, public de dames et damoiselles, et il engrange plus d'âmes dans les couvents qu'un meunier épis en son moulin.

— Radotages, nous le savions déjà.

— Et qu'il s'apprête à grimper toujours plus haut dans l'échelle céleste, bientôt si près de Dieu qu'il ne va pas tarder à Lui dire tu, le saviez-vous aussi ? »

Sa botte poussée, Pique-Lune s'arrêta. Il attendait la supplique. Celle-ci ne se fit guère attendre.

« Dois-je te secouer par les pieds pour que tombent les noisettes ?

— On le réclame au Vatican, se hâta de préciser le garçon. Le mois prochain, l'archange s'envole rejoindre Sa Sainteté en personne et notre vieux père Tavel reprendra alors ses offices.

— *Deo Gratias !*

— Dans les siècles des siècles, amen ! »

Derrière Bayonne, un hurlement suivi d'éclats enjoués. Pique-Lune pâlit tout d'un coup. Gilles se retourna. Au centre de la place, à bonne distance du spectacle, un demi-cercle de curieux autour d'un arracheur de dents. Pince brandie, le bateleur dansait quelques pas de gigue en compagnie de son ours, une bête colossale domptée par les anneaux fichés en sa chair et contrainte à se redresser et à sautiller sur place pour échapper à la morsure des braises sous ses pattes. On applaudissait. L'homme salua, attacha l'ours au piquet et se tourna vers sa victime. Cette dernière se serait enfuie si deux garçons bouchers ne lui avaient tenu bras et jambes. Avant de se pencher, l'arracheur de dents, en histrion, fit claquer les mâchoires de sa pince dans le vide. Plus fort crierait le patient, plus fort rirait la foule, plus drue la recette en sa bourse. Pique-Lune vint se planter face à son maître, dos au spectacle.

« Quévillan, du nouveau ? demanda Gilles.

— Du réchauffé, un air mille fois entendu : parce qu'on possède un don, celui par exemple de coincer les souricettes, on s'imagine exceller en tout et l'on s'en va tâter d'autres domaines, histoire de voir. Quévillan a vu. Les contrebandiers du port de Grève lui ont dit merci, grand merci – un coup de couteau dans le bras –, et notre chasseur a subitement retrouvé sens et mulots. Pour toujours promet-il. » Un deuxième hurlement en provenance de la place, des *ah* d'allégresse, des *oh* d'appréhension, les prochains à s'asseoir sur l'escabeau du boucher. Pique-Lune rentra la tête dans les épaules. « Quant à la charge de Grand Louvetier de France, conclut-il d'une voix tremblotante, il n'est pas temps de m'y nommer, ni aujourd'hui, ni demain, ni jamais : en mes poches, rien sur les rats du presbytère et elles ne vont guère se remplir, je le crains.

— Garde foi. Joli sac à noisettes, sinon. Tu as glané tout ça en haut de ton arbre ?

— J'ai fait l'oiseau, ouvert mon bec !

— Viens, je vais te présenter à tes frères, des petites bêtes bavardes. Pendant ce temps, je m'occuperai de la grande bête qui ne dit mot. »

La boutique de Dieudonné Foy se trouvait à deux pas de la Vallée de Misère. Durant le court trajet, Pique-Lune ni ne parla ni ne bondit, et pas une allusion à son ventre vide. Quelque chose lui pesait sur l'estomac, cela était certain. Gilles poussa la porte de l'oiseleur. Pourquoi presser le loupiot ? À un moment ou un autre, il finirait par se déboutonner. Dès le seuil de la boutique, un ramage de tous les diables leur vrilla les oreilles tandis que l'odeur fade, un peu lourde, si caractéristique de la gente ailée, se mit à leur chatouiller les narines. Suspendues au plafond, accrochées aux murs, en équilibre sur des trépieds, des cages partout, et partout, des oiseaux : des ronds, des graciles, des bien bâtis, des minuscules, des frisottés, des tout lisses, des becs fins, des crochus, des rouge feu, des noirs, des jaunes, des vert vif, des gris, des brunâtres, des saumonés, des striés de blanc, des calottés de bleu, et cette vibrante assemblée d'emplumés, avec force roulades, trilles et vocalises, bataillait sans répit. Si le rossignol s'aventurait à gringotter un brin trop haut, le merle aussitôt de le reprendre de sa puissante note flûtée, et quand les pinsons entamaient leurs volutes grimpant très vite dans les aigus, le chœur des chardonnerets leur répondait à coups de *tillit* mouillés et sonores. Point de Dieudonné Foy en vue. Nous voilà bien, pensa Bayonne. Pique-Lune, lui, semblait aux anges. Il allait d'une cage à l'autre, bouche grande ouverte, et tomba soudain en arrêt devant un étourneau, un volatile au plumage d'un noir presque liquide où frissonnaient éclats d'or et d'argent.

« Viiiiiiieux crapaud ! »

Gilles sursauta avant de se retourner. Tête inclinée, gris de la tête aux pattes, sauf ses bec noir, masque blanc et queue rouge, un papegay l'observait d'un œil curieux tout en se balançant d'un mouvement chaloupé – une fois à droite, une fois à gauche – sur son perchoir. Au même moment, la porte de l'arrière-boutique grinça et Dieudonné Foy apparut, quelques grappes de millet à la main. Il les jeta au milieu d'une desserte réservée à la pitance des oiseaux, recouvrit lestement un bol d'un chiffon, puis, rougissant, leva les yeux vers le soldat.

« Bon… bon… bon…

— Inutile de me saluer, dit Bayonne. Votre papegay s'est chargé de me souhaiter la bienvenue. » Il s'approcha de la desserte, prit dans sa bourse l'une des cinq pièces trouvées chez Rivière et l'y posa. Du rouge, Dieudonné Foy vira au blanc. « Nous autres, émissaires du roi, sommes vilains corbeaux, toujours à faire frémir les oiselets, à mettre notre bec en leurs affaires. Mais que diable pourrait-on vous reprocher ? » Du doigt, Gilles désigna chacune des mangeailles entassées sur la desserte. « Salade, bouts de pomme, mouron, bardane, millet, alpiste, chardon, centaurée, baies rouges du sorbier, seau d'escargots, bocal de vers de farine, un peu de gravier, d'innocentes nourritures pour d'innocentes créatures, fors ceci ! » Il souleva le chiffon jeté à la va-vite par Foy. Dans le bol, des petits morceaux de bœuf et d'agneau baignés de sang. Le chevau-léger touilla le mélange de l'index et s'essuya la main sur le chiffon. « Chaud à point, comme il se doit, fit-il d'un ton approbateur. Où se cache-t-il ? » Puis, sans lui laisser le temps de répondre, il tourna le dos à Foy et se mit à arpenter la boutique d'un pas tranquille, s'arrêtant devant chaque cage, examinant chaque oiseau, conscient de la panique grandissante de l'oiseleur. Quant à Pique-Lune, il semblait ne guère le voir et ne bougea pas d'un pouce lorsqu'il passa à ses côtés. L'air béat, le garçon n'avait d'yeux que pour son étourneau. Misère ! nous voilà bien, se répéta le soldat *in petto.*

Près de la desserte, Dieudonné Foy attendait, statufié, proche des larmes, mûr pour l'estocade. Bayonne revint vers lui et l'observa un instant en silence.

« Les petits oiseaux du ciel mangeraient-ils du bœuf ? Difficile d'y croire. Alors, je renouvelle ma demande : votre faucon, ce fier rapace que seul gentilhomme – noblesse oblige – a droit de posséder, où le cachez-vous ? » L'oiseleur ouvrit la bouche et resta muet. « En Bourgogne, poursuivit le soldat, il existe une loi : qui vole un faucon ou en grippe un au nid doit fournir à l'oiseau six onces de sa propre chair en pâture. Les noblaillons, en cette contrée, ne plaisantent pas avec les privilèges. Mais la Bourgogne est loin et nous sommes à Paris, plus près du roi, plus près des princes, plus près des nobles de haute futaie. Quel prix à payer ici ? Douze onces ? Soixante ? » Foy se mit à respirer par à-coups. Trop jeune pour figurer sur la liste du tueur et recevoir une bourse ensanglantée, songea Bayonne. L'homme devait avoir son âge, soit une douzaine ou une quinzaine d'années de moins que le prêtre et Rivière. Comment s'était-il procuré cette pièce ?

« Tomberais-je mal ? » Gilles se retourna. À la porte de la boutique, Macé Forestier le mégissier. « Puis-je offrir mon aide ? dit celui-ci. La poule se tait quand le renard lui fait face. Une épaule fraternelle la rassure. »

Bayonne sentit l'impatience le gagner. La peste emporte ces âmes trop charitables qui, en chiens empressés, couraient à droite, couraient à gauche, et saccageaient vos parterres !

« Entre le confesseur et son ouaille, la seule oreille de Dieu. Entre l'émissaire et un sujet du roi, l'unique oreille de la justice. »

Les babines de Forestier s'affaissèrent et le mégissier se retira, tout confus. Dieudonné Foy n'avait pas cillé.

« Cent onces de chair peut-être, reprit Gilles aussitôt, et quand je vous vois, le corps aussi fluet qu'une branche de noisetier, je me dis que ce serait grande injure de tailler pareil arbre. Après la coupe, où donc les petits oiseaux du ciel iront-ils se poser ? » Il montra la pièce d'or. « Sifflez-moi plaisante ritournelle et j'oublie votre faucon. » L'oiseleur opina du chef mais la peur l'avait réduit à quia. Malgré ses efforts, il ne put prononcer un mot. « Savez-vous écrire ? » Foy secoua la tête. Un nouvel épi en ma besace ! se dit Bayonne. Foy n'était donc point l'auteur du billet anonyme. « Eh bien, si vous ne savez écrire, vous allez dessiner ! » dit-il en tirant de sa sacoche son écritoire. L'oiseleur écarta les grappes de millet et se mit à l'ouvrage. Son premier dessin fit sourire Bayonne : une rose hérissée d'épines brandissait solide gourdin au-dessus d'un coquet désigné par une flèche. « Maîtresse Thévenon et son beau-fils bien aimé, commenta Gilles. Sylvère Thévenon vous aurait-il donné cette pièce ? » L'oiseleur acquiesça et le manège reprit. Quelques traits sur le papier, une question, puis des oui ou des non de la tête.

Cela dura longtemps. Les oiseaux continuaient à chanter, Pique-Lune à mirer son étourneau. Peu à peu, Bayonne parvint à reconstituer l'histoire. Thévenon s'était entiché d'une maîtresse, elle-même entichée de tout ce qui volette dans les airs, et le bellâtre n'avait pas hésité à transformer son logis en volière afin d'éblouir sa belle. Trois jours auparavant, il s'était offert moult emplumés contre une pièce d'or pur, avec demande expresse de ne la point dépenser ni changer. Elle servait de caution, il réglerait bientôt son dû en argent du pays. Seulement des créances pires que sang noir, doublées de créanciers pires que sangsues, pressaient trop fort l'oiseleur et ce dernier s'était rendu pont au Change chez maître Fiori. Cela sonnait juste, pensait le soldat. Sylvère Thévenon et ses trente-cinq années passées, l'âge approximatif de Rivière et du père Vuillard, faisait bien meilleur candidat sur la liste du tueur que Foy.

Un dernier dessin, une dernière question, un dernier hochement de tête. Le chevau-léger rempocha la pièce d'or, rangea son matériel à écrire en sa sacoche et se leva.

« Joli sifflet », dit-il.

Foy grimaça un sourire. Il fallut deux rappels pour arracher Pique-Lune à sa contemplation de l'étourneau. Au moment où Bayonne ouvrait la porte, l'oiseleur retrouva soudain la parole.

« Et… et mon fau… fau… faucon ?

— Quel faucon ? » répondit Gilles, et il sortit.

Au milieu de la ruelle, à dix pas de la boutique de Foy, une trentaine d'hommes firent masse dès que Bayonne apparut, bras croisés et mine sombre. En première ligne, Forestier, Champvert, Eychenne et Pasquin. Derrière eux, tout un troupeau d'écorcheurs, apprentis bouchers, maquignons, dominés par la haute silhouette de Loys Brusnel. Le soldat loucha vers Forestier. La bonne âme, bien sûr, s'était empressée de sonner le tocsin. Alarme, mes frères, paroissien en péril ! Et ils étaient venus en force, histoire de lui montrer. Bande de veaux ! Gilles vint se planter devant Pasquin, le plus petit, le plus féroce.

« Belle armée de coupe-barbe même si l'on ne voit point les rasoirs, dit-il d'un ton léger. S'agit-il de me tailler le poil ?

— Nous venions aux nouvelles », gronda Pasquin.

Un sifflement, et la dague de Bayonne se posait sur la gorge du boucher. Dans la troupe, un recul. Une œillade de Pique-Lune à son maître, le garçon demeura immobile. Eychenne avait décroisé les bras, comme ses voisins.

« Il manque un mot », fit Gilles avec calme.

Tête tendue, Pasquin le défiait d'un œil noir. La dague appuya davantage sur sa gorge, jusqu'au sang.

« Nous venions aux nouvelles, Messire », dit Pasquin entre ses dents.

La dague regagna son étui, le chevau-léger fit un pas en arrière, poings sur les hanches : « Basque, messieurs, aurais-je comptes à vous rendre ? »

Eychenne leva la main en signe d'apaisement.

« Nous venions apporter notre aide, voulait plutôt dire maître Pasquin, jeta le chirurgien-barbier.

— Votre aide ? Si c'est pour Foy, il n'en a nul besoin. Si c'est pour moi, grand merci, mais je me rase la barbe tout seul. Autre chose ? » Personne ne répondit. « En ce cas, au large, messieurs, et que passe la justice du roi ! »

Champvert fut le premier à bouger, le troupeau s'ébranla, Pasquin suivit le mouvement, et bientôt la rue se vida.

« Mon maître, jeta alors Pique-Lune, saviez-vous que l'étourneau était oiseau parleur ? Pour peu qu'on lui apprenne et qu'on se montre patient, il cause comme vous et moi. » Bayonne se mit en marche, le garçon sautillant à ses côtés. « J'ai quelques sous en ma bourse, reprit celui-ci, et…

— L'argent gagné en honnête homme contre Sauvayre ? le coupa Bayonne. Une partie de dés, s'il m'en souvient.

— … et peut-être pourrais-je m'offrir cet étourneau ? conclut le loustic jouant les sourds.

— Ni même en pensée, Pique-Lune. Que vais-je m'encombrer d'un volatile blagueur quand j'ai déjà une pie qui jacasse à mes oreilles toute la sainte journée ? »

Sans prêter davantage attention au babil du garçon, il continuait à dégringoler la rue quand il se rejeta soudain en arrière, tirant Pique-Lune par le col. Un pas de plus et il débouchait place de la Vallée de Misère. En son centre, Hénin, le sbire du chancelier, emplâtre, nez cassé et face de dogue.

« Pique-Lune, parle clair pour une fois. Cet aimable visiteur n'aurait-il point par hasard quelque lien avec l'explication que tu me dois ?

— Vous brûlez, mon maître, mais vous êtes encore loin du compte. Il en constitue seulement une partie, à peine un quart, en fait. À dire vrai, il s'agit là du premier argument d'un discours que je m'apprêtais à vous réciter afin de justifier ma métamorphose en donzelle. »

Caché par l'arête du mur, Gilles vit débouler les trois autres sicaires de Cheverny, comme leur chef, fumasses, et le museau tout aussi joliment aplati que le sien.

« Et voilà, je le crains, l'explication pleine et entière.

— Cela même, Messire. La vérité brute, sans fard aucun, selon votre souhait.

— La vérité brute ? Pour ça, tu m'as servi ! Quatre furieux prêts à me passer par le fil de l'épée, tes arguments ne manquent ni de poids ni de tranchant.

— Je n'y tiens pas outre mesure. S'il vous prenait la fantaisie de les réfuter, j'irais même jusqu'à vous prêter main-forte.

— Non, vraiment ? Me voilà rassuré. Que deviendrais-je sans toi ? Pour sûr, l'ennui me guettait : un voleur et un assassin à cueillir, des pèlerins à interroger, quelques veaux ombrageux à tenir à l'œil, ces messieurs du Châtelet à rassurer, ma sœur à convertir, peu de chose en somme, rien de quoi occuper mon temps. Alors, penses-tu, la distraction que tu m'offres sous forme de ce discours impromptu ne peut que me mettre en joie.

— Ma petite harangue ne vous enchante guère, dirait-on.

— Elle t'absout, au contraire. Mordieu, voilà de la rhétorique selon mon cœur ! Ces quatre taureaux – excusez du peu – défaits par un moucheron valent mieux que toutes les carabistouilles dont tu aurais pu me farcir les oreilles. En route ! L'ouvrage nous attend.

— Où nous hâtons-nous de la sorte si je puis me permettre ?

— Allons, monsieur l'orateur, un peu de suite dans les idées ! Grâce à ton morceau de bravoure, une réfutation nous échoit, t'en souvient-il ? »

Bayonne fit demi-tour et se mit à rebrousser chemin, Pique-Lune sur les talons, lorsqu'il s'arrêta, brusquement aux aguets. Quelque chose toquait à son esprit, insistant, ténu, prêt à s'enfuir. Il eut peur de l'avoir laissé filer mais cela remonta à la surface : une impression fugitive, ressentie à contretemps, des yeux posés sur lui, deux ou trois fois ces derniers jours.

Il est là, tout près, se dit-il. Il est là et il me guette.

XI

Il me regarde sans me voir, m'écoute sans m'entendre, mais il a dans les yeux cet air calme et têtu de ceux qui ne renoncent jamais. Il trouvera. Un jour, il finira par entendre les cris sous le silence et il verra alors les morts sous les vivants. Il me fait penser à un arbre, un chêne attentif au murmure du vent, à la voix de la terre, sourd au ramage des hommes. Je le suis, je l'observe de loin, et plus je le hume, plus il me rappelle l'odeur de ce bois où jadis j'ai connu l'épouvante, ces relents gras de pourriture et de glèbe en lesquels la mort patiemment chemine vers la vie. Rien ne semble l'atteindre mais il absorbe tout, et quand les hommes s'agitent, il ralentit le pas. Quelque chose en lui veille et résiste, écoute et se tait. Bayonne trouvera, oui, et ce jour-là, il me passera la corde au cou.

Venelle à dextre, puis à senestre, dextre de nouveau, une rue à descendre, une autre à remonter, Bayonne courait à toutes jambes au travers du labyrinthe de la Vallée de Misère, Pique-Lune en arrière-garde. Il devait mettre la main sur Thévenon, dénicher ce Dubosc dont la mémoire, peut-être, renfermait le secret des pièces d'or, s'entretenir avec le Renifleux de l'ombre aperçue par Le Gail, rendre visite à la blonde Juliane, faire mine de s'intéresser aux vols avant que Cheverny ne lui roussisse la barbe, et, en tout premier lieu, désinfecter la Grande-Boucherie d'Hénin et de sa clique. Jusqu'à présent, on l'avait laissé tranquille. La Sainte Trinité ou les veaux enragés comme taurillons se contentaient d'attiser mollement le feu. Une bataillette par-ci, une bataillette par-là, et rendez-vous à la prochaine escarmouche ! Mais les sbires de Cheverny représentaient vrai péril. Il avait assez pratiqué les reîtres et semblables disgracieux pour savoir de science sûre que les quatre chiens lancés à ses trousses n'hésiteraient pas à le déchiqueter vif si, par malheur, il tombait entre leurs pattes. Ennuyer le chancelier avec naïves jérémiades ? Prier sa seigneurie de bien vouloir tenir ses dogues en laisse ? Bécasserie ! *Venez vous réfugier en ma demeure*, miaulerait le chat au mulot. Que Mistigri ronronne en paix, le mulot s'occupait du chenil, et sans plus tarder, sac à puces !

Le chevau-léger repiqua à droite, ralentit l'allure et tira son épée. D'après ses calculs, il avait dû décrire un quart de cercle autour de la place et se trouvait à présent dans le dos des canailles. Lhorme et Sauvayre surgirent alors d'une ruelle voisine et dès que les deux hommes le virent, épée au clair, ils coururent à sa rencontre, le premier levant sa lame, le second son gourdin.

« Fricassée de museaux, la distraction vous tenterait-elle ? dit Bayonne.

— Preneur ! fit Sauvayre pendant que Lhorme opinait de la tête. Et z'avez pas intérêt à m'chiper mon bout d'gras !

— Ni le mien ! jeta Pique-Lune en faisant jaillir sa dague.

— Toi, moustique, dit Gilles, tu as déjà eu ta ration de sang. Cours au Châtelet et ramène-nous quelques hommes. » Le garçon ouvrit la bouche pour protester. « Une plainte, une seule, et je t'embroche ! »

Un grommellement indistinct, le loupiot rangea sa dague et fila. Les trois hommes gagnèrent l'extrémité de la rue où, cachés par la foule, ils étudièrent terrain et ennemis. Sur la place noire de monde, le nez couvert d'emplâtre, voire, pour deux d'entre eux, l'œil cerné d'un jaune presque violine, les sbires de Cheverny viraient d'un pas de fauve.

« Coquet ravalement des façades, dit Lhorme.

— Et l'moucheron s'rait derrière c'chef-d'œuvre d'maçonnerie ? s'étonna le sergent.

— Non pas derrière, devant, répondit Bayonne. Initiative comme réalisation lui reviennent. »

Sauvayre laissa échapper un sifflet admiratif.

« Quatre à lui seul quand nous sommes trois pour le même nombre, soit, chacun, un sbire et un gros tiers d'un autre, précisa Lhorme. En cas de victoire, ce diable de gamin nous bat, fin de la démonstration.

— N'nous a laissé qu'des rognures, quoi ! traduisit Sauvayre.

— Conclusion, dit Gilles : gloire au moustique et sus aux rogatons ! » Mais point de bataille s'il ne débroussaillait un peu les alentours. La place était pleine, les candidats à l'écorchure nombreux, l'espace pour se mouvoir nul. « Arrière ! clama-t-il. Collecte d'immondices ! Épandage de fumiers ! »

On se tourna, quelqu'un reconnut l'émissaire royal, tous virent les armes. Avec un bruit de ressac, la foule chercha refuge sous les arcades et bientôt, au milieu des étals abandonnés, il ne demeura que les seuls spadassins et la vieille Louisette, laquelle, à pas de souris, trottina doucettement jusqu'à Bayonne. Sidérés, Hénin et ses hommes la regardèrent sans esquisser un geste. Louisette tendit sa canne au chevau-léger, le bâton confisqué la veille à cette brute de rossard.

« Le bâton, dit-elle, ça ne marche pas avec les fantômes, mais ça peut aider contre les démons », et elle partit de son pas menu se glisser dans un trou.

Bayonne rengaina dague et rapière. Pourquoi salir ses armes ? À faquin, appointements de faquin ! La canne pesait un bon poids, trop légère comme trop raide pour valoir le *makhila*, ce casse-tête à férule de plomb taillé dans le bois souple du néflier, assez massive néanmoins pour faire pleuvoir la bastonnade. Il se campa en position défensive, genoux fléchis, épaules libres, un pied en avant, le pied arrière un brin tourné vers l'extérieur, enraciné au sol, prêt à bondir. *Arraban Otchoa, vieux loup basque, honneur à tes leçons !* Épée haute, Lhorme se tenait sur sa gauche ; à sa droite, Sauvayre et son gourdin. En infériorité numérique, sauf ruse ou surprise, on ne lançait point l'attaque. Les troupes restaient groupées, chacun un œil sur l'adversaire, l'autre sur le voisin. Il rabattit légèrement sa toque, Lhorme et le sergent l'imitèrent, les chiens postés sept pas plus loin firent de même. Ils n'étaient pas nés de la dernière pluie, ces bâtards. Eux aussi savaient qu'éclat de soleil réfléchi par l'acier pouvait être fatal. Des arcades, s'élevaient un bourdonnement continu, des injures, quelques exclamations. On prenait les paris, on s'échauffait la tête. « Taïaut ! » cria une voix. Le silence se fit. Brémont, Reverdy, Lacroix avaient les yeux fixés sur Hénin qui attendit un instant de trop. Nous sommes trois, se dit Gilles, la foule serait le quatrième.

« Le soleil ou la foule vous intimideraient-ils ? Notre nombre peut-être ? dit-il assez fort pour être entendu de tous. J'ai peine à y croire. Vous fîtes preuve d'un tel courage la nuit où vous me surprîtes en cette sombre ruelle : quatre contre un, combat de lions, vaillance hors pair ! »

Des cris, des rires, des lazzis ; un œuf fusa et manqua sa cible ; dans une gerbe de gouttelettes, une tomate s'écrasa sur l'épaule d'Hénin et un triple hourra retentit. Bayonne jubilait. Le quatrième compère jouait son rôle à la perfection. Même si Hénin s'était raidi, il avait vu l'infime tremblement parcourir ses lèvres. Plaisante nouvelle ! Un homme qui perdait son sang-froid perdait ses moyens.

« Je vais vous couper les bourses, gronda Hénin, vous les enfoncer dans la gorge et vous étouffer avec !

— Avantage pour vous, monsieur ! car je ne puis, moi, trancher ce que vous ne possédez pas. »

Il dut y avoir des rires mais Bayonne ne les entendit guère. Hénin chargea. Cent quatre-vingt-dix livres hurlant de rage fonçaient sur lui, quelques pouces d'acier en avant, la gaule de Lacroix en couverture. Il se baissa, l'épée du sbire toucha le vide, la gaule siffla au-dessus de sa tête. Une coulée vers le haut, le bâton cueillit Hénin derrière les rotules, frappa Lacroix en plein flanc, et Gilles reprit position. Un coup d'œil à ses compagnons : Lhorme et Sauvayre se battaient pied à pied – coutelas contre gourdin, lame contre lame –, reculant par feinte, avançant par surprise, marquant assurément des points ; une grimace sur la trogne de Reverdy, du sang sur le doublet de Brémont. Il ne put en voir davantage. Hénin se fendit, Lacroix levait sa gaule. D'un mouvement fluide, le bâton vint faucher Hénin sous le coude, rebondit contre ses dents, puis continua sa course. Bayonne fit un pas chassé, la gaule fouetta l'air, et la canne de Louisette s'abattit de tout son poids. Un bruit de verre qui explose, Lacroix roula au sol pour n'en plus bouger. Près de lui, genou à terre, Hénin secouait la tête, joliment sonné, crachant du sang et quelques dents.

« Mordi ! »

Bayonne se retourna. Sur sa droite, Lhorme ferraillait à la diable sans savoir où parer. La poussière que Brémont venait de lui jeter au visage lui brûlait les yeux, le commissaire portait ses bottes en aveugle, contraint au recul. Un sourire aux lèvres, le sbire allongea la jambe et visa le cœur. « Lhorme ! Arrière ! » fit Gilles. Du bout du bâton, il eut juste le temps de contrer la lame. La pointe de l'épée griffa le tissu, Brémont jura. Au même moment, Sauvayre qui s'était approché sans un bruit laissa tomber son gourdin – un coup sur le crâne, le sbire s'écroula – puis, pour faire bonne mesure, le sergent, d'une pichenette négligente, finit d'assommer Hénin. Bayonne en resta médusé. Qui eût cru ce taureau capable de se mouvoir d'une patte silencieuse de chat ?

Quelques applaudissements timides en provenance des arcades, les marchands regagnèrent ensuite leurs étals, les clients reprirent leurs chamailleries, les commères leurs commérages. Nez au vent, plusieurs drôles déambulaient au milieu de la presse, le regard vif s'ils croisaient bourse pleine, la figure longue et les mains sages. Le renard n'emportait point la poule sous l'œil du fermier, surtout quand celui-ci fulminait dans sa barbe. Lhorme était colère. Une poignée de gravier et il mangeait les pissenlits. D'un geste sec, il prit la louche tendue par un porteur d'eau et s'aspergea le visage. Cinq cents diables ! Se faire avoir comme un enfant !

« Ma parole, auriez-vous donc du beurre à la place des bras ? » jeta-t-il à ses hommes.

Les gardes du Châtelet serrèrent les mâchoires. Leurs doigts glissaient, la glu poisseuse de sang et de boue continuait à les tenir en échec et les sbires à soulever pesaient chacun un âne mort. Pourquoi aussi l'artisan créait-il carriole si haute ou le Seigneur gredins si lourds ? La main en visière, le chevau-léger balayait la foule des yeux. L'arrière-ban était bien arrivé, mais point de Pique-Lune en vue – encore à tirailler sur les moustaches des commissaires ou à fourbir nouvelle attrape –, et pas davantage de Sauvayre disparu après la bataille. Dès que Lhorme aurait cuvé son ire, le sergent referait surface. Sa main se figea tout d'un coup et le regard de Juliane Hainault le frappa tel un poing. Un échange fugace, car elle détourna aussitôt la tête, mais ce qu'il aperçut au fond de ses iris, cet éclat dur comme fulgurance d'acier, le saisit avec une violence telle qu'un instant il ne vit ni n'entendit plus rien. *D'où lui vient-elle, cette haine ?* La question s'évanouit, laissant, dans son sillage, une seule certitude : il venait de surprendre un regard destiné à un autre et ce, parce que Juliane l'avait voulu. Il se mordit la lèvre. Peste ! Il se mettait à l'appeler par son prénom, maintenant. Ses sourcils se froncèrent. Pauline ! Il se revit acquiescer au chuchotement du vas-y-dire, mais le rendez-vous murmuré à son oreille lui était sur-le-champ sorti de l'esprit. Après une nuit à l'attendre, la belle avait dû le coucher ce matin sur sa liste d'indésirables, *Bayonne* souligné d'un trait rouge, *persona non grata.* Impair, fin de l'histoire.

« Prêté n'est pas donné ! »

Gilles sursauta. La tête penchée à la manière d'un oiseau, la vieille Louisette l'observait d'un air taquin.

« Un bon bâton, fit-il en lui rendant sa canne.

— La vieille te l'avait dit ! Contre les démons, soixante pouces de bois dur, jarnichou !

— Et contre les fantômes ? »

La question avait fusé, impossible de la rattraper. Mal à l'aise, il soutint le regard aigu que lui lança

Louisette. Il se sentait ridicule. Niais, il était un niais. *Non, un enfant environné de pénombre, les mains tendues devant lui, seul et crevant de peur.*

« Pourquoi demandes-tu à une vieille femme aux dents branlantes de casser les noix vertes pour toi ? dit Louisette d'une voix nue. Je n'ai pas la réponse, le taiseux, et même si je l'avais, je ne te la donnerais point. Les noix âpres, celles qui t'emplissent le cœur d'un brou noir comme nuit, personne ne peut les briser à ta place. »

Appuyée sur sa canne, Louisette dut se dresser sur la pointe des pieds pour lui tapoter la joue, puis elle repartit de son pas menu, si petite que la foule l'engloutit à l'instant, sauf quelques pouces de bois qui oscillaient au-dessus des têtes et dont la vue, étrangement, lui noua davantage la gorge que les paroles prononcées par la vieille femme. Les cloches de Saint-Jacques-de-la-Boucherie se mirent à sonner. Un ton plus bas, la collégiale Sainte-Opportune et la chapelle des Orfèvres lui firent écho, enfin, l'église Saint-Josse, en humble suivante, conclut d'une voix à peine audible. Vêpres, déjà. Le temps filait, cette journée n'en finissait pas, et il avait une furieuse envie de piquer des deux.

« Attrapez-la ! » rugit une grosse femme à son intention, un doigt pointé vers le sol.

Bayonne baissa le regard. Une poule cogna contre sa botte, pirouetta sur elle-même, avec un caquètement affolé reprit sa course et donna en plein dans les pieds de Pique-Lune. Le lutin ouvrit les jambes, pinça la poulette au croupion.

« File, petite, ou t'attend la marmite ! » dit-il avant de souffler, du bout des doigts, un baiser à la matrone.

Bayonne était content de voir le garçon, surgi de nulle part comme de bien entendu. Un peu d'air frais, un peu de lumière.

« Alors, fripouille ?

— Le Grand Bavard est là, lequel, une fois n'est pas coutume, désire vous parler.

— Dieudonné Foy, l'oiseleur ?

— Manqué ! Celui qui a cinq doigts au bout de chaque main, pas un de plus, pas un de moins. Vous voyez, j'ai bien retenu votre leçon de catéchisme. »

Le soldat parcourut la place des yeux. Nulle trace de Toussaint Gerbault, la sentinelle du père Vuillard.

« Où ? »

Pique-Lune leva le bras, index tendu en direction des arcades.

« Là-bas. Première rue, troisième porte cochère. »

Bayonne leva la main vers Lhorme pour lui demander de l'attendre et traversa la place. Lorsqu'il jeta un regard par-dessus son épaule, Pique-Lune avait disparu. Le renardeau reprenait peut-être ses gazouillis, sous sa crinière d'un roux flamboyant il arborait un teint d'endive, la peau du visage à ce point cireuse qu'on aurait pu y compter une à une ses taches de rousseur. Une mule agita la queue, prête à botter. Gilles fit un écart, s'engagea dans la rue et se mit à piétiner derrière un troupeau de génisses, à distance respectueuse des sabots. Une porte cochère… une deuxième… la troisième. Il se trouvait devant une entrée d'écurie assez large pour permettre le passage de cinq cavaliers, assez haute pour contenir sans les obliger à plier les six pieds quatre pouces de Toussaint Gerbault. L'homme se détacha de la muraille. Un foulard lui masquait le visage, son chapeau s'enfonçait jusqu'aux sourcils. Immobile dans l'ombre du porche, le moindre muscle tendu, les yeux luisants, il évoquait un animal sur le qui-vive. La puissance d'un fauve, le destin d'une proie, songea Bayonne. Gerbault ne sortait sans doute qu'à la nuit, loin de ses semblables, des pierres lancées par peur, des cris poussés avec l'envie de blesser. S'il se risquait hors du bois en plein jour, il devait obéir à pressante nécessité.

« Vous désiriez me parler ? » dit Gilles. Les yeux verts pailletés d'or se posèrent sur lui, impassibles, indifférents presque. Il eut l'impression de croiser le regard d'un loup. On entendit hennir un cheval, d'autres souffler fort, taper du sabot contre le sol. Un étalon fraîchement arrivé aux écuries saluait ses congénères qui lui retournaient la politesse. « Monsieur, les bêtes se comprennent sans mot dire, les hommes, non. Je ne puis vous entendre si vous restez muet. »

Sous son foulard, Gerbault eut un rire dur.

« Monsieur ? répéta-t-il avec tel mordant que Bayonne fut à deux doigts de le frapper.

— Et comment faut-il vous appeler pour vous complaire ? Crachat du diable ? Malheureuse créature ? Si vous vous attendez à ce que je me fasse l'écho de la mauvaiseté humaine ou vous insulte par ma pitié, brisons là tout de suite, car je ne suis point votre homme ni vous le mien. »

Furieux, il tourna les talons. Au diable Gerbault et ses manières de porc-épic ! Les ombrageux, il en avait soupé jusqu'à plus faim aujourd'hui ; il ne se sentait vraiment pas d'humeur à manier les pincettes.

« Frelons », dit la voix de basse dans son dos.

Le chevau-léger prit le temps de trois inspirations et revint sur ses pas. D'une immobilité sans faille, Gerbault le fixait de son regard calme. Un bond, et il me brise les reins, pensa Bayonne.

« Île aux Vaches. Vol d'un nid de frelons. Nuit dernière », laissa tomber Gerbault.

Un frisson traversa Gilles et les mots vinrent d'instinct compléter les silences de l'homme qui persistait à se taire quand bien même il parlait : Vuillard, rats. Rivière, vipères. Thévenon, frelons ? interrogeait en lui une voix reconnaissable entre toutes, celle qui sur les champs de bataille l'avertissait d'un péril ou lui faisait soudain dresser la tête en direction d'une proie. *Comment sait-il ?* Gerbault ne l'avait pas quitté des yeux ; ses poings s'entrouvrirent à peine, sa nuque se relâcha. Bayonne comprit. Il attendait mon rire, se dit-il. Qui s'arrêterait à un vol d'insectes ? Le corps ne ment pas, à l'inverse des paroles. Gilles ne doutait point de la sincérité de Gerbault. Ce dernier était sorti du bois parce qu'il avait deviné, lui aussi, l'usage probable réservé au nid. Les mouches à miel se dérobaient car elles donnaient leur or. Mais qu'espérer de frelons ? Leurs aiguillons pourvoyeurs de mort.

« Pourquoi m'intéresserais-je à ce vol ? demanda-t-il afin de sonder Gerbault.

— Rats. Puis, vipères. Frelons, peut-être… répondit laconiquement le Grand Bavard.

— Qui vous a appris pour les serpents ?

— Île aux Vaches. Lavandières. Papotages. »

Bref, précis, et convaincant. Tout en lavant leur linge, les femmes tricotaient de la langue : une maille pour les mariages, une autre pour les naissances, une troisième pour les enterrements, et quelques rangées pour les histoires croustillantes. D'une paroisse à l'autre, les nouvelles vont vite. Les lavandières avaient dû jaser sur le meurtre de Rivière et Gerbault caché en un fourré surprendre leurs cancans. L'homme n'était point sot. Il avait fait le lien entre Rivière et le père Vuillard et venait le prévenir. Après les incisives et les crocs, les dards. *Frelons, peut-être…*

« Comment voler des frelons ?

— À la nuit, insectes au nid. Comme carapace : masque, gants, écharpe de cuir. Comme prison : bourse de cuir, trous d'épingle.

— Trous d'épingle ?

— Pour l'air. »

Les petites bêtes avaient besoin de respirer, bien sûr, un frelon mort ne piquait pas. Une demoiselle passa devant le porche, Gerbault fit un bond en arrière et resta plaqué contre la muraille. Pourquoi m'aide-t-il ? se demanda Bayonne. *Je lui ai fait confiance. Accepté sa bouillie de millepertuis sans hésiter.* Ses yeux rencontrèrent les pupilles pailletées d'or. Il renonça à interroger Gerbault sur son passé. De quel enfer sortait cet homme n'avait pas d'importance. Une chose était certaine : celui dans lequel il vivait ne valait guère mieux.

« Merci à vous », dit Gilles. Il marqua une courte pause et rajouta : « Monsieur. »

Gerbault le fixa un instant, une flamme sauvage dans les prunelles, puis il hocha brièvement la tête. Bayonne repartit à grands pas. Une journée à marquer d'une pierre blanche. Pour une fois, en cette aigre bouffonnerie où chaque homme portait masque, il lui avait été donné d'apercevoir vrai visage.

La moitié d'une heure s'était écoulée depuis la bastonnade, un clin d'œil au regard du temps, pourtant, en cet éclair, il lui semblait avoir vécu les neuf vies du chat. Sur la place, les gardes du Châtelet accueillirent son retour avec un soulagement visible. Lhorme désigna la carriole, rouge jusqu'aux oreilles. Étourdis, la face maquillée de sang et de boue, les sbires du chancelier faisaient presque peine.

« Deux pour Sauvayre, deux pour vous, rien pour moi, à part mon pourpoint gâché, dit Lhorme. Mauvais jour ! »

Gilles considéra le tissu percé par la lame de Brémont.

« Un point dans l'étoffe et ça disparaîtra.

— Un point dans le cœur et je disparaissais. » Le commissaire se racla la gorge. « Merci. » Un ton sec, quasi brutal, la timidité des hommes habitués à se battre. « Et ces messieurs ? fit-il en montrant la carriole.

— Ça ? Les laquais de Cheverny. » Rouge feu, les oreilles d'âne se mirent à flamber. « Cette nouvelle changerait-elle la donne ?

— Ni d'un iota ! Nous les logeons au Châtelet, je suppose ?

— Vous supposez bien : un trou d'aisances et le couvercle dessus. » Lhorme gronda un ordre. « Gardez des hommes. Il nous faut trouver Thévenon, et très vite. Un retard, et les frelons lui auront si vilainement gâté la bouche qu'il ne pourra plus nous parler.

— Les prochaines bestioles et le prochain sur la liste ?

— Possible. Probable, même.

— Je m'en charge. Où dois-je vous livrer l'animal ?

— Chez sa marâtre, la fée Triple Rosse. Quelques questions avant les embrassades de la dame et du beau-fils chéri. »

Un sourire plissa les lèvres du commissaire puis, bras en l'air afin de rallier ses troupes, Lhorme entama la battue. Soucieux, Bayonne partit à son tour. La façon dont Lhorme l'avait fixé ne sentait pas bon. Un regard trop droit, une ombre fuyante dans les yeux. Mardienne ! Que cachait-il donc ?

Le chat demeura un long moment immobile. C'était un vieux mâle au pelage terne, déchiré de cicatrices, où l'on apercevait par endroits le cuir sombre de la peau. Il hésitait. De temps en temps, un frisson lui parcourait le poil, de la nuque aux reins, tandis qu'un minuscule bout de langue rose dépassait de sa gueule entrouverte. Il humait l'air par petites goulées, méfiant, les moustaches en éveil. Il cherchait l'odeur du Puant, le plus dangereux de ses prédateurs. Le chien sentait le chien ou, juste avant l'attaque, se mettait soudain à empester l'orage. Le Puant puait l'aigre, le gras, le rance, l'œuf pourri, la vomissure, et, plus fort que tout, une espèce de fadeur écœurante qui signait sa présence et persistait longtemps dans les narines. Le museau du chat se plissa. Le morceau de viande posé contre la lucarne, cinq tuiles devant lui, exhalait le parfum du sang chaud et rien d'autre. Un bond, il mangerait enfin. Seulement son instinct le freinait, sa sagesse lui criait arrière. La bête à deux pattes était rusée. Son fumet fade de fauve, elle savait le rendre nul, le dissimuler sous de traîtres effluves.

Il avait appris à se battre, à chasser, à défendre son fief, à sauver sa fourrure, à se tapir sur les toits pour ne descendre qu'à la nuit ; il avait, peu à peu, appris la patience, le doute, l'art de l'esquive, mais il n'avait pas un an qu'il savait déjà qu'on ne se montrait jamais trop prudent avec les hommes. Sans surprise étaient les chiens qui sautaient à la gorge ou passaient leur chemin. Le Puant, lui, était un être imprévisible qui semblait puiser en sa perfidie attrapes toujours nouvelles. Offrait-il un bol de lait ? L'instant d'après, il pouvait ouvrir le ventre du chaton trop gourmand ou lui broyer le crâne. Ronronnait-il une invite de sa voix doucereuse ? Il enfermait minette et petits dans un sac, puis les noyait dans les eaux de la Seine. Il connaissait les hommes. Lune après lune, il avait entendu les hurlements de ses frères jetés par dizaines dans les feux de la Saint-Jean, senti l'affreuse odeur de leur chair rôtie par les flammes. Il leur devait sa queue en moignon, une oreille tranchée, cette longue cicatrice sur son flanc. Aussi croisait-il au large. Il griffait si l'un d'eux tentait une caresse, n'acceptait rien de leur main.

Le vieux mâle renifla l'air encore une fois. Le lourd parfum de sang lui donna presque le vertige. Depuis des jours, il se nourrissait d'un peu d'eau, de quelques oisillons croqués au nid. Comment hésiter ? Sa rencontre avec un rival le privait d'une patte, ce morceau de viande signifiait la survie. Il s'approcha en boitillant, son instinct lui hérissa le poil, la faim l'emporta. Il n'avait pas avalé la deuxième bouchée qu'il perçut, derrière le goût du sang et celui, un rien âpre, d'une herbe, une note d'une fadeur écœurante. Il voulut recracher. Ses mâchoires ne lui obéissaient plus.

Sur la corniche, avec des criaillements éraillés, les freux commençaient à se rassembler.

Un seul coup d'œil d'Inès Thévenon à Crépin suffit. L'apprenti posa son aiguille et se leva. Un peu guindé, il marmonna une excuse qui ne leurra personne. L'homme venait de se faire congédier, ni plus ni moins. L'instant d'après, il était sorti.

« Il est si… » laissa tomber la gantière en regardant la porte.

Elle n'acheva pas sa phrase. Le morne dégoût peint sur son visage permettait de remplir ses points de suspension sans risque d'erreur. On y lisait tout le mépris de la louve envers l'insignifiante musaraigne. Ces deux-là, pourtant, Gilles en eut froid dans le dos, finiraient probablement par vivre sous le même toit, époux et femme unis devant Dieu, même s'ils ne partageraient jamais la même couche. La fée Triple Rosse n'était point une bécasse. Le talent de Crépin, elle en avait besoin afin de continuer à garnir ses coffres et barrer la route à Sylvère Thévenon, l'héritier venu lui disputer le négoce. Selon les règlements de la guilde, une veuve ne pesait pas bien lourd en comparaison d'un fils. Mais l'épouse du nouveau maître gantier, elle, ferait pencher la balance. Sans doute s'attacherait-elle Crépin comme on attache une chèvre au piquet. Broute, donne ton lait, et silence !

« Je viens à vous… dit Bayonne.

— Oui ?…»

Une voix lourde, un rien traînante, à faire dresser le goupillon du plus chaste des moines. Bayonne se félicita du comptoir le séparant de cette louve. Une mangeuse d'hommes. Inès l'observait avec une sorte de défi moqueur dans les yeux, la bouche légèrement entrouverte sur une impeccable rangée de dents blanches. Il était hasardeux de lui céder, et plus encore de lui appartenir. *Veuve de seconde main*, s'était moqué Sylvère Thévenon lors du conseil paroissial. Gilles se demanda si le premier époux n'avait pas péri, lui aussi, avant le vieux maître gantier, d'un plat de champignons. *Viens donc, ma belle, j'ai les crocs plus pointus que tes quenottes jolies.*

« Votre beau-fils m'amène à vous aujourd'hui.

— Il n'est ni mien ni beau et n'a jamais été un fils pour son père.

— J'aimerais en apprendre davantage sur lui, justement.

— Et j'aimerais, quant à moi, ne plus en entendre parler. Son notaire sort d'ici et les oreilles me tintent. Si vous désirez vous instruire, il vous suffit de franchir le seuil de cette boutique. Mille contes circulent à son sujet. »

Le chevau-léger eut un sourire. La bête renâclait, un coup de dents s'imposait.

« Les contes, dit-il, sont bons pour édifier les marmots : un fond de noirceur, une louche de miel dessus, et l'on obtient une morale à cent lieues de la vérité, comme cette fable du mari trop confiant dont on m'a régalé l'autre jour, celle d'un vieux cerf à l'estomac fragile et de sa biche en pleurs. Aussi… » Il donna une chiquenaude dans l'air. « … laissons là les contes. Pas plus que vous, madame, je n'ai envie de m'y pencher. »

Inès Thévenon demeura impassible, puis elle sourit. Toute moquerie avait disparu de ses yeux. À la place, de l'intérêt mêlé de surprise. Devait-il s'en réjouir ? La louve le trouvait de plus en plus à son goût.

« Nous avons passé l'âge des contes, en effet. S'il vous chante d'en apprendre davantage sur ce gentillâtre, pourquoi vous refuserais-je ce plaisir ?

— Gentillâtre ? fit Gilles en écho.

— Jusqu'à l'écœurement. Doux envers lui-même, aigre envers les autres, à l'image de l'entrée qu'il fit en ce monde. Pour aspirer sa première goulée d'air frais, il n'a pas hésité à déchirer les entrailles de sa mère. Elle en est morte. Quelle importance ? Il respirait.

— Son père aurait dû suivre son instinct et le noyer à la naissance, avez-vous dit.

— Non, ce sont, au mot près, les dires de feu mon époux. La mort de la mère avait donné le *la*. Le fils, durant son enfance, a continué à chanter hors de la gamme : faux en parole, faux en pensée, faux en action, discordant sur toute la ligne comme impossible à régler. Les sévices n'y changeaient rien. Après un temps, il reprenait sa tonalité d'origine, à croire que certains naissent avec l'âme mal accordée.

— Faux de quelle façon ?

— Un enfant incapable de rien faire de droit. Si on lui criait hue ! il tirait à dia. Et, dès le plus jeune âge, fainéant confirmé incapable de rien faire tout court. Jamais il n'a cousu le moindre gant. Il lacérait les pièces de cuir exprès pour ne pas les tailler.

— Brutal ? Bagarreur ?

— Lui, prendre le risque d'abîmer son joli museau, aller au-devant d'efforts superflus ? Cela ne lui ressemblait guère. Les deux traits lui sont restés, d'ailleurs. Il use toujours les miroirs à force de s'y mirer et persiste à manger le pain avant d'avoir récolté le blé, celui des autres, il va de soi.

— Et parvenu à l'âge d'homme ?

— Que croyez-vous qu'il devint ?

— Le même, en pire.

— Il n'y a pas de miracle. On commence par quelques notes dissonantes, on se met à gagner en pratique, en finesse, en puissance, on rajoute des fioritures, on s'enhardit, et l'on finit par composer musique plaisante au diable.

— Si vous m'en chantiez deux trois couplets, que je mesure son talent ?

— La fripouille a tourné gredin. Après le chapardage, le vol. Les sommes soustraites dans les coffres de son père étaient de plus en plus grosses, les gants pris en la boutique de plus en plus coûteux. Il s'est mis à découcher. Régulièrement, il partait à la nuit, les poches vides, mais elles s'étaient remplies quand il rentrait au matin. On a parlé d'une bande, d'hôtels visités, de bourgeois déplumés, de vieillards tondus jusqu'à la barbe, de filles délestées de leurs jupes.

— Et d'enfants ? Aurait-on parlé d'enfants ? »

Inès Thévenon parut surprise, mais Gilles la vit se concentrer. Elle ne lui répondrait pas à la légère.

« Non, dit-elle après un moment, mon époux ne m'a rien dit en ce sens.

— La fin de l'histoire ?

— Que croyez-vous ? Le méchant crapaud ne s'est pas transformé en gentil damoiseau, comme dans les contes. Alors, un jour, ouste ! l'héritier, dehors.

— Un vol de trop ?

— Du sang en trop. » Inès caressa d'un geste rêveur une pièce de cuir. « Mon époux revenait souvent sur cet épisode, dans l'espoir, je crois, de trouver un détail qui excuserait son fils ; mais il avait beau le détricoter pour le retricoter l'instant d'après, ses yeux avaient vu ce qu'ils avaient vu. Un matin, son fils est rentré au logis avec un drôle d'air, vêtu d'un long manteau agrafé jusqu'au col. Cela, d'abord, l'a intrigué, car c'était le lendemain de la Saint-Jean, une chaude journée de juin, et cela, plus tard, lorsqu'il a trouvé la chemise, a fait son désespoir. Une empoignade, on s'en vante ; un crime, on le tait. Le vaurien s'est tapi tout le jour, sans manger ni boire, est ressorti à la nuit pour revenir fin soûl, dégoisant propos hors de sens. Son père a attendu qu'il s'écroule, puis a fouillé sa chambre. La chemise était cachée sous le matelas, rouge de sang. Et pas une cicatrice, pas une égratignure sur le corps nu du bellâtre qui dormait du sommeil des brutes ou des innocents.

— Son père, alors, l'a chassé.

— Il l'a banni, lui a interdit sa porte et le séjour en cette ville, sous peine, s'il désobéissait, de le dénoncer.

— S'est-il conformé à cette volonté ?

— Sans doute est-ce le premier ordre qu'il ait jamais respecté de son existence. Il a échoué à Dreux. Quinze ans à vivre dans la crasse, gueux parmi les gueux, puis il accourt quand meurt son père, tout pomponné de frais : une avance sur son héritage offerte par un rusé notaire et une croche de plus sur la partition du diable. »

Bayonne n'entendit pas les derniers mots. Il resta silencieux, conscient de l'importance de ce qu'il venait d'apprendre. Un nouveau lien, ce coup-ci entre Thévenon, Rivière et le père Vuillard, et, enfin, un événement lointain, une date, la nuit de la Saint-Jean, quinze années plus tôt. Pour la première fois depuis le début de son enquête, la margelle du puits s'entrebâillait. Il se sentait excité. Inquiet, aussi. Un instant, il fut tenté de couper court à l'entretien, de rejoindre Lhorme lancé à la recherche de Thévenon.

« Ces propos d'homme soûl tenus par Sylvère Thévenon il y a quinze ans, votre époux vous les aurait-il confiés ?

— Des injures où revenait le nom d'un certain… » Elle plissa les yeux. « … Boucheron, apparemment accusé de félonie. C'est la seule chose que mon époux ait pu comprendre. Pour le reste, brouillamini de boit-sans-soif : il fut beaucoup question de cerises et d'un renard. »

Comment pouvait-elle se rappeler de façon si précise le souvenir d'un autre ?

« Votre mémoire me semble miracle.

— N'en soyez pas surpris. Tout comme ces vieillards sans dents qui passent et repassent en leur bouche un morceau de viande dure, cette histoire, maître Thévenon ne cessait de la ressasser. »

Le plat de champignons qui avait mis fin à la litanie traversa l'esprit de Bayonne.

« Je crains d'éprouver à nouveau votre patience en vous demandant de me la répéter une fois encore. »

La voix d'Inès eut un accent rauque.

« Autant de fois qu'il vous plaira. »

Il reprit avec elle l'épisode, le tourna dans tous les sens, examina chaque point, mais elle n'en savait pas davantage. À l'époque, Sylvère Thévenon n'avait rien lâché. Les quelques questions posées à droite et à gauche par son père n'avaient, elles non plus, rien donné : personne ne connaissait de dénommé Boucheron et nulle affaire de sang en la paroisse le soir de la Saint-Jean. Le chevau-léger remercia, tourna le bouton de la porte, se traita d'imbécile. Il allait oublier l'essentiel.

« Votre beau-fils craindrait-il les frelons ? »

Inès lui jeta un regard amusé, un brin déçu.

« Je l'ignore. Il a, en tout cas, assez de venin dans le sang pour ne point redouter leur piqûre.

— Manifesterait-il du dégoût vis-à-vis d'autres bêtes ?

— La vermine, il n'aime pas la vermine. Avant-hier encore, il a fait un esclandre à propos d'un malheureux charançon qui barbotait dans sa platée de pois. Mon époux me racontait comment, petit, son fils pâlissait à la vue d'une punaise. Un homme ? Une… »

Elle se tut. On frappait au carreau. Bayonne se retourna. Devant la boutique, le commissaire Lhorme coiffé de ses six plumes d'aigrette. Gilles prit congé et sortit.

« Vous feriez bien de venir voir, dit Lhorme. Votre Thévenon, j'en ai peur, nous l'avons trouvé. »

Au hasard de trancher ! Pile, il s'ouvrait à son maître ; face, il continuait à se taire. La pièce roula. Face. Silence, donc ! conclut Pique-Lune non sans soulagement. La façon dont Bayonne expédierait son problème, il préférait ne pas y goûter, ou seulement le plus tard possible, mais alors abrite-moi sous ton aile, gentil ange gardien ! Il alla s'adosser contre un pilier des arcades. De temps en temps, il fallait savoir dégringoler de son arbre, redevenir piétaille. La place de la Vallée de Misère continuait à vrombir, les gens à s'activer. Ça criait, chuchotait, bavassait en tous sens et un drelin intéressant s'échapperait peut-être du bourdon. Il se frotta le nez, pensait au bel étourneau. Son sac à noisettes ne pesait pas assez lourd pour obtenir récompense. Que lui vaudrait la liste des hôtes et fournisseurs ayant fréquenté les logis où s'était distingué leur renard, une kyrielle ennuyeuse dressée à la demande du soldat ? Au mieux, un haussement de sourcils. Sa mine s'allongea. Il était loin, très loin du compte, si loin qu'un miracle mis à part, il pouvait faire une croix sur son étourneau.

Il tendit l'oreille – vantardises, discutailleries, commérages – et retourna à ses pensées. Restait quand même une chance, un minuscule coin de ciel bleu. La Rascasse suivait une piste. *Les rats, j'en fais mon affaire*, avait déclaré François d'un ton sûr. Jabotage d'oisillon ? Le neveu de Mesnil disait connaître un certain Fassolle, lui-même en cheville avec Rémi le crocheteur apparenté par son père, le vieux Daussy – également surnommé Sept-Dièses parce qu'à chaque vol il haussait le montant des recettes –, au fameux grinche Bécarre, l'Ancien ou le Jeune, Pique-Lune s'embrouillait dans les noms et ne savait plus trop, mais il avait retenu l'essentiel : au bout de la gamme se trouvaient les rats, dix pleins sacs de noisettes au bas mot.

« Mouchette jolie ! »

La chienne borgne s'avançait vers lui en se dandinant, sa queue fouettant l'air par saccades. Il s'accroupit, la chienne le salua d'une léchouille, et quand les bottes de Le Gail apparurent dans son champ de vision, il ne releva point la tête.

« Des risettes pour la Mouche, des froidures pour son maître, un jour il faudra que tu m'expliques ce que René Le Gail t'a fait. »

Pique-Lune se leva. Il aurait préféré se taire mais la réponse s'échappa de ses lèvres.

« Vous ressemblez à mon père.

— Méchant homme ?

— Méchante mort. » Pique-Lune ne sut jamais ce qui le poussa à rajouter : « Comme tous les miens. »

Un court instant, Le Gail ne dit mot, les yeux dans le flou. Un drôle de sourire éclaira ses traits et il fixa le garçon.

« L'eau qui a coulé ne rebrousse pas chemin, fillot, mais celle qui coule, tu peux y plonger les lèvres. » Du pouce, il se gratta la nuque. « Ta famille pour toi, mes fantômes pour moi, nous deux, on a peut-être des choses à se dire, histoire de rafraîchir les gosiers qui ont avalé tant de morts. »

Pique-Lune se figea, et, d'un coup, aussi soudainement que le soleil parfois déchire la grisaille, une joie sauvage l'envahit. Un ami, un compaing pour de vrai, un homme capable d'entendre sans qu'il fût besoin de parler. Il tendit la main, d'une poigne solennelle serra la patte de Le Gail. À la vie à la mort, compère !

Derrière la lucarne, un peu triste, le Goupil contemplait la dépouille du chat. Le vieux griffu lui manquerait. Un soir, des années en arrière, l'animal était apparu sur les toits, farouche jusqu'à la sauvagerie. Il ne l'avait jamais vu baisser la garde. Pas une fois, même lorsque ses os saillaient, il n'avait touché aux reliefs lancés à son intention sur les tuiles. Un méfiant, le cuir calleux à force de se frotter aux hommes. Il l'avait choisi pour cela. La bête devinerait-elle l'odeur et le goût du poison, ou, si elle les détectait, renoncerait-elle au souper ? La grande ciguë sentait trop fort la souris, au nez d'un homme du moins. Il lui avait finalement préféré sa sœur, la ciguë aquatique, dont la racine à la saveur proche du persil fleurait bon le céleri-rave. La meilleure des plantes, assurément, car la cuisine du Coq hardi persillée à outrance n'étonnait plus personne. Des gants afin de ne pas imprégner la viande de son fumet d'humain, puis, son appât en place, veillée auprès de la lucarne.

Quelques manières, un rien de réticence, le vieux mâle s'était décidé. Le Goupil hocha la tête. Si le plus soupçonneux des chats avalait ses boulettes sans broncher, le plus rétif des hommes s'y laisserait prendre aussi.

Ils avaient cherché Thévenon partout, avait expliqué Lhorme, sauf au bon endroit. Visite chez lui d'abord, ruelle de la Triperie, trois coups à la porte, personne ; une heure ensuite à fouiller tous les coins hantés par le bellâtre, tavernes, bains de Juliane Hainault, chambrette de la maîtresse, étude du notaire, échoppes en lesquelles fondait à vue d'œil le futur héritage. Rien, un vrai furet. « Il est passé par ici », fredonnait maître Champvert ; « il repassera par là », serinait l'oiseleur. Retour au logis où Lhorme, une idée comme ça, avait essayé la poignée. La porte s'était ouverte. Cinq gardes devant le nid et galopade jusqu'à la boutique de la fée Triple Rosse afin d'avertir Bayonne. Non, il n'était pas entré. À quoi bon ? Tous deux savaient ce qui les attendait à l'intérieur. Quel fou laisse-t-il sa porte sans verrou ni défense lorsque, au-dehors, le loup rêve de le croquer ? Un étourdi ? Bernique ! Ou Gilles faisait fausse route, ou Thévenon figurait bien en troisième sur la liste.

« Mais, dans cette hypothèse, rajouta Lhorme qui désigna la porte du menton, si la bergerie n'est point close… »

Bayonne chassa une mouche de sa joue. Il ne se trompait pas. L'idée de rapporter à Lhorme son entretien avec la gantière lui effleura l'esprit. Il ne dit rien, se traita de tous les noms. Son imagination lui jouait des tours, pensa-t-il en croisant le regard du commissaire. Il aviserait plus tard. Dans l'immédiat, il avait d'autres chats à fouetter. Il fit quelques pas, étudia la demeure louée par le fils Thévenon. Une petite maison en retrait de la rue, des venelles adjacentes, une porte dissimulée aux regards donnant sur une façade aveugle. On pouvait entrer et sortir ici sans montrer le bout de sa moustache. La nasse se resserrait. Placé sous l'œil des voisins, le presbytère sur lequel veillait une sentinelle avait obligé l'assassin à emprunter le soupirail. À l'hôpital des Enfants Rouges ouvert de jour comme de nuit, il avait attendu le moment du souper, une heure où l'on ne risquait guère de le surprendre. Chez Thévenon, il était tout simplement passé par l'huis. Gilles revint sur ses pas. Aucune trace de fracture, mais derrière cette porte, il le savait, Thévenon était déjà tout ce qu'il y avait de plus mort. Ils arrivaient trop tard. Une seule conclusion possible : Thévenon avait lui-même ouvert la bergerie à quelqu'un de son entourage, il connaissait le loup masqué sous boucles blanches. La brebis jamais ne se méfie de ses sœurs. Bayonne posa la main sur la poignée.

« Qu'allons-nous trouver ce coup-ci ? souffla Lhorme.

— De la vermine. Thévenon d'abord, et des choses qui grouillent : poux, punaises, souris, que sais-je ?

— Et vos frelons ?

— Ça, ce sera peut-être pour la prochaine fois. »

Bayonne ouvrit. Après deux pas dans le vestibule, il s'arrêta. Une odeur, si ténue qu'il la perdit aussitôt. Il inspira, lentement, profondément. La cire, les herbes de la jonchée, une pointe lourde de cinnamome. Il ne retrouva pas son odeur.

« Avez-vous senti ? »

Il se rendit compte qu'il avait parlé à voix basse. Lhorme plissa les narines et secoua la tête. Bayonne se remit en marche. Une souillarde, un minuscule cabinet vide. Dans son dos, un chuintement d'acier.

Lhorme avait tiré sa lame. Gilles posa la main sur son épée et continua sa progression. Après coup, il se souviendrait des battements de son cœur, du bruit sourd de leurs bottes, du grand silence qui les enveloppait quand ils s'étaient avancés vers ce rectangle de lumière, au bout du couloir, où flottaient des grains de poussière en suspension. Il marqua une pause, l'oreille aux aguets, puis entra dans la pièce.

Thévenon était étendu sous la fenêtre, une moitié du corps éclairée par une flaque de soleil, le buste à l'ombre, le visage et la poitrine recouverts d'une sorte de masse blanchâtre. Un temps très court, Bayonne ne comprit pas ce qu'il vit. Il pensa à ces giclées laiteuses pleines de grumeaux vomies par les cholériques. Il crut que Thévenon respirait. Mais les grumeaux bougeaient tout seuls, ils se soulevaient, s'abaissaient, se gonflaient avec un imperceptible bruit de sable, et quand il saisit soudain de quoi il s'agissait, il eut envie de vomir.

« Sainte Mère de Dieu ! » dit Lhorme qui venait lui aussi de comprendre.

Longtemps l'image poursuivrait Gilles. Des vers, de fins vers blancs grouillaient par centaines sur le buste et la tête de Thévenon dont on n'apercevait guère le visage, sauf un œil que l'épouvante figeait. Près du corps, un entonnoir aux côtés d'un bâton pareils à ceux utilisés pour le gavage des oies. Il y eut un moment de stupeur pendant lequel plus rien ne sembla exister hormis cet affreux chuchotis, comme le frottement du sable qui glisse entre les doigts. Bayonne se dit que sa vie entière il entendrait ce bruit. Lorsqu'il rompit le silence, sa voix résonna d'une façon étrange à ses oreilles.

« Que vos hommes interrogent les voisins : allées et venues, paroissiens et inconnus. Nous, on fouille. »

Il entendit Lhorme s'éloigner, transmettre ses ordres, revenir, s'arrêter à mi-couloir pour entreprendre l'inspection des premières pièces. Bien. Chacun avait besoin de rester un temps seul dans son coin. Il s'approcha de Thévenon, évita des yeux la face cauchemardesque où la vermine continuait à se tordre. Une idée lui vint. Il déglutit, s'obligea à regarder de nouveau et, de nouveau, l'impression fut terrible : un œil dilaté par l'effroi et des vers, des vers partout. Gilles détourna la tête au bord de la nausée. Comme les autres au moment où l'on avait découvert leur corps, Thévenon n'avait plus de visage, même si lui, une fois débarrassé de ces saletés, retrouverait le sien. Cette constante exprimait-elle une volonté à l'œuvre dont le motif, l'obscur motif lui échappait encore ? Cela paraissait peu probable. Comment l'assassin aurait-il pu deviner que les rats grignoteraient le nez, les joues, le menton du prêtre ? Pourtant, il ne s'agissait pas non plus d'un hasard. Si un lien avait existé entre les trois hommes dans la vie, un lien les unissait également dans la mort. Mais lequel ?

Il ferma les yeux, les rouvrit aussitôt. Sous ses paupières, les vers grouillaient toujours autour de l'œil de Thévenon. L'idée se mit à prendre forme en même temps qu'en son âme grandissait le malaise. Quelle image à la vue du prêtre ? La dépouille d'un chien livré aux charognards. Quelle remarque devant le cadavre de Rivière ? Une chose monstrueuse, avait dit Lhorme dans un souffle. Quel sentiment face à Thévenon dont les traits disparaissaient sous la vermine ? Une horreur au-delà des mots. Là où s'animait un visage d'homme, on contemplait un masque de pourriture et de néant. Bayonne fixa l'entonnoir. Son regard glissa au bâton. L'assassin avait gavé de vers sa dernière victime jusqu'à l'en étouffer. L'idée se précisa soudain. *Il ne leur enlève pas leur humanité. Pour lui, ce sont des bêtes.*

Un cri sourd le tira de ses pensées. Lhorme avait dû trouver quelque chose. Il tendit l'oreille. Raclements des tiroirs, cliquetis des clés, le commissaire poursuivait la fouille. Bayonne s'accroupit en tournant le dos à Thévenon, toucha sa main. Les doigts gardaient encore leur souplesse, la peau était tiède. La corde autour du poignet avait disparu mais, en la chair, des marques profondes disaient la violence avec laquelle Thévenon s'était débattu. Derrière Gilles, l'infime frottement continuait à bruire sans s'interrompre un instant et la peur l'empoigna. Pour qui, maintenant, s'écoulait le sablier ? Quand donc ce cauchemar cesserait-il ? Combien de noms sur la liste ? Il se redressa, parcourut la pièce des yeux. C'est ici que Thévenon dormait, butinait sa douce, rêvait, s'habillait le matin. Accrochées au plafond, une huitaine de cages, toutes ouvertes. Pas un emplumé à l'intérieur. Les oiseaux achetés à Foy contre une pièce d'or s'étaient envolés par la fenêtre. Cela ne collait pas, se dit Gilles en pensant au presbytère. Le loup tuerait le serin du père Vuillard mais prendrait la peine d'élargir les volatiles de Thévenon ? Il se faisait une autre idée du bonhomme. Se serait-il trompé ? Pas sûr. La maîtresse entichée de tout ce qui vole dans les airs avait peut-être ouvert la cage à ses protégés. Il lui faudrait vérifier ce détail. Il se pencha sur une feuille posée sur une tablette et lut les quelques lignes tracées par Thévenon, un médiocre quatrain dédié à sa mie. Même si l'écriture en était déguisée, point besoin de comparer avec le billet reçu à l'aube. Thévenon et l'ami de la sainte justice ne faisaient qu'un.

La tête ailleurs, il continua son inspection. Il se rapprochait, il le sentait, et il suivait la piste. Thévenon connaissait son meurtrier sans soupçonner le prédateur en lui mais il connaît, ou du moins le pense, l'âge et le signe distinctif du loup. Le père Vuillard est incapable de le décrire tout en se méfiant, lui aussi, d'une envie en forme de cerise. Rivière en savait sans doute autant. Chacun donne l'impression de s'être déjà frotté à la bête et d'ignorer pourtant qui redouter. Pour quelle raison ? *Ils ne peuvent le reconnaître car il a changé. Ils l'ont croisé enfant. L'agneau devenu loup leur donne la chasse.* Bayonne se mit à arpenter la pièce. Plus un son en provenance de Lhorme et mieux valait le bruit de ses bottes au murmure des vers. *Ou encore ne l'ont-ils jamais vu et apprennent-ils son existence, son âge, la tache de naissance qui le trahit par ouï-dire.* Comment trancher ? Impossible pour l'instant. Une chose, néanmoins, semblait acquise. Les trois hommes se trouvaient mêlés à un événement dont ils payaient les dommages au prix fort. Quinze ans auparavant, une bande rôde. Quinze ans auparavant, du jour au lendemain, Rivière se dédie aux gaminots des Enfants Rouges tandis que Vuillard entame la formation qui le mènera à la prêtrise. Et, quinze ans auparavant, Thévenon rentre un matin couvert de sang. Le même Thévenon, peu avant de mourir, estime à vingt-cinq ans l'âge du loup. Quinze ôtés de vingt-cinq, le calcul était simple. Bayonne s'arrêta. Il cherchait un enfant de dix ans, un enfant qui, sous son masque d'homme, n'avait pas oublié et dont la colère lui faisait peur.

Il reprit son va-et-vient. Pourquoi Thévenon avait-il ouvert sa porte, alors ? Pourquoi n'avait-il point flairé le loup ? Parce qu'il s'attendait à quelqu'un d'autre. L'assassin ne correspondait pas à l'image qu'il se faisait de lui. Un prédateur plus âgé ? Un homme de vingt-cinq ans mais présentant patte blanche, non entachée d'envie en forme de cerise ? Si Thévenon, Rivière ainsi que le prêtre s'étaient trompés sur le fauve lancé à leurs trousses, cette histoire d'enfant ne tenait pas et sa seule piste s'envolait. Ou fallait-il admettre, contre les faits, l'existence de deux meurtriers, le jeune loup craint par les trois hommes et un deuxième, une bête si profondément tapie dans l'ombre que nul, jamais, n'avait soupçonné sa présence ? Il eut une moue dubitative. Tout, en ces crimes, indiquait un solitaire. Et s'il trouvait la bergerie ouverte… Il grimaça. Il tournait en rond. La peur le saisit de nouveau. Il n'allait pas assez vite et le tueur, lui, mettait les bouchées doubles. Quatre jours entre le meurtre du père Vuillard et celui de Rivière, deux à peine entre ceux de Rivière et de Thévenon. Pourquoi cette hâte ? Dans le couloir, la jonchée crissa, puis Lhorme entra. Bayonne ne fut pas surpris par les trouvailles du commissaire : une clé, une bourse, quatre pièces tachées de sang. Pendant qu'il les contemplait en silence, un éclair sombre lui brûla la poitrine. Combien de clés semblables à celle-ci viendraient-elles alourdir le trousseau ?

« La belle de Thévenon a-t-elle rendu leur liberté aux emplumés ? Le point est à éclaircir. »

Lhorme enregistra sa demande d'un hochement de tête. Il paraissait tendu, mal à l'aise, évitait de loucher en direction du cadavre. Gilles songea à l'épouse et aux enfants massacrés à coups de hache. Couic, couic et recouic ! *Requiescant in pace !* Les morts dorment en paix, mais point de repos pour les vivants.

« Il nous a pris de vitesse, fit Lhorme avec lassitude. L'animal conserve un temps d'avance sur nous.

— Non, nous avons des années de retard sur lui, mais le résultat est le même. Thévenon ne pourra plus nous répondre.

— Interrogeons les chiffres. Une clé chacun…

— … muette pour l'instant et, selon moi, elle n'a rien à nous dire.

— Avec la bourse tachée de sang et leur âge, le seul point commun entre les trois hommes.

— Exact, mentit Bayonne en se demandant pourquoi il s'entêtait à se taire. Chacun la possédait depuis longtemps.

— *Ergo*, ils se connaissaient d'aussi longtemps.

— Nous sommes d'accord.

— Cinq pièces pour le prêtre, cinq aussi pour Rivière, mais nous avons un quatre boiteux pour Thévenon.

— Rajoutez une pièce donnée à Foy en guise de paiement et nous retombons sur nos pattes. »

Lhorme lui lança un regard en dessous et il sentit sa vigilance s'accroître. Nul mot de reproche sur ses cachotteries, mais le commissaire n'était point dupe.

« Les chiffres chantent à l'unisson, parfait, commenta Lhorme. Quelle avancée pour nous ?

— Plusieurs lieues en arrière. Des années, vous dis-je.

— Vous y tenez à votre vieille carne crevée pourrissant au fond d'un puits, hein ? Hors de ce credo, point de salut !

— Et vous, quelle est votre religion ? »

Une lenteur calculée, un sous-entendu manifeste, mais Lhorme fit le sourd. Pas de doute, pensa Gilles en écoutant le commissaire, l'homme lui cachait quelque chose.

« La raison, Bayonne, la raison ! Ne pas faire un pas sans son agrément ou nous risquons de nous perdre dans les fumerolles du passé. Et la raison nous souffle que cinq n'est ni quatre ni six et ne relève point du hasard.

— Pinaillage ! Quel que soit le nom qu'on lui donne, nécessité ou charogne, il faut sortir la carcasse du puits et ce cinq ne peut nous servir de corde.

— Traduit en votre vocabulaire, cela signifie qu'il ligote déjà la vieille carne.

— Tout juste. Nous n'en comprendrons le sens que lorsque nous saurons quel événement a déclenché ces crimes.

— Et si notre artiste s'inspirait de l'Apocalypse ? Quatre exprime le monde terrestre, six l'imperfection…

— Nous n'avons pas affaire à un mystique, Lhorme ! Si vous en doutez, jetez donc un œil à Thévenon. Ces cinq pièces renvoient à du sang, à un épisode rempli de violence. »

Lhorme se passa la main sur le visage comme s'il voulait l'effacer. Il semblait avoir vieilli d'un coup. « Six rats, six vipères, et assez d'asticots pour nettoyer un bœuf, fit-il.

— Le nombre de bestioles, par conséquent, ne veut rien dire.

— Pourquoi elles et pas d'autres ? Une symbolique tirée de la Bible ?

— Aucun symbole là-dedans, du réel brut : nuisibles pour nuisibles et stratégie de la peur. Le père Vuillard craignait les rats, Rivière les serpents, Thévenon la vermine. Le quatrième, pour sûr, craindra guêpes, abeilles et frelons. »

Un silence se fit, le bruissement des vers s'éleva et Bayonne se rendit compte que pas un instant, même lorsqu'il s'entretenait avec Lhorme, il n'avait cessé d'entendre ce bruit. Quand le commissaire se remit à parler, il en éprouva presque du soulagement :

« Les criminels, j'en ai tant vendangé qu'à moi seul j'ai dû remplir la moitié des caves de Lucifer. Pas un n'arrive à la cheville de notre assassin.

— Ce n'est pas un assassin.

— Peste, non ! Trois crimes plus noirs que la boue parisienne mais – où diable avais-je la tête ? – il ne s'agit pas d'un tueur. Clair comme du jus de pipe !

— Il frappe toujours par l'entremise d'une bestiole. Il n'a pas l'habitude de tuer et il n'aime pas ça.

— Et le père Vuillard, Rivière, Thévenon, ont-ils apprécié, eux, ce manque d'expérience et ce… dégoût ? Nom d'un rat de nom d'un rat ! Le pire des chiens, je ne lui souhaiterais pas les tourments qu'ils ont endurés !

— Un cauchemar, en effet, parce qu'à ses yeux, ils sont pires encore que le pire des chiens. Il y a de la haine en lui, de la colère. Il veut les faire souffrir, les conduire à l'épouvante. Il ne les tue pas, il les châtie.

— *Car le salaire du péché, c'est la mort*, Romains, 6, 23. Très bien, partons de votre postulat : non pas un assassin, mais un ange exterminateur, non pas agneaux égorgés, mais loups dépecés vivants. Pour quelle faute ? »

Bayonne fixa un point par la fenêtre, cinq pieds au-dessus du cadavre. Sous le rectangle d'un bleu dur, la masse blanchâtre continuait à frémir. Il ne voyait qu'elle. Il se tourna vers Lhorme :

« Pour quelle faute ? » Il eut un geste d'impuissance. « Si nous l'apprenons, peut-être éviterons-nous les frelons.

— Je n'aime pas vos *peut-être*.

— Moi non plus. »

XII

En fin d'après-midi, juste après le dernier appel pour vêpres, sans signe avant-coureur sinon un silence de pierre, le vent se leva, une bourrasque dont la violence frapperait les esprits et où l'on verrait plus tard la main de Dieu. Soudain, la poussière cingla la peau, les couvre-chefs s'envolèrent, les tuiles se mirent à tomber comme des oiseaux foudroyés en plein ciel. « Seigneur ! Ô Seigneur ! » cria une voix d'homme. Arc-bouté contre la porte, Bayonne entendit le vent mugir à ses oreilles, un grondement de bête fauve qui empestait le fer chauffé à blanc. Des volets claquaient. Un battant se tordit dans les airs et disparut au-dessus des toits. Puis, d'un coup, aussi brutalement qu'elle était venue, la tourmente s'arrêta. Gilles se frotta le visage. Un calme étrange pesait sur la rue entièrement déserte et une sensation de légèreté l'envahit. Tout à l'heure, il avait en vain chassé les curieux massés devant le logis de Thévenon. Vermine ! Leurs faces luisantes d'avidité l'insupportaient. Pourquoi revenaient-ils quand le spectacle était fini ? Lhorme accompagné de ses hommes avait enlevé le corps et grâce aux trois prisonniers convaincus par une promesse d'élargissement, plus un ver n'infectait la demeure de Thévenon. Pour le gentillâtre, la morgue du Châtelet, puis la fosse. Personne ne le réclamait. Sa douce ne l'aimait que vivant, sa marâtre ni mort ni vif. « Chacun sera jugé selon ses actes », avait lancé Inès en guise d'oraison. *De profundis.* Quelques pelletées de terre, et la vermine rejoindrait la vermine.

Bayonne scruta le ciel – pas un nuage –, la rue ensuite – pas un badaud –, rentra, se baissa pour ramasser sa toque, s'installa dans la souillarde, debout dos au mur. Le sommeil lui piquait les paupières. Depuis combien de temps se trouvait-il sur le pont ? Il pensa au cauchemar de la nuit précédente si proche encore, au sang noir sur la neige éblouissante. Il prit sa blague à tabac, bourra son brûle-gueule et l'alluma. Il ne voulait pas dormir. S'il fermait les yeux, il voyait les vers frémir autour de l'œil mort. Il aspira une bouffée de pétun. Quelle remarque avait lancée Pique-Lune au sujet des vols ? Il ne savait plus. Pourquoi cela venait-il le tarauder ? Il arrondit les lèvres, souffla un rond de fumée, le regarda s'évanouir. Non, le poisson ne mordrait pas. Il en parlerait ce soir au loupiot. Sauvayre ferait-il meilleure pêche que les gardes ? Les voisins n'avaient rien vu, rien entendu, rien reniflé. Dès la réapparition du sergent, le chevau-léger lui avait montré la porte : « Ouste ! Dehors ! La rue a des oreilles et des yeux, à toi de me dire où. »

Deuxième bouffée de pétun, deuxième rond dans l'air. Il s'était trompé. Monette, la maîtresse entichée d'oiseaux, n'avait pas ouvert les cages ; ce matin, jurait-elle, chaque volatile se lissait les plumes. Puisque Thévenon n'admettait chez lui que sa mie… Gilles appuya son brûle-gueule contre sa joue. Son gibier tordait le cou au serin du père Vuillard, massacrait trois hommes, libérait maintenant des oiseaux. Il n'était pas loin de penser comme Lhorme, le bon sens n'y trouvait pas son compte, mais pourquoi s'en étonner ? La raison gouvernait-elle nos vies, nos gestes, nos humeurs ? La logique dirigeait-elle nos actions ? Qu'on lui montre une existence tracée au cordeau ! *Nous sommes tous pétris d'ombre et de lumière.* Un homme pouvait tuer d'horrible façon, puis, l'instant d'après, ouvrant une cage, offrir l'infini. Il ne s'agissait pas d'un monstre, sur ce point, pas d'erreur. L'assassin avait gavé Thévenon de vers et eu pitié des oiseaux. Son geste paraissait absurde, incongru, déplacé. Il était juste humain, profondément et monstrueusement humain.

Bayonne porta le brûle-gueule à ses lèvres. En lui, il ne savait pourquoi, une voix résistait. Tu t'égares, soufflait-elle. Il avait appris à tendre l'oreille aux signaux venus des profondeurs. Devait-il suivre sa première impression à la vue des cages vides ? Le même homme n'avait pu tuer le serin et libérer les oiseaux. *Exit*, donc, le loup solitaire. Deux meurtriers, au moins. Cette idée lui hérissait le poil. Tu t'égares, soufflait encore la voix. Et comment Cheverny avait-il découvert l'encagement de ses sbires ? Au moment où Lhorme partait, un garde était venu leur transmettre la nouvelle : on avait relâché Hénin et ses hommes sur ordre de la Chancellerie. Qui s'était empressé d'avertir le Grand Maître des corbeaux ? Au bout du couloir, la porte s'ouvrit. Bayonne reconnut le sergent à son pas. Seul Sauvayre faisait claquer ses bottes comme des sabots. Une enfance dans une ferme, un bruit de terre quand il marchait. Surpris de le voir dans la souillarde, le sergent eut un mouvement en direction de la pièce où ils avaient découvert Thévenon.

« Z'avez rien à craindre, là-bas. La f'nêtre est point close. »

Gilles comprit. Dans certaines campagnes, après une mort, on creusait un trou dans le chaume du toit afin de laisser l'âme du défunt s'envoler. Un gars des champs, Picard sans doute, descendu à Paris tenter sa chance. Sauvayre avait perdu son accent mais la boue lui collait toujours aux talons.

« Que tu rentres bredouille, voilà ma crainte. »

Du pouce, Sauvayre se gratta le haut du crâne. Maigres prises dans les filets, traduisit Bayonne.

« Y a deux lardons dehors, y piaillent qu'z'ont vu la bête. Mais sont petits petits, les drôlets, l'genre à croire encore au croquemitaine. Voulez mon idée ? Z'ont confondu leur jolie p'tite ombre avec l'grand méchant loup.

— *Laissez venir à moi les enfants*, Marc, 10, 14. »

Sauvayre lui jeta un regard soucieux comme s'il couvait une méchante fièvre.

« L'moulin s'mélangerait-y les ailes, là-haut ?

— Ne fais pas attention, je m'entraîne : une rencontre cette nuit.

— Ben, les merlettes, moi, c'est pas des orémus ou des *confiteor* qu'j'leur siffle aux oreilles ! Chaque merle sa chanson. Ces lardillons, on les dégraisse ou on les r'jette au ruisseau ?

— On les dégraisse.

— En avant pour la poêlée ! J'vous les amène. »

Sauvayre disparut, la porte d'entrée couina, et lorsque les bottes claquèrent de nouveau sur le sol, Gilles pensa que le sergent revenait seul. Les deux enfants que Sauvayre poussait d'une patte douce étaient si petits que Bayonne s'accroupit devant eux. Le garçon tenait sa sœur par la main, des yeux noir charbon l'un et l'autre, une binette comme une goutte de rosée. Le ragotin posa sa hotte, la miette de souris son tamis. De la valetaille de ferronnier. Des gamins cul dans la fange au milieu des rues qui fouillaient la rigole pour y pêcher les clous des chevaux, les débris de fer ou de cuivre, une piécette parfois, le soldat en voyait tous les jours. Mais ces momichons-là, quelle paire minuscule ! Cinq ans le premier, trois la seconde, et il comptait large. Derrière eux, Sauvayre eut une moue éloquente. J'vous avais bien dit !

« Le sergent dans ton dos, demanda Bayonne au garçon, peux-tu me le décrire ?

— Sûr, fouchtra ! » Les yeux noirs se froncèrent un instant et le petit débita d'une traite son laïus. « Cou de taureau, tête cabossée, verrue sur le menton, trois poils piqués dedans, nez germé comme un vieux tubercule.

— Tubercule ? Et l'radis avec lequel tu r'nifles, rasemottes, tu veux qu'j'le tronçonne en rondelles ? »

La fillette se retourna. Lâchant la main de son frère, elle glissa sa menotte dans la paluche du sergent.

« Pourquoi tu renaudes ? T'es point beau, mais t'es gentil. »

Un ton de sereine évidence, à la manière des enfants. Sauvayre piqua un fard et l'on ne l'entendit plus. La petite lui sourit, se mit à grignoter la moitié de pomme tirée de sa manche, une probable ponction dans les victuailles destinées à dame Bertille. Gilles ne fit aucun commentaire. Par chance, les momichons avaient des yeux pour voir.

« Votre nom de baptême ?

— Pascaline et Gervais, monsieur. »

Le garçon prononçait *monchieur* en bonne marmaille d'Auvergnat.

« Pascaline et Gervais, je vous pose maintenant la même question : l'homme qui est entré ici, pouvez-vous le décrire ? »

Gervais secoua la tête.

« Non, monsieur.

— Non ?

— On l'a pas vu entrer, tu comprends. On l'a juste vu sortir.

— Sentait bizarre, fit Pascaline d'une voix de souris.

— Bizarre ?

— Tu le renifles, dit Gervais, ça te pique le nez.

— Du vinaigre ? Du vin ?

— Comment tu veux qu'on te dise ? répondit le garçon. Il sentait une odeur qu'est une odeur qu'on connaît pas.

— L'est vieux ! dit Pascaline.

— Vieux comment ? »

Le petit lorgna Bayonne d'un œil de maquignon.

« Tout pareil que toi, monsieur.

— Comme moi ou comme le sergent ?

— Comme toi. »

Sans lâcher la main de Sauvayre, la fillette se hissa sur la pointe des pieds pour se pencher vers Gilles.

« Toi, t'es vieux, Tubercule, lui, l'est très, très vieux. » Elle se laissa retomber en arrière et sourit. « Mais l'est gentil ! »

Sauvayre, qui devait avoir l'âge du Christ, rognonna dans sa barbe.

« Vous l'avez donc vu de près ?

— Quand l'est sorti, l'a failli nous marcher dessus, dit Gervais. On fouillait le ruisseau.

— Vers quelle heure ? T'en souviens-tu ?

— J'avais faim ! lança la souricette.

— On mange jamais trop au dîner, expliqua le garçon.

— C'était après sixte, donc ?

— Plus tard, le ventre grouillait fort. »

La remarque de Gervais confirmait ses calculs : le crime remontait à une heure après sixte environ. Plus tôt, il aurait trouvé un cadavre déjà raidi par le froid.

Plus tard, la peau de Thévenon aurait gardé sa chaleur, or elle était seulement tiède lorsqu'il l'avait touchée peu avant cinq heures de relevée.

« À quoi ressemblait-il, cet homme ?

— Tu fais des questions qu'on peut pas répondre, dit Gervais sur un ton de reproche. On a vu ses bottes, on a vu sa tête, on a vu son dos.

— Et ses bras !

— Et ses bras, à cause qu'il avait les manches retroussées. » Gervais montra de l'index l'intérieur de son avant-bras droit. « L'a une fraise ici.

— Une cerise, souffla Pascaline, mais veut pas me croire. »

Bayonne garda le silence. Les momichons avaient croisé le loup. *Un homme d'environ vingt-cinq ans, une envie en forme de cerise sur l'avant-bras droit, voilà votre gibier*, écrivait l'ami de la sainte justice. Et l'auteur d'un portrait si fidèle ne se serait point méfié ? Sottise ! L'homme que les enfants avaient vu sortir n'était pas celui à qui Thévenon avait ouvert sa porte ou alors, il n'y comprenait plus rien. Ils sont deux, se dit-il, mais il avait l'impression de comprendre encore moins.

« Quand l'homme a failli vous écraser, depuis combien de temps vous trouviez-vous dans la rue ?

— On venait à peine d'arriver avec la Pascaline et on est tout de suite repartis. Ici, la boue avait déjà reçu visite, donnera rien, qu'on s'est dit. »

Oui, un autre homme avait fort bien pu sortir de chez Thévenon avant la venue des enfants ou juste après leur départ.

« Ne pouvez-vous pas mieux le décrire ? Vous avez vu sa tête tout de même.

— L'a les yeux marron, puis aussi un nez qui regarde la pluie tomber. » Le garçon se mit à tapoter nerveusement le sol. « Le Thévenon, dis, il va pas revenir ?

— Il ne reviendra guère, non.

— C'est dommage, monsieur.

— Tu l'aimais donc bien ?

— Fouchtra, non !

— L'est point gentil, lui.

— Alors, pourquoi dis-tu que c'est dommage ?

— Le beau jambon, là-haut, il va se perdre. »

Gilles suivit le regard du petit. Accrochées au plafond de la souillarde, au milieu de quelques tresses d'oignons, pendaient de lourdes guirlandes de charcutaille, Noël pour un ventre creux. Il décrocha le jambon, autant de boudins que pouvait en contenir la hotte, rajouta au-dessus une miche trouvée dans la huche à pain, aida Gervais à soulever son chargement.

« Du vent, momichons ! »

La miette de souris reprit son tamis, le ragotin sa sœur par la main, et les enfants disparurent. Sauvayre siffla entre ses dents.

« Pas une chiure d'gras dans ces lardons. Rien à j'ter, tout est bon.

— Et méchante friture pour nous dans la poêle. Ils sont deux, Sauvayre.

— Bah ! Me f'rez point gober c'te couleuvre.

— Pourquoi ?

— Un veau à cinq pattes, l'diable en tire un d'son chapeau tous les cent ans. L'gars qui zigouille à coups d'bestioles est pareil : seul d'son espèce. Peut rien partager avec les autres, pas d'pot commun pour lui, et faudrait qu'j'avale qu'sont deux ? J'marche pas ! »

Le sergent fixa les charcuteries accrochées au plafond et se mit à rougir. *Les pauvres de la paroisse* lui trottaient dans le cœur. Avec la main, Bayonne désigna l'escabelle.

« Ces chapelets de saucisses qui pendouillent, qu'attends-tu pour les dépendouiller ? »

Sauvayre ne se le fit pas répéter. Gilles l'observa remplir sa gibecière, songeur. Lui non plus ne marchait pas. Pourtant, sauf à tenir Thévenon pour fou, jusqu'à preuve du contraire il devait admettre l'existence de deux assassins. Il progressait. Incontestablement, il progressait. Sans savoir où le menaient ses découvertes, doutant de lui à chaque instant, il continuait à avancer dans la pénombre et, à chaque instant, comme l'aube perce la nuit, il sentait croître sa peur.

Il était huit heures de relevée lorsque les deux hommes quittèrent la demeure de Thévenon. Dehors, la lumière refluait. Bayonne chemina en silence, l'esprit vide de toute pensée. Les cris des martinets au-dessus de sa tête, la soudaine transparence du ciel, un parfum de mimosa, le souffle chaud des pierres quand il frôlait les murs, à chaque sensation une blessure et une joie, la beauté du monde qui frappe sans prévenir, transperce l'âme avec la fulgurance d'une flèche d'or et vibre longtemps en la chair. Il connaissait cette réaction, il était soldat : un sauve-qui-peut de vivant, la réponse du corps à la mort. Après l'effroi causé par la vermine, un trop-plein de splendeur. À ses côtés, Sauvayre ne parlait pas davantage. Ses bottes claquaient sur le sol – chlak ! chlak ! – et ce bruit régulier avait quelque chose de solide, de rassurant. Un volet arraché ici, là, une tuile en miettes, partout, des traces de la tourmente. Des petits groupes d'hommes ou de femmes chuchotaient sur leur passage. On se poussait du coude, on le scrutait. Dans les regards, une lueur farouche où se lisait l'inquiétude. À qui le tour, maintenant ?

Le chevau-léger poussa la porte du Coq hardi, suivi par Sauvayre. Un bref silence salua leur entrée, puis les conversations reprirent, ponctuées de cris, de jurons, de rires trop aigus, de refrains entonnés d'une voix trop forte. Chacun trompait sa peur à sa façon. Dans l'auberge, comme à l'accoutumée, une odeur lourde de persillade. Bayonne aperçut le dos de Champvert lui souhaiter la bienvenue, Eychenne le chirurgien-barbier attablé devant un livre, Foy l'oiseleur tout seul dans un coin, Crépin la musaraigne en compagnie de Forestier, le chien baveux, Pasquin le boucher entouré de sa bande de veaux, Loys Brusnel debout derrière son maître, Mesnil qui jouait aux dés contre Quévillan, enfin, son drôle de sourire vissé aux lèvres, Le Gail en conversation avec Pique-Lune. Ainsi, les deux larrons avaient fini par pactiser. Gilles revit le gamin courir vers Mouche sans un regard ni un mot pour le collecteur d'étrons. Assurément, en matière de fantômes, le loupiot se débrouillait mieux que lui. Le Gail se leva puis, Bayonne lui en sut gré, bricola à la va-vite un prétexte afin de les laisser seuls :

« Le bonsoir, capitaine ! Il est l'heure de rejoindre la cambuse, je vous rends votre mousse. »

Il fit claquer sa langue, Mouche quémanda une dernière caresse auprès de Pique-Lune, et l'homme escorté de sa chienne prit la direction de la porte.

« Avez-vous soupé, monsieur mon page ?

— Panse pleine, monsieur mon maître ! »

Gilles ne crut le garçon qu'à moitié. Sur la table, pas une miette ni le moindre vestige de repas. Pourquoi forcer le loustic à manger si ce dernier pinçait les lèvres ? N'allait-il pas lui aussi ventre vide depuis le matin ? Comptait-il le remplir pour autant ? Aujourd'hui, il s'était tellement gavé de vermine que la simple idée d'avaler un morceau lui soulevait le cœur. Un peu d'ail comme remède, il se lèverait demain plus léger.

« Passe la commande, Sauvayre, et déboucle-moi ce ceinturon : le roi régale ! Pour ma platée, une vingtaine de gousses d'ail, rien d'autre.

— Z'avez des vers ? Voulez vous purger ? » Du poing, le sergent se frappa la bouche. « Oups ! Excuse ! J'ai pas vu l'Thévenon, moi, l'spectacle m'est point resté au travers d'la gorge ! » et, sur ces mots, il partit affronter l'aubergiste.

Bayonne se mit à narrer à Pique-Lune sa visite chez Thévenon sans lui cacher ses réflexions pleines de trous et de doutes. Le garçon l'écoutait, les coudes sur la table, le visage au creux des mains, attentif, les yeux emplis d'une horreur muette. À la fin du compte rendu, il ne trouva rien à dire.

« Que l'diable patafiole Champvert avec d'l'eau d'morue ! fit Sauvayre comme il apportait les plats. En plus du patron, faut s'farcir toute la besogne en c'te gargote ! »

Il tendit une écuelle au chevau-léger, se débarrassa des godets et du pichet de vin, s'assit, et d'un air féroce attaqua sa pintade. Croquant son ail, Gilles étudiait la liste des objets dérobés transmise par Lhorme : bijoux, écus, petites pièces d'argenterie, peignes en ivoire, épingles d'or, quelques chandeliers. Ni tableau, ni meuble, ni tenture. Face à lui, sourcils froncés, Pique-Lune s'efforçait depuis un moment de déchiffrer le papier à l'envers quand son visage s'éclaira. Enfin, son maître s'intéressait aux vols !

« Comme je vous le disais il y a peu, Messire, cette affaire, il faut l'examiner de très près. »

Bayonne leva la tête, posa sur lui un regard un peu flou.

« Tu n'as pas dit de *très près* la dernière fois, tu as utilisé une autre expression. Tâche de t'en souvenir. »

Les sourcils de Pique-Lune se froncèrent davantage.

« À ras d'herbe ?
— Non.
— Truffe au sol ?
— Non plus.
— En chaussant ses bésicles ?
— Pas davantage.
— *Cum grano salis* ?
— On s'éloigne.
— Comme un moine épelant son latin ?
— On se rapproche.
— Avec science ?
— Tiède.
— D'un œil de renard ?
— Chaud.
— En artiste qui connaît l'envers du décor ?
— Bouillant !
— De l'intérieur ?
— Nous y sommes ! *Cette affaire, il faut l'examiner de l'intérieur*, voilà tes mots exacts. » Sur le visage de Bayonne, passa un sourire bref. « La liste que je t'ai demandée ? » Pique-Lune sortit de son fourre-tout six pages griffonnées d'une écriture maladroite et les tendit au soldat. Sauvayre arrêta de manger, essuya sa moustache. Comme Pique-Lune, il attendait. Le lutin ne tenait pas en place. Quel lien entre sa phrase toute bête et la kyrielle des hôtes ou fournisseurs ayant fréquenté les logis visités par le maître coquin ? Bayonne parcourut les feuillets, revint en arrière, reprit sa lecture, marqua de l'ongle certaines lignes, sourit franchement, et leva les yeux vers Pique-Lune. « Grâce à toi, nous allons coincer notre renard. »

Le poing de Sauvayre s'abattit sur la table.

« Bagasse ! J'donnerais cher pour voir ça !

— Exaucé ! mais tu auras de l'ouvrage jusqu'à la nuit.

— J'prends ! On est pas des feignasses chez les Sauvayre. »

Interdit, Pique-Lune écouta les instructions données au sergent. Comment sacré nom gripperaient-ils le renard ? Il n'en avait toujours pas la moindre idée. Au moment de conclure, Bayonne chuchotait presque à l'oreille de Sauvayre :

« … et si, chemin faisant, tu croises un paroissien d'environ vingt-cinq ans avec une cerise sur le bras, invite-le de ma part au Châtelet !

— J'y vais ! J'y vais même d'ce pas ! »

Sauvayre prit sa musette, salua à la volée et partit.

« Pourquoi s'ensauve-t-il ? Je lui aurais fait avaler un godet de vinaigre qu'il ne réagirait pas autrement.

— C'est qu'à ouvrir la bouche, mon maître, vous tuez les mouches. Vos gousses d'ail vous gâtent le palais plus sûrement que dent cariée. Vous fouettez, on vous fuit. Tandis que moi… »

Avec des airs de comploteur, le garçon se pencha en avant.

« Tandis que toi ?

— J'use d'un autre appât. Sentez ! » Pique-Lune souffla au visage de Bayonne une haleine épicée, se recula sur son siège, puis il tira la langue : à la pointe d'icelle, cinq clous de girofle. « J'embaume, on se presse pour m'ouïr. Quand la fontaine s'écoule parfumée, la gentaille vient s'y désaltérer.

— S'y désaltérer ? Péché de modestie ! Les gens ne boivent pas tes paroles, ils s'y enivrent. Tu les soûles, l'agasse ! »

Pique-Lune fit mine de bouder, mais il était content. Ce que tu veux cacher, montre-le au grand jour, lui avait jadis recommandé l'Anguille. La curiosité s'attache à ce que cèlent les mains, non à ce qu'elles pétrissent devant les yeux. Conseil avisé. Son pauvre secret, il venait de l'agiter sous le nez de Bayonne et ce dernier n'y avait vu que du feu.

Quelque temps après, au moment précis où les cloches entonnèrent leur carillon, Bayonne lancé à grand trot arrivait devant l'église Saint-Josse, le souffle court, le visage en sueur. Un instant de plus, il manquait la fin de la messe. Pique-Lune déboula à son tour de la rue Aubry-le-Boucher, faillit glisser, battit des bras, conclut sa course dans un crissement de gravillons.

« D'un… d'un cheveu », fit-il, la voix haletante, et les portes de l'église s'ouvrirent.

Sitôt dehors, les fidèles venus assister à l'office de complies s'égaillèrent par groupes de deux ou trois alors que le flamboiement du ciel invitait au bavardage. Aucune âme solitaire. Gilles songea à la liste du meurtrier. Seul un petit nombre compterait parmi les élus, mais tous avaient peur. Une femme adressa à Pique-Lune un signe de la main, ses manchettes godronnères voletèrent, et le chevau-léger entrevit un poignet dont la maigreur évoquait les attaches grêles d'une pouliche mal nourrie.

« Dame Bertille », souffla le loupiot.

Bayonne ne regardait que la blonde Juliane. S'illusionnait-il ou avait-elle hoché de façon imperceptible la tête en passant près de lui ? Il irait la trouver ce soir. Cette nuit plutôt, car il ne pouvait retarder davantage sa visite à Clotilde. Il eut un sourire fugace. Va pour la nuit ! Inès Thévenon fut la dernière à sortir. Trois pas derrière elle, vêtu de noir, Crépin la suivait telle une ombre. Il bougeait si elle avançait, s'arrêtait si elle faisait halte. La gantière s'approcha de la première colonne de gauche, prit une pièce dans son réticule, se pencha et, quand tous avaient fui, descendit les marches du parvis avec une nonchalance pleine de dédain. Le Renifleux tenait-il son poste malgré la peur du loup ? Inès venait de lui fournir réponse. Gilles la salua, se rendrait compte plus tard qu'il avait oublié Crépin ; il gravit les cinq marches, contourna la colonne, et lorsque le regard mort le frappa, il maudit Le Gail avant de faire marche arrière en silence.

« Demi-tour, chuchota-t-il à l'oreille de Pique-Lune. Il n'y a rien à pêcher pour nous ici. »

Le Gail avait cru discerner une ombre, mais que pouvait voir un aveugle ?

« Hé, soldat ! l'apostropha une voix rude, pourquoi ce repli ? La rivière ne te semble pas assez poissonneuse ? Qu'espères-tu attraper si tu ne jettes point ta ligne ? »

Bayonne revint sur ses pas et s'accroupit face au mendiant. Les prunelles laiteuses parurent le transpercer pour aller se perdre loin derrière, avec cette sorte d'hésitation qui toujours le mettait mal à l'aise chez les aveugles. Des yeux qui ne fixent jamais rien, un regard flottant à la surface du monde.

« Comment pouvez-vous savoir ma qualité de soldat, vieil homme ?

— Au pays des borgnes, les aveugles sont rois. Tu n'y vois que d'un œil, fils, et encore celui-ci confond-il ombre et lumière. Il te reste beaucoup à apprendre.

— Faites-vous précepteur, je me ferai disciple.

— Toute leçon a un prix. »

Gilles dénoua son gousset, lorgna la sébile presque vide – temps durs pour les vieux braves –, y jeta un écu d'argent. Le Renifleux inclina la tête – il écoutait de l'oreille gauche –, puis se redressa avec un sourire.

« Ce n'est point du billon : le cuivre sonne mat et creux ; un tintement aigre et il se tient coi, comme s'il s'excusait de peser si peu en la bourse. Tu n'as pas non plus lancé pièce d'or au son gras et lourd. De l'argent !

— Démonstration brillante, vous possédez la théorie en savant. Hélas, seule la pratique m'intéresse.

— Hélas, plus de doux cliquetis en ma coupelle !

— Votre science me revient cher, vieil homme.

— Ton ignorance ne te coûte-t-elle point davantage ?

— Trois jours avant le meurtre du père Vuillard, dit Bayonne en jetant une autre pièce, juste après complies et le dernier office, quelqu'un s'est approché des portes de l'église, puis s'est enfui…

— … à l'arrivée du prêtre et de Mesnil le bedeau, je sais.

— Que nous enseignent vos oreilles ?

— Un homme, la respiration un brin sifflante, ni gras ni vieux : pied léger et course de lièvre.

— Est-ce tout ? Maigre science pour deux écus.

— Si le disciple questionne faux, comment le maître peut-il répondre juste ? »

Même la nuit la plus noire ne va pas sans lumière, avait lancé Le Gail à propos du Renifleux en se touchant le nez. Gilles pesta contre sa sottise. Le vieil homme avait raison. Par sa seule faute, il venait de perdre deux pièces de bon argent.

« Votre odorat y voit aussi clair que votre ouïe, non ?

— Ce matin, tu t'es lavé le visage avec eau mêlée de vinaigre. Tes habits sont enfermés dans un coffre parfumé à la pomme d'ambre. Quand tu graisses bottes ou ceinturon, tu utilises alun et suint de mouton. Tu fumes pétun auquel tu rajoutes épluchures de pommes. Soit tu es cavalier, soit tu sors juste d'une écurie pour empester ainsi le cheval. Et point besoin de te demander comment tu t'es rempli la panse : tu fouettes l'ail ! » Les yeux aveugles se tournèrent vers Pique-Lune. « Quant à ton gars, celui qui ne dit mot et rit sous cape, il ferait bien de penser à changer sa chemise. Il peut mâchouiller ses clous de girofle, ses aisselles puent si fort que les mouches s'en pâment. C'est un béjaune, pas vrai ? Selon les saisons, sous les bras ça ne cocotte point pareil. Le jeunot sent le beurre aigre ainsi que la verdure ; l'homme fait, le cuir, le poivre, le fauve ; le vieillard, le suri ou le douceâtre avec un soupçon minéral de silex. Dois-je poursuivre ?

— Une pièce pour la théorie, une autre pour la pratique à venir, dit Bayonne en jetant deux nouveaux écus en la sébile.

— Tu apprends vite, fils. C'est plaisir que de t'avoir pour disciple. » Le visage entre les mains, le Renifleux se recueillit un instant. « Cuir, poivre, fauve : un homme dans la fleur de l'âge. Foutre chaud et femelle, l'épée venait de sortir du fourreau. Du musc comme parfum, et lavande pour le linge. Une vapeur d'eau-de-vie, mais point de la prune ou de la poire de nos campagnes ; elle sentait l'Italie, cette rincette, le marc de raisin bien âpre. Aucune note de poudre, sang, bête : une croix sur les soldats, bouchers, écorcheurs et autres maquignons. Un apothicaire, un chirurgien-barbier, ou l'une de leurs pratiques.

— Pour quelle raison ?

— Il empestait le benjoin. »

Un patient, donc, conclut Bayonne en fils de médecin. Le benjoin calmait les bronches souffreteuses et l'aveugle avait entendu la poitrine de l'homme siffler.

« Autre chose ?

— De l'or pur : une odeur que je ne connais pas. »

À la virgule près, la remarque du momichon. C'est reparti, se dit Gilles. Après les rats, les pièces et le nœud, l'effluve.

« Faites-la-moi respirer, vieil homme.

— Va sur le port. Là, plante-toi face à un deux-mâts et ouvre tes narines : humes-tu ce parfum de large ?

— Je dois avoir le nez bouché, rien ne sens.

— Alors, promène-toi en ces rues où l'on tisse, carde et teille, mais seulement à l'heure où les fileuses s'échappent des filatures. Sens-tu mieux, maintenant ? »

Quel fumet dans le sillage des ouvrières ? Bayonne ferma les yeux. De la gomme de lin. D'un coup, il saisit l'allusion au grand large. Avec quoi tressait-on les cordages des navires ? Quel tissu pour les voiles ?

« Du lin, dit-il en rouvrant les paupières.

— Du lin, oui, mais comme je n'en ai encore jamais reniflé : une odeur qui attaque la gorge, moitié graisse et beurre ranci, moitié pin et résine, puissante telle l'haleine d'un fauve, rugueuse comme l'écorce sous la main. » D'un geste sûr, le Renifleux prit sa sébile et versa les quatre écus en sa paume. « Fin de la leçon, je ne peux plus rien t'apprendre.

— Soyez remercié pour vos lumières. Peut-être les solliciterai-je de nouveau sous peu.

— À ta guise, tu connais le tarif. »

Pique-Lune considérait l'aveugle avec stupéfaction.

« Comment faites-vous pour distinguer toutes ces odeurs au milieu de la pestilence la plus nauséabonde ?

— Et comment fais-tu, toi, pour distinguer toutes ces couleurs au milieu de la foule la plus noire ? »

Le retour au Coq hardi se déroula en silence. Plongé dans ses réflexions, le chevau-léger ne remarqua le mutisme du grelotin qu'une fois la porte de l'auberge franchie.

« Devant Clotilde, tir à vue et feu nourri, loupiot. Nous partons dans une heure. En attendant, trouve-moi une Bible.

— Mes oreilles auraient-elles entendu ce qu'elles ont entendu ?

— Une Bible, oui. J'ai besoin de me plonger dans les Écritures.

— Une Bible ?

— Une Bible, Pique-Lune ! Ce soir, je rencontre le diable. »

Mauvais temps, se dit Bayonne lorsqu'il entra dans la cuisine. De son côté, Pique-Lune s'éclipsa avec prudence, direction l'étage. Joséphine boudait. Pas un regard, pas un bonsoir, point d'écuelle de ragoût non plus placée sous leur nez. La servante continua à farcir sa poulette, un crucifix au travers de la gorge, et qu'on ne s'avise pas de venir la chercher, crelotte ! Entendu, nourrice, entendu. Il passa devant elle, posa le pied sur l'escalier.

« Sans cœur ! »

Gilles se retourna. Joséphine parlait à la poulette. En trois enjambées, il rejoignit le loupiot.

« Ou nous réussissons, Messire, ou Joséphine nous fait manger des clous.

— Nous réussirons. *Tout est possible à celui qui croit*, Marc, 9, 23. » Sur la frimousse de Pique-Lune, une surprise éloquente. *L'moulin s'mélangerait-y les ailes, là-haut ?* « Ce n'est rien, je m'entraîne.

— À convertir Clotilde ?

— À convertir le diable », fit Bayonne dans un murmure avant de toquer à la porte de sa sœur.

Il ouvrit, lança l'attaque.

« Clotilde, prépare ton âme au Christ ! Dès ce soir, je te mène au couvent, pourquoi reculer davantage ? Réjouis-toi, sœurette, pense aux douceurs qui t'attendent. »

La jeune fille s'apprêtait à répondre quand Pique-Lune s'avança. Pas de temps mort, le loustic avait bien retenu la consigne.

« Contre le péché de gourmandise, une nourriture fade et grise, navets bouillis, gruau d'avoine ou d'épeautre, bouillons sans gras ni sel.

— *Magnificat !* » s'écria Gilles, et Pique-Lune souffla derechef la parole à Clotilde.

« Contre la tentation de paresse, des corvées incessantes, la brûlure du fournil en été, l'eau froide des lessives en hiver.

— *Gaudete in Domino*[1] *!* »

Clotilde ouvrit la bouche. Le lutin fut le plus rapide.

« Contre la morsure de l'orgueil, le sarclage des herbes mauvaises, saison après saison, qui casse les reins, l'échine, le corps, pour conduire gentiment la peccante à l'humilité. Qu'ai-je besoin de poursuivre ? Joie ! Lumière ! Mépris du terrestre ! Pureté de l'âme ! Élévation ! Hosanna au plus haut des Cieux ! »

Pour la quatrième fois, Clotilde voulut parler. Gilles la prit de vitesse. Maintenant !

« Songe, sœurette, songe à ce bonheur : toute une vie de prières sous la férule du vieux père Tavel ! »

Le regard de Clotilde alla de son frère à Pique-Lune – le diablotin la fixait l'air béat, une auréole invisible au-dessus de la tête – et revint se poser sur son frère. Qu'était cette mauvaise farce ?

« Le père Tavel ? Non, le père Lalande. »

Sur un signe discret de Bayonne, Pique-Lune quitta la pièce. Gilles maudit le prêtre ensorceleur à

1. Réjouis-toi en Dieu.

cause de qui il devait se montrer dur. Clotilde était un caillou, la douceur ne servirait à rien. Elle ne renoncerait que si elle butait elle-même contre bonne pierre d'achoppement. Mais il serait le seul témoin de sa peine.

« Le père Lalande ? Il part à Rome rejoindre Sa Sainteté. Si le berger passe, le pâturage reste. Là où tu vas, en ce bel enclos du Seigneur, l'herbe sera toujours verte. Debout ! Je t'emmène !

— Mes affaires ne sont pas prêtes…

— Tant mieux ! Emporte ton âme, ce bagage plaira à Dieu. En route !

— Je n'ai pas dit au revoir à notre père…

— N'aie crainte, il te rendra visite. Partons sans plus tarder.

— C'est que je me sens un peu faible…

— Faible, ma sœur ?

— Le jeûne, mon frère. »

Un filet de voix ; une larme naissante au coin de l'œil. Premier émoi, premier chagrin.

« Il te faut reprendre des forces, oui. Repose-toi. Nous ne sommes pas à un jour près. »

Il lui effleura la main et sortit. Au temps de panser les blessures.

À son retour dans la cuisine, Joséphine lui lança une œillade inquiète.

« Fin du carême, tes marmites reprennent le service.

— Alléluia ! »

Il se tourna vers Pique-Lune.

« Selle Garlane, rentre à l'auberge sans moi. Un rendez-vous m'attend.

— À minuit ? se récria Joséphine. Mais ce n'est pas une heure de chrétien, ça !

— À minuit ! Le diable ne dort jamais. »

Bayonne se souviendrait de sa conversation avec son oncle comme de la plus rude partie de jeu de paume qu'il eût jamais disputée. À chaque pas, un danger ; à chaque réplique, un précipice. L'entretien dura tout juste le quart d'une heure ; il lui parut sans fin. Il en sortit exténué, vidé de ses forces, avec le même sentiment qui le pétrifiait, enfant, à la suite de leurs très rares rencontres, cette sensation irrationnelle d'avoir de peu réchappé à la mort. Quand il pensait à Raymond Bayonne, le frère aîné de son père, il voyait toujours un trou noir d'où le fixaient deux yeux d'un bleu aussi coupant que glace. Il ne l'aimait pas, ne l'avait jamais aimé, doutait d'éprouver un jour à son endroit une quelconque affection, mais il avait besoin de lui. S'il existait un homme capable de retrouver Guibert Dubosc, la Mémoire de la Guilde, celui que ses amis et ennemis s'accordaient à nommer l'Inquisiteur était sans conteste cet homme-là.

Gilles se présenta chez lui peu après minuit. Une fois introduit en la place – à la porte, le nom de Bayonne faisait miracle –, il demeura debout en guettant la venue du maître des lieux. La pièce où on l'avait conduit sentait le bigot. De l'encens dans une cassolette, des bougies sur les deux chandeliers d'argent à sept branches. Sept, aussi, alignés du plus petit au plus grand sur la table accolée au fauteuil, les sabliers dont la vue lui rappela l'unique parole tombée des lèvres de son oncle aux obsèques de Renaud : *tout vient de la poussière, tout retourne à la poussière.* Le réconfort selon saint Raymond, plus proche du glaive de l'Apocalypse que de la tourterelle du Cantique des Cantiques. Le fer s'aiguise par le fer. Qu'importe le mal lorsqu'en sort le bien ? Depuis toujours, cet homme austère en sa foi appliquait à la lettre l'une et l'autre des injonctions bibliques. Même s'il n'avait jamais brandi l'épée, ses mains dégoulinaient de sang. Ligueur dès la première heure, mouillé dans plus d'un massacre où l'on taillait du huguenot, bien trop malin pour se laisser prendre, tissant sa toile dans l'ombre, il collectait les noms, formait des réseaux, enrôlait les recrues et, à l'instar de son modèle Philippe II d'Espagne, enregistrait avec un soin maniaque chaque nouvelle âme venue grossir les prises de guerre du Tout-Puissant. Les baptisés, les convertis, les prêtres, les religieux et religieuses de l'ensemble des congrégations existantes, tous, pourvu qu'ils vécussent à Paris ou dans les faubourgs de la capitale, figuraient sur les registres de l'Inquisiteur. Guibert Dubosc devait s'y trouver, sa sainte âme épinglée parmi des milliers d'autres tel un papillon.

À l'entrée de son oncle, Bayonne ni ne salua ni ne dit mot. Ne jamais ouvrir la bouche avant le maître de céans, premier des commandements. Bayonne l'Aîné vint s'asseoir dans le fauteuil en silence, fixa son neveu debout face à lui, et le verdict tomba.

« *Ce qui est tordu ne peut se redresser*, Ecclésiaste, 1, 15. »

Gilles connaissait les règles du jeu. Il s'était préparé. Ne jamais prononcer une parole sans prendre appui sur la Bible, deuxième des commandements.

« *Le meilleur d'entre nous est comme une ronce, le plus droit, pire qu'une haie d'épines*, Michée, 7, 4.

— Prétendriez-vous valoir buisson de ronces ? Orgueil ! *Vous vous vantez avec vos forfanteries !* Saint Jacques, Épître, 4, 16.

— *S'il faut se vanter, c'est de ma faiblesse que je me vanterai* – Saint Paul, deuxième Épître aux Corinthiens, 11, 30 –, et cette faiblesse me conduit à vous ce soir.

— *Vos lèvres profèrent le mensonge*, Isaïe, 59, 3. Qui croyez-vous tromper avec votre humilité d'un jour ? Donnez-moi une raison, monsieur mon neveu, pour vous recevoir plutôt que vous chasser. »

Sur le point de répondre, Gilles ravala de justesse le « j'aimerais » prêt à sortir. Il avait failli oublier le troisième commandement : ne jamais s'exprimer en son nom propre car le *je* est pourriture, la plus haïssable des vanités.

« *Frappez, et on vous ouvrira*, Matthieu, 7, 7. »

Les yeux de l'Inquisiteur se plissèrent en une fente.

« *Efforcez-vous d'entrer par la porte étroite*, Luc, 13, 24, dit-il en se penchant vers la table pour retourner un sablier. On vous accorde le temps de deux *Pater*. »

Peu de sable, pensa furtivement Bayonne, et qui coulait déjà. Il devrait s'en accommoder. Ne jamais dépasser le délai imparti sous peine de bannissement immédiat, quatrième des commandements.

« Trois crimes sombres et brutaux, l'œuvre d'une âme perdue. Lancé à la poursuite de l'égaré, le pécheur qui se tient sous vos yeux, titubant lui aussi dans le noir. *Il marche dans les ténèbres, et il ne sait où il va*, Saint Jean, première Épître, 2, 11.

— *Nous tâtonnons comme des aveugles le long d'un mur, nous trébuchons en plein midi comme au crépuscule*, Isaïe, 59, 10.

— *Seigneur, que je recouvre la vue !* Luc, 18, 41. Pour éclairer ma nuit, un fanal fait défaut, Guibert Dubosc, ancien maître changeur qui, voici dix ans, s'est tourné vers le Tout-Puissant. En cette affaire, le sablier s'égrène et il faut agir vite. »

Un coup d'œil vers la table, il n'aurait jamais le temps et son oncle s'amusait à traîner.

« *Qui presse le pas manque le but*, Proverbes, 19, 2. La précipitation est l'œuvre du diable. Dieu travaille lentement.

« *Ô Éternel, hâte-toi à mon secours !* Psaumes, 70, 2. Quand il y va du salut d'un désespéré, Dieu lui-même parfois force le pas.

— *Si tu cries au secours, il dira : "Me voici !"* Isaïe, 58, 9. Les victimes ? »

Nouvelle œillade, moins d'une moitié de sablier, mais l'Inquisiteur entrebâillait sa porte. L'enchaînement des répliques s'accéléra d'un coup.

« *Au-dehors ils ont belle apparence, mais au-dedans ils sont pleins d'ossements de morts*, Matthieu, 23, 27. Leur cœur était un sépulcre renfermant noir passé.

— *Qui creuse une fosse y tombera*, Ecclésiaste, 10, 8. Pourquoi votre âme perdue s'en est-elle prise à eux ?

— *Ils ont rempli la terre de violence*, Genèse, 6, 13.

— *On est puni par où l'on pèche*, Sagesse, 11, 16. Selon vous, le châtieur retournera-t-il à sa besogne ?

— *Comme le chien revient à sa vomissure*, Proverbes, 26, 11. Oui, il tuera de nouveau, cela est à craindre.

— Pourquoi courir après cet égaré ? »

Plus que quelques grains de sable et tout se jouait sur cette ultime question, la seule où Raymond Bayonne s'était avancé à découvert. S'il ne mettait pas son cœur à nu, la porte étroite ne s'ouvrirait point. Gilles ferma les yeux. Que sentait-il au fond de lui ?

« *Mon âme est saisie d'épouvante*, Psaumes, 6, 4, dit-il en clignant des paupières, et il vit choir le dernier grain de sable.

— *Heureux l'homme qui tremble constamment !* Proverbes, 28, 14. » Une voix froide comme un reflet d'acier. « Demain, vous aurez votre réponse. Les deux *Pater* sont écoulés, votre temps est fini. »

Bayonne partit sans saluer ni rajouter un mot. Ne jamais remercier le diable ou l'on devient son obligé, premier précepte de l'homme sage.

Vers minuit passé d'une moitié d'heure d'horloge, le chevau-léger sortit de la rue Gît-le-Cœur où logeait son oncle, à un jet d'arbalète du logis familial niché en la petite rue de l'Éperon. Loué soit Dieu, il était le fils de son père. Entre Bartholomé et Raymond Bayonne si proches au physique, nulle ressemblance morale. Des yeux bleus tous deux, le ciel l'un, la glace le second. Les deux frères ne se voyaient guère, hormis aux enterrements. Pourquoi l'Éternel avait-Il rappelé Renaud à Lui et non cette carogne, morgoine ? Panache remuait de temps à autre ses fines oreilles dressées en avant, signe de bon vouloir, mais Gilles n'avait point besoin de regarder par-dessus son épaule pour savoir que le genet portait sa queue en trompe. Au crissement nerveux des crins fouettant l'air dans son dos, il devinait l'humeur bouillonnante de sa monture. Depuis trop longtemps, il la privait d'espace. Il releva un peu la tête du cheval et, des lèvres, se mit à chuchoter des bruits doux.

Était-ce à cause du silence, si profond qu'il semblait bruire aux oreilles ? Des rues désertes ? De l'absence de lumières aux fenêtres ? Dès les premières foulées sur le sol de la Grande-Boucherie, il eut l'impression de franchir une ligne invisible ; il continua d'avancer, avec la sensation de laisser la ville loin derrière pour s'enfoncer soudain dans un bois. Sur la rive gauche de la Seine, il avait croisé la faune nocturne – ribaudes, maraudeurs, étudiants, bourgeois escortés de flambeaux –, aperçu les croisées s'allumer ou s'éteindre, entendu des rires et des cris. Ici, il n'y avait rien. Pas une âme, des maisons comme des arbres à la nuit, sombres, muettes, farouchement immobiles. Le jour se lèverait, les ombres finiraient par disparaître, et la paroisse reprendrait ses poses. Une couche de fard, vite, que s'effacent les rides. Elle oublierait, mais Gilles avait vu. Au cœur des ténèbres, il venait de surprendre son vrai visage. La peur, l'attente, l'effroi.

De retour au Coq hardi, il confia le genet à Grimaud – le palefrenier semblait ne jamais dormir –, nota la présence de Garlane, passa quand même la tête en la chambrette du loupiot, aperçut une forme sous la courtepointe, ressortit ensuite de l'auberge. Dehors, il ne rencontra personne. Le bruit de ses pas se détachait sur le silence avec une clarté d'épure, comme s'il marchait dans un songe. Une halte devant les bains où ne brillait aucune lumière, et il repartit. Puisque Juliane Hainault ne veillait pas, il irait chez Thévenon, à trois rues de là, achever la besogne. Nul signe de vie non plus jusqu'à la demeure du bellâtre, excepté des rats qui se disputaient les restes d'un vieux chat à l'oreille tranchée. Il ouvrit la porte, alluma une bougie et, cette dernière au poing, remonta le couloir sans fouiller les pièces déjà inspectées par Lhorme. Autant il se défiait du commissaire, autant il avait foi en sa minutie. Lorsqu'il entra dans la chambre, ses yeux se portèrent involontairement sous la fenêtre. Malgré lui, son ouïe s'aiguisa. Il attendait le murmure des vers. Il eut un rire moqueur, puis il se mit à l'ouvrage.

Le billet glissa de l'une des poches d'un pourpoint. À sa lecture, Bayonne ressentit un frisson :

À minuit, ce jour.
Là où tout a commencé, là où tout doit finir,

G.

Il relut le mot, le rangea en sa musette et, songeur, reprit ses recherches. Jusqu'à présent, il avait ricoché de doute en doute. Aussi précieux fût-il, le témoignage de la brune Inès – le souvenir d'un souvenir – n'offrait aucune terre ferme sous le talon ni rien de solide pour donner corps aux fumerolles du passé. La piste d'un événement lointain était restée ce que, depuis le début, elle avait représenté à ses yeux : une vue de l'esprit, vraisemblable, certes, mais conjecture tout de même, un point de convergence dénué d'ancrage où se croisaient sensations, réminiscences, idées et pressentiments. Avec ce billet, il tenait enfin un bout de réel entre les doigts. Au fond du puits, la vieille carne s'étoffait soudain de chair et de sang : *là où tout a commencé, là où tout doit finir*. La margelle s'ouvrait d'un pouce supplémentaire tandis qu'un pas le rapprochait encore de l'assassin. Que faisait-il en ce moment ? Quelles pensées en sa tête ? Quelle ombre en son cœur, quelle lumière ?

Gilles referma le coffre à habits avant de s'attaquer à la deuxième malle. Seigneur, que de vêtures ! L'auteur du billet fixait rendez-vous à Thévenon. Avait-il écrit à d'autres ? Point de mot aux Enfants Rouges ni dans le presbytère. Cela ne prouvait rien, sauf, probablement, la prudence de Rivière ainsi que celle du père Vuillard. Un bâtonnet de soufre, une jolie flamme, et les traces partent en fumée. Qui était-il pour provoquer la rencontre ? Le premier ou le dernier, le plus fort ou le plus faible. Un chef rassemble ses troupes ; le sans-ressources, le pleutre, appelle à l'aide. *G.*, signait-il, une initiale comme paraphe. Pourquoi ? La certitude d'être reconnu des siens, une concision qui le masquait aux autres. Peur ou ruse ? Dans le second cas, l'homme se montrait soit bien sot, soit trop sûr. Pourquoi cacher son nom s'il laissait derrière lui les déliés et les pleins formés sous sa plume ? Une moue sceptique aux lèvres, Gilles rabattit le couvercle de la malle. *G* de Grimaud, le palefrenier du Coq hardi, de Gerbault, la sentinelle du père

Vuillard, de Gaspard Eychenne, le chirurgien barbier, de Grégoire Layraud, le maître orfèvre uni à dame Bertille, de Le Gail si l'on écorchait son nom, et de tous les paroissiens d'ici ou d'ailleurs tournant la tête au cri de « Germain ! », « Geoffroy ! » ou « Guerdaine ! ». Et après ? Il disposait maintenant d'une écriture avec ses « t » tranchants comme des poignards et ses « i » acérés comme des piques. Grâce à elle, il remonterait jusqu'à l'auteur du billet.

Au-dehors, près de la fenêtre, Bayonne entendit un frottement d'ailes. Une chouette hulula. Les rapaces partaient en chasse. Il se frotta le visage, s'assit face à la table et ouvrit le tiroir. Peste, il n'était pas couché ! Une salade de papiers, des plis, des quatrains et, Dieu merci, la réserve de lumignons, même si nulle part ne se voyait de porte-chandelle. Quelques gouttes de cire sur le bois, deux bougies au garde-à-vous, et il se plongea dans l'étude du fouillis. Une heure passa, puis une deuxième. Les lettres se mirent à danser devant ses yeux. Il s'assoupit un instant, la tête entre les bras, se réveilla la nuque raide et reprit sa lecture. Il faillit manquer les cinq mots. Il posait un brouillon sur le tas de feuilles écartées quand ses yeux tombèrent sur une note griffonnée en bas de page par Thévenon :

Dois vingt livres au Goupil.

D'un coup, Gilles se sentit en alerte. *G* comme Goupil, mais là n'était point ce qui sonnait alarme. Quoi, alors ? Un sentiment de déjà-vu. Qui donc lui avait parlé d'un renard ? Cela lui revint soudain. La fée Triple Rosse, les propos d'ivrogne de Thévenon, quinze ans auparavant. *Il fut beaucoup question de cerises et d'un renard.* Toute fatigue le quitta. Il se leva, marcha un peu. Il repenserait à ce moment, ces quelques pas dans le silence de la nuit, comme à une pause, la dernière, un point de suspension où tout semblait retenir son souffle avant de renaître au jour. L'aube serait brutale, il l'ignorait. Il marchait et il souriait en réfléchissant au brouillon. Il avait déjà la cerise, il venait de trouver le goupil.

Un peu moins d'une heure plus tard, après avoir vaincu le fatras de papiers, Bayonne rendit les armes. Ici, plus d'autre découverte ne l'attendait. Sur les feuillets, nulle mention d'un nommé Boucheron, l'homme accusé de félonie par Thévenon le soir où, voici longtemps, le vin l'avait rendu bavard. Gilles moucha les bougies et sortit. Un vent frais soufflait au-dehors. Il présenta son visage à la brise. Quelle heure pouvait-il être ? Il avait entendu sonner les trois coups de laudes, puis s'était plongé derechef dans la lecture. Partout où se portait le regard, un ciel d'un noir épais dont la trame demeurait invisible. Laudes passées d'une heure, guère plus. Il apercevrait sinon les moires d'un bleu profond saillir derrière la nuit. Pensif, il se mit à déambuler au hasard des rues lorsqu'il se retrouva d'un coup devant les bains de Juliane Hainault. Sous les volets, filtrait une lumière. Il toqua. On l'observa par le judas et Juliane le fit entrer. Elle referma la porte, se tourna vers lui en silence. C'est alors qu'un cri troua la nuit. « Renaud ! » hurla dehors une voix. Gilles blêmit violemment.

« Vous êtes un homme blessé. »

Qu'avait-elle lu en ses yeux pour lui parler de cette voix d'une douceur à pleurer ? Bayonne tendit le bras et, sans savoir que lui viendrait ce geste, il posa sa main sur la joue de Juliane. Elle ne se déroba point. Ses doigts glissèrent, il effleura ses lèvres d'une caresse. Il ne s'appelait pas Bayonne, il n'avait jamais eu de frère, plus rien n'existait sinon cette femme frissonnante comme eau vive, sa peau chaude sous ses doigts, son parfum d'herbe, ses yeux qui lui disaient : « Viens… » Il se pencha vers Juliane, ses bras se refermèrent autour d'elle. La chair soudain traversée de lumière, il eut la sensation vertigineuse de plonger d'une falaise.

Plus rien n'existait. Il ne s'appelait pas Bayonne. Il n'avait jamais eu de frère.

S'ils le trouvaient, ils le tuaient.

La bouche douloureusement close, frissonnant jusqu'à la pointe du crâne, Pique-Lune ravala la giclée acide avec un spasme qui lui fit monter les larmes aux yeux. En son ventre, le bateau tanguait, tanguait, tanguait… Il ne devait pas vomir. La bile coula dans sa gorge, aussi noire qu'un trait de goudron, et, malgré la fraîcheur, une sueur brûlante courut sur sa peau. Il ne tiendrait pas longtemps. Au-dessus de sa tête, le sac empestait le moisi, les cordages au milieu desquels il se cachait, un mélange de chanvre, de graisse et de poisson. Le roulis poursuivait son mouvement – à droite, à gauche, une brève pause, à droite encore, puis à gauche –, sans fin, sans répit, sans pitié. Par une déchirure du tissu, il voyait les étoiles osciller dans le ciel et il lui semblait que la nuit roulait en lui, lourde comme une pierre. Il se forçait pourtant à regarder. S'il fermait les yeux, le mal empirait. Il invoqua le Père, la Vierge et tous les saints. Il promit, il jura. Impassibles, les étoiles continuèrent leur va-et-vient, la pierre son balancement. À droite, à gauche – l'infime suspension –, et le clapotis reprenait, ne se laissant fléchir par rien.

S'ils te trouvent, ils te tuent.

De nouveau, les mots le transpercèrent, mais ils venaient de trop loin pour l'atteindre. La peur se terrait en fond de cale, rencognée dans une minuscule partie de son être qui lui faisait dresser l'oreille ou crisper la main sur sa dague. Le reste – pensée, volition, muscle, chair – se dissolvait en une même vague nauséeuse d'où émergeait, lancinante, une seule idée : retrouver la terre ferme et Dieu ! que cesse le roulis. Avec une régularité quasi hypnotique, les eaux s'obstinèrent à battre ; il croyait entendre une bête respirer. Sur le pont, les contrebandiers s'activaient en silence. Un juron sourd, le sifflement d'un crachat, des ahans expulsés sous l'effort. On enlevait des sacs, des tonneaux roulaient, et les vibrations transmises par le plancher de la dunette le glaçaient tels les frissons d'une mauvaise fièvre. Il avait chaud, il avait froid, il avait envie de vomir. Où donc était passé son plan ? Tout marchait de travers, tout. Il devait attendre derrière les caisses du hangar, jaillir de sa cache, exécuter prestement quelque tour, convaincre de sa bonne foi les truands, formuler sa demande, empocher la noisette, puis salutations, révérence et retour au logis. Simple comme bonsoir. Seulement, son bon ange avait dû s'endormir, patatras ! Ceux de la flibuste n'arrivaient jamais, il s'était glissé sur le bateau. Riche idée !

S'ils te trouvent...

Un renvoi lui brûla l'œsophage. Le poing contre les lèvres, il s'obligea à déglutir. Une puanteur de soufre fouetta ses narines. Dans son ventre, la pierre continuait à rouler, toujours plus lourde. Droite, gauche – on souffle un temps –, droite... Il ouvrit grands les yeux. Aspirer une goulée d'air, penser à autre chose qu'à la salive aigre qui emplissait sa bouche. Tout ce chiffonnement pour épouiller la barbe de Mesnil... Crotte ! La voix d'Hénin claqua. Dieu de Dieu de Dieu de Dieu, pourquoi s'était-il fourré dans ce guêpier ? Les hommes de Cheverny ne le reconnaîtraient pas, il allait trop bien déguisé le soir de l'orage. Mais les gredins, eux, avaient trop joliment bavardé, collés à la dunette : et que je chante mes crimes, et que je donne des noms, et que je vante mes exploits futurs. Avec le tiers du quart des confidences surprises, un autre nourrirait déjà les poissons. Moins que ça, beaucoup moins : qui savait que les contrebandiers du port de Grève servaient aussi de sicaires au chancelier ? Ce curieux-là, ses os n'étaient même plus bons à tailler des flûtes.

S'ils...

Un recul de bête pour s'écarter du vomi, les jets de glaires lui arrachèrent la gorge. Quelqu'un cria. Il voulut se lever, retomba à genoux, le corps en avant, les yeux pleins d'esquilles de lumière, et à chaque spasme, un racloir semblait lui écorcher le ventre. On l'attrapa par la nuque, un lacet déchira ses poignets. Alors qu'une main le poussait vers le rouf, il s'entendit glapir des phrases dont il ne comprit pas les mots et ses jambes bondirent toutes seules. Fuir ! Un coup de poing sec entre les omoplates, un autre au creux des reins, et la douleur, comme un éclair. Il continua à avancer, enregistrait les sensations en automate : la coulée tiède des vomissures, l'air frais sur sa peau, les visages d'ombre, un silence brutal, le balancement sous ses pieds, le souffle des eaux contre la coque. On l'arrêta. Soudain, la pierre se mit à gronder dans son ventre. Derrière le fanal, les yeux fauves d'Hénin, deux sombres étoiles qui promettaient la nuit.

« C'est vert, ça saute, ça croasse, dit l'homme dans son dos.

— Et ça pue la vase, rajouta un autre sicaire. Une saleté de grenouille avec ses sales oreilles et sa saleté de bouche.

— Il nous a entendus, dit une troisième voix sortie de l'ombre. Ma main à couper qu'il va aller tout revomir devant qui il faut pas. »

Pique-Lune ravala un hoquet.

« Je… je ne dirai rien, promis !

— Pour sûr, fit Hénin d'un ton calme, tu vas même boire tant d'eau que tu ne pourras plus cracher un mot. Baptisez-moi ce têtard, qu'il aille turluter ses croâ croâ aux poissons. » Les sicaires s'approchèrent. « Un instant ! Ma bénédiction, d'abord. »

Pique-Lune vit le poing se lever. C'est pas vrai ! eut-il le temps de penser. En son ventre, la pierre explose ; une chute vertigineuse, l'air siffle à ses oreilles, un trou noir l'aspira.

À droite, à gauche, partout des cris, des pistolets qui claquent, des crissements de lames ; dans son nez, une odeur de poudre ; la cravache du vinaigre, d'un coup, fouette ses narines. Pique-Lune ouvrit les yeux. Au-dessus de lui, immense, Capelle le géant roux.

« Alors, poussin, le petit dégourdi a besoin du grand niais ? »

Juliane se mit à parler au moment où Bayonne se penchait en avant pour rechausser ses bottes. Assis au milieu des draps, il s'immobilisa sans rien dire, si près d'elle qu'il sentait contre son dos nu la chaleur de sa peau. Il l'écouta chuchoter à son oreille en suivant le tremblé de leurs ombres sur le mur, et lorsqu'il perçut en sa voix un sanglot, il s'interdit de regarder en arrière. Il savait qu'elle se tairait au premier mot ou geste de sa part.

« Un tournoi entre mâles avec, pour arène, les vignes de Montmartre. Ils avaient besoin d'un ustensile, un trou. Ce fut moi. Ils étaient six, six à me forcer tour à tour, chacun autant de fois que se redressait son braquemart, et tous comptaient les coups. Ils riaient, s'apostrophaient entre eux, et à l'heure de l'adieu, Goupil, celui qui portait masque, a déchargé sur moi sa vessie. » Elle s'arrêta. Sur le mur, son ombre parut s'affaisser. « Rivière, Vuillard, Thévenon en étaient, un nommé Boucheron aussi, et le Goupil ; le dernier, j'ignore son nom. » *Elle ment.* Un ton trop lisse, une phrase à l'évidence préparée. Il continua à se taire. Qu'ils crèvent, qu'ils crèvent tous ! « C'était il y a vingt ans, j'en avais douze. Ils m'ont pris mon hymen et laissé à la place un enfant. Loys Brusnel est mon fils, mais, sauf lui, personne ne sait. » D'un hochement bref, Gilles promit. Il ne dirait rien. « Huit ans après, mon bâtard sous les bras, adieu mes tantes, adieu leur charité – travaille, roulure, travaille ! –, une fuite à Paris où ma route croise celle de Vuillard devenu prêtre. Mon silence lui a coûté jusqu'au dernier liard en sa bourse. Il a tout accepté : les bains pour moi, l'apprentissage chez Pasquin pour mon fils. Voilà, vous savez maintenant. » Un silence ; comme un murmure d'amour, trois mots rajoutés dans un souffle : « Je les hais. »

Sans se retourner, il tendit le bras en arrière ; sa main rencontra celle de Juliane. Une pression, un frôlement du bout des doigts, puis, parce qu'il est des confessions qui ne supportent ni le regard ni la parole, il finit de se vêtir et s'en fut, emportant avec lui l'image d'une ombre frissonnant sur le mur.

Il rentra d'un pas lent. Il avait l'âme glacée. Dehors, dans la claire lumière de l'aube, les paysans poussaient leurs charrettes vers le marché. Des grincements d'essieux, une invective parfois, la respiration des hommes et des bêtes, la chaude odeur des corps. Bayonne remonta la rue de la Savonnerie, tourna à gauche, rue des Lombards, et quand il vit Lhorme immobile devant l'auberge, quand il le vit se raidir à son approche, la peur lui mordit le ventre. Ce qu'il craignait était arrivé. Il se mit à courir. Ça y est, dit une voix en lui, le cauchemar recommence.

XIII

Devrait-il le tuer, faire de lui du bois sec ? Le priver de descendance parce qu'un jour on avait massacré la sienne ? Dieu de Dieu, quelle dérision ! Des années à peaufiner son plan, à traquer les massacreurs, à les châtier, pour se rendre compte au final qu'il était devenu l'un des leurs. Il n'avait pas prévu Bayonne ni la nécessité, peut-être, de le tuer. Il n'avait pas prévu que cette histoire le transformerait en cela même qu'il vomissait. Il n'avait pas prévu, non, qu'il lui faudrait à son tour cracher sur la vie.

Mais avait-il le choix ? En d'autres circonstances, le chevau-léger aurait pu être un compagnon, le gars avec lequel on boit un godet sans rien dire parce que les mots sont trompeurs et qu'on ne doit rien attendre d'eux. Le soldat comprenait le besoin de se taire. Combien de fois ne l'avait-il pas surpris, son brûle-gueule à la main, le regard vague, loin, très loin de tout ? Les commissaires se moquaient. Pauvres fous, sourds et aveugles, car lorsqu'un homme réfléchit ainsi, cela se met à sentir les feuilles pourrissantes, l'humus, la glèbe, les entrailles de la terre, le lent et patient travail de ce qui croît silencieusement dans l'ombre pour venir un jour à la lumière. Tôt ou tard, Bayonne saurait.

Lui laisserait-il le temps d'accomplir sa vengeance ? Il aurait voulu le croire. La réalité était là, cependant : malgré ses efforts, il n'avait toujours pas démasqué le Goupil et pendant qu'il restait à piétiner, le soldat gagnait du terrain. Échouerait-il maintenant, si près du but ? La vanité de son entreprise lui donnait parfois le vertige. Rien ne lui serait rendu et rien ne changerait. Pourtant, il ne renoncerait pas. On avait détruit sa vie, anéanti les siens, dévoré sa chair. On ne lui volerait pas son ombre. Puisqu'il était condamné à errer tel un mort parmi les vivants, qu'au moins il puisse choisir l'heure de s'enfouir sous terre et d'y pourrir à tout jamais. Il ne quitterait pas la scène avant d'en avoir fini. Il le jurait sur son sang : il châtierait ces chiens jusqu'au dernier. Dieu sait qu'il ne voulait pas ça, mais si Bayonne s'approchait de trop près, il le tuerait.

Bien qu'il sût Pique-Lune hors de danger, l'angoisse ressentie durant les heures au cours desquelles le loupiot luttait pour revenir du Grand Sommeil ne lâchait pas Bayonne. À la vue du commissaire devant l'auberge, il avait craint le pire, mais aux premiers mots de Lhorme, le pire, soudain, lui avait paru désirable. Il n'oublierait pas la main de glace se refermant sur son cœur lorsque le commissaire s'était mis à parler : *Votre garçon a reçu un méchant coup à la tête. Il n'est pas mort, seulement il ne se réveille plus.* Il n'oublierait pas le visage terreux de son père appelé au chevet du lutin, le pli qui barrait son front. Il n'oublierait pas l'atmosphère pesant dans la chambre où reposait Pique-Lune, un air lourd de tous les mots qu'ils redoutaient de dire, si dense qu'il en devenait presque palpable. L'attente dura jusqu'à la nuit. Le Gail passa, précédé par Mouche. Sauvayre vint aux nouvelles et en donna : sept contrebandiers sous les écrous, quatre sur le carreau dont le sbire Lacroix, l'un des bretteurs rencontrés au marché, et demain, si le chevau-léger avait vu juste, le renard frapperait de nouveau. Demain, donc, fit Gilles, si Dieu veut. Il voudra, répondit Sauvayre, l'a l'cuir coriace, l'moucheron. L'Inquisiteur tint parole. Un émissaire se présenta en fin d'après-midi, un billet entre les doigts. Le soldat lut la missive et la glissa en sa musette. Demain, si Dieu voulait. Les heures s'égrenèrent. Bayonne veilla Pique-Lune tout le jour. Il gardera une cicatrice, avait lancé son père. Gilles se raccrochait à cette idée. Il s'en sortira, comment ne s'en sortirait-il pas ? Il avait le cuir coriace, le loupiot.

Pique-Lune ouvrit les yeux juste avant complies, l'entendement et la mémoire intacts. Sans un mot, Bayonne quitta la pièce et descendit dans la salle commune de l'auberge où il commanda un souper pour son père ainsi qu'un bouillon pour le blessé. Il dévora ensuite sa platée, regagna sa couche, puis, après deux jours et deux nuits quasiment sans sommeil, s'endormit comme une masse. Il s'éveilla au chant du coq. L'angoisse était toujours là, et la colère aussi qui l'avait poussé la veille hors de la chambre du loupiot. Comment avait-il pu leur infliger pareil tourment ? Pique-Lune n'en faisait qu'à sa tête, hardi jusqu'à l'inconscience. Le chevau-léger versa l'eau du broc dans la bassine et y plongea le visage. S'il ne donnait pas un coup sec sur la laisse, le feu follet ne comprendrait jamais et, la prochaine fois, ils seraient bons pour entonner le *Requiem*. Il agrafa son pourpoint et sortit, furieux contre lui-même. N'était-il pas le plus coupable des deux ? Il connaissait le loustic, il aurait dû mesurer ses paroles. Et qui recevrait la volée de bois vert ? À l'idée de la réprimande à venir, il eut une grimace en coin. Le châtiment lui coûterait au moins autant qu'au garçon, piètre justice.

Quelle mine sur sa face ? Dès que son père l'aperçut, il comprit. Gilles le trouva attablé devant une écuelle de soupe, les yeux gonflés par le manque de sommeil.

« Ne le secoue pas trop, dit Bartholomé en lui versant un godet de cidre. Et patiente un peu, Joséphine vient d'arriver. Ton nez ?

— Un souvenir. Ma sœur ?

— Triste minois. » Bayonne but une rasade et agita le bras. Par miracle, Champvert lui apporta aussitôt son omelette. Les deux hommes mangèrent en silence. « Ton gibier ? questionna Bartholomé, une fois la dernière cuillerée engloutie.

— Une ombre laissant dans son sillage un effluve rare, moitié graisse et beurre ranci, moitié pin et résine. Cela évoquerait-il quelque chose à vos narines de mire ?

— Pour les ingrédients, huile de lin et essence de térébenthine. Quant au mélange à parts égales, une mixture inconnue des médecins, apothicaires et chirurgiens-barbiers. » Il repoussa son écuelle et se leva. « Voici Joséphine, Pique-Lune est à toi. »

Mais quelle tête faisait-il à la fin ? se demanda Gilles. Même Joséphine s'approchait de lui d'un air craintif.

« Laissez-moi l'amener chez nous.

— Ce petit apprend son métier d'homme, nourrice. » Il lui sourit avant de reprendre d'une voix plus douce. « Ne reviens pas, tu me l'amollirais. »

Joséphine acquiesça d'un menton qui tremblait un peu et le chevau-léger la raccompagna à la porte de l'auberge où patientait son père. Puis, avec un soupir, il se dirigea vers les écuries.

Il était tôt, cinq heures au soleil. Penché sur la jambe d'un rouan dont Bayonne aperçut le paturon fendu de crevasses, Grimaud oignait de graisse la blessure du cheval tout en tranquillisant la bête de la voix :

« Ta ta ta, mon beau, ton maître t'a oublié dans l'herbe mouillée ou alors tu dors sur la paille humide car jamais il ne change ta litière, hein, mon bandit ? » Il jeta une œillade au soldat. « Ça sent la cravache », dit-il du même ton cajoleur, et Gilles ne sut s'il parlait du maître négligent ou du poulain qu'il lui fallait brider.

La porte de la chambrette s'ouvrit en couinant. Le sourire qui monta aux lèvres de Pique-Lune s'éteignit. Bayonne demeura debout, bras croisés, le visage froid, sans prononcer un mot. Dieu, comme il s'était arrangé la face ! La moitié de la tête disparaissait sous des bandages noirs de sang, l'œil gauche se bombait en une boursouflure aveugle et, quand elle n'était pas d'une blancheur de craie, la peau se marbrait de sombres hématomes couleur cassis. Le garçon récupérerait son œil, avait assuré son père, l'arcade sourcilière cicatriserait de belle façon, mais sur la pommette droite jusqu'à la tempe, à l'endroit où la tête avait cogné, il conserverait vilaine balafre. Dans le regard de Pique-Lune, il vit la souffrance passer. La leçon touchait à sa fin. Maintenant, le garçon s'en souviendrait.

« Avant-hier soir, t'ai-je demandé de rentrer à l'auberge ?

— Oui.

— Es-tu rentré à l'auberge comme demandé ?

— Non. »

Des réponses franches, sans détour, fausses excuses ni voix plaintive. Une noblesse naturelle, un orgueil pur. Le loupiot deviendrait un homme d'étoffe rare, pourvu que Dieu lui prêtât vie.

« Bilan de ton escapade, une journée noire pour Clotilde et Joséphine, une nuit blanche pour mon père. Si un matin l'envie de folâtrer te reprend, songes-y. »

Et, refermant la porte d'un geste calme, il sortit. Le rouan avait regagné sa stalle. Près de l'entrée des écuries, Grimaud épandait de la pointe d'une fourche un peu de paille fraîche sur le sol, une chansonnette aux lèvres.

« Un tapis d'or pour mes princes, lonla, un doux chemin pour mes belles, lonlan… »

Bayonne s'arrêta un moment auprès de Garlane et de Panache. Malgré l'heure matinale, quelques mouches bourdonnaient dans l'air. Chaude journée en perspective. Une pomme offerte aux chevaux, puis il alla toquer à l'épaule du palefrenier.

« En mon absence, surveille mon poulain.

— Vous noircissez pas la bile, d'un œil d'jument j'vais l'couver. »

Ils tournèrent la tête en même temps. Un pas vif, décidé. Lhorme parut et se planta à cinq pas. Sous les six plumes d'aigrette, le visage était grave.

« Grimaud, dit-il, n'aurais-tu point d'ouvrage qui t'attend au-dehors ? »

Le palefrenier cala sa fourche contre une mangeoire et prit la direction de la cour de l'auberge, un seau à la main. Panache s'agita. Le rouan, un étalon comme le genet, frappa du sabot. Lhorme se tira l'oreille.

« Je vous laisse le choix des armes, Bayonne. Épée ou pistolet, peu me chaut. Que vos témoins et les miens fixent l'heure et le lieu du duel.

— Ha, ça ! M'expliquerez-vous cette lubie ?

— Vous aviez raison : le chancelier voit tout, sauf que je lui prête mes yeux.

— Judas ! »

L'épée au clair, Bayonne bondit vers Lhorme. D'instinct, le commissaire leva sa rapière pour parer. Les lames sifflèrent, l'acier claqua et Gilles sentit en son poignet courir les ondes du choc. Fer croisé, les deux hommes s'observèrent en silence, puis, lentement, sans lâcher le regard du chevau-léger, Lhorme abaissa son arme. L'épée du soldat chuinta en glissant le long de la lame et se posa sur le cœur. Dans le clair-obscur des écuries, les yeux de Lhorme étincelèrent.

« Faites ! Je vous dois une vie, prenez la mienne.

— Je ne supporte plus la félonie.

— Et où va ma fidélité au moment où je vous parle ? À Cheverny ? Il m'arracherait la langue s'il savait.

— Pourquoi cette volte-face ?

— Parce que mon enquiquineuse de conscience ne me laisse plus en paix : une dette d'honneur est une dette d'honneur, me serine-t-elle sur tous les tons. Ses jérémiades me rendaient fou, je suis venu. »

La lame quitta la poitrine du commissaire et Bayonne alla s'adosser contre les stalles, entre son genet et Garlane.

« Que rapportez-vous au chancelier ?

— Et que diable voulez-vous que je lui rapporte ? Que vous entr'apercevez le bout d'une idée, à peine son oreille ? Que vos narines hument l'odeur de la *vieille carne crevée* ? Je brode, Bayonne, je brode : j'enfile des mots sur vos silences, convertis vos *je n'en sais rien* en hypothèses ou déroule la chaîne des causes et des effets quand vous vous entortillez dans le brouillard.

— Est-ce la raison pour laquelle vous me nourrissez de fumées ? Pourquoi vous confesser, Lhorme, si vous restez bouche close ? »

À l'entrée des écuries, côté cour, se profila la silhouette du palefrenier. On entendit un bruit de gorge semblable au grognement d'un cheval, puis Grimaud posa son seau et rebroussa chemin. Entre-temps, Lhorme s'était décidé. Avant de reprendre la parole, il leva la main droite, pouce en dedans.

« Par degré d'importance, quatre sujets. Un, Cheverny guigne nos étranges pièces ; si d'autres venaient à apparaître, il me faudrait le prévenir. Deux, hâtez-vous sur les vols, il s'impatiente. Trois, votre piste concernant un étranger installé de longue date à Paris l'inquiète fort. Puisque nous sommes en guerre contre Philippe II, grippez autant d'Espagnols que le cœur vous en dit, mais pas touche aux Anglais ! Sinon, notre alliée Élisabeth, d'humeur très chagrine depuis le retour de son frère Henri au sein du giron papiste, risque de ne plus goûter les fredaines de notre roi avec la Grande Putain de Rome.

— Et un Italien, cela ferait-il l'affaire, un Italien ? »

Après cette remarque lancée d'un ton léger, succéda un bref silence au cours duquel les deux hommes s'entre-regardèrent. Lhorme haussa les sourcils, Bayonne en retour hocha la tête, et aucun ne revint jamais sur l'événement. La confiance, lorsqu'elle surgit enfin, se passe de mots. Point par point, Gilles se mit à raconter au commissaire ce qu'il avait appris. Le nœud et les rats étrangers sous le ciel parisien ; l'eau-de-vie italienne sentie par le Renifleux ; l'odeur inconnue, mi-huile de lin, mi-essence de térébenthine ; la certitude, grâce à elle, que le meurtrier de Thévenon avait également épié le prêtre aux portes de l'église ; la nécessité, pourtant, d'admettre deux assassins ; le témoignage des momichons ; l'adresse de Guibert Dubosc dont la mémoire livrerait, qui sait ? le secret des pièces d'or ; le mot de l'ami de la sainte justice ; le billet et la note découverts chez le même ; la nuit de la Saint-Jean où Thévenon était rentré rouge de sang ; l'existence d'une bande, des années en arrière ; ses membres, Thévenon, Rivière, Vuillard, Boucheron, Goupil – un sobriquet sans doute –, plus un sixième sans nom ; les propos de soudard du bellâtre, la cerise et le goupil. Ici, il s'arrêta. Il vit une fillette recroquevillée sur le sol, six hommes repus de chair autour d'elle. Un seul s'avance, ouvre ses braies et la compisse. Un geste de chef, un avertissement en direction de ses hommes : que nul n'oublie sa position au sommet de la meute. Le Goupil, reprit Bayonne, le meneur.

Il parla longtemps et, sauf l'outrage subi par Juliane Hainault, ne cacha rien. Lhorme écoutait, soulignait parfois un détail, de loin en loin posait une question. À deux reprises, Gilles suspendit l'entretien, le temps d'aller entrouvrir la chambrette de Pique-Lune qu'il trouva chaque fois endormi. Avec des soupirs de plus en plus éloquents, Grimaud passait et repassait devant les écuries. Lorsque les neuf coups de tierce sonnèrent, après quatre longues heures d'horloge à disséquer l'enquête, les deux hommes se turent. Avaient-ils omis quelque chose ? se demanda Bayonne. Non. Un point, pourtant, demeurait en suspens.

« N'aviez-vous pas annoncé quatre sujets ? »

Lhorme se pinça l'oreille gauche entre le pouce et l'index et se mit à tirer dessus comme s'il voulait l'arracher. *Aïe*.

« En quatre, perte d'effectifs au Châtelet. Parmi les contrebandiers, les sbires du chancelier. Barrons Lacroix, rayé de la liste des vivants. Quatre moins un font trois, et ce trois, hélas, court à présent dans la nature. »

Hénin et sa clique dehors ! Seul un crissement calme troubla le silence. Indifférent aux affaires des hommes, Panache mâchait son foin.

« Comment ont-ils pu s'échapper ?

— Ils ne se sont pas échappés.

— Plaît-il ? Les auriez-vous élargis par la malpeste ?

— Au point du jour, ordre de Cheverny. À titre de consolation, après notre rencontre au port de Grève, le trio ne pourra plus danser la gigue avant longtemps.

— Le Grand Maître des corbeaux hausse le sourcil et vous faites profil bas ? Sang de navet !

— Mais quelle huile vous éclaire-t-elle donc la cervelle à la fin ? Du suc de limaçon ? Du babeurre d'étourneau ? À votre avis, qu'adviendra-t-il si Cheverny vient y voir de plus près et découvre les exploits de Pique-Lune ? Acquiesçons, Bayonne, et que le chancelier continue à regarder ailleurs. »

Gilles fixa le visage gris de fatigue du commissaire. Avait-il seulement dormi depuis l'attaque du port de Grève ? Il était temps de rompre. En quelques mots, le soldat partagea les tâches. Lhorme s'occuperait de la piste italienne et du registre des écrous du Châtelet afin d'y dénicher une éventuelle condamnation de l'un des membres de la bande tandis qu'il se chargeait de Dubosc et de leur voleur. Cela convenait-il ? Lhorme opina du chef et s'en alla. Le palefrenier reprit aussitôt possession des écuries. Avant de partir, Bayonne glissa un œil en la chambrette de Pique-Lune. Le garçon dormait. Il referma doucement la porte et sortit de l'auberge. Il ne pouvait revenir en arrière. Par sa faute, le loupiot avait failli mourir. La balafre ne s'effacerait point ni ses remords. Il contempla l'immensité du ciel. Lui seul était coupable.

Un enfer.

À peine le mitan de la matinée et la rue Saint-Jacques bouillonnait comme un chaudron. D'une bourrade Bayonne écarta le traînard devant lui, un étudiant empli de mauvais vin éructant latin pire encore. Des grappes d'écoliers s'abattaient sans relâche sur les passants et il dut contourner pas moins de six bagarres avant d'atteindre sa destination. *Aristoteles dixit !* criaient les uns. Platon le *Magister !* répondaient les autres. Loin des subtilités de la casuistique enseignées en les amphithéâtres de la proche Sorbonne, les différends se réglaient ici à coups de pied dans les tibias. Il toqua à la porte du couvent.

Le mot de son oncle l'avait surpris. *Ecce homo : Guibert Dubosc, frère Bertrand en Jésus-Christ, couvent des Mathurins.* Vu le portrait brossé par maître Fiori, il pensait découvrir le bienheureux au sein d'un ordre contemplatif mais, plutôt que s'ébaubir avec les anges, l'ancien changeur avait rejoint les trinitaires, un ordre de dévotion voué au rachat des chrétiens retenus captifs dans les geôles barbaresques. La simplicité austère de règle parmi les Mathurins l'avait peut-être séduit. Les frères-aux-ânes, selon le sobriquet sous lequel le peuple persistait à les nommer malgré l'autorisation papale d'utiliser d'autres montures, restaient humbles en dépit des richesses acquises au fil du temps. Contrairement à l'usage en cours dans nombre d'abbayes bien pourvues, les religieux continuaient à se partager entre eux les tâches domestiques. Point de valets pour les servir, et point de portier non plus pour introduire leurs visiteurs. Un jeune trinitaire lui ouvrit, vêtu de son habit blanc orné sur la poitrine de la croix rouge et bleu distinctive de l'ordre. L'Inquisiteur avait-il annoncé sa venue ? Le religieux écouta sa requête, cligna les yeux en signe d'assentiment et le conduisit au jardin du cloître au bout duquel, assis à l'ombre d'un cyprès, se tenait un vieillard.

« Je vous attends dans la galerie », dit-il en inclinant le buste.

Gilles le remercia et d'un pas précautionneux traversa le parterre de fleurs. Guibert Dubosc était un très vieil homme, nonante ans passés depuis des lunes. Sur ses tempes, comme chez les tout jeunes enfants, la peau d'une lisseur diaphane laissait apparaître un fin réseau de veines. Paupières closes, il levait le visage, immobile, stupéfiant de beauté. La lumière de l'âme. Gilles ne savait comment signaler sa présence quand le vieil homme sans bouger ni ciller s'adressa à lui, quelques mots murmurés d'une voix douce :

« *Regardez les oiseaux du ciel.* » Bayonne reconnut le verset, Évangile selon saint Matthieu. Il ne s'était pas trompé au bout du compte. La sainte âme se trouvait haut, très haut sur un nuage. « *Ils ne sèment, ni ne moissonnent, ni ne ramassent dans les greniers*, poursuivit frère Bertrand, *et notre Père céleste les nourrit*. Pourquoi ? »

Il avait ouvert les yeux et fixait Gilles d'un regard serein.

« Ils nous donnent leurs chants, répondit Bayonne tout en songeant qu'il ferait mieux de partir.

— Un pont de lumière entre le fini et l'infini, amen. » Le religieux tapota le banc et Gilles vint s'asseoir à ses côtés. « Que peut un vieux déplumé pour votre secours, mon fils ? »

Comme quoi, se dit Bayonne, s'entretenir avec les anges n'empêchait point de garder les pieds sur terre. Il tira de sa bourse l'une des étranges pièces et la tendit en silence au vieil homme. Ce dernier la soupesa en sa paume, l'examina un moment, puis la rendit au soldat.

« Ni date ni inscription, des formes pures, un cheval au galop au revers, à l'avers une effigie représentant Apollon : un statère d'or frappé dans les forges des Parisii, un peuple de marchands d'il y a fort loin en arrière, quand la France s'appelait Gaule. Mais histoire si ancienne ne vous intéresse point, non ? »

Bayonne sourit. Vieux déplumé, soit ; *vieux gâteux*, en aucune façon.

« En effet, mon frère, affaire plus récente m'oblige à venir troubler votre retraite. Par quel prodige, après des siècles, ce statère réapparaît-il aujourd'hui, voilà ma question.

— Pour aujourd'hui, je l'ignore ; pour hier, je crois savoir.

— À quand remonte-t-il, cet *hier* ?

— Accordez-moi un instant, le temps de remettre un peu d'ordre là-haut. J'arrive à un âge où le grenier envahit toutes les pièces. »

Frère Bertrand s'abîma si longtemps dans ses pensées que Gilles se demanda s'il n'avait pas oublié sa présence. Mais non, le vieil homme rassemblait ses souvenirs et lorsqu'il se remit à parler, ceux-ci se révélèrent d'une étonnante précision.

« L'été où mon dernier petit-fils a conclu ses épousailles, voici seize ans, un loqueteux est entré en ma boutique pour changer une vingtaine de ces sonnantes dont un ami m'apprendrait la légende. Chaque statère valait une fortune. L'homme est revenu, moins guenilleux, la bourse encore plus lourde. Cela a duré un an, une visite toutes les quinzaines environ, parfois pour de très grosses sommes, puis il a disparu. Mort, ai-je pensé, l'âme en joie parmi les siens.

— Quelle attitude ?

— Discrétion. Une bonne fortune excite les bas instincts.

— L'avez-vous interrogé sur l'origine de sa richesse ?

— Pourquoi l'ennuyer ? La réponse sautait aux yeux.

— Un trésor tombé du ciel.

— Une manière de Providence divine, mon fils.

— De quelle sorte ? Vous en a-t-il parlé ?

— Oui. » Frère Bertrand se passa les doigts dans les cheveux. « Un jour, la faim l'a poussé à creuser la terre. Il cherchait des racines, il a trouvé une pièce. Il a continué à creuser et trouvé une mine d'or. La main de Dieu…

— Vous avez évoqué une famille.

— Il m'en parlait souvent, sa fierté. Il avait perdu tous ses enfants sauf un garçon, son benjamin, et sa fille cadette, veuve s'il m'en souvient bien, une pauvresse flanquée de quatre petits. Le premier vivait dans la rue, mendiant comme son père, la seconde en je ne sais plus quelle ville tirait le diable par la queue. Cet or fut leur bénédiction. Grâce à lui, mon client a pu s'offrir une maisonnette afin d'y réunir les siens.

— À quel endroit, le savez-vous ?

— Venelle des Trois-Commères, une sorte de lieu-dit en la Vallée de Misère. C'est étrange comme les noms de lieux me restent alors que je suis incapable de me rappeler celui de cet homme.

— Peut-être figure-t-il sur vos registres d'antan.

— Celui qui marche avec le Christ ne regarde pas en arrière. Le jour où j'ai rejoint Dieu, mes registres sont partis en fumée.

— Quand avez-vous vu l'homme pour la dernière fois ?

— Vers la fin mai, répondit le vieillard après un temps de réflexion, impossible de me montrer plus exact. »

Cela n'était pas nécessaire. Fin mai, un mois avant la nuit de la Saint-Jean. Bayonne sentit la lassitude l'envahir. Pourquoi poser des questions dont il connaissait la réponse ?

« Lorsqu'il n'est plus venu, sa fille ou son fils ont-ils pris la relève ?

— Non, jamais ils n'ont mis les pieds en ma boutique.

— Se seraient-ils adressés à d'autres changeurs ?

— Je l'aurais su. »

Gilles demeura silencieux. Ils sont morts, se dit-il. La bande du Goupil depuis longtemps avait scellé leur destin. Qui se souvenait d'eux et les vengeait ? Il sortit les statères et les empila sur le banc.

« Pour le rachat des chrétiens oubliés de tous, dit-il comme il se levait. Merci, mon frère, vous m'avez été d'un grand secours.

— Pourquoi m'interroger sur eux ? Sauriez-vous ce qu'ils sont devenus ? »

Bayonne contempla le vieux mathurin. Il ne voulait ni le heurter ni lui mentir. Au-dessus de leurs têtes, dans le cyprès, un moineau pépia.

« Ils mêlent, je le crains, leurs chants à celui des oiseaux.

— Pourquoi *je le crains* ? Ils sont dans la lumière, mon fils. »

Mais par quel chemin d'ombre ? Bayonne garda pour lui ses doutes et s'en fut.

Sur la route du retour, il eut beau presser le pas, arrivé à la Grande-Boucherie il dut se rendre à l'évidence. Il lui restait moins d'une heure d'horloge devant lui. S'il tenait à cueillir leur voleur, jamais il n'aurait le temps de traîner en Vallée de Misère à la recherche du logis acquis par le guenilleux. Il jura. Pas le temps non plus de retourner chez Juliane. Elle connaissait le sixième homme, et peut-être aussi le Goupil. Il devait lui arracher les noms. Dans l'immédiat, trouver Lhorme. Il pénétra à l'intérieur du Châtelet. Avant le rendez-vous fixé avec Sauvayre, il passerait quand même voir Pique-Lune en vitesse. La forteresse dégageait une odeur de salpêtre. Le chevau-léger déclina l'offre de l'exempt qui se proposait comme guide et se dirigea vers la pièce où l'on gardait les registres des écrous, une cellule à l'entrée d'un couloir repérée lors de sa première visite. Il allait frapper quand, par la porte entrouverte, il aperçut le commissaire. Lhorme se croyait seul. À quoi ou à qui pensait-il pour que ses traits se creusent d'une douceur si poignante que Bayonne, d'instinct, recula en silence ? Il attendit un instant, puis s'avança de nouveau, imitant la démarche du sergent. Chlak ! Chlak ! Un coup contre le bois et il poussa la porte.

Lhorme avait remis son masque. D'un geste impatient, il désigna la montagne de registres.

« Un purgatoire, mais rien d'instructif n'en sort.

— Bonne pêche en revanche au Paradis. »

En quelques phrases, Gilles rapporta au commissaire son entretien avec frère Bertrand, la Mémoire de la Guilde. À la fin du compte rendu, Lhorme se pinça l'oreille. « Le mendiant, son fils, sa fille, quatre petits, sept personnes ; cinq pièces en guise de requiem et, selon toute vraisemblance, deux loups. Hypothèse : la nuit de la Saint-Jean, la bande du Goupil tombe sur la famille, mais deux d'entre eux en réchappent.

— Objection : primo, où casons-nous les rats, le nœud, l'effluve, tout ce fatras indiquant un étranger ? On ne lâche pas la piste italienne ; secundo, je persiste à penser que notre homme agit seul. Non, je le sens.

— Ah, ne recommencez pas avec votre brouillard ! La raison comme boussole et droit devant !

— Nous naviguons à vue, ni cap ni boussole pour nous guider.

— Alors, quoi ? On s'attache à la proue ? On hume ? On avale les embruns ? »

Une ironie brutale, un repli, en fait, dont Bayonne devinait la raison. Il songea aux cadavres atroces sur lesquels ils s'étaient penchés. Il songea au mendiant probablement massacré avec les siens. Il songea au visage nu de Lhorme perdu dans ses pensées, à l'absence lancinante, ces derniers jours, de son frère. On ne côtoyait pas la mort impunément.

« Nous n'avons pas le choix, Lhorme. Même si le vent gifle fort, il nous faut l'écouter. »

Prêt ? En réponse au haussement de sourcils de Bayonne, Sauvayre brandit le poing, pouce en l'air. Souricière en place, mon lieutenant ! Cette fois-ci, leur croqueur de poules avait jeté son dévolu sur la demeure d'un négociant en soie située dans la paroisse du Saint-Sépulcre voisine de la Grande-Boucherie. Gilles siffla en découvrant le décor ouvragé qui ornait le triangle du pignon, une caractéristique des maisons de la vieille bourgeoisie marchande établie rue Saint-Denis. L'animal, décidément, avait bon goût, et joli tour en son sac. Comment ce diable d'escamoteur entrait-il ? Chacun se posait la question, trop impressionné par sa prouesse pour s'interroger sur sa sortie. On le croyait dehors, loin du poulailler. Comme les autres, il s'était laissé prendre. Il suffisait pourtant de varier la perspective, de se mettre à examiner les choses *de l'intérieur* et tout s'éclairait : le loustic ne quittait pas les lieux. Pendant que ses victimes gémissaient, il couvait sous ses fesses le trésor, blotti dans sa cache en attendant les douze coups de sixte, l'heure de sa délivrance. Un moment bien choisi. Les maîtres dînent, les valets servent, et tandis que l'occupation les distrait, son complice se présentait au logis et gazouillait sa chanson. Une astuce simple. Chaque fois, les deux compères étaient repartis sans tracas. Rusées fripouilles !

Le chevau-léger actionna le heurtoir de la porte de service. Sixte bientôt, le second larron ne tarderait pas à pointer son museau. Un vieux bonhomme leur ouvrit, une mine d'enterrement sur la face. Bien. Si le portier fleurait le chagrin, le visiteur attendu n'éventerait point le piège. Pour la même raison, Sauvayre n'avait averti le négociant en soie qu'une heure plus tôt, lorsque les gardes du Châtelet avaient investi la place. Depuis son trou, le renard devait entendre douce musique, lamentos des détroussés ou messes basses des servantes. Dans la cuisine, les huit gardes se tenaient en rang d'oignons contre le mur, immobiles et cois selon les ordres. Un petit bout de femme criait d'une voix aigre ses instructions aux gâte-sauce. Fenouil ! Une larme d'hydromel ! On me hache ces girolles ! Les quatre marmitons s'exécutaient prestement. Point de débordement à craindre, la cuisinière savait brider ses troupes. C'est elle qui, deux jours auparavant, surprise, avait renseigné Sauvayre. Comment un sergent connaissait-il un détail d'intendance ? En réalité, Sauvayre en était à son soixantième logis, à son soixantième nenni et à son soixantième pristi ! quand, après six heures à toquer aux portes des notables pour y poser la même question, Trois Pommes avait mis fin à son épreuve. Mazette, oui ! s'était exclamée la minuscule matrone, demain on apportait un tonneau de noix, mais par quel mystère le Châtelet s'intéressait-il aux nourritures ? La chose ne regardait-elle pas le prévôt des marchands ? Une excuse afin d'embrouiller la curieuse et Sauvayre, comme il l'avouerait plus tard à Bayonne, était reparti impressionné. Dire que l'explication figurait en toutes lettres sur les paperolles du moucheron !

D'un geste, Bayonne lança la chasse. Sous la houlette du sergent, la moitié des hommes alla se poster en silence de chaque côté de la porte de service, prêt à cueillir le visiteur, tandis qu'en compagnie du reste des gardes, le soldat du roi pénétrait dans la réserve attenante à la cuisine. Grâce aux indications données, Bayonne se dirigea droit vers le tonneau. Les gardes se placèrent en cercle autour et tirèrent leurs armes.

« Vous avez jusqu'à cinq, monsieur, pour sortir de votre cache, dit Gilles. Au-delà, quelques coups de pique dans le bois vous y aideront. Un… »

Tout en comptant, il réfléchissait. Il ne partageait point la foi du sergent. Que permettait d'établir la liste dressée par Pique-Lune ? En chacune des maisons volées, on avait livré un soir un tonneau de noix pour revenir aux environs de sixte le lendemain le troquer contre un autre au prétexte que les fruits du premier étaient pourris. Résultat, deux renards bientôt pris au lac. Les paperolles, pourtant, n'expliquaient pas tout.

« Deux… »

Le larron qui furetait dans les demeures endormies, puis s'enfermait en son tonneau avec le butin, savait exactement quoi chercher et où. Point de désordre sur son passage, pas d'improvisation donc. D'après Pique-Lune, Grégoire Layraud avait si bien dissimulé son coffre qu'excepté une faveur du Ciel on ne pouvait tomber dessus.

« Trois… »

Comment un humble livreur de noix aurait-il été capable de repérer les lieux ? Les porteurs ne dépassaient guère le seuil des souillardes ou si par extraordinaire on les invitait dans la cuisine, cette bonne fortune tenait à quelque oncle ou nièce gagés chez les bourgeois. Un complice parmi la valetaille ? Il y avait songé. Mais une mouche en chacun des hôtels visités ? Ineptie, ou alors leurs croqueurs de poules possédaient une parentèle plus vaste encore que celle du père Mathusalem.

« Quatre… »

Toujours aucun signe en provenance du tonneau. Vu les dimensions du contenant, le contenu devait être bien fluet et après le séjour en sa boîte, roide de courbatures, une proie facile. Gilles tira sa lame. Le chant froid de l'acier ravivait parfois les courages défaillants.

« Cinq ! On vous embroche !

— Grâce ! »

Les hommes du Châtelet baissèrent leurs armes. Un glapissement de renardeau. À l'intérieur du tonneau, un déclic. Le couvercle se soulève, une tête apparaît. Peste, belle prise ! Un gamin de sept ans.

« Un cou pour la corde d'mon côté, un brin sécot mais l'chanvre l'entortillera pareil. Et vot' pendard, à quoi… »

La phrase mourut sur les lèvres du sergent. Son regard alla du prisonnier qu'il tenait par le coude au garçon. Les mêmes yeux, le même nez, la même bouche. Et une maigreur identique, nota Gilles. Le père et le fils. Il adressa un signe aux gardes qui se replièrent dans la cuisine. D'un mouvement fluide, le petit se glissa hors du tonneau pour rejoindre son père qu'il agrippa d'une main, les doigts crispés en la serge du sarrau. Avec des *tsitt tsitt* désolés, Sauvayre entreprit de vider le tonneau : un coffre à bijoux, un autre d'argent, deux chandeliers, six agrafes d'or.

« Qui te renseigne ? » demanda Bayonne.

L'homme regarda son fils qui lui répondit d'un sourire triste.

« Personne.

— Pardi ! et moi, le pape m'invite à sa table. Essayons une nouvelle fois, qui ? » L'homme et l'enfant baissèrent les yeux. « Autre question, plus simple : où sont les marchandises ?

— J'ai tout vendu.

— Déjà ? À qui donc ? » L'homme persista à contempler ses pieds. Sans lever la tête, le gamin tira la manche du sarrau d'une secousse vers le bas. *Dis-leur !* « Quiconque se hasarde à voler risque la corde, en as-tu conscience ? »

Le petit se blottit contre son père.

« Mon Jeannot a rien fait, c'est moi seul.

— T'ronge point les sangs, l'homme ! intervint Sauvayre. On pendouille pas les ratichons au Chât'let !

— Pourquoi te taire ? insista Bayonne. Description des hôtels à l'appui, un rusé te passe commande, réceptionne le butin et l'éparpille, mais c'est toi qui danseras la gigue. » Le gamin tira de nouveau sur la manche de son père. Celui-ci lui jeta un regard terrible. *Motus !* À quoi bon poursuivre ? se demanda Gilles. Il ne sortirait rien de ces deux tombes. Peut-être l'épouse verrait-elle d'un autre œil la pendaison de son homme. « Sauvayre, à quel âge les prenez-vous au Châtelet ?

— D'la taille au moins d'un rat d'prison. L'guichetier en voudra pas, d'vot' graine d'potence.

— En ce cas, je raccompagne le renardeau au terrier. Toi, offre paille et cachot à ce croqueur de poules. »

Le gamin poussa un couinement. De ses mains entravées par les poucettes, l'homme lui effleura la joue.

« Suis-le, Jeannot, tu préviendras la mère », dit-il avant de suivre le sergent qui l'entraîna sans tarder hors de la pièce. Comme s'il avait attendu derrière la porte, Lhorme fit son entrée sitôt les deux hommes disparus.

« Un mot ! » lança-t-il en direction du soldat et il reflua à l'intérieur de la cuisine. Bayonne inspecta la réserve des yeux – nulle issue par où s'ensauver – puis se tourna vers l'enfant qui dardait sur lui un regard sombre :

« Ne bouge pas. »

Trois-Pommes et ses quatre marmitons s'étaient volatilisés. Le commissaire alla droit au but : « Le renard, c'est bien ; les poules, ce serait mieux.

— Simple question d'heures, les objets dérobés regagneront leurs logis.

— Dupray sera content. »

Dupray ? Gilles se souvint d'un coup. L'une des victimes des vols, le tatillon magistrat avec lequel le fâcheux qui tenait Cheverny par la barbe était en délicatesse. Il eut une pensée pour Amiot, le sergent chargé d'entretenir chaque jour le magistrat des progrès de l'affaire sans disposer d'une seule queue de cerise au fond de sa musette. Lui, c'est sûr, sauterait de joie.

« Dupray retrouvera son or et le chancelier sa bonne humeur, dit-il. Et vous, du nouveau ?

— Sur le registre des écrous, nous avons un Goupy, deux Goupillard et trois Goupin, mais nul Goupil ni aucune ligne portant le nom de Rivière, Thévenon ou Vuillard. Par contre, à la date du 5 mars 1582, voici treize ans, figure un Boucheron qui aurait trop serré le cou d'un bourgeois. L'homme fut arrêté en forêt de Bondy, conduit au Châtelet, puis transféré à la tour Saint-Bernard d'où, en compagnie d'autres plaisants, il est parti rejoindre la chiourme à Marseille. Vous voyez où cela nous mène. »

Dans un cul-de-sac. Boucheron n'appartenait sans doute plus à ce monde. Les galériens mouraient sous les coups s'ils résistaient d'abord à l'épreuve de la chaîne. Bayonne avait aperçu une fois la sinistre chenille humaine. Marqués des initiales GAL sur l'épaule, un collier de fer au cou, entravés par une lourde chaîne les liant les uns aux autres, qu'il pleuve, qu'il vente, qu'il neige, les condamnés subissaient pas après pas leur premier supplice, un effroyable voyage à pied jusqu'au port. Valait-il la peine d'envoyer une estafette aux nouvelles ? Deux cents lieues séparaient Paris de Marseille, la réponse mettrait plus d'un mois à leur parvenir. Ils n'avaient pas le temps.

« Inutile de dépêcher un coursier aux galères, n'est-ce pas ? demanda Lhorme comme en écho à ses pensées.

— Trop lent, oui, et trop de retard pour nous déjà. » Le commissaire acquiesça. « Une dernière broutille, le voleur court toujours. L'homme grippé aujourd'hui est un pantin, un autre tire les fils.

— On le surprend la face toute barbouillée de miel et il n'aurait pas escamoté le pot ? Que je mange mon chapeau s'il n'est pas coupable !

— Tenu ! Nous verrons quelle surprise l'avenir nous réserve.

— Bernique ! Ce n'est pas demain la veille que vous me décoifferez, foi d'emplumé ! »

Lhorme parti, Bayonne rouvrit la porte de la souillarde. Le garçon n'avait pas bougé.

« Conduis-moi chez toi, dit Gilles, et ne t'amuse pas à me fausser compagnie ou sinon…

— Vous pendouillez mon père ?

— … ou sinon, ce soir, il y aura du civet de renardeau inscrit au menu. En route ! »

Ils furent vite rendus. L'enfant logeait tout près, dans une ruelle proche de la cour Bellot au nord du quartier Saint-Sépulcre, une venelle si misérable qu'elle ne portait pas de nom. Bayonne dut se baisser pour entrer. Il se retrouva à l'intérieur d'un gîte où l'absence du nécessaire pinçait le cœur. Pas de table, pas de banc, pas de coffre. Point de lit mais une couche de paille, et, sur la femme contre laquelle deux petits presque nus se serraient, point d'habits mais des hardes. Au creux d'une niche, hors de portée des enfants, un pain de seigle cuit pour trois semaines, une tresse d'oignons, nulle autre nourriture. Aucune ouverture sinon la porte tenue ouverte afin d'épargner les bougies. Une misère noire, il s'y attendait. À qui profitaient les vols ?

Jeannot chuchotait à l'oreille de sa mère. Il la prévenait, devina le soldat. *Ne dis rien ! Ordre du père !* Gilles se présenta, déclina sa qualité d'émissaire royal, puis, en voyant la femme se raidir, choisit d'attaquer par feintise. Il n'avait pas posé une question qu'elle se murait, prête à soutenir l'interrogatoire sans lâcher un mot. Elle parlerait, mais de bon vouloir.

« Votre époux vous demande de vous taire. À sa guise ! S'il veut la corde, il aura la corde. Je raccompagnais juste ce garçon au logis. Adieu, madame, et franc courage. »

Il la salua et se baissa pour éviter le chambranle.

« Il se tait parce que la justice ne peut rien pour lui », dit la femme dans son dos.

Bayonne se retourna. Les deux petits l'observaient d'un air farouche, blottis contre leur mère. D'un pas,

Jeannot vint se placer en rempart entre lui et les siens. Le geste lui arracha un sourire navré.

« Votre époux se trompe, aussi sûr que je représente la justice du roi.

— Pas dans le coin, en tout cas. » Elle regarda son fils qui hocha le menton. « Ici, c'est le commissaire Huillet qui dicte la loi. »

Elle jeta un rapide coup d'œil vers l'extérieur, hésitante. Gilles alluma une bougie pêchée en sa musette et ferma la porte. Pourquoi Huillet le blond l'effrayait-il ainsi ? Il se croisa les bras.

« J'ai tout pouvoir, y compris sur les seigneurs du Châtelet. Aidez-moi et le Ciel vous aidera. »

Il n'eut pas besoin de la pousser davantage.

« Mon homme a volé un pain… » commença-t-elle d'une voix blanche. L'histoire était pathétique. Pierre Camban vole un pain, Huillet l'attrape et le menace, sa clémence en échange d'un service. Les juges comprendront, bredouille Camban : les petits, la disette, mon premier et unique larcin. Raison supplémentaire pour te passer la corde au cou, il n'y en aura pas de second. Un seul vol ! s'entête Camban. Huillet sourit. Un vol, une mort, ainsi compte la justice. Camban baisse la tête. Quel service ?

Pathétique et révoltant. Qui aurait soupçonné le dédaigneux Huillet de faire ses choux gras de la misère ? Le commissaire avait menti. Les juges, quand elle se présentait, savaient reconnaître l'indigence. En avril, un mendiant famélique s'était vu absous du vol de quatre œufs en raison de l'extrême nécessité qui avait commandé son geste. Huillet n'en avait soufflé mot. Pourquoi se priver du concours d'un novice ? Un livreur de noix n'éveillerait pas la méfiance, un homme en charge d'âmes n'oserait le trahir. Tel avait dû être le calcul du commissaire, pensa Bayonne en écoutant la femme conclure son récit. En cas de capture, son homme devait se taire. Il échapperait à la corde, Huillet l'avait promis, comme il avait juré de mettre la famille à l'abri du besoin durant la courte peine aux galères. Mais si Camban parlait…

Huillet ne lui en laisserait pas le temps, se dit Gilles. S'introduire au Châtelet, quoi de plus simple pour un commissaire ? Il lui fallait partir d'ici au plus tôt.

« Un géant roux et un petit brun accompagnaient-ils Huillet ? »

La femme parut surprise.

« Non.

— Les objets volés ?

— Mon homme vidait son tonneau chez le commissaire, dans sa cave et repartait avec Jeannot.

— L'habitation à gauche de la Tête Noire, la drôle de maison coincée entre la rue Saint-Leufroy et le Châtelet, précisa le garçon.

— Si Huillet vient, silence sur ma visite. »

Bayonne souffla la bougie et ouvrit. Le gamin le retint par la manche.

« Vous allez le pendouiller ?

— Ni corde ni chiourme, renardeau. »

Sauvayre fixa Bayonne les yeux ronds. Interdire la cage du croqueur de poules à Huillet ? Vider la cave du commissaire ? Porter son contenu dans une cellule du Châtelet fermée à triple tour ? Et le tout, avec discrétion ? Mais le blondin pousserait hurlements de putois ! Gilles haussa les épaules.

« S'il crie trop fort, le roi pourrait l'entendre. Dis-lui ça de ma part, il se calmera.

— L'heure d'la déculottée approche, on dirait. » Bayonne fronça les sourcils. « Z'avez pas oublié, au moins ? Layraud, l'affameur d'dame Bertille ! L'temps est v'nu d'lui farcir l'troufignon à c'grigou ! C'tantôt on récupère son coffre et c'soir, merveille, l'bourreau nous sort l'grand tralala.

— Invite-le.

— Par la peau des fesses, j'vous l'ramène !

— Non, tu gâcherais la surprise. Appâte-le avec son or et fais-lui les honneurs du Châtelet.

— Va pas être déçu d'la visite, frichti !

— Et trouve-moi Lhorme : qu'il me rejoigne aux Trois Pinsons, une moitié d'heure avant none. Il peut oublier sa bourse mais point son chapeau ; si j'offre le boire, à lui d'apporter le manger. Il comprendra.

— Mon maître ? »

Gilles se retourna et ses yeux rencontrèrent le regard vert de Pique-Lune. Sous ses bandages, le garçon avait triste mine. L'œil gauche restait clos, la peau virait au noir. Comment tenait-il debout ? Lorsqu'il était passé en coup de vent au Coq hardi, le gamin dormait toujours. Il faut croire qu'il s'était réveillé. Pique-Lune risqua un sourire timide, peu sûr de son accueil. *Ne me chasse pas.* Pourquoi le renvoyer à l'auberge ?

« Content de te voir, loupiot. D'attaque ?

— D'attaque !

— Accompagne Sauvayre, il t'expliquera. À toi de diriger la manœuvre ! »

Le sourire de Pique-Lune s'élargit. La voix du sergent résonna alors qu'il s'engouffrait avec le garçon à l'intérieur du Châtelet :

« On s'déguise en quelconques, moucheron, et sus au véreux ! »

Bayonne partit l'âme sereine. Il ne pouvait choisir meilleure nourrice. La maison du mendiant existait-elle toujours ? Il le saurait bientôt, mais, s'il la trouvait, quelle surprise l'attendait-elle en ses murs ? Mieux valait tenir le lutin à distance.

Sur les indications d'un vendeur ambulant, il remonta la Vallée de Misère et s'engagea dans un lacis de venelles où, très vite, il se perdit. *Les Trois-Commères ? Du nanan !* avait jeté le vendeur. *En contre-haut de la Vallée, une minuscule rue à dextre.* Encore eût-il fallu savoir laquelle. Quant à se renseigner, l'entreprise se révélait difficile. Personne au-dehors à part quelques enfants sauvages comme des chats. Il se remit à explorer le labyrinthe quand, au sortir d'un boyau, il repassa pour la troisième fois devant le même tas d'ordures. Il tournait en rond. Il frappa à la première porte et écouta d'un air sceptique les explications données entre deux hoquets par une vieille soûlarde. Grâce à elle, pourtant, il repéra la venelle cachée derrière un amoncellement de gravats.

Bayonne se glissa dans le passage et découvrit une rue à l'abandon. Des façades éventrées, nulle porte ni chiffon devant les trous servant d'ouvertures, mais certains nichaient en des gourbis pires encore. C'est plutôt l'absence de fumée qui retenait l'œil et, dans le ruisseau, aucune trace de présence humaine sauf, en début de rue, une concentration inhabituelle de déjections révélatrice de l'usage désormais affecté à ces lieux. Il enjamba les latrines et poursuivit son chemin. À mi-venelle, des fagots empilés contre une masure le surprirent. Qui pouvait vivre ici ? Le passage débouchait sur un terrain en friche et lorsque Gilles aperçut la maisonnette, il comprit qu'il touchait au port. Un logis isolé, assez humble pour ne pas attirer les regards, la retraite qu'élirait un homme désireux d'échapper à la convoitise de ses semblables. Il avança au milieu des orties jusqu'à la porte. Fermée. Il prit en sa sacoche la clé trouvée au cou de Rivière et la relâcha à l'instant. Un craquement de brindille dans son dos. Il se baissa, le pied droit en appui, et pivota sur lui-même, l'épée à la main. Sans s'émouvoir de la lame posée contre sa gorge, la vieille Louisette lui sourit.

« Je savais bien que tu finirais par venir bouter mes esprits, le taiseux. Range-moi cette arme. C'est pas de la volaille, ce à quoi tu t'attaques. Ça s'assomme pas et ça s'embroche pas non plus. »

Comme il rengainait son épée, Gilles revit les fagots en tas devant la masure. C'est donc ici que la vieille femme vivait.

« Connaissiez-vous les habitants de cette maison ?

— Pourquoi causes-tu au passé, jarnichou ? Ils sont toujours là, fils, sauf le Vieux, tout seul à se morfondre là-haut.

— Et les autres ?

— Bien obligés de rester, les malheureux, même s'ils rêvent de partir. Tant qu'on les écoutera pas, ils s'en iront pas d'ici. Pauvre Cerise, pauvres petiots ! »

Bayonne contempla le visage de Louisette. Sauvayre la traitait de vieille folle, Lhorme ne l'avait jamais prise au sérieux. Louisette, têtue, croyait à ses fantômes, et elle avait raison. Depuis combien d'années le clamait-elle en vain ?

« Si vous me parliez d'eux, Louisette ?

— Le Vieux ne compte pas, lui est mort de sa belle mort : un noyau avalé de travers et zou ! en droite ligne au Paradis.

— Vous rappelez-vous son nom ?

— Le Vieux, point, comme les petits s'appelaient les petits, quatre pisse-en-l'air, les garçons de la Cerise, la fille du Vieux. Son fils, c'était le Cerisot.

— Le frère et la sœur, chacun une envie en forme de cerise sur l'avant-bras droit.

— La marque du père et le signe de la poisse. La Guigne et le Guignon, on aurait dû les surnommer.

— Car point de belle mort pour eux. Louisette, que s'est-il passé la nuit de la Saint-Jean ?

— Un jour, ils étaient là ; le lendemain, pouf ! disparus. Plus un cri, plus un rire, la porte et les volets clos. Parfois, fils, je me demande s'ils ont vraiment existé.

— Vous n'avez rien vu ? Rien entendu ?

— J'ai passé la nuit dehors, en poste pour une veillée funèbre. Chiennerie ! J'aurais mieux fait de garder les vivants. Depuis, ils reviennent et m'enquiquinent.

— Racontez-moi.

— Des années de tracasserie : ils ont commencé par gâter le puits qui s'est mis à puer la charogne ; toutes les nuits, il y avait de la lumière sous les volets et du bruit, un sacré tintouin. Ils se sont calmés un temps, et ils sont revenus, juste après la mort du père Vuillard, et le Cerisot – comme je te vois, fils – m'est apparu.

— Quand ?

— Voici trois nuits, sous une apparence d'homme ; c'est malin, les esprits. Mais la Louisette, on l'embrouille pas. J'ai reconnu le petiot. Chut du doigt, il m'a fait, et il a disparu dans la maison. À l'endroit où il se tenait, ça sentait comme une odeur d'outre-tombe. »

L'effluve bizarre signalé par les momichons, inconnu au nez du Renifleux. Troublé, Bayonne garda le silence. Une vieille carne crevée au fond d'un puits… Il ne pouvait y croire. Il pensa au calcul de Lhorme. Avec des éléments faux, le commissaire était finalement tombé juste. Une mort naturelle pour le Vieux, la survie pour le Cerisot, deux personnes en moins. Dans le puits, la Cerise et ses garçons, cinq âmes comme les cinq pièces envoyées en guise de *Souviens-toi !*

« À l'époque, le Cerisot avait dix ans, dit-il.

— Un pas bavard, mais si tu l'avais vu avec ses dessins ! Des pages et des pages de bestioles. Un don pareil, ça filait la grelotte. Il les adorait.

— Quoi, ses dessins ?

— Les bestioles, bécassot ! »

Un seul loup, se demanda Gilles, le frère revenu à l'âge d'homme venger les siens ? Quelqu'un d'autre sinon avait-il tenu à la Cerise au point de vouloir punir le Goupil et sa bande ? *Exit* l'époux, elle était veuve. Un cousin ? Un ami ? Un amant ?

« Non, pas de famille, répondit Louisette à sa question, et de galant, ni la moustache d'un. Va-t'en courir la prétentaine avec quatre drôles sur les bras !

— Et avant de rejoindre son père, où vivait-elle ? Le savez-vous ?

— Saint-Visieux, à deux jours de Paris, mais tu ne trouveras rien là-bas. Ils sont ici, la vieille te dit. »

Avec un hochement de tête, Bayonne glissa la clé de Rivière dans la serrure. Une odeur de renfermé ; sous ses bottes, le craquement de la jonchée devenue cassante au fil des ans. Il avança, Louisette sur les talons, et ouvrit les volets. Un chaudron au-dessus de l'âtre, un châle jeté contre le dossier de l'unique chaise, une cruche d'où dépassaient les tiges d'un bouquet, quelques cheveux accrochés à un peigne, dans un coin un jouet d'enfant, n'était la poussière, la pièce respirait la vie, comme si ses habitants allaient rentrer d'un instant à l'autre. Six écuelles sur la table. La Cerise, le Cerisot, les quatre petits. Nez en l'air, Louisette ne décollait pas du mur. Gilles suivit son regard et aperçut suspendus au plafond deux jambons racornis entre lesquels les araignées filaient leurs toiles. Que voyait-elle ? Il préféra s'abstenir de poser la question et entreprit la fouille. De la vaisselle dans le buffet, des épices dans les pots, des couverts dans le tiroir de la table, et la certitude alors qu'il allait d'un objet à l'autre de ne pas être le premier à fureter ainsi. Même si l'on avait pris soin de replacer les meubles, la poussière conservait la trace des doigts et, à plusieurs endroits, la jonchée ressemblait à un tapis de miettes. Il vit les hommes du Goupil l'écraser sous leurs bottes, entendit leurs jurons de dépit. Ils n'avaient pas trouvé l'or. Ils ne seraient pas revenus sinon des années durant. Pourquoi, après leurs visites, remettre la pièce en l'état ? Il ne le saurait jamais. Il soupçonna quelque ruse destinée à effrayer la vieille femme si d'aventure elle venait à forcer la porte. Du bruit, de la lumière, mais à l'intérieur, rien, un remue-ménage de purs esprits. Il frotta entre le pouce et l'index l'embout noirci du lumignon fiché sur le porte-chandelle. Une odeur de fumée et de graisse. Une main d'homme, en tout cas, avait il y a peu mouché cette mèche.

« J'ai grandi ! » dit soudain Louisette. Bayonne se retourna. Le museau plissé, la vieille femme regardait en l'air. « Avec l'âge, on se ratatine. Le plafond devrait me paraître plus haut. » Elle renifla. « Il est plus bas, fils. »

Gilles demeura songeur. Idées neuves se cachent souvent sous vieux chapeaux, répétait son grand-père. Avec raison.

« Quand êtes-vous entrée ici pour la dernière fois ?

— Quand le Vieux s'est lancé dans ses travaux. Ce qu'il traficotait, on l'a pas su ; même son fils, il en voulait pas et le petiot a vécu chez la Louisette. Après, j'ai plus mis les pieds dedans. La Cerise est arrivée et j'avais plus de raison de venir comme avant préparer leur tambouille. Mais elle était partageuse, la petite, jamais elle oubliait la vieille. »

Bayonne leva les yeux. Un plafond ordinaire, noirci par la fumée. De l'or au-dessus des têtes, bien pensé. Les hommes fouinassent en rats, le nez collé au sol. Sans le coup d'œil de Louisette, il n'aurait pas trouvé. Il regarda l'anneau qui émergeait de la jonchée. Que cachaient les entrailles du logis ?

« Je descends à la cave, dit-il.

— La vieille t'attend. »

Le chevau-léger balaya les brisures de jonc, souleva la trappe, puis, le porte-chandelle au poing, descendit les marches grossièrement taillées dans la terre. L'endroit empestait le vinaigre. Depuis quinze ans, les barriques du Vieux avaient eu le temps d'aigrir. Il brandit le porte-chandelle à bout de bras. Une pièce basse en rectangle, des tonneaux sur lesquels s'entortillait un fatras de cordes, quelques paniers, un bric-à-brac d'outils, des planches, une pioche contre une paroi dont il devina l'usage à la vue du sol miné de trous. La bande du Goupil avait également fouiné ici. Il se mit à arpenter la cave à pas lents. Il la repéra tout de suite. Une grande tache noire sur le mur près d'un angle. Approchant la bougie, il l'examina jusqu'à être certain. Du sang. Il poursuivit sa ronde et n'aurait jamais remarqué le bout d'os s'il n'avait pas glissé. Comme il se massait la cheville, il aperçut au fond d'un interstice un éclat blanc. Il poussa les tonneaux et quand il tendit l'os devant son visage, quelque chose en lui se décrocha. Il en avait déjà vu de semblables, plus grands, le jour où un chien du voisinage avait déterré la main d'un squelette. Une phalange. Il sentit sa gorge se serrer. Un petit bout de doigt d'enfant.

Avec un sentiment d'oppression, il continua ses recherches. Le sol livra six os identiques. Il découvrit le septième derrière un sac. Il prit la pioche et retourna la terre comme un possédé. Au moment où il s'arrêta, hors d'haleine, la pensée qu'il avait fuie le rattrapa. Pas de cadavre dans la cave, on avait jeté les corps dans le puits. Le temps d'une pulsation, son cœur cessa de battre. Par le Christ, que fabriquaient ici ces bouts de doigts ?

« Vois-tu quelque chose, le taiseux ? Les entends-tu ? »

La voix de Louisette lui parvint à travers un brouillard. Bayonne regarda la tache de sang sur le mur, puis il baissa la tête et fixa au creux de sa paume les os d'une main si petite qu'ils donnaient envie de tomber à genoux pour demander pardon.

Oui, Louisette, oui. Il les entendait.

Après des années de silence, les esprits se mettaient à parler mais ils ne disaient mot.

Ils pleuraient, Louisette. Ils pleuraient.

XIV

Aussitôt lâchée, la pierre disparut dans l'ombre alors qu'au-dessus du puits, Bayonne écoutait. Un… Deux… Un bruit mou retentit. Peu de profondeur, un bouchon de fange. Il lui faudrait confier l'ouvrage aux boueux chargés de curer les puisards, des hommes habitués aux surprises. Ce ne serait ni la première ni la dernière fois qu'ils ramèneraient en leurs paniers des dépouilles drapées d'un linceul d'ordures. Le chevau-léger sortit du jardin et regagna la venelle des Trois-Commères. Pauvre Cerise, pauvres petiots, pauvre Louisette. La vieille femme allait se retrouver bien seule. Plus d'esprits autour d'elle, plus de fables à se raconter. À la place, tels les corps qui remonteraient bientôt à la surface, la réalité nue. Il s'arrêta devant la masure et toqua. Personne. La petite vieille n'était pas revenue de sa mission, un mot à transmettre à Lhorme pour reporter le rendez-vous fixé, une ruse afin de tenir Louisette éloignée pendant qu'il auscultait le plafond du Vieux. Gilles balaya du regard la rue abandonnée et ses yeux se posèrent sur la réserve de fagots. Bécassot ! se moqua une voix en lui. La vieille capable de survivre des années en ce trou vaincrait au combat cent mille braves.

L'après-midi touchait à son terme quand Bayonne laissa derrière lui la Vallée de Misère. Il hésita un instant et prit la direction des bains. Il était sale, il avait faim, il voulait sentir la main de Juliane sur sa peau. Et, même si cela lui donnait la nausée, la convaincre de parler. Qui était le sixième homme ? Connaissait-elle l'identité du Goupil ? Mais aux étuves, point de Juliane, et l'établissement le lundi n'ouvrait ses portes qu'aux femmes. Gilles repartit vers la rue des Lombards, acheta contre une piécette deux oublies qu'il mangea en chemin, puis il rentra au Coq hardi et courut se décrotter dans la cour. Un crochet par les écuries – nul Pique-Lune à l'horizon – et il grimpa à l'étage se changer. Le mot lui sauta aux yeux. Il déplia le billet posé sur sa couche et reconnut l'écriture du lutin.

Victoire, mon maître !

La cave de Huillet est vide, la cellule du Châtelet pleine, et sur les poules reprises au renard, pas une plume ne manque à l'appel. Ni tambour ni trompette, selon vos ordres : un sac pour masquer le butin, puis convoi en la carriole de Le Gail utilisée comme repoussoir à curieux, une idée de votre serviteur, le très humble et très fidèle et très marri et très sincère,

Pique-Lune.

Et très admirable et secourable bavard. Gilles enfila des vêtements propres et sortit son nécessaire à écrire. Quelques mots de Pique-Lune et il se sentait plus léger. Il ne détricoterait pas l'histoire. Les cadavres au fond du puits ne renaîtraient pas de leurs cendres, la cicatrice sur le visage de Pique-Lune ne s'effacerait point. Pourquoi regarder en arrière ? La Cerise et ses garçons réclamaient justice, le loupiot vivait, voilà l'essentiel ; tout le reste était bon à jeter aux orties. Il trempa sa plume dans l'encre et se mit à rédiger un rapport pour le chancelier en lequel il passa sous silence les croqueurs de poules. Avancée sur les meurtres, découverte d'un trésor, succès dans l'affaire des vols, il exposa brièvement chaque point, se relut et rajouta une ligne : un courrier venait de quitter Paris afin d'avertir le roi. Cheverny s'étranglerait de rage, il s'en moquait. À son goût, le Grand Maître des corbeaux guignait un peu trop les étranges pièces et il avait vu assez d'or en la cache du Vieux pour flairer les ennuis. Cheverny voudrait la gloire ou le pactole. Si la cupidité l'emportait, Gilles ne donnait pas cher de sa peau. Il écrivit une dépêche au roi, deux autres à Auffray et Fonvieille, des compagnons d'armes bien nés, au cas où Henri dédaignerait la lettre d'un soldat sans nom ni blason. Alors qu'il glissait les missives en sa musette, ses doigts rencontrèrent le tissu contenant les bouts d'os. La colère le cingla. Il leur offrirait vraie sépulture, il le jurait, et gripperait les derniers bâtards de la bande même s'il devait pour cela voler à un pauvre drille sa vengeance. Il prit sa toque et sortit.

Devant l'auberge, allant et venant comme un gros chien pataud, Forestier le guettait, le visage poisseux d'une sueur grasse. Lorsqu'il aperçut le mégissier, Bayonne étouffa un soupir d'agacement. Il n'avait pas de temps à perdre avec les âmes charitables, surtout quand celles-ci s'amusaient à semer la mouscaille. Grâce à l'intervention du bonhomme, Pasquin et son troupeau d'écorcheurs avaient failli le transformer en saint Sauciflard. L'épisode, visiblement, travaillait le drôle :

« Me pardonnerez-vous, sieur Bayonne ? L'autre jour, chez notre oiseleur, j'ai cru…

— *Absolvo !* » lui jeta Gilles sans ralentir sa course. Trois pas plus loin, il pila et rebroussa chemin. Pourquoi ne pas tenter sa chance ? L'homme devait avoir l'âge de son père et des souvenirs plein les tiroirs. Un seul lui importait. « Connaissez-vous la Cerise ? »

Le présent lui était venu sans réfléchir. *Ils sont toujours là, fils.* Forestier rougit, puis son regard s'alluma d'une lueur égrillarde.

« Non, dit-il à voix basse, mais je peux vous indiquer une Framboise peu gourmande et point gâtée. Aucune chaude-pisse en cadeau d'adieu, une adresse sûre. »

Bayonne foudroya Forestier d'un œil noir et tourna les talons. Vieux pourceau ! À l'évocation de la Cerise, le gaillard s'était empourpré. Et alors ? Il n'allait pas se remettre à soupçonner la terre entière. Forestier devait voir sous chaque femme une luronne ; un nom de belle et la sève lui montait à la tête. Ce n'était pas un crime. Il chassa le mégissier de son esprit et bifurqua à gauche, rue Sainte-Catherine, en direction du pont au Change. Une fois la Seine franchie, les venelles lui permettraient d'éviter la foule et de rejoindre plus vite la poste aux chevaux, rue Saint-Jacques, en face de la rue du Plâtre. Une lourdeur d'orage pesait sur la ville. Les faciès étaient rouges, les regards mornes. Gilles leva les yeux et grimaça. Cette nuit, il pleuvrait. La tâche des boueux s'annonçait délicate si par chance il dénichait hommes assez fous pour descendre dans le puits. Il doubla un rémouleur ambulant courbé sous le poids de sa meule et reprit son allure à grandes foulées. L'image des os ne le quittait pas, l'horreur au creux de sa main. Qu'avaient-ils fait aux petiots ? Quel supplice derrière la Vierge à l'Enfant qui obsédait le prêtre ou le dévouement de Rivière aux orphelins ? Il pensa au tueur, mais il ne voyait rien. Une ombre, des larmes, la colère.

À l'enseigne du Chapeau rouge où se trouvaient les écuries desservant la poste, sa qualité de chevau-léger lui valut de passer avant la piétaille. Il confia ses lettres, régla le port, puis ressortit et se mit en quête d'une équipe de boueux. L'idée de la Cerise et de ses garçons pourrissant comme des chiens lui était insupportable. Au début de la rue Saint-Jacques, une puanteur bien connue des nez parisiens flottait dans l'air. Il suivit l'effluve à la trace et, au détour d'une venelle, rattrapa le vidangeur. Le tonneau sur roue que poussait le maître fifi débordait de bran. Bayonne avait vu juste. Puitiers et vidangeurs étaient cousins et l'homme n'eut aucun mal à lui fournir trois noms, la fine fleur du métier, assura-t-il. Gilles le remercia et consacra une partie du soir à rechercher les cureurs de puits sur lesquels il finit par mettre la main. Le premier n'aimait pas la nuit, le deuxième n'aimait guère la pluie, le troisième, pourvu que la paie fût bonne, s'en contrebalançait, et par ici la picaille, mon bourgeois ! Gilles paya. L'homme promit de partir dès le retour de ses fils, et s'il fallait y passer la nuit, ils y passeraient la nuit, sacrédiou. Bayonne le salua et un moment après, perdu dans ses pensées, traversait le pont au Change en direction de la Grande-Boucherie. Grâce à la mémoire du frère Bertrand, il savait pourquoi, malgré sa peur, Thévenon était resté. La soif d'or. Un pas supplémentaire sur l'assassin, et peut-être même à présent le devançait-il. Il avait l'or, la possibilité de tendre un piège aux deux derniers de la bande qui n'avaient guère dû fuir eux non plus. Les pièces en guise d'appât, la cupidité comme hameçon, il verrait bien ce qui mordrait aux lignes.

Devant les Trois Pinsons, sous l'œil vigilant du Nouneton préposé aux cerbères, les clients continuaient à venir grossir la queue qui s'étirait jusqu'en milieu de rue. Le gamin agita les doigts à l'adresse du soldat et Bayonne se faufila à l'intérieur. La salle était comble. Aucune figure connue sauf maître Eychenne penché au-dessus d'un livre. Le chirurgien-barbier ne leva point les yeux lorsqu'il passa à ses côtés pour rejoindre Lhorme installé près des cuisines, seul et sans voisins. Gilles prit place et eut la surprise de voir Pique-Lune se glisser sur le banc tandis que Mouche se couchait aux pieds du garçon. Pas besoin d'être grand clerc pour deviner en quelle compagnie se trouvait le loupiot, et grâce soit rendue à Le Gail : Pique-Lune était blanc, mais il rayonnait.

« Au rapport, monsieur mon page !»

Pique-Lune inclina la tête, puis, en quelques phrases, retraça les méfaits de la Très Répugnante Vermine, celui dont le nom ne devait point franchir les lèvres. Peu d'éléments nouveaux. Sous le couvert d'une mission, Huillet se présentait aux hôtels pour s'informer des mesures prises contre les brigandages, inspectait les lieux, distillait ses conseils, puis repartait avec la bénédiction du maître de maison. Grégoire Layraud lui avait même montré son coffre. Qui se méfierait d'un commissaire au Châtelet de la prévôté et vicomté de Paris ? L'homme était prudent. Entre ses visites et les vols, plusieurs mois de distance, et il comptait sans doute revendre le butin une fois l'affaire oubliée, car aucune babiole ne manquait. Aux yeux de tous, il demeurait le Très Honorable Commissaire, Sauvayre et lui y avaient veillé, même s'ils ne comprenaient pas la raison d'un tel ordre. Pique-Lune acheva son récit au moment où le Nounet posait sur leur table les trois portions de bœuf commandées à la Nounette. Lhorme repoussa son écuelle. Ce soir, il n'avalerait plus rien.

« Il ne tiendrait qu'à moi, je lui arracherais les tripes pour le pendre avec », dit-il d'un air mauvais. Il ouvrit les mains en signe d'impuissance. « Je ne suis pas seul, Bayonne, je pense à mes hommes.

— L'honneur du Châtelet, j'y ai songé moi aussi. Pourquoi, selon vous, ai-je demandé à Sauvayre et Pique-Lune d'agir avec tact ? » Le rôle joué par la carriole du ramasseur d'étrons lui revint en mémoire. « Le Gail ? fit-il au loupiot.

— Il taira son bec, c'est un compère », répondit Pique-Lune en clignant son œil valide.

Bayonne lui retourna un sourire. Sacré bonhomme !

« Notre croqueur de poules ? demanda Lhorme.

— On le relâche, bien sûr.

— Vous oubliez les juges. Qui condamner si la cellule est vide ?

— Il n'y a qu'à la remplir. »

À la façon dont Lhorme se recula sur le banc, Gilles vit que le commissaire avait compris.

« Annoncez votre prix, Bayonne. Dites-moi à combien se monte l'honneur du Châtelet.

— À trois fois rien, sans offense de ma part, un trio de crapules, les sbires du chancelier.

— Hénin et sa clique !

— Voyez-vous meilleure idée ? Le Châtelet épargné, un pauvre diable dehors et trois nuisibles aux galères. Pas d'états d'âme : s'ils ne paient point pour les vols, ils paieront pour leurs crimes, ceux dont ils se sont vantés avant de s'en prendre à Pique-Lune.

— Cheverny ne voudra jamais.

— Il voudra. S'il libérait les trois larrons coupables des vols de la Grande-Boucherie comme nous nous emploierons à le proclamer, Dupray en vomirait des flots de bile. Les éclaboussures, ça tache, et le chancelier n'aime pas salir ses habits. » Après un silence,

Lhorme donna son accord ; il s'occupait de tout. Pique-Lune en poussa un soupir d'aise. Le croqueur de poules grippé à cause de ses paperolles regagnerait le terrier. Bayonne appuya ses poings sur la table et se pencha en avant. « Autre fâcheuse nouvelle à transmettre : les pièces cachaient un trésor et notre roi le sait. Si Cheverny pensait déshabiller Henri pour habiller son chancelier Philippe, il ira cul nu, je le crains. »

Lhorme regarda le soldat par en dessous.

« En avez-vous beaucoup, des joyeusetés de la sorte ?

— Une seule encore, la pire », répondit Gilles d'une voix sombre, et il se mit à raconter sa visite chez le Vieux. Quand il en vint à la découverte des os, il marqua une pause. Le vent giflerait fort, mais il fallait avancer. Il n'avait pas le droit de fléchir. « Ils ont tué la Cerise et ses quatre garçons, mais avant, ils ont torturé les petits, un au moins. Les doigts tranchés. »

Le visage de Lhorme demeura impénétrable. Bayonne enchaîna sans traîner. Que savaient-ils ? Quels éléments négligeaient-ils sans en avoir conscience ? Il entreprit de récapituler l'affaire et essaya de pointer les questions. L'assassin agissait-il seul ? Pourquoi une telle lenteur dans la mise en route et tant de précipitation entre chaque meurtre ? Excepté la nuit de la Saint-Jean, un événement avait-il enclenché le déclic ? Qui s'était présenté à la porte de Thévenon ? Lhorme intervint à plusieurs reprises. La piste italienne ne donnait rien, dit-il, et l'enquête menée par Sauvayre auprès des connaissances de Thévenon blanchissait celles-ci. Le sergent allait élargir ses recherches au cercle des tailleurs, pourpointiers et marchands d'étoffes en les boutiques desquels le bellâtre s'était pomponné.

Quant aux gardes envoyés à l'assaut des artisans avec un nœud dans une main et une fiole emplie du mélange senti par le Renifleux dans l'autre, ils avaient usé vainement leurs bottes au jour d'aujourd'hui. Pique-Lune écoutait, les doigts perdus dans la fourrure de Mouche. Assise sur son arrière-train, la chienne borgne humait l'air, truffe froncée en direction de Lhorme, et Gilles, la regardant, se demanda quelle odeur pouvait bien fleurer le chagrin.

« Pas un mot sur le trésor... » commença-t-il quand il vit Mouche se tourner brusquement vers Pique-Lune.

Bayonne bondit en avant, juste à temps pour amortir la chute du garçon. Lorsque la plainte s'éleva, chacun se tut.

Tête rejetée en arrière, la chienne de Le Gail hurlait à la mort.

En apercevant l'armée de pinces et de tenailles suspendues au mur, Pique-Lune crut qu'il rêvait. Il referma les paupières et les rouvrit : planté devant la porte, Bayonne interdisait toute retraite. Le garçon frotta son œil droit et découvrit dans un frisson le bonnet carré de l'homme penché au-dessus de lui, l'insigne des chirurgiens-barbiers du Collège de Saint-Côme. Avec cette fatale lucidité de la bête aux abois, il comprit qu'il ne servirait à rien de lutter. Il était découvert, et les assauts de la rage de dents combinés au manque de nourriture et à la rencontre du port de Grève avaient eu raison de lui. La douleur cognait si fort qu'il respirait avec peine. Comment l'imperceptible élancement du départ s'était-il transformé en ce brasier qui l'incendiait jusqu'à l'œil ? Lorsque le praticien se mit à lui palper la joue, il se tint immobile. Un mouvement et le diable frapperait à coup double sur l'enclume.

« Alors, moussaillon ! l'apostropha Bayonne. Une horde de sabordeurs ne t'effraie pas, mais une molaire, oui ? » Occupé à surveiller les mains du chirurgien-barbier, le garçon oublia de répondre. Par une série d'effleurements, les doigts papillonnaient sur sa joue. Si jamais l'un d'entre eux s'aventurait dans sa bouche, il mordrait. « Et tu aimes mieux te noyer que d'appeler à l'aide ? Au moins as-tu fait preuve de jugeote en tombant en défaillance devant maître Eychenne. »

Un ton affable, malgré le reproche latent. Loué soit son maître ! Il aurait dû lui parler. Où trouver le courage de lui confier l'épouvante qui le glaçait chaque fois qu'il apercevait au-dessus de la foule les sinistres pinces éclaboussées de sang ? Comment, sans passer pour couard, dire le poil qui se hérisse, le cœur au bord des lèvres, les jambes molles comme chiffe ? Par le Christ, il n'était point lâche, mais plutôt souffrir mille morts que d'affronter les arracheurs de dents, cette engeance échappée du cauchemar d'un démon ! Comme s'il avait lu en lui, maître Eychenne prit la parole :

« Dans l'art de soigner molaires, incisives et autres canines, on distingue deux écoles, d'un côté les arracheurs de dents, de l'autre, les chirurgiens-barbiers. » Pique-Lune se raidit. Quelle conclusion à ce préambule ? « Comme leur nom l'indique, les premiers se rabaissent à arracher, en vulgaires bateleurs qu'ils sont. Les seconds, quant à eux, opèrent en artistes, élevant leur science jusqu'à l'extraction, pratique noble s'il en est. Saisis-tu la différence ? »

Non, il ne voyait pas et n'avait nulle envie d'y regarder de plus près. Qu'elle servît à extraire ou à arracher, une pince restait une pince, là s'arrêtait son credo, et aucune argutie ne le convaincrait du contraire. Il jeta à son maître un regard d'animal. Le soldat lui adressa en retour un petit signe qui l'inquiéta davantage qu'une remontrance. Pour l'heure, point d'alarme. Maître Eychenne s'était désintéressé de sa joue et broyait des racines dans son mortier. D'un œil timide, il se mit à inspecter les alentours et, plus il examinait la pièce, plus il sentait croître en lui l'appréhension.

À première vue, nulle attrape. D'inoffensifs pots en faïence ornés d'une inscription latine couvraient les tablettes échelonnées sur deux pans de mur tandis que des simples séchaient de part et d'autre de l'huis, ficelés en gerbes. Sur un double lutrin, un livre fermé. Point de cautère à rougir dans l'âtre ni même de feu. Seul un petit brasero officiait sur lequel leur hôte jetait de temps en temps quelques feuilles de sarriette. Par la croisée, il apercevait les lianes d'une clématite et dehors, une pluie fine tombait. Sans sa rage de dents, il aurait pu s'endormir. Tout, ici, invitait à l'abandon. L'enfer, pour séduire, ne singe-t-il point le Paradis ?

Dès que le regard s'abaissait, la piperie sautait aux yeux. La table sur laquelle il reposait était tachée de longues traînées brunâtres alors que sous ses doigts, il devinait plusieurs entailles gravées en profondeur dans le chêne. Mais c'est plus haut, à flanc de mur, juste au-dessus de sa tête, que la pièce dévoilait son être véritable, un lieu corps et âme voué à la torture. Pinces, tenailles, rugines, lancettes, ciseaux, canules, bistouris, cautères, scarificateurs, érignes, trépans, algalis, speculums, le diable lui-même ne possédait pas semblable arsenal. Toutes les horreurs imaginées par l'homme pour faire souffrir son prochain se trouvaient rassemblées là, sous forme d'instruments prêts à fouiller la chair, à la trancher, à la cisailler jusqu'à l'os. Et quand il fallait se résoudre à amputer… Il déglutit. Accrochées dans le coin le plus obscur de la paroi tels des fauves sanguinaires enchaînés à l'écart, les scies égoïnes exhibaient leurs rangées de dents féroces. Il détourna le regard. Sainte Vierge ! Quel tourment lui réservait-on en cet antre ?

Maître Eychenne revint s'asseoir à ses côtés, un fin sourire aux lèvres. Hypocrite ! Si un serpent avait pu sourire, il arborerait cette grimace-là. Quelques risettes ne l'entortilleraient point, il connaissait la chanson. Sous le jasmin, le venin. Bayonne ne lui avait-il pas narré comment après une bataille s'y prenaient les chirurgiens-barbiers afin de prévenir la gangrène chez les blessés les plus vilainement atteints ? Moult facéties, des mignardises en veux-tu en voilà, puis, une fois leur patient en confiance, une louche d'huile bouillante sur les plaies à vif. Que le sieur Félon s'approche donc un peu !

Étonnamment, à la place des pinces redoutées, le chirurgien lui tendit un godet fleurant la prunelle.

« Allez, le chiard ! dit ce dernier passant tout à trac de l'amphigouri pédant au parler du pays. Cul sec dans la gargoulette ! À voir si t'es un couillu ou pas ! »

Désarçonné, il s'exécuta sans réfléchir. Les larmes lui montèrent aux yeux, un torrent de feu l'embrasa, et il crut rendre l'âme. Quand sa toux se calma, il sentit une chaleur courir en ses veines. La douleur n'avait rien cédé mais, c'était étrange, il n'y faisait plus attention. Maître Eychenne désigna d'un hochement le badigeon qu'il tenait à la main.

« Aconit, le fin du fin contre l'inflammation, à condition toutefois de le bien doser. Si une pincée soulage le patient, une cuillère le tue. Puis-je ? » demanda-t-il en retroussant les manches de sa robe jusqu'aux coudes.

Nulle pince tapie dans l'ombre du tissu. Pique-Lune entrouvrit la bouche. Une fois encore, il en fut quitte pour la frayeur. Sous l'effet du badigeon, sa gencive le picota un peu et s'engourdit. Incrédule, il se tâta la joue. La douleur était moins vive, assurément. Il observa d'un œil curieux le nouvel onguent que lui présenta le chirurgien-barbier. Quel autre prodige sortirait-il de ce pot ?

« Belladone, dit le faiseur de miracles, ainsi la nomment les Italiens, la belle dame, ange et démon tout à la fois : vierge perverse qui, d'un baiser, donne la mort – une seule baie suffit – ou divine putain qui, d'une caresse, offre le Paradis. »

Le chirurgien-barbier délaça sa chemise, enfila une paire de gants, puis, prélevant juste une noisette de sa mixture, lui massa tempes, paupières, cou et poitrine. Pique-Lune s'abandonna. Des fourmillements de braise sur sa peau, ses pupilles s'écarquillèrent. Maître Eychenne se pencha sur lui, les traits du visage bizarrement distendus. Ce fut la dernière image que Pique-Lune emporta. Il eut l'impression de s'élever haut, très haut au-dessus de son corps. Une voix lui parlait qu'il entendait sans comprendre, un grondement de cailloux roulés par le torrent. Quand on lui plaqua la tête contre la table, il ne fit pas un geste. Œil grand ouvert, il souriait aux anges.

Le bruit surgit du tréfonds de son ventre, un écho sourd, lointain, qui grandit jusqu'à l'envahir tout entier. Cela craquait et grinçait comme un chêne sous les coups de cognée, cela se déchirait dans des claquements de cordes qui cèdent. Il s'arc-bouta. Une même force semblait le soulever et l'écraser sur la table. Il n'était plus que bruit, sang et douleur. La tourmente culmina soudain en un fracas d'arbre déraciné, et ce fut le silence.

La première réaction du détenu poussé dans le cachot de la Mésaise que la peur, depuis longtemps, avait rebaptisé Gueule du loup était d'ouvrir la bouche en quête d'air, la deuxième, de plier la nuque d'instinct. Avec son haleine étouffante, ses murs de biais qui penchaient dangereusement vers l'intérieur, sa rangée de piques hérissant ses parois, ses basses voûtes en berceau contrebutées par un lourd pilier de moellons, la cellule semblait se refermer d'un coup sur ses hôtes pour les happer d'un claquement de mâchoires. D'aucuns réchappés de ses crocs, la nuit, hurlaient toujours de terreur. Ils croyaient voir en leurs songes les sinistres murailles s'animer soudain, se rapprocher pouce par pouce, les broyer entre leurs flancs. Qui aurait pu en jurer, néanmoins ? Les anciens de la Mésaise se taisaient, l'imagination déroulait sa pelote. D'un revers de main, Bayonne s'essuya le front. Cette geôle, ses noires légendes, sa réalité plus sombre encore, maître Layraud les connaissait-il ? Non, sûrement. Qu'était le monde pour cet avare ? Un coffre, des écus. Hors cela, rien n'existait. Eh bien, il allait lui ouvrir les yeux, l'obliger à contempler hideuses merveilles, le contraindre à ployer devant autre puissance que monceaux d'or. Aujourd'hui, entre les murs du Grand Châtelet, Grégoire Layraud allait apprendre la peur.

Elle était là, déjà, rampante, agaçant ses nerfs, mais l'orfèvre l'ignorait. Inconscient, il suivait le sergent Sauvayre au travers des méandres du Châtelet, s'enfonçait toujours plus profond sous terre, s'engouffrait en boyaux toujours plus étroits, sans méfiance, mal à l'aise peut-être, impatient de retrouver son or. Le sergent ne lui épargnerait aucune station du chemin d'Enfer, il l'avait promis à Gilles. Tout ce que la prison comptait comme horreurs, Layraud s'en imprégnerait jusqu'aux orbites. La Boucherie, le Berceau, la Force ou Chambre d'Hypocras, Beauvais, Beaumont, l'Oubliette, la

Grièche, le Paradis, la Fin d'aise, l'Entre-deux-huis, il verrait chaque geôle, scruterait chaque damné, et, sur sa rétine, s'imprimeraient visions d'épouvante dont il ne comprendrait le sens que plus tard, lorsque la peur lui sauterait à la gorge. Regardait-il les malheureux agonisant ici comme des frères ? Non, pas encore. Les prisonniers aux yeux brûlés d'ombre, empêchés par les chaînes de s'étendre ou de se tenir droit, ni bêtes ni hommes, maître Layraud ne les apercevait guère, sans doute. Il pensait à sa cassette. Bayonne secoua la tête avec colère. Maudits cupides ! À cause de quelques pièces d'or, une femme et ses fils pourrissaient au fond d'un puits. Cette idée le rendait fou, lui donnait envie de frapper et de vomir. Il se passa lentement la main sur le visage. Juliane le fuyait-elle ? Tout à l'heure, en se présentant chez elle, il avait de nouveau trouvé le nid vide. Dans le couloir, soudain, un bruit de pas. Sauvayre et leur hôte approchaient. Bayonne eut juste le temps de se placer à côté de la table sur laquelle était posé le coffre. La porte s'ouvrit.

Grégoire Layraud s'avança, ouvrit la bouche, plia la nuque, puis il vit l'or. Gilles dut serrer les poings pour ne pas effacer d'une gifle le pli d'extase qui étira ses lèvres, ce sourire immonde qui faisait offense à tous les hommes. Derrière l'orfèvre, Sauvayre lui adressa un signe de tête dégoûté. Pourri jusqu'à la moelle.

« Ma cassette, mon or, mon enfant ! » dit l'infâme en tendant sa main vers le coffre.

Ses doigts effleurèrent les pièces et Bayonne rabattit le couvercle. Avec un cri, Layraud se courba en avant, ses doigts en étau dans sa main gauche. Sur son visage, une grimace et l'incompréhension. Premier coup de semonce.

« Votre enfant ? Un bâtard, maître Layraud, nourri à la mamelle de puantes ribaudes, Rapine, Duperie et Fraude au Trésor. »

Gilles avait parlé d'un ton neutre, sans froideur ni chaleur, et au regard lancé par l'orfèvre, il sut qu'il avait frappé juste. Layraud commençait à voir en lui le représentant de la toute-puissante justice, un homme étranger aux émotions comme aux sentiments, une sorte d'être minéral doué d'une sensibilité proche de cette délicatesse affichée par la meule à l'heure d'écraser le grain. La peur n'était plus loin.

« Jamais je n'ai volé ni trompé quiconque ! protesta l'orfèvre. Sur ma foi, je suis un honnête homme.

— Acheter une misère la récolte des tire-laine avant de la fondre en vos creusets et la convertir en pendouilleries revendues à prix d'or, est-ce cela votre idée de l'honnêteté ? Dommage pour vous, le roi ne la partage pas. Sauvayre, apprends donc à maître Layraud quelle récompense la justice réserve aux honnêtes sujets comme lui.

— Les galères ou la corde, gronda le sergent dans le dos de l'orfèvre.

— Avant cela, toutefois, poursuivit Bayonne, il vous faudra subir la question, une petite séance sur le chevalet du bourreau afin de nous livrer vos comparses. Pourquoi une seule, d'ailleurs ? Au diable, l'avarice ! Quatre ou cinq seront nécessaires à mon sens. Les vide-goussets qui vous ravitaillent depuis si longtemps représentent belle brochette, non ?

— De grâce ! Je me repens ! »

Dans la voix de l'orfèvre, un frisson.

« Où diantre vous croyez-vous ? Nous ne sommes pas à l'église, ici. Aux yeux de la justice, chaque acte se paie. De toute façon, votre conduite n'incite guère à la clémence.

— De grâce ! Pour mon épouse !

— Manières ! Vous ne vous souciez de son existence qu'à l'heure de sauver la vôtre. C'est un peu tard, quoique… »

Layraud dressa la tête. Sur ses traits, la crainte refluait et il risqua un rapide coup d'œil vers son coffre. Maudit animal à sang-froid ! pesta Gilles. Pour l'heure, il n'avait guère touché que la surface.

« J'ai le cœur tendre, reprit-il, et l'idée d'une pauvre innocente flétrie à cause d'un coquin de mari m'est odieuse. Je veux bien faire un geste, mais prenez garde : je ne vous sauve pas vous, j'épargne dame Bertille. À la première incartade, c'est la prison et le bourreau. » Il appuya sur ces derniers mots et se tut. L'orfèvre le regardait avec espoir. Mais quand donc la peur viendrait-elle le mordre, ce crabe ? « Voici mes conditions : petit un, le sergent Sauvayre vérifiera chaque semaine le respect d'icelles auprès de votre épouse. » Par-dessus l'épaule de Layraud, Sauvayre rougit comme une donzelle. « Petit deux, plus de rapine, duperie ni fraude. Petit trois, désormais vous remettrez le gain de vos ventes à votre mie qui, seule, disposera des clés du coffre. Petit quatre, dame Bertille aura toute licence pour puiser dans ladite cassette afin de gager autant de servantes qu'il lui plaira et de s'offrir tous les banquets ou fanfreluches dont elle rêve.

— Vous n'y pensez pas ! Cela est exorbitamment dispendieux ! »

Une rage froide saisit Bayonne. Ah ! maître Layraud ne voulait pas comprendre ? Maître Layraud se permettait de discuter ? Maugrebleu ! Il allait le mettre à nu, arracher ses vêtures une à une, le dépouiller jusqu'au nom d'homme et sous la peau enfin, atteindre la bête, la bête tremblante en sa chair.

« Exorbitamment douloureuse est la torture sous la question, sieur Poing Serré. Le supplice des brodequins, par exemple : le bourreau place deux planches entre vos jambes, deux autres sur leur face externe, puis il ligote l'ensemble avec une corde bien solide ; il saisit ensuite son maillet, glisse un coin entre les planches du milieu et pan ! Il frappe de toutes ses forces. Sous la pression, les planches se rapprochent l'une de l'autre. Quant aux jambes prisonnières à l'intérieur, je vous laisse deviner. Combien de coins déjà, Sauvayre ?

— Quatre coins en chêne pour la question ordinaire, huit pour l'extraordinaire », répondit le sergent sans manger une syllabe. Les mots sortaient de sa bouche avec un éclat dur. « La première réduit les chairs en bouillie, la seconde brise les os comme verre.

— Si par miracle vous en réchappez, enchaîna Bayonne, au mieux vous boitillez à vie, au pire vous restez cul-de-jatte. Mais nous savons varier les plaisirs. Tenez, il existe aussi la question par l'eau, celle qui enfle le ventre de tant de liquide qu'hélas parfois il crève. Rappelle-nous-en le détail, Sauvayre.

— La question ordinaire par l'eau, se mit à réciter d'une voix féroce le sergent, sera administrée avec quatre coquemards remplis chacun de deux pintes et demie, mesure de Paris. L'extraordinaire…

— Il suffit, par pitié ! »

Sous le cri de l'orfèvre, une fissure. Gilles contempla Layraud qui dardait sur lui un regard éperdu. Il y était presque. Une ultime vêture à arracher et il atteindrait la bête.

« Il ne suffit pas, non. Les mots donnent une idée mais rien ne vaut le spectacle. Vous avez de la chance : au Grand Châtelet aujourd'hui, on applique la question extraordinaire à un ingrat coupable de parricide. Veille à installer notre hôte aux premières loges, Sauvayre. Qu'il entende chaque coup de maillet, chaque os qui éclate, chaque cri d'épouvante.

— Je n'irai pas !

— Oh ! que si, vous irez, ou je vous livre au bourreau. Alors, le spectacle ou la séance de gigotage ? »

Pour la première fois depuis son entrée dans le cachot de la Mésaise, Layraud balaya la pièce des yeux, lentement, d'un regard triste, incrédule. La peur levait le voile. Ensevelis-toi sous montagnes d'or, petit homme, caparaçonne ton âme avec couches de corne, disparais à la vie, la mort est là qui t'attend. Il leva un bras devant son visage, comme pour se protéger. Bayonne fit un signe au sergent. Que Sauvayre amène leur hôte, il en avait fini. Pétrifiée, la bête tremblait en sa chair.

Les nuages masquaient entièrement la lune et dans le ciel, aucune étoile ne brillait. Passé le halo projeté par les lampes disposées en cercle autour du puits, Bayonne s'enfonça d'un coup dans les ténèbres. Il ne distinguait pas ses pieds ni ses bras, rien. Un noir d'encre. La main sur la garde de son épée, il continua de progresser en aveugle, puis s'immobilisa en inclinant la tête pour écouter. Malgré la pluie qui lui glaçait le dos, il resta un long moment à l'affût. Il était sûr d'avoir entendu quelque chose. Pas vraiment un bruit, plutôt une sorte de contretemps, là-bas, des gouttes qui martelaient le sol, comme un silence soudain, un blanc au cœur de la mélopée. Peut-être une bête, peut-être le loup, peut-être Goupil ou le sixième bâtard. Louisette, non ; elle dormait. Il s'accroupit, tâtonna par terre à la recherche d'un projectile. Un corps mou sous ses doigts, des herbes, le sol imbibé d'eau, une autre limace, la courbe d'un galet. La pierre siffla. Il tendit l'oreille. La rumeur de l'averse l'environnait et, derrière lui, s'élevaient les grognements des puitiers. Nul envol de perdreau. Il remonta son col. Plus un souffle, l'orage avait remporté ses bourrasques. La nuit sentait la terre mouillée. Si le Cerisot rôdait ici, son odeur ne le trahirait point. Bayonne revint sur ses pas. Au loin, le fanal des lampes tremblait, hachuré par la pluie, mais, il le savait à sa peur, ce n'était pas vers la lumière qu'il avançait. Gilles se retourna et scruta les ténèbres. Victime ou bourreau, celui que l'ombre cachait le savait aussi.

Bayonne rejoignit les puitiers au moment où les trois coups de laudes sonnaient à l'église Saint-Jacques. Bien qu'il ne crût pas au danger, il monta la garde, un œil sur la besogne en cours. Bellocq et ses fils travaillaient depuis bientôt sept heures, sans répit, avec une obstination tranquille, et leurs efforts passaient de beaucoup l'argent reçu en solde. Même au plus fort de l'orage les Gascons étaient descendus, se relayant au fond du puits quand la tâche devenait trop pénible. *On cherche une mère et ses enfants, quatre petits*, leur avait de nouveau expliqué Gilles en arrivant peu avant minuit, trois heures plus tôt. *Si des chrétiens attendent en bas, faut pas les faire languir, non, faut pas*, avait répondu le père simplement. Ses fils s'étaient signés et chacun avait repris son poste. Soutenu par un harnais, une pelle, un seau et une lampe accrochés à la ceinture, l'un des garçons se glissait dans le puits pendant que ses frères, pouce après pouce, laissaient filer la corde entre leurs doigts. Un sifflement, le père halait le seau, le vidait, l'arrimait au crochet. Deux sifflements signifiaient la relève. Sept heures de peine, sans une plainte, sans un mot, sept heures à creuser, à tirer, à s'arc-bouter avec des grimaces de douleur pour extraire une fange vieille de quinze ans que la pluie transformait aussitôt en une gadoue gluante dans laquelle ils pataugeaient, enfoncés jusqu'aux cuisses. Rien ne les aurait arrêtés.

Les chrétiens d'en bas, fallait pas les faire attendre. Sur leurs gueules, les gouttes luisaient un instant, puis s'étiraient en coulures sales. Immobile sous l'averse, Bayonne observait les quatre hommes en silence. Ici était Dieu, dans ces trognes de démons, dans ces visages de boue, dans cette moitié d'humanité qui rachetait l'autre. Faut pas s'en prendre aux belles, faut pas jouer les massacreurs d'enfants, faut pas vendre son âme, non, faut pas.

Une heure plus tard, les puitiers remontaient le premier corps.

« Puta Diou ! » souffla Bellocq lorsque Gilles ouvrit le sac.

Bayonne ôta sa toque. Étrangement, il n'éprouvait aucune répulsion, juste de la tristesse ainsi qu'un sentiment de défaite. Il contempla la pauvre chose qui avait été un enfant, puis referma le sac et le déposa délicatement dans l'herbe, loin de la fange, à la lisière entre ténèbres et lumière. Deux heures pleines furent encore nécessaires pour sortir du puits la Cerise et le reste de ses garçons et, pendant tout ce temps, le soldat veilla les corps. Il ne vit ni n'entendit rien de suspect. Pourtant, jusqu'à l'aube, il devina une présence dans le noir, comme si une bête avait viré en cercles autour d'eux. La nuit passa en un éclair. Il resta debout, les sens en alerte, alors que son esprit ne cessait de sauter d'une idée à l'autre. Des bonds de daim en fuite. Cours, mon joli, cours ! L'horreur toujours te rattrapera. Il pensa à Juliane, à Pique-Lune abruti de drogues endormi sur sa couche, à Clotilde, aux habitants de la Grande-Boucherie, aux oiseaux du frère Bertrand ; des images dansèrent devant ses yeux, il parvint un moment à oublier la vision atroce, et Bellocq lui tendit le deuxième sac. Il l'ouvrit, se força à regarder, renoua la corde, et, pour la deuxième fois, un vertige le saisit. Il avait la tête vide, même s'il sentait obscurément en lui bouger une pensée ; mais elle ne trouvait pas sa route, la pauvrette ; elle butait contre les mots, comme les chèvres de maître Fiori. Béguètement. *Ad nauseam.*

L'averse s'arrêta au petit matin, quand Bellocq et ses fils remontèrent le corps de la Cerise. Bayonne profita de la lumière naissante pour inspecter les alentours. Il ne découvrit rien. L'orage avait pu froisser ces herbes, un ramasseur d'orties creuser la terre de ses bottes et laisser derrière lui ces trous ravinés par la pluie. Gilles leva les yeux. Six heures au soleil, une lumière d'ambre palpitait dans le ciel. En revenant vers les Gascons, il jeta un regard aux sacs alignés côte à côte. Meurent les Cerise, meurent les enfants, brille le doux mois de mai. Il se secoua. Les puitiers attendaient ses instructions, raides de boue, de fatigue et d'épouvante.

« Rude besogne et rude nuit, dit-il. Tes fils peuvent rentrer, Bellocq. Pour toi, une dernière corvée : avertis le commissaire Lhorme au Châtelet, qu'il m'envoie gardes et charrette. Je reste ici. »

Le chevau-léger porta la main à son escarcelle.

« M'insultez pas avec votre or, dit Bellocq d'un air rêche. Y a des choses qu'un homme fait parce qu'il faut les faire. Tenez, pourquoi vous partez pas, vous ? »

Les Gascons s'éloignèrent et Bayonne, pour se réchauffer, marcha dans le jardin. Et maintenant ? Convoyer les corps à la morgue. Prévenir les Filles hospitalières de Sainte-Catherine qui s'occuperaient de la mise en terre. Se plonger dans un bain. Dormir contre Juliane. Après, il ne voyait pas. Comment poursuivre l'enquête ? Il n'en savait rien. La boue avalée lui collait la cervelle. Et lui brouillait le sang. Il se sentait lourd de colère. Quelques heures de sommeil, il reprendrait la chasse, mettrait en cage Goupil et la sixième ordure. Puis, même si l'idée lui répugnait, il attraperait le loup. Il y a des choses qu'un homme fait parce qu'il faut les faire.

Le pas du sergent le tira de ses pensées. Gilles regarda Sauvayre approcher avec une impatience mêlée de crainte. Ni gardes ni charrette, Bellocq venait de partir. Sauvayre avait une mine affreuse. Il fixa les sacs et une ombre passa sur son visage.

« La famille s'ra bientôt au grand complet. » Gilles plissa les yeux. « M'avez bien dit d'inviter au Chât'let l'Cerisot d'vot' part, non ?

— L'as-tu trouvé ? Serait-il là-bas ? »

Au *han han* lancé par Sauvayre, Bayonne comprit que quelque chose clochait. Le sergent jeta un nouveau coup d'œil aux sacs avant de se plonger dans l'étude de son pouce droit :

« Retrouvailles dans l'au-d'là, comme qui dirait : l'Cerisot dort à la morgue. »

Allongé sur sa paillasse, engourdi de sommeil et de drogues, Pique-Lune ne bougea pas un cil lorsque le couinement des gonds le réveilla. Il se sentait léger, aussi volatil que le rêve qu'il venait de quitter et dont il ne gardait nul souvenir. À l'imperceptible changement de lumière, il devina une ombre devant lui, mais il n'ouvrit point l'œil. Souffle après souffle, il s'abandonnait à ce miracle retrouvé, respirer sans plus de heurts ni d'à-coups. Le monde était loin, et chaque inspiration l'en éloignait davantage.

Il allait s'assoupir quand une main se posa sur son front, timide, inquiète. Il ne broncha pas, tout à fait éveillé maintenant. Il ne pourrait feindre longtemps le sommeil mais il voulait retenir encore un peu la douce pression de la paume, la caresse à fleur de peau. Comment avait-il pu reconnaître ce geste, lui que sa mère n'avait jamais touché ? Trop de labeur, trop d'enfants, trop de misère. Pourtant, il savait. *Mon petit*, disait la main nichée contre son front. Avec un soupir, il battit des paupières.

« Encore à traînailler sur ta couche, fainéant ? Et ça prétend seconder son maître ! Le sieur Gilles est une niquedouille, tiens ! Se laisser berner par un galopin ! »

Joséphine continua à pousser de hauts cris, allant et venant dans la chambre minuscule, inspectant chaque recoin, reniflant chaque grain de poussière. Qui croyait-elle tromper ? Sa mine revêche n'arrivait pas à effacer l'aveu de tendresse qui duvetait ses joues. Elle se sentait nue. Ses invectives reprirent de plus belle.

« Ce n'est pas faute de l'avoir averti, pourtant, le jour où il t'a ramené, sale comme bauge, loqueteux et maigrichon. De la graine de coucou, que je lui ai répété jusqu'à plus soif, vous allez l'engraisser en pure perte. »

Il y eut un silence, le temps pour la maritorne de reprendre haleine. Pique-Lune attendit la suite du sermon. Une nouvelle salve le cueillit alors qu'il se redressait sur sa couche.

« Et même pour ce qui est de t'étoffer un brin, on ne peut te bailler confiance ; mon petit doigt est plus épais que toi. Toutes les excuses sont bonnes pour échapper à l'ouvrage, n'est-ce pas, monsieur le feignasson ? »

D'un geste péremptoire, la servante posa près du malade le panier glissé à son bras. Boulettes moelleuses d'agneau, fricassée d'aubergines, gratinée tiède de poireaux, flan à la cannelle, pain d'épice, gelée de pomme enrichie d'amandes finement émincées, les victuailles s'amoncelèrent sur le lit, assez nombreuses pour nourrir le roi et sa cour et toutes, remarqua Pique-Lune, onctueuses de façon à ne pas décourager un édenté de fraîche date. Quant à savoir comment la sainte matrone avait eu vent de son état, mystère. Les voies de Joséphine se révélaient aussi impénétrables que celles du Seigneur.

« Mais ne t'imagine pas m'emberlificoter avec tes airs de crève-la-faim. Je m'en vais te remettre sur pied, moi, et en moins de deux, s'il vous plaît ! Tu vas te dépêcher de m'avaler ça et gare à toi s'il en reste une miette ! »

Après plusieurs jours de jeûne, Pique-Lune s'exécuta sans façon. Il enfourna une boulette, puis une deuxième, et ne s'arrêta qu'une fois la totalité du festin englouti. Sa prouesse le préserva d'une nouvelle réprimande, ce qui valait compliment. La nourrice se contenta de pointer vers lui l'index.

« Surtout que ton maître n'apprenne pas que je suis venue te faire la morale ! »

Pique-Lune porta la main à son cœur, une promesse muette que Joséphine attribua à la fatigue. En réalité, le garçon ne pouvait prononcer un mot. Sans se rendre compte de sa méprise, la nourrice s'empressa de sortir.

Resté seul, Pique-Lune se laissa retomber contre l'oreiller. *Mon petit*… Il respirait tout à son aise à présent mais, à la pointe de chaque inspiration, il sentait comme une fêlure légère. De même que la tristesse, la joie n'allait pas sans souffrance.

Ce n'était pas un cri, ni des pleurs, ni même un gémissement d'homme. On aurait dit le glapissement du chien qu'on tue à coups de pierres et, par moments, tel le pépiement d'un oiseau appelant ses petits, une note d'une douceur inquiète tremblait aussi dans la plainte. C'était un son rauque et sauvage, un râle arraché aux entrailles, une de ces lamentations obscures que seules les bêtes ou les anges peuvent entendre.

Il était couché face à terre, à l'endroit où se trouvaient les sacs une heure plus tôt. Toute la nuit il avait rôdé. Toute la nuit, il avait attendu le moment de les rejoindre pour sentir sur son corps l'empreinte de leurs corps. Ses bras étendus en croix étreignaient le sol, ses poings pétrissaient le vide, et la plainte jaillissait de sa gorge sans qu'il en eût conscience.

Il était seul sous le ciel.

Personne ne l'entendait.

Personne ne répondrait.

Bayonne plongea la tête dans l'eau et s'ébroua.

Des gazouillis d'italien, les doigts volettent dans l'air, esquissent trois arabesques d'un geste fluide, les deux hommes sortent de la boutique où flotte une odeur bizarre.

Gilles alla s'asseoir sous la tonnelle. Il avait croisé le Cerisot chez maître Fiori. Il ne se rappelait pas son visage, juste ce mouvement plein de grâce, mais n'arrivait pas à relier la main un instant aperçue au poing du cadavre reposant au Châtelet. La serre d'un oiseau mort. Il s'agissait bien du fils du Vieux, aucun doute là-dessus. À eux tous, Thévenon, le Renifleux et les momichons en avaient donné une description assez exacte pour le reconnaître à coup sûr : un homme d'environ vingt-cinq ans, une envie en forme de cerise sur l'avant-bras droit, un nez qui regardait la pluie tomber, une note de lavande dans ses habits, parfumé lui-même au musc, empestant le benjoin plus une odeur inconnue, moitié graisse et beurre ranci, moitié pin et résine. Quinze ans après, le Guignon trouvait la mort à Paris. Ciguë aquatique, avait diagnostiqué maître Eychenne, une plante des eaux croupies, un poison violent proche du persil sur les papilles. D'une voix tendue où roulait parfois un sanglot, Zeno Zacchetti, le maître imagier sous les ordres duquel travaillait le Cerisot, avait raconté son agonie.

Daniele avait presque fini son écuelle, une omelette au persil livrée comme tous les jours à la taverne selon l'accord conclu avec un oyer du coin : au déjeuner, omelette pour Daniele, foies de volaille pour lui. Le livreur ? Un gamin. Comment s'en souvenir ? Chaque matin, une nouvelle bouille. Daniele se met à rire, il ne sait plus pourquoi ; soudain sa bouche se tord, il crache, il vomit, et d'un coup il est au sol, le corps arqué, les mains sur la gorge, à battre l'air comme un poisson ; sa tête cogne, on le tient, il continue de frapper, bouche ouverte, ne poussera pas un cri ; une heure de calvaire, puis ses yeux se voilent et il devient tout flasque. *Morto. Perché, santa madonna, perché* ?

Pour rien, le Cerisot n'était pas le loup. À elle seule, l'absence de statères dans sa chambre n'aurait pas suffi à le blanchir : les deux derniers de la liste tenaient peut-être entre leurs mains les pièces d'or. La boucle façonnée par le Cerisot sur ses paquetages, un nœud courant, le disculpait de façon certaine. Il rôdait, oui. Les momichons l'avaient vu sortir de chez Thévenon, Le Gail surpris aux portes de l'église Saint-Josse. Ce n'était pas le tueur. La nuit où mourait le père Vuillard, il achevait une fresque aux côtés de son maître, Zacchetti affirmait ne pas l'avoir quitté un instant, et Gilles ne voyait aucune raison de mettre en doute ses paroles. Le maître imagier ne connaissait pas le Cerisot ; il pleurait Daniele, *il piccolo Francese* rencontré à Florence quatorze ans plus tôt, sans toit, sans nom, un talent énorme dans les doigts. Pas un mot sur son histoire, non, *giammai*. L'odeur ? Du médium, une demi-coquille d'œuf d'huile de lin mélangée à la même quantité d'essence de térébenthine, une mixture utilisée pour diluer la peinture en cours de travail. Pourquoi étaient-ils venus à Paris ? Une commande. Ils devaient repartir le mois prochain, *ma*…

Bayonne appuya les pouces contre ses tempes. Le mal de tête clapotait sous son crâne. Il n'avait pas dormi, se sentait nauséeux. Sixte approchait et la cour commençait à puer la persillade. Bientôt le dîner, maître Champvert s'activait derrière ses fourneaux. D'où l'omelette venait-elle ? Un gamin s'était présenté chez l'oyer pour annuler le repas, puis à la taverne avec sa livraison. Un cadeau des deux derniers de la liste, voire du loup qui éliminait un complice ou se débarrassait d'un rival. Plus vraisemblablement le Goupil et le sixième homme, se dit Gilles. Ils avaient dû repérer le Cerisot et le tuer, croyant en finir avec le loup. Ils s'étaient trompés, et lui, doublement fourvoyé. Primo, il avait compris les choses à l'envers. Un étranger installé de longue date à Paris ? Plutôt l'inverse : un enfant si terrifié au lendemain de la Saint-Jean qu'il avait fui jusqu'à Florence. Son erreur coûtait-elle aujourd'hui la vie au Cerisot ? La question flotta un instant, puis il secoua la tête. Même en visant droit, il n'aurait pu remonter à Zeno Zacchetti ni à Daniele.

La piste italienne ne menait pas au loup, seconde boulette. Il avait galopé en vain après le Cerisot et s'il les attrapait, il ne servirait à rien d'interroger les deux bâtards. Aucune sente où farfouiner, nulle charade à décrypter. Les pièces étranges renvoyaient au trésor du Vieux, l'effluve bizarre au Cerisot, les rats et le nœud inconnus au tueur. Entre eux, pas de fil commun. Il se retrouvait à la case départ, le loup si loin devant qu'il ne savait quelle route suivre. Cul-de-sac. Il pensa à Juliane. Qu'elle se taise ou qu'elle parle, même résultat dans le fond. Les noms du sixième homme et du Goupil ne le conduiraient pas à l'assassin. Bayonne se leva. Après la nuit passée, il n'était pas sûr que cela le rendît très chagrin.

Comme convenu, Lhorme et Sauvayre l'attendaient dans la salle du Coq hardi, serrés au bout d'une table où Gilles reconnut plusieurs têtes, Pasquin, Foy, Mesnil, Crépin la musaraigne. Devant le sergent et le commissaire, les reliefs d'un repas. Un peu plus loin, Pique-Lune s'entretenait avec Le Gail. L'auberge bourdonnait. Sixte, chacun se lestait la panse. Bien. Il suffisait de hausser la voix en temps voulu et auparavant, boire : sa jactance sonnerait juste aux oreilles. Le chevau-léger vint s'asseoir face aux deux hommes, vite rejoint par Pique-Lune tandis que Mouche prenait son poste aux pieds du garçon. Bayonne se servit un godet, le vida, le remplit à nouveau.

« Des nouvelles du Très Honorable ? demanda-t-il.

— On veille sur sa vertu, répondit Lhorme. Capelle le serre à droite, Malmaison le pince à gauche.

— Au moindre pet d'travers, fit le sergent, crac ! les deux branches du casse-noix l'brisent menu.

— Le croqueur de poules ?

— Au terrier, avec la renarde et les petits rouquins ; Hénin et ses sbires ont pris sa place au Châtelet. » Lhorme se tira l'oreille. « Qui vous savez avale à merveille cette pilule, mais digère mal en revanche certaine lettre au roi.

— Je m'en fiche, avec un “F” majuscule même. »

Lhorme dévisagea Bayonne.

« C'est votre quatrième godet.

— C'est notre neuvième cadavre. » Le soldat but une rasade. À ses côtés, Pique-Lune s'était mis à compter sur ses doigts : le père Vuillard, Rivière, Thévenon, le Cerisot, la Cerise, ses quatre garçons. « Alors, les problèmes d'estomac du chancelier attendront. On reprend tout depuis le début : on dépiaute, on décortique, on analyse. »

Ils dépiautèrent, décortiquèrent, analysèrent. Rien n'en sortit. Bayonne continuait à boire, d'infimes gorgées toujours, mais son godet se levait souvent. Malgré les signaux d'avertissement lancés par Lhorme, sa voix s'enfla peu à peu pour se hisser un ton au-dessus du murmure, et il s'en tint là. Plus fort, personne ne goberait la piperie.

« Pour veiller sur le trésor, deux hommes avec arquebuse, dit-il en ignorant le coup de coude de Pique-Lune. Les gardes du roi l'enlèvent dans trois jours, le temps d'abord de… »

Sauvayre toussa dans son poing pendant que Lhorme se levait d'un bond.

« À plus tard, quand vous aurez cuvé », jeta-t-il d'une voix sourde, et il partit.

Il y eut un silence. Pique-Lune plongea sur le côté pour caresser Mouche, Sauvayre entonna une série de *hum hum*, et Champvert sortit tout le monde d'embarras.

« Si ma cuisine vous déplaît, faut le dire ! »

D'un geste brusque, l'aubergiste posa une écuelle de boulettes d'agneau devant Bayonne puis, sans rien rajouter, regagna ses fourneaux. Sauvayre prit Pique-Lune de vitesse.

« Voulez qu'j'lui tartine la face, au gracieux ?

— Que je lui chante une turlutaine ? »

Bayonne secoua la tête. L'odeur de persillade lui soulevait le cœur.

« Pour toi, dit-il en poussant l'écuelle vers Pique-Lune. Voilà des jours que tu ne manges rien. »

Le garçon remercia d'un sourire et prit une boulette. Il était incapable d'avaler un grain, mais pas question de vendre Joséphine. Sauvayre se mit à raconter le retour de Layraud au bercail. L'esprit ailleurs, Bayonne écoutait son ronron. Les poissons mordraient-ils à l'appât ? Il devait encore s'occuper du piège, et dormir un peu.

Tout se passa très vite. Pique-Lune poussa un cri, dégringola du tabouret. Gilles bondit et vit la chienne. Le corps violemment distordu, elle ouvrait la gueule, muette, les babines ourlées sur un rire immense, tandis que ses griffes lacéraient le vide par saccades. Au-dessus de sa tête, figée dans l'air, la main de Pique-Lune tremblait. Un bourdonnement força les tympans de Bayonne comme s'il plongeait sous l'eau. La rumeur alentour soudain s'était éteinte. Une galopade derrière lui. Le Gail tomba à genoux et, attrapant Mouche par les pattes, l'emprisonna entre ses cuisses. Il lui parlait d'une voix douce et jusqu'à la fin, la bercerait de la même voix câline. Ses mains se refermèrent autour du cou. Il rejeta un instant la tête en arrière, sans bouger, ses doigts caressant la fourrure, haletant, les mâchoires durcies, puis au moment où Bayonne allait intervenir, avec un *ha !* qui longtemps hanterait Pique-Lune, il plongea vers Mouche et lui brisa la nuque.

XV

Secondé par Sauvayre, Bayonne passa deux heures à interroger les clients du Coq hardi. La plupart d'entre eux ne savaient rien et les rares à confirmer la version de Champvert selon laquelle un gamin lui avait remis le plat de boulettes avec un *v'là la commande d'l'émissaire royal !* donnaient du livreur une description contradictoire : il était brun, blond, châtain, petit, plutôt élancé, les yeux saillants, en amande, verts, gris, noisette, vêtu de guenilles, de velours, d'aspect franc, sournois, muet et jacasseur. Seule certitude en fin de compte : on avait utilisé de la ciguë aquatique et livré la marchandise dans une auberge, comme pour le Cerisot.

Avant de partir, Bayonne alla jeter un œil aux écuries. Pas de Pique-Lune, disparu après les paroles murmurées par Le Gail au moment où celui-ci avait emporté sa chienne : *Faut point que tu en perdes le rire, fillot, c'est pas ta faute et j'aime autant que ce soit la Mouche que toi.* Une fois dans les murs du Châtelet, Gilles confia au sergent la tâche de réunir dix hommes, huit taiseux, plus deux soudards. La petite troupe fut bientôt devant lui et malgré son envie de dormir, il observa longtemps les gardes en silence. Les soudards se mirent à glousser, les taiseux se taisaient. Excellentes recrues.

« Prévoyez des vivres, dit-il en s'adressant aux taiseux, vous resterez trois jours enfermés. Je veux quatre hommes derrière la porte d'entrée, les autres en embuscade derrière la porte du jardin. Objectif, attraper toute personne qui s'aventurerait à l'intérieur. Interdiction de parler, sortir, faire du feu ou allumer une chandelle. Nul ne doit soupçonner votre présence. » Il se tourna vers les soudards. « Vous deux, vous surveillerez l'extérieur, arquebuse dans le dos. À la nuit venue, soûlez-vous et ronflez jusqu'à l'aube. Si un bruit vous réveille, rendormez-vous. Aucune indiscrétion sur les compères blottis à l'intérieur et ne buvez que le contenu de vos gourdes : un empoisonneur rôde dans le coin. »

Les deux gardes sourirent jusqu'aux oreilles.

« S'soûler ? D'bon cœur ! fit l'un d'eux. V'là l'ordre l'plus…

— None vient de sonner, le coupa Gilles. Une heure pour les préparatifs et tout le monde à son poste, venelle des Trois-Commères, dernière maison du passage. Les deux arquebusiers partiront ensemble du Châtelet. Quant aux huit autres, déguisement, puis départ au compte-gouttes. Voici la clé, je vous rejoindrai vers les cinq heures. Pas un mot à quiconque. Exécution !

— Les deux rigolos fermeront l'clapet, dit Sauvayre lorsque les gardes furent sortis.

— Préviens Lhorme. Quoi qu'il arrive, que nul ne vienne me débusquer en la demeure du Vieux. Je vous retrouverai au matin. »

Peu après, Bayonne quittait la forteresse. Il avait deux heures. Affamé, épuisé, les habits couverts de boue, il prit la direction des bains.

À cinq heures tapantes, Bayonne se glissa chez le Vieux. Par les fissures des volets, filtrait un demi-jour que les gardes mettaient à profit pour chercher leurs marques avant la nuit. Ils avançaient, s'arrêtaient, repartaient, enregistraient dans leurs corps distances et obstacles. L'inspection du chevau-léger fut rapide. Les hommes avaient dissimulé leurs affaires derrière les tonneaux et prévu à côté du trou d'aisances creusé dans la cave une réserve de terre et de vinaigre afin de masquer les odeurs. Il remonta, ferma la trappe et se joignit au ballet silencieux. Trois pas entre l'armoire et la table, six de l'entrée jusqu'au banc, la chaise, une bosse sous le pied, l'arête du mur…

Au premier fléchissement du jour, chacun soupa et prit son poste sans plus bouger. La pénombre gomma peu à peu les corps, les visages, et Gilles ne distingua plus rien. De l'endroit où il se tenait, il n'entendait même pas les hommes respirer. Il porta la main à sa bouche et sentit sur sa peau le parfum de Juliane. Elle n'avait pas parlé. *J'ignore qui est le Goupil, mais je connais le sixième homme, oui. Pourquoi vous donnerais-je son nom ? Avec vous, il aura la corde. Avec le tueur, il paiera au juste prix.* Dehors, les soudards entonnèrent une complainte. Sa tête s'affaissa sur son épaule et il s'endormit.

À son réveil, une lumière timide éclairait la pièce. Il interrogea des yeux l'un des gardes qui secoua le menton. Nuit calme, point d'alarme. Les six coups de prime sonnèrent. Bayonne attendit une heure encore et se leva. Avant de sortir, il posa l'index sur son sternum et brandit ensuite la main droite, les doigts en éventail. *Je reviens à cinq heures de relevée.* Le plus vieux des gardes acquiesça, du pouce désigna deux taiseux, puis inclina brièvement la tête en fermant les paupières. *Deux hommes au repos, deux autres à l'affût.* Gilles opina et montra la souillarde. *Transmets la consigne.*

Les arquebusiers ronflaient comme des moines. Un regard à la ronde, aucun visiteur en vue. Bayonne quitta la venelle des Trois-Commères et emprunta un parcours compliqué grâce auquel il put se glisser incognito hors du labyrinthe de la Vallée de Misère. Le paroissien qu'il soupçonnait était-il vraiment l'un des deux bâtards ? Il n'avait que des présomptions, un peu mince pour salir l'honneur d'un homme. Tant pis, si le piège ne donnait rien, il utiliserait la manière forte. Il s'engagea dans la rue des Lombards et l'angoisse d'un coup lui noua la gorge. Devant le Coq hardi, les gardes du Châtelet repoussaient les curieux. Il aperçut entre deux épaules la frimousse de Pique-Lune et la peur le lâcha aussi vite qu'elle l'avait empoigné.

« Champvert », souffla le garçon lorsqu'il passa à ses côtés.

Dans la salle déserte de l'auberge, Lhorme lui résuma les événements. Ce matin, la servante préposée à l'allumage des feux n'avait pas vu l'aubergiste, d'ordinaire le premier debout. Elle était allée toquer chez lui, une pièce adjacente aux cuisines. Mort, la tête emprisonnée dans un sac où bourdonnaient des frelons, et pour les témoins, bernique et rebernique !

« Plus qu'un en piste, dit-il, le renard à vue de nez. Tenez, voici une note griffonnée par Champvert : ni "t" tranchants comme des poignards, ni "i" acérés comme des piques. »

Bayonne sortit le mot rédigé par le Goupil et compara les écritures.

« Champvert était bien le sixième sans nom, dit-il.

— Nous voilà bien avancés.

— Cela nous fait une belle jambe, oui.

— J'allais oublier, dit Lhorme en tendant une bourse et une clé. Elles étaient cachées sous la paillasse de Champvert. » Il marqua une pause. « Et maintenant ?

— Cet après-midi, on enterre la Cerise et ses garçons.

— Croyez-vous qu'il viendra ?

— Il viendra, bien sûr qu'il viendra.

— Dame, un *bien sûr* ! Cela me change de vos *peut-être*.

— Hum.

— Quoi, *hum* ?

— Où cette certitude nous mène-t-elle ?

— Il viendra, les paroissiens viendront, et toute la Grande-Boucherie à la queue leu leu.

— Voilà le *hum*, comment le reconnaître ? Personne n'a la moindre idée de qui il est. »

En milieu d'après-midi, à quatre heures de relevée très précises, Bayonne et Lhorme se retrouvaient dans l'annexe affectée aux commissaires. Ils n'avaient pas arrêté depuis le matin. Entretiens avec les servantes et les clients du Coq hardi, questions aux familiers de Champvert, surveillance ensuite du cimetière des Saints-Innocents, vérification de l'identité des soixante personnes venues assister à la mise en terre, huit heures d'efforts pour un résultat que Lhorme en s'asseyant résuma d'une phrase :

« Zéro plus zéro égal néant.

— Nous avons soixante noms à éplucher.

— Vous repartez chez le Vieux dans moins d'une heure.

— Alors, qu'attendons-nous ? Sur la sellette, Foy, Layraud, Pasquin, Brusnel, Forestier, Crépin, maître Eychenne, Le Gail, Quévillan, Mesnil, Grimaud, le Renifleux, Sauvayre…

— … Sauvayre ?

— Sauvayre, oui, et vous-même, Lhorme, paroissien de la Grande-Boucherie avec les quarante-six autres restants. »

Le commissaire rougit jusqu'aux oreilles.

« D'accord, dit-il, commençons par moi.

— À tout seigneur, tout honneur. »

Lhorme eut juste le temps de se racler la gorge. Chlak ! Chlak ! Un coup à la porte, Sauvayre entra.

« Double solde pour les rigolos qu'ont fait du zèle ! lança-t-il. soûlerie en plein jour, ronflements d'apocalypse, bing ! un loustic vient d'choir entre les pattes des taiseux. Il mijote en prison.

— Forestier le mégissier ?

— Z'êtes devin ou quoi ?

— Non, le drôle s'est montré trop prévenant. Je reçois le bonjour de coupe-barbe après qu'il a vu un statère chez Foy, puis quand j'évoque devant lui la Cerise, du poison m'est servi au dîner. »

Lhorme se leva.

« On l'cuisine ? demanda Sauvayre.

— Tout à l'heure, répondit Bayonne. Dans l'immédiat, visite à son antre. Nous devons nous assurer qu'il s'agit bien du Goupil. »

Ils trouvèrent la clé, un livre sur les poisons, une fiole emplie d'une mixture fleurant le persil, un mot écrit par Forestier avec des « i » acérés comme des piques et des « t » tranchants comme des poignards, mais ils eurent beau chercher, ils ne virent ni bourse ni pièces tachées de sang. Bayonne garda le silence. Pour la première fois, il courait devant le loup.

François lorgnait le visage de Pique-Lune avec une admiration pleine d'envie. Un coquard, des bleus, des croûtes, sous les bandages une cicatrice, fameux pierrot ! Blessures de guerre, avait expliqué le rouquin.

« Raconte, la Rascasse. »

François s'exécuta de bonne grâce. D'une voix triomphante, le neveu de Mesnil recommença à dévider sa gamme : Rémi le crocheteur, Fassolle, le vieux Daussy appelé Sept-Dièses, Bécarre le grinche, l'Ancien ou le Jeune, Pique-Lune ne savait toujours pas, et un nouveau nom, comme une fausse note dans toute cette musique, Taillefer Brave-le-mal, le montreur de bestioles vu du côté de Vincennes avec des rats si gros que si l'un d'eux te mordait, compaing, il t'arrachait le bras.

Pique-Lune n'écoutait plus. Noël ! Dix pleins sacs de noisettes. L'étourneau dans sa main.

Pendant tout l'entretien, Macé Forestier regarda devant lui, les yeux fixes, muet, sans jamais faiblir, et, jusqu'au moment où il se mit à parler, Bayonne se demanda s'il parviendrait à forcer le couvercle. Dès qu'il entra dans la geôle en compagnie de Sauvayre, le prisonnier se ferma, avec, sur le visage, une expression hautaine qui ne le quitta guère, sauf à la fin, quand vint la peur.

« Aimez-vous les histoires, Forestier ? attaqua Gilles. Non ? Qu'importe, je vais quand même vous en conter une et tant pis si celle-ci vous ennuie. » Il approcha un tabouret et prit place face au Goupil tandis que le sergent, bras croisés, allait s'adosser contre le mur. « Tout commence avec la mort d'un gueux devenu riche qui laisse derrière lui un fils, presque un enfant, ainsi qu'une fille en charge de marmaille, tout ce petit monde vivant dans la demeure acquise par notre gueux en Vallée de Misère, poursuivit le soldat. Et tout s'achève avec la mort du fils hier matin… longtemps après celle de sa sœur et de ses quatre garçons dont les restes, les pauvres restes ont attendu plus de quinze ans au fond d'un puits. » Il se tut un instant. Forestier continuait à fixer devant lui un point vague et pour la première fois, Bayonne remarqua le gris sale de ses yeux, semblable à la couleur des murs. « Vous voyez, j'ai le début, la fin, mais, entre les deux, il me manque un maillon et ce maillon, maître Goupil, vous allez nous l'apprendre, parce que vous commandiez à ce ramassis de chiens usurpant le nom d'hommes qui, voici quinze ans, ont toqué à la porte de la Cerise. Dites-moi, était-ce le soir ou le matin ? » Sur le visage du prisonnier, pas un friselis et, toujours, ce regard minéral. « Allons, Forestier, fit Gilles d'un ton sec, tout comme Vuillard, Rivière, Thévenon, Champvert et Boucheron s'il n'est déjà mort, vous aussi possédez la clé. Vous connaissez les lieux, vous devez savoir. »

Il y eut un long silence, troublé par le seul crachotement des torches accrochées aux murs. Bayonne empoigna Forestier par le col avant d'approcher son visage près du sien, puis il se mit à parler d'une voix sourde, d'un trait, sans reprendre haleine.

« Quand je suis descendu à la cave, l'un des murs était encore noir de sang et par terre, éparpillés çà et là, d'une blancheur à vomir, il y avait des petits bouts d'os, les phalanges des doigts d'un enfant. Je ne vous le demanderai qu'une fois : que s'est-il passé dans cette maison, corne diable ? » Mais le prisonnier persista à se taire. Gilles le lâcha d'un geste fatigué et se recula sur son siège. « Vous ne voulez point parler ? Cela peut s'entendre, dit-il avec un regard à la ronde. Ni soupirail, ni air, ni lumière, triste cachot qui rendrait muet le plus bavard. N'ayez crainte, dès ce soir, on vous change de logis. » Il adressa un signe au sergent. « Sauvayre, pendant qu'on annonce aux quatre coins de la ville la capture du Goupil, installe donc le sieur Forestier dans la cellule du rez-de-chaussée. Tu vois laquelle ? Paille fraîche et grand soupirail. Et surtout, à l'extérieur, devant les barreaux, pas de garde en faction. Que notre hôte respire à son aise. » Puis, de nouveau il se pencha vers Forestier et sa voix se fit murmure. « Il ne vous connaît pas encore, n'est-ce pas ? En votre antre, ni bourse ni pièces tachées de sang, dit-il. Mais bientôt, avec tous ces crieurs proclamant le nom du Goupil, ce sera chose faite et je vous pose alors la question : qu'adviendra-t-il ? » Il se rapprocha si près du détenu que ses genoux touchèrent les siens. « Vous pensez comme moi, Forestier ? dit-il en chuchotant. Ruelle obscure, soupirail laissé sans surveillance, proie facile attachée au piquet, une occasion bien tentante, non ? Si j'étais l'assassin, je n'y résisterais pas, je crois. À votre avis, que va-t-il inventer ce coup-ci ? » Il se redressa si vite que Forestier sursauta. « Parlez et vous aurez la corde, dit-il d'une voix redevenue normale. Sinon... » Il fit un geste évasif. « Sinon, vous mourez quand même, mais la façon, je l'ignore. »

Les yeux gris se posèrent sur Bayonne, Macé Forestier entama son récit :

« C'était une nuit de juin, la Saint-Jean... »

Au même moment, seul dans sa chambre, un homme se souvenait.

Il se rappelle le silence, les arbres qui se taisent, la lumière, l'odeur grasse de pourriture montant du sol. Boucheron gît sur le dos, les reins brisés. La vieille Camarde, pour lui, viendra lentement. Il veut mourir en paix, dégorger un peu son âme de chrétien car dans le temps, dit-il, il a commis une action qui pourrait le fâcher avec le Seigneur. « C'est pas qu'ça m'travaille, mais dans l'auberge où je m'rends, on est plutôt chatouilleux sur la chose. Tu voudrais pas qu'saint Pierre m'claque la porte au nez, hein, pays ? Alors, tu m'écoutes, tu m'donnes l'absolution, et amen ! » Il accepte d'un signe de tête, s'agenouille, et Boucheron se met à parler.

C'était la nuit de la Saint-Jean, une nuit pleine de bruits et de cris, une nuit où les demeures se vident, les rues se remplissent et le peuple s'amuse, une nuit propice pour la chasse. Cinq d'entre eux guettent le signal, cachés dans le jardin. Le sixième, Rivière, surveille l'entrée. Il les rejoindra plus tard, quand la fête aura commencé. À l'intérieur de la maison, les lumières des chandelles. Il fait lourd, une chaleur d'orage. Par la croisée ouverte, on entend des enfants qui se chamaillent et la voix lasse de leur mère qui les appelle au calme.

La bande s'est retrouvée une heure plus tôt, selon les directives du Goupil. Comme toujours, il a repéré sa proie et levé ses troupes au dernier moment. Ils se disperseront après, pour ne se revoir qu'à la prochaine embuscade, une fille à mettre en perce ou un vieillard à détrousser. Ils ne le savent jamais d'avance et cela les excite. Tous sont venus, Champvert, Vuillard, Thévenon, Rivière et lui-même, Boucheron. La femme, leur a annoncé le Goupil, est seule avec ses quatre marmousets, son gaminot de frère, et un bien joli magot. Le père de la Cerise vient de mourir, un miséreux devenu d'un coup et sans explication riche à pisser de l'or. Il suffisait d'entrer, de chatouiller un peu la femelle, et de se servir.

Ils attendent longtemps. Dans la maison, la dispute continue de plus belle mais la femme s'est tue. L'obscurité à présent engloutit presque tout, percée çà et là par la lumière des chandelles. Soudain, pardessus les toits, on voit les lueurs de la Saint-Jean et la nuit éclate de mille cris. C'est le signal. La porte du jardin cède à la première poussée, ils se faufilent dans la souillarde avec des gloussements rauques de jeunes mâles. « Paul, Richard, Baptiste, Marc ! » lance une voix derrière l'huis qu'ouvre Thévenon d'un violent coup de bottes. La femme court se placer devant les enfants, bras écartés en rempart. Ils rient, s'amusent un temps à tourner autour de leurs proies. « Il en manque un », dit le Goupil sous le foulard qui lui masque le visage. Son frère est parti aux feux de la Saint-Jean, répond la Cerise. « Et l'or, ma belle ? » fait Rivière en lui pinçant le menton. Un enfant se met à pleurer. Vuillard le gifle à pleine main et promet la même gentillesse à qui voudrait geindre. Les petits se serrent contre leur mère. « L'or ? » répète Champvert d'un ton dur. La femme paraît ne pas l'entendre et referme les bras autour de ses fils, quatre morveux dont l'aîné doit avoir huit ans. Sur le long silence, un halètement de bêtes apeurées tandis qu'au loin résonnent les vivats de la foule. Le Goupil s'approche, caresse les cheveux du plus jeune. « L'or, ma toute belle », dit-il d'une voix dangereusement douce. Elle regarde le sang qui coule sur le visage de son cadet, le pleurnicheur frappé par Vuillard. « La cave », répond-elle très vite.

Ils soulèvent la trappe, l'obligent à descendre avec ses garçons, et lorsque les pièces roulent dans sa main, d'étranges pièces d'or qui allument brutalement leur désir, tous se taisent. Cela ne dure qu'un instant, un éclair pendant lequel l'espace semble retenir son souffle pour écouter ce lourd silence qui empeste le fauve, l'écume et la mort. « Ne leur faites pas de mal », souffle la Cerise. « Ne nous fais pas languir », rétorque le Goupil avec un calme froid. Dans le silence qui suit, plus pesant encore, on ne perçoit que les hoquets des enfants et le raclement des bottes sur le sol. Les hommes sont nerveux. Ils savent que la ligne est franchie, qu'ils ne reviendront pas en arrière. « Nous prends-tu pour des sots ? hurle le Goupil. Vingt-cinq malheureuses pièces quand ton père a trouvé un trésor ! » Sans le quitter du regard, la femme marche à reculons jusqu'à l'un des angles de la cave, ses fils dans son dos. Les yeux du Goupil sourient, puis il se tourne vers ses hommes : « Buvez, compagnons ! et que la fête commence ! »

Ils boivent, et ils boivent encore, et quand ils ont vidé assez de godets pour y noyer leur âme, ils font cercle autour des enfants. La Cerise se dresse face à eux, terrible de solitude. « Tu ne tiens pas à ce qu'il arrive malheur à tes pisseurs ? jette le Goupil. Dis-nous où le vieux a caché sa marmite. » Elle ouvre la bouche, mais aucun mot n'en sort. Le Goupil se penche vers elle. « Je n'entends toujours rien, fait-il en se redressant. Pour la dernière fois, où est l'or, ma toute belle ? » Je ne sais pas, devine-t-on sur les lèvres silencieuses de la femme qui se mettent à trembler. « Tenez-les ! » ordonne le Goupil. La lutte est dérisoire. Les ongles griffent l'air, les petits pieds frappent, les dents claquent dans le vide. Ceinturée par Vuillard, la Cerise pousse un long cri de bête. Les hommes rient. Dans leurs bras, les enfants hurlent et pleurent. Le Goupil agit si vite que peu comprennent avant d'entendre le bruit. Il attrape le plus jeune, se tourne vers la paroi et lui fracasse la tête contre le mur. Puis il laisse tomber le petit corps et les défie du regard.

« Et d'un ! » dit-il.

Boucheron se tait un moment. Dans les bois, le silence semble encore plus profond, la lumière plus épaisse. Agenouillé sur le sol, il sent monter en lui, avec des relents lourds de pourriture et de glèbe, la voix sombre de la terre, et, pour la première fois, il prend conscience de cette force souveraine et de son indifférence. « Le deuxième, reprend Boucheron, on lui a crevé les yeux. Le troisième, on lui a arraché les ongles. Le quatrième, on lui a coupé les doigts, p'tit bout par p'tit bout. Et tous ont fini contre le mur. Que veux-tu, pays ? Les hommes ne sont pas des anges. La femelle a tant crié qu'au matin, quand Champvert lui a tranché la gorge, il n'lui restait plus d'voix pour recommander son âme à Dieu. Mais elle était déjà partie, va, j'l'ai bien vu au moment d'la remplir d'huile de reins : une poupée vidée d'sa paille, les yeux grands ouverts, qu'a même pas cillé sous mes coups d'boutoir. Elle a rien lâché, la garce, rien ! À l'heure qu'il est, les autres doivent toujours chercher la marmite. Pauvres niais ! Moi, j'suis pas aussi bête, et plus finaud qu'le pensait l'Goupil, lui qui m'chargeait toujours d'veiller sur l'butin. Pas aussi bête, non, car j'sais bien qu'moineau en la pogne vaut mieux qu'perdrix qui vole. Le jour même, j'ai pris les vingt-cinq pièces, sauté dans la première carriole et fouette, cocher ! » Boucheron a un rire sec, puis il se met soudain à crier, un long hurlement de souffrance qui le laisse tout surpris. Brusquement, il a mal et il a peur : la mort, pour lui, prendra son temps. Il termine vite, confie la cache des vingt-cinq pièces et marmonne une prière.

Lorsque l'homme se tait, il ne prononce pas l'absolution et ne le bénit pas non plus. Il dit juste huit mots – « C'était ma femme ; c'étaient mes fils » –, puis il regarde mourir l'ordure. Calme et féroce, la colère sourit sur ses lèvres.

Le lendemain, Bayonne reviendrait interroger Forestier. Il retrouverait la voix où perçait l'ennui, le gris terne des yeux, et le Goupil répondrait avec une sorte d'indifférence morne à ses questions : depuis la disparition de Boucheron, il ne savait rien de lui. Il était resté pour l'or, en effet, et surveillait la demeure du Vieux. Le Cerisot finirait bien par le conduire aux pièces. Pourquoi le tuer ? Parce que Champvert s'affolait. L'aubergiste menaçait de tout dire, et puis le Vieux s'était montré trop prudent. Son propre fils ignorait sa cachette. Pourquoi ne pas l'avoir estourbi plus tôt ? Forestier aurait alors un sourire. Quand les chiens se disputent l'os, le renard leur envoie le loup. Comment avait-il découvert le Cerisot ? La chance, un repas dans une auberge où dînaient Batisti et son aide ; il faisait lourd, le Cerisot allait bras nus. Les boulettes empoisonnées ? Non, Champvert n'était pas au courant. Au terme de l'entretien, le soldat se lèverait sans un mot. Aucun reproche ni sermon ? demanderait la voix moqueuse du Goupil. Gilles balayerait la cellule des yeux. « À qui parler ? Je ne vois ici personne. »

Le lendemain, Bayonne aurait recouvré son sang-froid. Mais quand Forestier acheva son récit, il sentait en lui une telle violence qu'il sortit presque en courant. Une fois la porte refermée, il croisa le regard de Sauvayre, y lut la fureur et une question. Gilles secoua la tête. Non, pas de cette façon. Les deux hommes se séparèrent devant le Châtelet. Après la touffeur des jours précédents, le printemps semblait de retour. L'air était doux, la nuit un peu fraîche. Gilles s'arrêta un moment à l'auberge, le temps de pointer l'oreille vers la chambrette de Pique-Lune. Il entendit le rire du loupiot en écho à la voix mate de Le Gail, puis ressortit, marcha jusqu'aux bains et gratta doucement aux persiennes.

« Je… » fit-il dans un souffle, mais Juliane d'une main légère lui scella les lèvres.

Il dormit mal, vira, se leva, se recoucha, s'efforça de rester immobile pour ne pas réveiller Juliane.

Après l'amour, il lui avait appris l'arrestation de Forestier, le maître Goupil. Elle était demeurée un instant silencieuse. *Dommage*, avait-elle fini par dire d'une voix triste. Dommage, oui. De tous, Forestier était le pire. La corde lui serait trop douce. À l'aube, Gilles se glissa dehors. Il déjeuna d'une soupe aux tripes dans une gargote de la Vallée de Misère, puis fuma son brûle-gueule en regardant le ciel s'éclaircir. C'était un autre jour, une autre lumière. La Cerise et ses garçons reposaient aux Saints-Innocents, Goupil paierait de sa vie, et si Boucheron avait survécu aux galères, il n'échapperait pas au chanvre. Bayonne se sentait lourd. À lui d'attraper le loup. Il tapota son brûle-gueule contre sa botte, jeta une pièce sur la table. Assez traîné.

Au Châtelet, personne n'avait vu Lhorme. Le commissaire s'était volatilisé peu avant la confession du Goupil, pffuit, disparu. La matinée fut consacrée au trésor. Bayonne enrôla les vingt gardes désignés par Sauvayre, fit atteler une charrette, et la troupe s'ébranla vers la maison du Vieux en laquelle le soldat demeura seul un moment. On chargea les sacs, et le convoi repartit en sens inverse. Il fallut ensuite compter les pièces, rédiger l'inventaire, écrire un rapport en double. Gilles envoya le premier exemplaire au roi, le second au chancelier, et joignit à chacun d'eux l'une des deux clés ouvrant la cellule où les statères étaient rangés. Il passa l'heure suivante auprès du Goupil, une entrevue qui permit de combler certains trous. Vétilles. L'essentiel ne trouverait jamais réponse, ou alors celle-ci croupissait dans une fosse à purin.

Bayonne quitta la prison en début d'après-midi. À peine mit-il le pied dehors que Pique-Lune se précipita à sa rencontre. Il allait toujours la tête emmaillotée, une partie de sa face virait au jaune noir, mais son œil recommençait à s'ouvrir. Le loupiot l'attaqua de front.

« Par curiosité, mon maître, quel bénéfice accompagne-t-il la charge de Grand Louvetier de France ? »

Cet incroyable gamin avait réussi. Quand tous les gardes envoyés sur les routes étaient rentrés bredouilles, il ramenait les rats en sa musette.

« Le droit d'émettre un vœu exaucé à coup sûr.

— L'étourneau ? » fit Pique-Lune d'une petite voix timide.

Le soldat se mordit les lèvres. Pris au piège, un Bayonne ne reprenait point sur sa parole. Il accrocha le regard du garçon. Dans les yeux de Pique-Lune, une flamme d'or. Mon frère, pensa-t-il avec un élan de gratitude qui lui fit mal, mon benjamin. La Grande Faucheuse lui avait peut-être joué la mauvaise farce de l'oublier, le brin d'herbe continuait à tenir la tête haute et à parier sur la vie.

« Tu l'auras, ton étourneau, tu l'auras. » Gilles pinçota les oreilles du loustic. « Et cette noisette, tombera-t-elle aujourd'hui ou dois-je attendre demain ? »

Une heure et demie après, au cœur de Vincennes, guidé par Pique-Lune venu à l'aube reconnaître le terrain, Bayonne rencontrait Taillefer. Tout le temps où il resta en sa compagnie, le loup ne le lâcha pas des yeux. La gueule posée entre les pattes, sauvagement immobile, l'animal qu'aucune chaîne n'entravait le fixait en silence et durant une moitié d'heure Gilles sentit peser sur sa gorge le regard de la bête. Panache l'avait flairée dès leur entrée dans le bois. Les oreilles couchées, l'étalon avait avancé jusqu'à l'ermitage des Grandmontains où il s'était raidi en frappant du sabot. *Non.* Un coup d'œil à Pique-Lune : le garçon garderait les montures, il poursuivrait à pied. Une sente, à gauche un chemin, la trouée entre les arbres, les yeux jaunes sur sa gorge, le grondement, *chut* lance Taillefer, le silence à nouveau, mais les oiseaux se taisent.

En découvrant le montreur de bêtes, le fameux Brave-le-mal dont les ribauds, s'il en croyait Pique-Lune, ne parlaient qu'à mi-voix, Gilles faillit éclater de rire. À croupetons sur le sol, lèvres pincées, l'homme reprisait une chaussette. Un coquin proche de la soixantaine, fluet, menu, redoutable. En chaque geste, une souplesse animale où saillait, souveraine, la sûreté de l'instinct.

« Vous pouvez avancer, dit Taillefer, mon loup vous croquera pas. » Le chevau-léger approcha. Taillefer continuait à piquer son aiguille, un bout de langue rose entre les dents. Il avait la peau entièrement veinée de cicatrices et quand il redressa le torse, Bayonne aperçut sur son épaule les trois lettres inscrites au fer rouge, GAL. Un ancien de la chiourme. « Village ou château, même tarif pour le spectacle, annonça Taillefer. Le prix varie en fonction des artistes. Loup, ours ou vipères ?

— Rats. »

Taillefer examina sa chaussette en la tendant vers la lumière et reprit son ravaudage.

« Les baladins nous ont quittés. »

J'ai eu les rats, je les ai plus. Un constat d'une troublante sérénité. Taillefer savait, bien sûr. Le supplice du père Vuillard était dans toutes les bouches. L'homme ignorait le mensonge, comme les bêtes. Bayonne le regarda tirer sur son aiguille. Aussi calme que son loup, aussi dangereux.

« Ces rats, d'où venaient-ils ?

— Des cales d'un navire. Voyage en Mongolie et retour au pays.

— Bons baladins ?

— S'ils avaient du talent, je l'ai pas su. Sont partis avant.

— Un nouveau maître ?

— Oui, un compère… » Taillefer lorgna son aiguille d'un œil contrarié : plus de fil. « … un gars avec qui je suis en dette… » Il abandonna sa chaussette pour saisir un écheveau de fil noir. « … et ça veut dire une chose : bouche close.

— Le bourreau pourrait vous délier la langue.

— Je crois pas, non. » D'où la dague jaillit-elle ? En y réfléchissant par la suite, Bayonne ne comprendrait toujours pas. Il porta la main à son épée. « Pas la peine, soldat. »

Avec un sourire, Taillefer appuya la lame sur son mollet et d'un geste tranquille, l'enfonça jusqu'à la garde. Du sang courut sur sa peau et la pointe déchira les chairs. Taillefer retira la dague, la planta dans le sol, se leva pour aller chercher un morceau de tissu dont il enveloppa sa jambe, s'essuya les doigts sur l'herbe, caressa le loup, puis revint s'accroupir à la même place et reprit son écheveau. L'épisode n'avait duré qu'un instant. Bayonne desserra les poings, se remit à respirer. Brave-le-mal ne sentait rien. Il regarda l'homme dévider une longueur de fil et la trancher entre ses dents. Son père lui avait parlé d'un cas identique, une patiente insensible à la douleur ; quand son mari la cognait, elle riait. Taillefer réussit du premier coup à glisser le fil dans le chas de l'aiguille ; il ajusta les brins et noua leurs extrémités. Lorsque Gilles vit le nœud, un pressentiment funeste le saisit. Une boucle semblable à celle dont le tueur s'était servi pour attacher le père Vuillard, mais là n'était pas ce qui toquait à la porte.

« Curieux tortillon, dit-il. Un gabier m'a enseigné toute sa science ; je ne connaissais pas ce tour.

— Le nœud Noir qu'on l'appelle, héritage de la chiourme, comme les trois lettres sur mon épaule. À trente coups de verge si on ligote les cordes d'une autre façon, il finit par s'incruster dans les doigts. Voulez que je vous montre ? »

Bayonne ne répondit pas. Le nœud, la chiourme, les deux brins d'un même fil. Un ancien galérien.

Il n'y eut pas un mot d'échangé jusqu'à Paris. Arrivé devant l'auberge, Bayonne sauta de selle et tendit les rênes à Pique-Lune.

« Prépare mon paquetage, dit-il, je m'en vais cinq, six jours. En mon absence, ouvre l'œil. À toi de surveiller la Grande-Boucherie. »

Sans autre explication, il mit le cap sur la venelle des Trois-Commères. Il partirait le soir même. Avant, il comptait s'entretenir un peu avec Louisette. *Saint-Visieux, deux jours de Paris.* Pourquoi ne pas y être allé plus tôt ? Il n'avait pas de nom, ne savait ni où ni quoi chercher. Registre des écrous, condamnation aux galères. Il se rendrait dans la prison la plus proche, puis à l'église en laquelle se trouvaient les registres des mariages et baptêmes, histoire de voir. Au départ, une idée vague, un titillement qui lui agaçait l'esprit, et le doute lentement avait pris forme. Des fantômes, ni tout à fait morts ni tout à fait vivants, comme le Cerisot. S'il n'était pas le seul ? Qui pouvait venger avec une telle rage la Cerise et ses garçons ?

Gilles se faufila derrière les gravats qui masquaient la rue où logeait Louisette. Au bout du nœud, la chiourme, et s'il ramenait à lui la ficelle… Cela ne lui était pas revenu sur-le-champ, puis, à force de touiller la vase, crac, le souvenir avait émergé soudain, une parole anodine, une petite phrase de rien du tout, un nom dans les filets. Au loin, il aperçut Louisette devant sa porte. Elle leva la main, remua les doigts. Bonjour, bonjour. *Ils sont ici, la vieille te dit.* Oui, mais la vieille disait seulement ce qu'elle voulait bien dire, la vieille le baladait, la vieille pouvait mentir. *Tu ne trouveras rien là-bas*. De la main, Bayonne renvoya son salut à Louisette. Depuis quand savait-elle ? *Partageuse, la petite*. Une louche de soupe, une autre de confidences, et la Cerise rentrait au logis. Quant à l'homme, Louisette avait dû le surprendre un jour de gras soleil, au premier crime se rappeler ce qu'elle avait vu, et se taire. Bonsoir, bonsoir.

Appuyée sur son bâton, la petite vieille le regardait avec sérieux. Bayonne agita l'index.

« Vous m'avez fait des cachotteries.

— Tout le monde a des yeux pour voir, fils.

— Je ne parle pas de lui. La Cerise n'était point veuve, n'est-ce pas ?

— Il y a des choses qu'il vaut mieux ne pas crier sur les toits ou les échos te blessent.

— Fils de galérien, fils de chien ? » Elle ne répondit rien. « Vous saviez, Louisette. Vous saviez depuis le début. »

Avec son bâton, elle frappa le sol.

« Le début ? Quel début ? Tu crois vraiment que le pauvre diable a les moyens de s'offrir pareille richesse, qu'il mesure en mois et en heures son enfer ? Deux sous de jugeote, fils ! L'homme qui pourrit sur pied ne compte pas comme nous autres. Pour lui, rien n'est encore commencé parce que rien, encore, n'est fini. Le temps, taiseux, c'est le luxe des vivants.

— Vous saviez, Louisette, et vous n'avez rien dit.

— Quand on donne un coup de sabot, en retour on en reçoit deux, voilà comment la vieille entend la musique, jarnichou ! Mais ici-bas grince une autre ritournelle. Le monde a les jambes torses, les ruades manquent leur cible. Alors, pour une fois qu'il vise droit, la vieille applaudit et se tait.

— Une prière, continuez à faire silence. L'homme ne doit pas apprendre notre causerie.

— Pourquoi irais-je le trouver ? Il ne peut pas m'entendre. Trop de voix déjà parlent en lui. De toute façon, et tu le sais, cela n'y changerait rien.

— C'est un damné, oui. Tant que le Goupil sera en vie, il ne bougera pas d'ici. Même s'il le voulait, il ne pourrait partir.

— C'est la première leçon des ténèbres, fils. On ne lutte pas contre les morts. »

Bayonne n'eut pas à descendre de cheval. Lhorme sortit au moment où il arrêtait Panache devant le bâtiment affecté aux commissaires. Dans le ciel, une lumière presque liquide où ricochent les martinets. La nuit serait fraîche, le genet galoperait à son aise.

« Je quitte Paris, dit-il. Quelques jours. »

Sur le chapeau, les plumes d'aigrette frémirent.

« La piste fume et vous partez ? Mais où diable allez-vous ?

— Suivre la trace d'un fantôme.

— Un fantôme ? Vous m'inquiétez, Bayonne. On croirait entendre Louisette.

— Un homme bouté hors de la vie, qui revient, qui tue, qui rappelle aux vivants combien lourd pèsent les ténèbres en leur âme, vous appelez ça comment, vous ?

— Vous l'avez débusqué, n'est-ce pas ?

— Un ultime buisson à fouiller, mais je crois le connaître.

— Alors, ce monstre, donnez-moi son nom que je lui fasse tâter l'enfer avant que la corde ne l'y expédie à jamais. »

Bayonne regarda le commissaire, surpris par sa violence. Un chien blessé, l'écume aux lèvres.

« Non.

— Non ?

— Non, Lhorme, trois fois non. Il ne s'agit ni d'un monstre ni d'un assassin, non, même s'il a commis crimes monstrueux. Vous ne lui ferez point goûter l'enfer, non, car il y vit déjà. Et je ne vous le livre pas non plus, non, du moins pas encore.

— Votre défiance est une insulte !

— C'est de moi que je doute, de moi seul, et, croyez-moi, je donnerais cher pour me tromper.

— Et si vous ne vous trompez pas ? Vous partez chasser le fantôme et nous laissez en compagnie d'un furieux tout ce qu'il y a de réel alors qu'avec un simple nom, je peux mettre ce fauve en cage ? Qu'on me pince !

— Il n'est pas dangereux. Il en veut uniquement au Goupil et ce dernier en son cachot ne craint rien. À mon retour, vous saurez tout, et le premier.

— Ah ! Vous êtes plus entêté qu'un âne !

— Mettez un plein régiment de bourriques et vous serez plus près du compte. »

Le mot de Renaud lui était venu tout seul, sans pensée, sans tourment, avec la sereine évidence de la lumière alentour. Une joie douloureuse l'envahit. Jusqu'au dernier souffle en sa poitrine, son frère vivrait. Il se pencha pour vérifier l'attache des sangles de la selle. La prière monta en lui comme une aube.

Tiens-toi tranquille, ma douleur, tu n'as plus à te battre, je te fais place. Nos morts ne nous apprennent rien sinon qu'on les aimait, ils ne nous donnent rien sinon la vie pour laquelle on les pleure à jamais, lourd héritage. Nous nous retrouvons les mains nues, avec ce rien quand il y avait quelque chose, et nous

nous demandons comment vivre, comment aimer encore, car il nous est impossible de renoncer, de faire semblant, sauf à trahir nos disparus, eux qui ont su aimer, eux qui furent si vivants. Reste calme, ma douleur, car je t'accepte, je t'accepte enfin. Tu vas vivre à travers moi, tu seras toujours là, mais moi, je ne veux point vivre à travers tes larmes et chagrin. Rends-moi ma vie, je te fais place.

Bayonne se redressa sur sa selle, effleura du talon le genet. Lhorme continuait à le regarder d'un air de ne pas y croire. Gilles songea soudain au jour où il l'avait surpris, seul, sans masque, le visage creusé par une douceur effrayante. Il retint son cheval.

« Louisette avait raison, Lhorme. Les fantômes, il faut les écouter, sinon ils reviendront, car ils reviennent toujours et ne nous laisseront jamais en paix. »

Il toucha les rênes. Le genet avança la jambe, se mit à marcher au pas. Cinq jours d'équipée, cinq jours loin de Paris, cinq jours à tenir la porte ouverte.

Va-t'en.

Disparais.

File, bon Dieu, file !

« Le même nom sur les registres, oui. Pourquoi en aurait-il changé ? Sa femme s'appelait la Cerise, ses enfants les petits, dans la capitale personne ne le connaissait : il n'avait jamais quitté sa Picardie. »

Bayonne but un peu d'eau. À son retour après cinq jours d'absence, il avait confié Panache à Grimaud, puis s'était rendu directement chez Lhorme, sale, puant, la gorge crayeuse de poussière.

« Récapitulons, dit Lhorme. Une épouse, quatre enfants, une condamnation aux galères, dix ans pour le vol d'un agneau.

— Il croise Boucheron à la chiourme et ce dernier lui parle.

— Il le tue, s'évade, récupère les vingt-cinq pièces, s'installe à la Grande-Boucherie. Au bout de treize ans, on ne le remarque plus.

— Pendant des années, il peaufine sa vengeance, traque les massacreurs, et à la Saint-Paterne soudain, se met à tuer avec une sorte de frénésie.

— Le temps lui manque, le Cerisot vient d'arriver. Soit il veut le prendre de vitesse car il agit seul…

— … soit ils œuvrent de concert et il faut se presser : bientôt le Cerisot repart.

— Cela, il nous le dira lui-même. » Lhorme se tirailla l'oreille. « Vous avez une heure comme convenu. Après, je m'amène avec mes gros souliers. »

Bayonne hocha la tête et se leva :

« Où est Sauvayre ? »

Dame Bertille n'en crut pas ses mains. Sous ses doigts, la dentelle semblait pétale de lis, le tissu brise légère. Son premier achat, sa première folie. Elle se dévêtit, la vieille robe où pendouillaient les vieilles manchettes godronnères glissa à ses pieds. Elle la contempla un instant, ultime regard vers ses années de pain noir.

« Brûle-la, dit-elle à Javotte alors qu'elle commençait à enfiler sa nouvelle toilette. Qu'il n'en reste rien.

— Tra déri dela la la ! L'avarice au feu, l'avare au milieu ! » chantonna la jeune servante comme elle emportait la triste penaille au-dehors.

Des rires fusèrent dans la cuisine. Dame Bertille s'arrêta pour les écouter. Elle ne s'y faisait toujours pas. Toute cette vie en sa maison ! Du jour au lendemain, les maigres bruits d'une existence sans lumière où elle en était venue à ne plus oser espérer – cliquetis des pièces d'or, soupirs de maître Layraud, claquement du couvercle sur le coffre – s'étaient tus, trop vieux, trop arides, trop secs pour lutter avec le crépitement de la jeunesse. Chamailleries, éclats de rire, raffut, gazouillis, elle prenait tout et en redemandait. Que jamais ne cesse le joyeux ramage, et que plus jamais ne revienne la désolation ! Ses lèvres se plissèrent, non pas un sourire encore, mais cela s'en approchait. Ce vœu, elle faisait serment de l'accomplir. Le damoiseau à la rousse crinière avait tenu promesse, les clés du coffre chantaient contre sa poitrine, son destin lui appartenait. Désormais, elle allait vivre. Une seconde chance, quand elle avait gâché la première, car elle ne voulait plus se mentir : Grégoire Layraud l'avait peut-être contrainte à vivoter, il était moins coupable qu'elle. Existe-t-il en ce monde pire crime que le renoncement ?

Dans la cuisine, le pépiage des enfants grimpa d'un ton. Javotte, Bertrande, Colin, François, les neveux de Mesnil gagés sur le conseil du sieur Bayonne, se disputaient à propos d'un chapon. Pauvre maître Layraud qui cherchait richesse au fond d'un coffre ! Les lèvres de dame Bertille s'étirèrent davantage, presque un sourire. Ces petits n'avaient rien et ils lui donnaient tout. La voix de Colin s'éleva, des rires clairs lui répondirent. Pauvre, pauvre avare incapable de goûter à cet or ! Au moins, l'inconsolé en deuil de sa cassette lui épargnait-il le spectacle d'un chagrin qu'elle ne comprendrait jamais. Elle le voyait peu ; à présent, elle ne le voyait plus. Il s'étiolait en sa boutique telle une bête en son trou et ne la quittait pas même pour la nuit. Par quel dressage l'émissaire royal avait-il rendu son époux si docile ? Elle l'ignorait. Sauvayre s'était présenté un soir suivi d'un Layraud pâle comme mort et avait prononcé l'arrêt de sa délivrance, quatre règles inouïes qui la transformaient en gardienne des clés et maîtresse souveraine. Jour béni !

Le heurtoir de la porte d'entrée résonna, deux coups brefs qu'elle reconnut avec une chaleur subite. Elle lissa ses cheveux, fit signe à François accouru de retourner auprès de ses frères, puis, le temps d'inspirer à fond, ouvrit la porte. Le sergent Sauvayre la contempla un instant, tout gauche.

« L'moucheron m'accompagne point, c'jourd'hui. J'passais juste voir si vous n'manquiez d'rien. » Il rougit. « J'suis une bête, pas vrai ? Maint'nant qu'z'avez tout, qu'est-ce qui pourrait bien vous manquer, hein ? »

Il avait dans les yeux cette prière ardente des chiens sans collier qui guettent un signe de bienvenue et s'enfuient au premier geste pour les chasser. Sauveur Sauvayre, le si bien nommé. Il n'était pas beau, non, mais Dieu, comme il la troublait ! Son silence dura un brin trop. Sauvayre fit un pas en arrière, prêt à partir. Je l'aime, se dit-elle brusquement. Elle posa sa main sur la joue piquetée de poils rêches et sourit. Pourquoi, lorsqu'un archange venait illuminer son cœur, se fermerait-elle à sa lumière ?

Bayonne laissa la Grande-Boucherie dans son dos et remonta la rue Sainte-Catherine. Point de loup au logis, il savait où le surprendre. Il marchait vite, le regard fixe, sans rien voir des passants qui se rendaient aux Halles. C'était une belle journée, avec un peu d'air et un gentil soleil. À l'angle des rues de la Ferronnerie et Saint-Denis, il passa sous la porte percée dans le mur d'enceinte des Saints-Innocents puis, zigzaguant entre les flâneurs et les marchandes, traversa le cimetière en diagonale. Il aperçut l'homme devant la fosse commune où reposaient la Cerise et ses garçons, seul, les poings fermés. Sa chemise ouverte découvrait en partie sa cicatrice, une brûlure pour effacer les initiales de la chiourme. Le soldat avait écouté d'une oreille distraite Quévillan, mais la petite phrase était restée. *Chaux vive reçue un jour sur l'épaule.* Il entendit en pensée le rire de Pique-Lune répondre à la voix mate et s'avança. On ne luttait pas contre les morts ; il fallait pourtant essayer. Une dernière chance donnée à la vie, une sorte de quitte ou double, brin d'herbe contre Faucheuse. En ce moment, le loupiot jouait aux dés avec Sauvayre. *J'décampe d'ici pour sûr*, avait lancé le sergent lorsque Gilles s'était présenté chez dame Bertille. *J'occupe l'moucheron, qu'il s'froisse point trop les ailes.*

« Encore là, matelot ? dit Bayonne. Droit sur vous, une tempête à l'approche. À votre place, je lèverais l'ancre.

— Il est temps de partir, oui », jeta Le Gail d'une voix étrangement lointaine, et une pensée traversa Gilles. S'il tendait la main vers cet homme de chair et de sang que la souffrance avait pétri jusqu'au cœur, ses doigts rencontreraient le vide. Ce fut l'instant où il se sentit le plus proche de René Le Gail, mais, comme cette pensée filait, quelque chose s'arc-bouta en lui avec un frisson de rage et se refusait à entendre.

« Ne comprenez-vous pas ? Lhorme est en route, selon mes ordres, et il a beau traîner, il finira par ramener ici sa carcasse de commissaire. Alors, du large, Le Gail ! Du large ! »

D'un geste très lent, Le Gail ouvrit les poings et présenta ses paumes nues.

« Regardez-moi : pas de sol sous mes pieds, pas de ciel au-dessus de ma tête, et là-dedans (il toucha son front) leurs cris, comme un grand silence qui ne veut pas se taire. Il est temps de partir, capitaine. Je hisse les voiles. »

Il y avait dans ses yeux une telle désespérance, un renoncement si absolu que Gilles comprit qu'il ne servait à rien de lutter davantage. L'homme avait largué les amarres, il ne reviendrait pas au port.

« Le fillot… » dit encore Le Gail, mais il n'acheva pas sa phrase.

Bayonne lui effleura le coude.

« En route, matelot. On appareille. »

La corde, proclamèrent les juges.

L'auberge se trouvait à deux pas du Châtelet et Bayonne décida d'y rester jusqu'à l'exécution de la sentence. Tous les jours, Pique-Lune se rendit à la prison, arrivant au matin, repartant à la nuit, s'éclipsant quand son maître venait s'entretenir avec Le Gail. Ce dernier raconterait ses crimes, mais ni le mot « meurtre » ni celui d'« assassinat » ne franchirent jamais ses lèvres. La besogne, disait-il. Malgré la franchise témoignée par le prisonnier, son soulagement à se livrer, Bayonne en l'écoutant sentait qu'un coin d'ombre lui échapperait toujours, une obscurité dont Le Gail lui-même n'avait sans doute aucunement conscience. Leurs échanges éclairèrent certains points. C'était bien la venue du Cerisot qui avait poussé Le Gail à l'action ; une rencontre fortuite dans la rue, comme un choc. Il croyait l'enfant mort, il retrouvait un homme. Le Cerisot ne l'avait pas vu. Il ignorait ce qu'il tramait, mais le craignait. La vengeance. Il l'avait surpris à deux reprises encore, une fois dans les parages du Coq hardi, une autre aux portes de l'église Saint-Josse.

« Votre fichue ombre m'aura fait courir.

— C'était le premier but de la manœuvre, capitaine. Le chien lâché après Pierre ne court pas après Paul.

— Et le second ?

— Qu'on boucle le Cerisot. Au Châtelet, il aurait été hors d'atteinte de ces bâtards. Je ne comptais pas le charger ni encore moins lui offrir ma place sur le gibet. La besogne n'était pas finie, vous auriez vite compris. »

Oui, Thévenon lui avait ouvert sans problème, Champvert aussi. Pourquoi se seraient-ils méfiés d'un membre du conseil paroissial ? Les oiseaux ? Bayonne dut répéter sa question. Il n'avait pas touché aux cages, non. Ce serait le seul geste par lequel le Cerisot sortirait un instant de l'ombre. Suivait-il Le Gail ? Était-il revenu à la Grande-Boucherie afin de se venger ? Comment connaissait-il la bande du Goupil ? Pourquoi épiait-il Champvert et le père Vuillard ? Cherchait-il la marmite du Vieux ? Pour tous ces blancs, Bayonne ne dépasserait guère les hypothèses, mais il voyait l'homme entrer après Le Gail, découvrir Thévenon, libérer les oiseaux, et, sans qu'il sût pourquoi, cette image lui permettait d'approcher le Cerisot mieux qu'il ne saisirait jamais Le Gail. À la fin d'une conversation, le condamné se racla la gorge. Il ne voulait pas voir le fillot à Montfaucon. Bayonne acquiesça. Et les cinq pièces destinées au Goupil serviraient aux messes dites pour les siens. Le chevau-léger de nouveau hocha la tête.

Lorsque la dernière question trouva réponse, Bayonne continua ses visites. Il ne demeurait pas longtemps. Quelques phrases, puis les deux hommes se taisaient, un godet de vin à la main, épaule contre épaule, et les ténèbres reculaient.

ÉPILOGUE

Malgré l'absence de gens d'armes à ses côtés, Mesnil ne put s'empêcher de tressaillir en découvrant Bayonne si tôt matin devant sa porte. Nous y voilà, pensa-t-il en froissant son vieux chapeau. Le soldat arborait sa tête des mauvais jours et semblait plus taiseux que jamais. Le chevau-léger assisterait-il tout à l'heure aux pendaisons de Forestier et de Le Gail ? À la question du bedeau, l'émissaire se contenta de hausser les épaules. Mesnil s'écarta, Bayonne entra d'un pas lourd. Il balaya la pièce du regard comme s'il cherchait quelque chose, prit place sur un tabouret, fit signe au bedeau de s'asseoir. Avec un soupir, Mesnil s'exécuta. Qu'avait-il espéré ? La rémission pour ses péchés ? Si Dieu absout, la justice n'oublie rien. Bayonne alluma son brûle-gueule, s'accouda à l'un des trois tonneaux, puis se mit à contempler les cercles fragiles s'enrouler sur eux-mêmes.

« Point de drôles ni de drôlesses aujourd'hui, fit Mesnil pour rompre le silence. Javotte, Bertrande, Colin et François se trouvent chez dame Bertille. Les autres sont tous du côté de Bondy à louer leurs bras, ramassage de bois et fagots. Rude labeur, maigres gages. »

Un bref sourire passa sur le visage du soldat.

« Il est aisé d'aller à pied quand on tient son cheval par la bride, mais dur est le sol pour les malchanceux qui vont nu-pieds sur la pierraille, n'est-ce pas ?

— Pour vous rappeler si bien mes paroles, ou vous avez la mémoire bonne, ou mauvaise dent contre moi. »

Sans rien répondre, Gilles attrapa sa musette et en tira un sac qu'il posa sur le tonneau devant Mesnil.

« Voilà de quoi vous offrir le cheval, la bride et les souliers. Le reste, c'est pour les quatorze âmes à votre charge. »

Mesnil observa un instant Bayonne, puis ouvrit le sac. Il les reconnut tout de suite : pile, un cheval au galop, face, le visage d'un roi inconnu. Des dizaines et des dizaines de pièces d'or… Il ferma les yeux, enfouit son visage derrière ses mains. Dehors, un homme se mit à chanter. Quand Mesnil releva la tête, il était seul. À l'endroit où se tenait Bayonne, presque effacée, une volute de fumée tremblait dans l'air.

Il était à peine onze heures et le soleil ardait de toutes ses flammes. Autour de l'enclos, à Montfaucon, une lumière dure faisait pleurer les yeux. Dans la foule agglutinée depuis l'aube au pied du gibet, le sang enflammait les joues, la sueur coulait sur la peau, le souffle grésillait. Ils étaient venus nombreux, quelques centaines peut-être, et tous se taisaient. Bayonne frissonna. Jamais, pour une pendaison, il n'avait entendu pareil silence. Quelque chose de sacré ainsi que de terrible montait de cette masse muette qui produisait sur l'âme l'effet d'une prière hurlée par mille voix. Ils savent, se dit-il. Le massacre de la Cerise et de ses garçons, la noirceur du Goupil, le désespoir de Le Gail pesaient en chaque cœur et chacun y pensait. Sinon, pourquoi un tel silence au lieu des injures et des cris ? Ils attendaient, écrasés de chaleur, serrés les uns contre les autres, multitude où les visages s'entrelaçaient en perdant leurs contours et dont le corps immense recouvrait la butte de Montfaucon. Face à eux, immobile en haut de l'estrade, le bourreau.

On ne pouvait s'empêcher de le fixer et malgré elles, les paupières clignaient : rouge feu, son habit ; blancs, d'un éclat brutal, les seize piliers avec leur double étage de poutres enduits de chaux ; noirs, les cadavres des pendus, les corbeaux et les freux ; gris, les sacs accrochés aux chaînes en lesquels pourrissaient les restes des suppliciés rompus, écartelés ou bouillis. Violente, aussi, était la puanteur. On ne voyait guère les malheureuses enterrées vivantes, pieds et poings liés, dans les fosses prévues pour cette peine à proximité de l'enclos, pas plus qu'on apercevait les décapités, pendus et mutilés jetés sans nombre dans le charnier creusé au cœur de la plateforme du gibet. Mais, aussi invisibles fussent-ils, les morts se tenaient aux côtés des vivants et leur odeur épouvantable forçait le nez, la gorge, la peau, pour s'infiltrer jusqu'à l'âme.

« Les voilà ! » Un murmure répété de bouche en bouche, une onde qui court parmi la foule et d'un même mouvement, les têtes se tournent. Lorsque la charrette parut, le silence sembla grimper d'un cran. Gilles percevait le seul pas des soldats, la battue des sabots contre le sol, le grincement des essieux, la respiration des chevaux tandis que dans son dos, le souffle de centaines de poitrines se mêlait en un halètement de bête, et il sentait derrière lui, aussi âpres, aussi réels que ce goût de métal en sa bouche, la rage du chien qui saute à la gorge et des envies de gémir. Il s'essuya le front. Qu'il est long, et qu'il est court, le chemin qui mène un homme à la mort ! Au loin, le cortège progressait lentement, et soudain, il fut là. Côte à côte sur leurs montures, le lieutenant-criminel et le procureur du roi passèrent devant eux, suivis des sergents à pied, du cordelier qui brandissait haut la Croix, des archers encadrant la charrette. Le lieutenant-criminel leva la main, les essieux grincèrent encore une fois, et la troupe s'immobilisa dans un nuage de poussière.

Assis au fond de la charrette, le visage vide, Macé Forestier contemplait le gibet. Le Gail, lui, se leva, un étrange sourire aux lèvres, et tous les hommes se découvrirent pendant que Gilles, sa toque contre le cœur, songeait à la prière de Pique-Lune lors de leur ultime visite au Grand Châtelet : « Demandez votre grâce ! » Le Gail avait eu le même sourire alors, puis il avait porté un doigt à son front avant de chuchoter : « Ils me réclament. Laisse-moi partir, fillot. » Un roulement de tambour. Le procureur lit la sentence et l'on confie Forestier au bourreau. Bayonne l'avait promis, Le Gail verrait mourir ce chien sous ses yeux. Du haut de son estrade, le tourmenteur juré du roi désigna l'une des six échelles dressées le long des piliers. Forestier se mit en marche. L'air était lourd, compact. On regardait Le Gail, on attendait un signe. Eût-il hoché la tête ou murmuré, la foule aurait bondi pour vomir sa haine. Mais il ne fit pas un geste, ne prononça pas un mot. Dans un silence pesant, Forestier s'avança jusqu'au pied de l'échelle. Au moment où il s'apprêtait à monter, un homme sortit du premier rang et lui cracha dessus, et ce fut comme si tous lui avaient craché au visage. Forestier leva ses poings entravés, avec un haussement d'épaules les abaissa, puis gravit les barreaux. « Pendouille-moi vite, compaing », dit-il au bourreau en posant le pied sur l'estrade.

Le bourreau connaissait son affaire. Il évalua le poids du Goupil, choisit une corde, et le supplice dura longtemps. Le corps agité de spasmes, la face toujours plus violacée, les yeux injectés de sang, Forestier mit trois quarts d'heure à mourir et, pendant tout ce temps, Le Gail l'observa d'un air triste, son étrange sourire vissé aux lèvres. Forestier eut un dernier soubresaut, et le silence se tendit. Le Gail baisa la Croix que le religieux lui présentait, descendit de la charrette, puis, d'un pas calme, se dirigea vers l'échelle.

« Compère ! » cria Quévillan. Le chasseur de rats fit un pas en avant. Le fer des armes bruissa comme les soldats s'élançaient quand, sur un signe du lieutenant-criminel, ils s'immobilisèrent, et ce fut de nouveau le silence. Quévillan semblait perdu. Il regarda autour de lui, ses yeux se posèrent sur Le Gail, et il eut soudain l'air très jeune et très vieux. « Compère, répéta-t-il d'une voix à peine audible, ma part d'Ciel qu'la Mouche t'attend là-haut ! » Et tous entendirent ce qu'il n'avait pas dit et qui lui étranglait la gorge. Le Gail hocha la tête, se tourna vers l'échelle et le bruit de ses bottes, à mesure qu'il montait, résonnait en chacun tel un glas. Une femme gémit. Bayonne serra ses poings jusqu'à ne plus les sentir.

Le bourreau saisit Le Gail par le bras et personne ne sut ce qu'il murmura à son oreille avant de lui passer la corde au cou. « Te Deum ! » Du milieu de la foule, trois notes s'élèvent, rauques, sauvages, têtues, et, lorsque leur arc s'infléchit, tous les reprennent en chœur. Le chant s'enfle, se gonfle de toutes les rages, s'emplit de toutes les peines, continue à monter vers le ciel, traversé d'ombres, frémissant de lumière, voile immense qui claque dans l'infini. Bayonne n'entendait pas sa voix. Il chantait à s'en brûler la gorge et jamais le silence ne lui parut si terrible qu'à cet instant. Contre l'inéluctable, encore ils espéraient. Que la corde rompe, qu'une femme s'avance et réclame Le Gail pour époux, que tombe la grâce non demandée. Mais elle n'arriva point, nulle femme ne s'avança, et le bourreau connaissait son métier. Il poussa le condamné dans le vide et, très vite, Le Gail mourut. Le chant cessa net. Les épaules se rapprochèrent des épaules, la foule se resserra. Comme les autres, Bayonne demeura sous le soleil à attendre quelque chose qui ne viendrait pas. René Le Gail avait vécu. Les morts avec les morts, les vivants avec les vivants, telle était la loi.

Il lui restait une dernière promesse à tenir. None sonnait lorsque Gilles franchit la porte de la boutique. Pas une parole ne fut échangée. Le chevau-léger prit la cage, ouvrit sa bourse, Dieudonné Foy fit un geste de refus, Bayonne posa les pièces au bord du comptoir et sortit. Dehors, des enfants s'amusaient. Était-ce en raison de leurs cris, si nets quand la rumeur se taisait ? La rue donnait comme une impression d'abandon. La mort de Le Gail, ce matin, était trop fraîche, les cœurs trop lourds. On ne bougeait pas de chez soi, volets clos, et l'on priait Dieu pour qu'arrive le jour suivant. Le soldat croisa peu de monde jusqu'à l'auberge. Il rassembla ses affaires, sella Panache, puis, la cage à la main, la bride dans l'autre, remonta la rue des Lombards et s'engagea à senestre en direction du pont aux Meuniers. Sur sa peau, à l'endroit où le cuir frotte, la chaleur de la paume de Juliane, un adieu. À Montfaucon, au milieu de la foule, une main soudain serre la sienne et la lâche. Il se retourne : Juliane s'éloignait déjà. Il jeta un œil au soleil et allongea le pas.

Sauvayre l'attendait près du pont. Quand il s'arrêta à sa hauteur, le sergent observa un moment l'étourneau sans rien dire.

« Étrange la manière dont ces p'tites boules vous réchauffent l'cœur lorsqu'au-d'dans, la grande froidure vous gèle soudain les entrailles », finit-il par dire comme s'il s'adressait à l'oiseau. Il leva les yeux vers Gilles. « C'est pour l'moucheron ? » Le chevau-léger opina de la tête. « Comment s'porte-t-il ?

— Comment veux-tu qu'il aille ? »

Bayonne avait parlé d'un ton dur. Depuis le matin, pas un instant ne l'avaient quitté l'image de Pique-Lune ni le regard lancé par le garçon au moment où il s'était mis en route, ce regard insoutenable de la bête qui souffre et qui implore.

« Il vient d's'brûler les ailes et le v'là maint'nant qui rampe sur l'sol à s'écorcher les g'noux », fit Sauvayre après un silence.

Gilles battit des paupières. L'image était toujours là, Pique-Lune prostré au fond du jardinet, petit bout d'homme brisé.

« Quelque chose comme ça, oui.

— Pas facile d'être un homme, hein ?

— Ce n'est pas facile, non. »

De nouveau, un silence. Puis, après un salut, Sauvayre s'écarte.

« Au fait, dit-il comme Gilles allait se remettre en marche, dame Bertille, elle sourit. Dites ça au moucheron d'la part du Sauveur. Et aussi qu'j'lui garde point rancune d'm'avoir tondu aux dés. »

Bayonne acquiesça d'un signe, toucha sa toque et s'en fut.

L'air était si brûlant qu'il en devenait presque solide. Pendant tout le trajet, Gilles eut la sensation d'avancer au travers d'une masse visqueuse. Lorsqu'il arriva devant la demeure familiale, il conduisit Panache aux écuries, puis entra par le jardin. Derrière la fenêtre de la cuisine, son père. Légèrement en retrait, Clotilde blottie contre Joséphine. Pique-Lune n'avait pas bougé. Il était assis sur la même pierre, les bras autour des jambes. Bayonne marcha jusqu'à lui et posa la cage d'un geste très doux. Pique-Lune regarda l'étourneau. Au fond de ses yeux verts, si clairs, une ombre passa. Le garçon ouvrit la cage, sa main se referma sur l'oiseau, et il se leva. Il aurait voulu parler, mais il n'y avait pas de mot pour dire ce qui se débattait en lui et faisait tellement mal. Avec un cri dans la gorge, il continua à se taire, debout sous le soleil.

N'était-ce donc que cela, vivre ? Souffrir, toujours souffrir ? S'attacher aux êtres et les perdre à jamais ? Ô Ciel ! n'était-ce que cela ? Gémir en bête, y croire de nouveau, puis se cogner le front contre le même mur ? Seigneur, quelle farce ! Il se sentait si las, si vide, si lourd, comme si la glaise sous ses pieds l'aspirait de sa pesanteur. Sans cette rage qui l'incendiait, il se coucherait par terre et s'endormirait aussitôt. L'oiseau palpita dans sa main, vie minuscule, poids de rien. Pique-Lune referma les doigts autour du petit cou. Il avait envie de serrer, et de serrer encore, et que tout cela finisse, bon Dieu.

« Ton volatile, comment vas-tu l'appeler ? » lui demanda Bayonne.

Le garçon ouvrit le poing. L'étourneau fila d'un battement d'ailes et se posa dans l'herbe, tout près. Un instant, la terre parut vaciller, et l'oiseau prit soudain son envol.

« Colère, dit Pique-Lune en fixant le ciel nu. Je l'appellerai Colère. »

Un grand merci au Centre régional des lettres Midi-Pyrénées pour son soutien, *y muchísimas gracias* à Ghislaine, Pierre, Stéphanie, Vincent, Sylvia et Teresa.

Composé par Nord Compo Multimédia
7, rue de Fives, 59650 Villeneuve-d'Ascq

Impression réalisée par

BRODARD & TAUPIN

La Flèche (Sarthe), 61543
N° d'édition : 4332
Dépôt légal : janvier 2011

X05332/01

Imprimé en France